BERND FRANZINGER

Jammerhalde

NEUE MORDE IM PFÄLZERWALD An der Jammerhalde, einem düsteren Nordhang im Pfälzerwald, wurde im Dreißigjährigen Krieg ein grausames Massaker verübt. Genau an diesem geschichtsträchtigen Ort wird ein männlicher Leichnam entdeckt, dem schon bald weitere folgen sollen. Alle Opfer wurden auf bestialische Art und Weise getötet und verstümmelt. Nach jedem Mord legt der Täter zudem eine weiße Lilie auf dem Gedenkstein der Jammerhalde ab. Was bedeuten diese makaberen Arrangements? Haben die Taten etwas mit einer ungelösten Liebespaar-Mordserie aus den 70er-Jahren zu tun? Die Suche nach dem brutalen Serienmörder führt Hauptkommissar Wolfram Tannenberg zu einem Historikerverein, bei dem auch seine neue Herzdame, Johanna von Hoheneck, Mitglied ist.

Website des Autors:
www.tannenberg-krimis.de

BERND FRANZINGER

Jammerhalde

Tannenbergs siebter Fall

GMEINER

Personen und Handlung sind frei erfunden. Ähnlichkeiten mit
lebenden oder toten Personen sind rein zufällig und nicht
beabsichtigt.

Die automatisierte Analyse des Werkes, um daraus
Informationen insbesondere über Muster, Trends und
Korrelationen gemäß § 44b UrhG (»Text und Data Mining«)
zu gewinnen, ist untersagt.

Bei Fragen zur Produktsicherheit gemäß der Verordnung über
die allgemeine Produktsicherheit (GPSR) wenden Sie sich bitte
an den Verlag.

Gefällt mir!

Facebook: @Gmeiner.Verlag
Instagram: @gmeinerverlag
Twitter: @GmeinerVerlag

Besuchen Sie uns im Internet:
www.gmeiner-verlag.de

© 2007 – Gmeiner-Verlag GmbH
Im Ehnried 5, 88605 Meßkirch
Telefon 07575/2095-0
info@gmeiner-verlag.de
Alle Rechte vorbehalten

Lektorat: Isabell Michelberger
Herstellung: Mirjam Hecht
Umschlaggestaltung: U.O.R.G. Lutz Eberle, Stuttgart
unter Verwendung eines Fotos von: © Bernd Franzinger
Druck: Libri Plureos GmbH, Friedensallee 273,
22763 Hamburg
Printed in Germany
ISBN 978-3-89977-727-7

›Das Beste, was wir von der Geschichte haben, ist der Enthusiasmus, den sie erregt.‹

Johann Wolfgang von Goethe

PROLOG

Im Ameisenbau herrscht große Aufregung. Ein Spähtrupp ist gerade zurückgekehrt. Er hat eine ergiebige Futterquelle entdeckt und eine Duftspur dorthin gelegt.

Sie gehört zur Jagdabteilung. Ihre zentrale Aufgabe ist die Nahrungssuche. Im Tross der Arbeiterinnen folgt sie der duftmarkierten Straße. Die magische Spur führt an haushohen Holzstämmen und Felsen vorbei hangabwärts. Sie wuselt über Riesenblätter hinweg, überwindet frisch aufgeworfene Erdwälle.

Kein noch so schwieriges Hindernis kann sie von ihrem Auftrag abbringen. Mit all ihren Sinnen ist sie ausschließlich auf das konzentriert, was Mutter Natur ihrer Spezies einprogrammiert hat: Futter für die wertvolle Nestbrut zu beschaffen. Zu nichts anderem ist sie geboren worden.

In ihrem Jagdrevier ist sie täglich unterwegs. Hier kennt sie jedes Gewächs, jeden Stein, jedes Blatt. Die dicke Laubschicht speichert die Feuchtigkeit. Selbst jetzt im Hochsommer finden sich an diesem schattigen Nordhang noch reichlich Insektenlarven – die Leibspeise der Königinnen.

Hektisch erklimmt sie das tote Tier. An einer unbehaarten Stelle trifft sie auf ihre Artgenossinnen. Zuerst spritzt sie Ameisensäure auf das Opfer. Dann schlägt sie ihre kräftige Kaulade in den sich windenden Leib. Mit vereinten Kräften ziehen die Arbeiterinnen die dralle Made aus dem grauen, käsigen Fleisch.

Während sie hilft die Beute fortzuschleppen, wird sie plötzlich auf etwas Ungewöhnliches aufmerksam. Etwas, das völlig anders ist als sonst. Es ist der eigentümliche Geruch dieses Tierkadavers. Er ist nicht so streng, sondern milder und vor allem süßlicher. Auch die Haut ist anders – viel weicher.

1

Dr. Schönthaler drückte seinen Oberkörper zwischen die Vordersitze und warf den Arm vor die Nase seines Freundes. »Schau mal, da vorne an der dicken Buche. Ist das nicht lustig?«

»Was soll denn an einem Baum lustig sein?«, grummelte Tannenberg.

»Zum Beispiel diese schöne Wandermarkierung, mein liebes, morgenmuffeliges Wölfchen.« Ein schadenfrohes Lachen löste sich aus der Tiefe seines Brustkorbs. »Na, wenn das kein schlechtes Omen für deinen neuen Fall ist. Passt ja auch wirklich ganz genau.«

»Rainer, du nervst.«

»Ach, Gott, bist du wieder schlecht gelaunt. Und dann auch noch so schwer von Begriff«, höhnte der Rechtsmediziner. »Siehst du's etwa immer noch nicht?«

Tannenberg rollte die Augen, stöhnte dabei auf.

»Sag mal, hast du jetzt etwa auch noch Probleme mit der visuellen Wahrnehmung? Also dann wird es wirklich Zeit, dass wir dich zum Abdecker bringen.« Kopfschüttelnd wandte er sich an die bedeutend jüngere Fahrerin. »Weißt du wenigstens, was ich meine?«

Sabrina brachte den silbernen Mercedes zum Stillstand. Über ihre Schulter hinweg antwortete sie lächelnd: »Nein, Doc, tut mir leid.«

»Ach, Leute, warum seht ihr das denn nicht? Ihr enttäuscht mich gewaltig. Habt ihr etwa Tomaten auf den Augen?«

»Verdammt nochmal, was willst du denn überhaupt?«, blaffte der Leiter des K 1.

Sichtlich amüsiert verkündete der Pathologe: »Die obere Markierung sieht doch genau aus wie ein Trauerkoi. Findet ihr nicht auch?«

Tannenbergs leidende Mimik sprach Bände. »Ein was?«

»Ein Trauerkoi. Erinnerst du dich denn nicht mehr an deinen letzten Fall – der mit dem Koidiebstahl im Japanischen Garten?« Er lachte auf. »Ist der Hollerbach damals Amok gelaufen. Nur wegen dieser blöden Fische.«

»Do-och«, gab Tannenberg genervt zurück. Als er aber an den hysterischen Aktionismus des Oberstaatsanwaltes dachte, huschte ihm trotz der frühen Morgenstunde ein dezentes Schmunzeln übers Gesicht.

»Na, also. Dann weißt du ja auch noch, dass der wertvollste Koi, der mit der japanischen Flagge auf dem Rücken war: großer roter Punkt auf schneeweißem …«

»Ja, und?«

Dr. Schönthaler packte seinen Freund am Schultergelenk, rüttelte fest daran. »Kapierst du denn immer noch nicht, worauf ich hinaus will?«

»Nein«, knurrte der Kriminalbeamte. »Lass mich doch endlich in Ruhe.«

»Mann, Mann, bist du wieder mal begriffsstutzig! Das weiße Rechteck mit dem großen schwarzen Punkt in der Mitte da vorne an der Buche …«

Nun verstand Tannenberg endlich. »Du kannst ja Trauerkois züchten«, prustete er los, »und sie den japanischen Bestattungsunternehmen anbieten. Das ist garantiert *die* Marktlücke.«

»Entschuldigung, die Herren, wenn ich störe: Aber wie komme ich denn nun von hier aus am schnellsten zu dieser ominösen Jammerhalde?«, mischte sich Sabrina ein.

»Nimm ruhig den Weg mit den Trauerkois. Da kommst du direkt hin. Das ist zwar viel weiter als unterrum über die L 502.« Dr. Schönthaler schlug sich mit der flachen Hand an die Stirn. »Von der Rothen Hohl zur Jammerhalde – so ein Quatsch. Da hätten wir ja auch gleich über Paris fahren können. Nur weil dein starrköpfiger Beifahrer mal wieder unbedingt seinen Willen durchsetzen musste.«

»Mensch, Rainer, halt jetzt endlich mal die Klappe. Du entwickelst dich immer mehr zu einem alten, keifenden Marktweib.«

»Da müsste ich allerdings zuerst noch eine Geschlechtsumwandlung durchführen lassen.« Der Rechtsmediziner fand offensichtlich zunehmend Gefallen an der frühmorgendlichen Kabbelei. »Sabrina, weißt du eigentlich, warum dein Chef sich vorhin wieder einmal als der ortskundigste Polizist der Pfalz aufgespielt hat?«

»Nee.«

»Ganz einfach: Weil er in seiner Sturm- und Drangzeit mal eine Freundin in Dansenberg hatte. Die war zwar alles andere als appetitlich«, demonstrativ schüttelte sich der Pathologe wie ein nasser Eisbär, »aber

dein Chef war damals so was von extrem triebgesteu-
ert, kann ich dir sagen, der ist ...«

»Rainer, hör auf!«

»Nein, bitte nicht. Ich finde das ausgesprochen interessant«, bemerkte die attraktive Kriminalbeamtin mit
einem süffisanten Lächeln auf den Lippen.

»Na ja, man kann es sich zwar wirklich nur noch sehr
schwer vorstellen.« Der Pathologe brach ab, räusperte
sich. »Aber in seiner Brunstzeit war dieser ältere Herr
neben dir bei der Damenwelt überaus gefürchtet.«

»Wieso denn das?«, fragte Sabrina neugierig nach.

»Na ja, wegen seines permanenten Triebstaus eben.«

»So, so. Erzähl mal.«

Um die Spannung noch ein wenig zu steigern, zögerte
Dr. Schönthaler seine Antwort eine Weile hinaus. Er
legte den Kopf schief und schien darüber nachzudenken,
welche seiner Informationen er nun preisgeben sollte.

Grinsend fuhr er fort: »Besonders heftig traten diese
animalischen Schübe dann zu Tage, wenn dein Beifahrer Alkohol in höheren Dosen zu sich genommen hatte.
Und das kam durchaus häufiger vor.« Er veränderte
die Tonlage. »Nicht wahr, mein armes, einsames Wölfchen?«

»Kaum zu glauben«, versetzte Sabrina Schauß, während sie ihren arg malträtierten Vorgesetzten von der
Seite her betrachtete.

Tannenberg versank immer tiefer in seinem Sitz.

Ohne jegliche Rücksicht auf die Höllenqualen sei-
nes besten Freundes legte der Rechtsmediziner nach:
»Ich kann dir flüstern, Sabrina. Das war vielleicht einer.
Ich weiß noch sehr gut, wie oft er mit seiner blauen

Zündapp«, er deutete mit dem Zeigefinger schräg hinter sich in Richtung des Heckfensters, »da oben über das Asphaltsträßchen nach Dansenberg geknattert ist. Nur damit er diesen potthässlichen Bauerntrampel ins Unterholz zerren konnte.«

»Fahr mal ein bisschen flotter«, forderte der Leiter des K 1, dem diese delikate Zeitreise zusehends unangenehmer wurde. Aus leidiger Erfahrung wusste er nämlich nur zu gut, dass der Rechtsmediziner, wenn er sich verbal erst einmal warmgelaufen hatte, kaum mehr zu bremsen war.

Bekanntermaßen gebärdete sich Wolfram Tannenberg im emotionalen Bereich eher als Grobmotoriker denn als Filigrantechniker. Im Gegensatz zu seinen Mitmenschen belastete ihn diese Facette seiner rustikalen, kantigen Persönlichkeit normalerweise nicht sonderlich.

In Sabrinas Gegenwart war das allerdings anders, denn mit seiner jungen Kollegin, deren väterlicher Freund und Trauzeuge er war, führte er eine für seine Verhältnisse ausgesprochen offenherzige, rücksichtsvolle Beziehung. Sie wusste weit mehr über ihn und seine Probleme mit dem weiblichen Geschlecht, als ihm manchmal lieb war. Nur alles musste sie nun wirklich nicht über seine ereignisreiche Vergangenheit wissen – fand er jedenfalls.

In seiner Not entschloss er sich zu einem Ablenkungsmanöver: »Sag mal, Rainer, hast du zufällig die Geschichte parat, woher die Jammerhalde ihren Namen hat?«

»Ach, der Herr Hauptkommissar versucht mal wieder die Strategie ›Themenwechsel‹.« Dr. Schönthaler tätschelte seine Schulter. »Aber es sei dir gestattet, mein liebes Wölfchen. Du hast ja heute Morgen schon genug Fett abbekommen.«

Tannenberg ignorierte die Bemerkung. »Wisst ihr, als Kinder sind Heiner und ich zwar manchmal mit meinem Vater beim Pilzsuchen …« Den Rest ließ er unausgesprochen. Er krauste die Stirn. »Stand da nicht auch irgendwo ein Gedenkstein herum?«

»Ja, diesen Sandsteinfindling gibt's immer noch. Und darauf ist eine Gedenk*tafel* angebracht, mein alter Junge. Das ist so ein Metallschild mit mysteriösen Zeichen und Symbolen drauf – ich glaube, man nennt diese kleinen Dinger Buchstaben, oder so ähnlich.«

»Ach ja, davon hab ich auch schon mal was gehört. Diese Geheimschrift kann nur von superschlauen Leichenschnibblern entziffert werden, stimmt's?«

»Exakt. Und deshalb kann ich dir jetzt auch erzählen, wie die Jammerhalde zu ihrem schaurigen Namen kam. Also spitz die Ohren: Irgendwann im 30-jährigen Krieg nahmen feindliche Truppen die Barbarossastadt ein. Bei diesem sogenannten ›Kroatensturm‹ wurden in kürzester Zeit 1500 Bürger niedergemetzelt. Wer entkommen konnte, floh in den südlichen Reichswald. Unterhalb von Dansenberg wurden diese armen Menschen, zumeist Frauen und Kinder, von ihren erbarmungslosen Verfolgern eingeholt und regelrecht abgeschlachtet. Seitdem heißt dieses Waldstück Jammerhalde. Einer Legende nach kann man selbst heute noch an windstillen Tagen die Wehklagen dieser armen Menschen hören.«

»Das ist aber eine gruselige Geschichte«, versetzte Sabrina, die ihre liebe Mühe damit hatte, das noble

Dienstfahrzeug über den staubigen, mit Schlaglöchern übersäten Waldweg zu manövrieren.

Der erste Teil der Strecke war nahezu eben und führte durch einen lichten Hochwald. Dann ging es eine kleine Steigung hinauf. Nach einer Spitzkehre wechselten urplötzlich sowohl die Lichtverhältnisse als auch die Vegetation. Es wurde merklich dunkler und der breite, mit grauem Splitt bestreute Forstweg wurde nun von dichtem Brombeergestrüpp und Brennnesseln besäumt. Die direkt daran anschließenden, undurchdringlichen Kiefern- und Buchenbestände verschluckten das sanfte Morgenlicht eines wolkenlosen Sommertages.

Die sogenannte Jammerhalde empfing die Besucher in Gestalt eines düsteren, dicht bewaldeten Nordhanges. Ein Mantel der Trauer schien über diesem sagenumwobenen Ort zu liegen, der jedes Lachen, jeden Anflug von Fröhlichkeit bereits im Keim zu ersticken drohte. Es herrschte eine Atmosphäre wie auf einem Waldfriedhof. Man hörte lediglich ab und an gedämpfte menschliche Stimmen. In der Ferne heulten leise einige Motorsägen auf. Aus Richtung der Stadt konnte man die markanten Triebwerksgeräusche einer Transportmaschine vernehmen, die sich gerade im Landeanflug auf die Ramsteiner Air Base befand.

Auf der rechten Seite des Forstweges reihten sich in einer Ausbuchtung mehrere Fahrzeuge dicht aneinander. Sabrina parkte unmittelbar dahinter. Tannenberg stieg aus dem Auto und blickte sich kurz um. Ein Gefühl der Beklommenheit übermannte ihn. Andächtig schlenderte er an den Autos vorbei. Nur flüchtig begrüßte er seine uniformierten Kollegen und die beiden Mitarbeiter eines Bestattungsunternehmens.

Linker Hand tauchte der Gedenkstein auf. Es handelte sich dabei um einen wettergegerbten, mit einem sattgrünen Moosteppich überzogenen Sandsteinfindling. Der verwitterte Stein erinnerte Tannenberg spontan an das Grab seiner Ehefrau Lea, das sich auf dem Kaiserslauterer Waldfriedhof befand und das er oft besuchte.

Irgendjemand hatte unmittelbar über der Gedenktafel eine weiße Plastiklilie abgelegt.

Zufall? Oder vielleicht eine Hommage an die unzähligen Toten, die damals diesen Waldboden mit ihrem Blut getränkt haben? Grübelnd ließ er seinen Blick an einer morschen Holzbank vorbeischweben.

Wie aus dem Nichts tauchte eine Szene aus seiner Kindheit vor seinem geistigen Auge auf. Er sah sich und seinen Bruder beim Pilzsammeln, wie sie an dieser Bank vorbeikamen und Rast machten. Fast immer, wenn sie hier saßen und gierig ihre Brote verschlangen, bettelten sie so lange, bis ihnen der Vater die schaurige Geschichte der Jammerhalde in aller Ausführlichkeit schilderte.

Die hatte ich doch tatsächlich ganz vergessen, dachte Tannenberg. Aber jetzt ist sie wieder da.

Jacob hatte diese historische Exkursion nicht selten zum Anlass genommen, um seinen beiden Stammhaltern den aktuellen Stand seiner Ahnenforschungsbemühungen zu präsentieren. Denn die schrecklichen Ereignisse, die vor mehr als 370 Jahren der Jammerhalde ihren Namen verliehen hatten, waren eng mit der Familiengeschichte der Tannenbergs verknüpft.

Dieses schreckliche Fanal und die damals grassierende Pest hatten die Stadt völlig entvölkert. Daraufhin wurden in halb Europa Neubürger zur Wiederbesiedelung der Barbarossastadt angeworben. Unter anderem auch in Österreich, von wo aus sich ein gewisser Augustinus Tannenberg in die Pfalz aufmachte und 1673 das Bürgerrecht der Stadt Kaiserslautern erhielt.

Der Leichenfundort war weiträumig abtrassiert. Die in Plastikoveralls gehüllten Mitarbeiter der Spurensicherung gingen geschäftig ihrer Arbeit nach. Karl Mertel, der Leiter der kriminaltechnischen Abteilung, machte sich gerade hinter einem kleinen Felsen zu schaffen.

Als Tannenberg und seine Begleiter bei ihm eintrafen, erhob er sich und trat einen Schritt zurück. Dadurch gab er den Blick auf den Leichnam frei. Einige Sekunden lang starrten alle schweigend auf den toten Menschen, der da vor ihnen zwischen Farnwedeln und morschem Astwerk lag. Fassungslos lehnte sich Sabrina an den kühlen, verwitterten Felsen. Sie schloss dabei die Augen, während sie heftig nach Atem rang.

»Wohl deine erste Waldleiche, was?«, fragte der Rechtsmediziner.

Die junge Kommissarin nickte. Sie war kreidebleich und zitterte.

Der Kopf des Mannes befand sich etwa fünfunddreißig Zentimeter oberhalb des abgetrennten Korpus. Aufgrund von Tierfraß war vom Gesicht kaum mehr etwas zu erkennen, das linke Ohr fehlte ganz. Der Leichnam war vollständig bekleidet: graumelierter Anzug mit Weste, weißes Hemd, hellblaue Seidenkrawatte, schwarze Socken und Schuhe. Die Hände des

Toten waren wie betend ineinanderverschränkt. Allerdings lagen sie nicht in Höhe des Unterbauchs, sondern die überkreuzten Daumen berührten den blutverkrusteten Adamsapfel.

»Wahnsinn«, murmelte Tannenberg kopfschüttelnd vor sich hin. »Was für ein Wahnsinn.«

»Wer tut denn so etwas Barbarisches?«, keuchte Sabrina.

Dr. Schönthaler hatte inzwischen Latexhandschuhe übergestreift und sich links neben dem Leichnam niedergekniet. »Na, wer wohl, mein liebes Sabrinalein?«, fragte er mit ironischem Unterton. »Das war wohl wieder mal das Werk eines *deiner* Artgenossen.«

Vorsichtig wischte er einige Waldameisen vom Halsstumpf des Toten. »Das war kein Tier. Im Gegensatz zu uns haben die Tiere nämlich nichts anderes im Sinn, als ihre eigene Art zu erhalten. Wir dagegen tun bekanntermaßen alles, um uns selbst zu vernichten.« Ohne zu ihr aufzublicken, ergänzte er: »Wie sagt Goethe so schön im ›Faust‹: ›Er nennt's Vernunft und braucht's allein, um tierischer als jedes Tier zu sein.‹ – Trefflich analysiert, Herr Geheimrat!« Geräuschvoll stieß er einen Schwall Luft durch die Nase.

»Das ist ja hochinteressant«, fuhr er nach einer kleinen Pause fort. »Seht ihr diese bräunlichen Verfärbungen hier am Hals?« Er zeigte auf die entsprechende Stelle. »Die werden oft vorschnell als Hautabschürfungen gedeutet.«

In Lehrer-Lämpel-Manier reckte er den Zeigefinger. »Dem ist aber definitiv nicht so. Denn diese Verfärbungen stammen von nichts anderem als von der Ameisensäure, die diese ebenso winzigen wie nützlichen Waldbewohner verspritzen.« Er legte den Finger auf den Hals des Toten, wartete, bis eine Ameise darauf gekrabbelt war und streckte die Hand in Richtung seiner Kollegen. »Und warum machen diese Tierchen das wohl, meine Dame, meine Herren?«

Allseitiges Schweigen.

Der Rechtmediziner zauberte eine Pinzette aus seinem Jackett hervor. Er beugte sich noch ein bisschen tiefer über den auf dem Rücken liegenden leblosen Körper und hantierte an ihm herum. Dann nahm er die Schulter wieder zurück und reckte den Arm in die Höhe. »Um diese possierlichen Gesellen hier zu töten.«

Als Tannenberg die sich windende weiße Made zwischen den Pinzettenschenkeln entdeckte, schürzte er angewidert die Lippen. »Mensch, tu sofort das eklige Ding weg«, pflaumte er seinen Freund an.

Zunächst machte Dr. Schönthaler allerdings keinerlei Anstalten, der Forderung nachzukommen. »Sehr wahrscheinlich eine Calliphora«, murmelte er, während er die Larve genauer inspizierte.

»Eine was?«, ächzte Sabrina.

»Eine blaue Schmeißfliege«, übersetzte der Rechtsmediziner. Danach pflückte er ein kleines Glasdöschen aus Mertels Arbeitstasche und ließ die Made darin verschwinden.

Er verschloss den Deckel, legte den Kopf ins Genick und schaute nachdenklich in das dichte Blätterdach über ihm. »Sie ist bereits über einen Zentimeter lang.« Nun fixierte er Sabrina mit einem fordernden Blick. »Und was können wir daraus schließen, Frau Kommissarin?«

Tannenberg schnaubte verärgert. »Jetzt hör aber mal auf mit diesem blöden Fragespiel. Und lass endlich Sabrina in Ruhe. Du siehst doch, dass es ihr nicht gut geht.«

»Dann beantworte doch du mir diese wichtige Frage.«

»Keine Lust.«

»Alter, sturer Bock!« Erläuternd wandte sich der Pathologe nun an Sabrina. »Also: Wir können daraus schließen, dass die Calliphora schon bald schlüpfen wird. Zur Verpuppung verlässt sie nämlich den Kadaver. Und das wiederum bedeutet, dass seit der Eiablage etwa drei Tage vergangen sein müssen. Ergo: Wenn meine Vermutung zutrifft, dann liegt der gute Mann hier mindestens schon drei Tage im Wald.«

»Aber wie immer: Genaueres erst nach der Obduktion«, meinte Mertel, der die ganze Zeit über interessiert dem kleinen Vortrag gelauscht hatte.

»Richtig. Das ist doch schon mal was, nicht wahr? Soll ich euch noch ein bisschen was über die neuesten kriminalbiologischen Forschungsergebnisse erzählen? Ihr glaubt ja gar nicht, wie ausgesprochen hilfreich die lieben kleinen Insekten zur Todeszeit- und Todesortbestimmung sein können.«

»Danke, kein Bedarf«, versetzte Tannenberg.

Anschließend nahm er seine Mitarbeiterin an der Hand und verließ gemeinsam mit ihr den Leichenfundort. Sie gingen hinunter zu den beiden Streifenpolizisten. »Kollegen, wer hat denn eigentlich den Toten entdeckt?«, fragte er die uniformierten Beamten.

»Eine Spaziergängerin. Besser gesagt ihr Hund«, gab sein untersetzter, etwa 50 Jahre alter Kollege zurück.

»Wann war das?«

»Um 9 Uhr 45 ist der Anruf ihrer Tochter in der Zentrale eingegangen. Die Mutter war dazu nicht in der Lage. Sie stand unter Schock, war völlig fertig. Als wir zu ihr kamen, ging's ihr aber schon wieder ein bisschen besser. Ihr Schwiegersohn war bei ihr. Der ist Arzt und hat seine Praxis im selben Haus.«

Tannenberg schaute auf seine Armbanduhr. »Also vor gut einer Stunde«, nuschelte er vor sich hin. »Habt ihr die Frau gefragt, ob sie hier im Wald in letzter Zeit irgendwelche interessanten Beobachtungen gemacht hat, vor allem vor etwa drei oder vier Tagen?«

»Ja, das haben wir«, antwortete erneut der ältere der beiden Männer. »Aber das hat nichts gebracht. Sie geht nämlich sonst nie hier lang.«

»Weil es ihr an der Jammerhalde zu gruselig ist, hat sie gesagt«, amüsierte sich sein hochaufgeschossener, etwa halb so alter Kollege.

Der andere warf ihm sogleich einen tadelnden Blick zu und erklärte: »Das heute war eine Ausnahme. Denn dort, wo sie normalerweise ihren Hund ausführt, ist der Waldweg seit gestern gesperrt – wegen Holzfällung.«

»Gut. Habt ihr Ausweispapiere bei dem Toten gefunden?«

»Nein.«

»Und sonstige Hinweise auf seine Identität?«

»Nein, absolut nichts.«

»Auch kein Handy oder sonstwas?«

»Nein. Seine Taschen waren völlig leer. Noch nicht mal ein Taschentuch war drin.« Der junge Streifenpolizist schürzte angewidert die Lippen. »Nur überall diese ekligen Ameisen.«

Tannenberg überging die Bemerkung. An den rang-höheren Beamten gerichtet, fuhr er mit seiner Befragung fort: »Und wie sieht's mit Schmuck aus: Ring, Kett-chen, Uhr?«

Der Hauptwachtmeister schüttelte den Kopf.

»Was ist mit der Vermisstendatei?«

»Ich hab vorhin bei der Zentrale nachgefragt. Aber es gab in den letzten Wochen hier in der Gegend nur eine einzige Vermisstenmeldung: ein 15-jähriges Mädchen.«

»Gut, Kollegen, Danke.«

Der Leiter der Mordkommission schlenderte ein paar Schritte in Richtung des verwitterten Gedenksteins. In tiefen Zügen sog er die feuchte, angenehm kühle Luft ein. Wenige Meter vor ihm erschien hinter einem Ster-holzstapel ein Eichhörnchen. Es lugte kurz zu ihm her-über, dann sprang es mit einem Riesensatz an eine Rot-buche und hastete den Stamm hinauf.

Wie aus dem Nichts tauchte plötzlich hinter seinem Rücken ein schnell anschwellendes Motorengeräusch auf. Entsetzt riss er seinen hünenhaften Körper herum. Er wusste sofort, was da im doppelten Wortsinne gerade auf ihn zukam. Die ganze Zeit über hatte er befürchtet, dass Förster Kreilinger an der Jammerhalde auf-tauchen könnte.

An der Außenseite seines linken Beins verspürte er urplötzlich stechende Schmerzen. Und zwar exakt an der Stelle, auf die er vor fast genau einem Jahr schwer gestürzt war.

Er war damals unter dringenden Mordverdacht gera-ten. In seiner Verzweiflung hatte er sich eine Weile im Wald versteckt gehalten. Durch Zufall war er dabei auf

Kreilinger getroffen, der ihn mit seinem Geländewagen durch den halben Stadtwald gejagt hatte. Dabei stürzte er schwer und konnte nur in letzter Sekunde seinem Häscher entkommen.

Die stechenden Schmerzen in seinem Bein hatten keine körperliche Ursache. Denn schließlich waren die Hautabschürfungen und Prellungen schon lange verheilt. Es waren vielmehr die tiefen Wunden in seiner Seele, die gerade diese heftigen Schmerzattacken hervorriefen. Das markante Fahrgeräusch des Jeeps, das immer näher kam, hatte völlig ausgereicht, um die traumatischen Erinnerungen erneut zu aktualisieren. Die existenzbedrohenden Ereignisse hatten ihn damals so sehr an die Grenzen seiner psychischen Belastbarkeit geführt, dass ihn auch heute noch ab und an fürchterliche Albträume plagten, aus denen er dann schweißgebadet und am ganzen Körper zitternd erwachte.

Der Geländewagen preschte um die Kurve und schoss direkt auf die Polizeiabsperrung zu. Gerade noch rechtzeitig legte der Fahrer eine Vollbremsung hin. Das mächtige, verchromte Rohrgestänge der Frontpartie des Jeeps kam nur wenige Zentimeter vor dem Absperrband zum Stillstand. Breit grinsend stieg Kreilinger aus. Von einer kleinen Staubwolke verfolgt, schritt er betont lässig auf die Jammerhalde zu.

Wolfram Tannenberg war noch immer wie gelähmt. In Zeitlupe wanderten seine Augen von dem protzigen Rammschutz des Geländewagens hinüber zu dem ganz in Grün gewandeten Revierförster. Kreilinger war mit einem olivfarbenen, kurzärmeligen Hemd und einer gleichfarbigen Hose bekleidet, die von zwei großen aufgesetzten Beintaschen optisch dominiert wurde. Dazu trug er einen Dreispitz-Jagdhut, sein Markenzeichen.

Als der Kriminalbeamte den Hut aus grün meliertem Loden erblickte, den eine umlaufenden Zierkordel schmückte, tauchten in seinem Bewusstsein urplötzlich weitere Erinnerungsbilder auf.

In seinem ersten Fall als Leiter der Mordkommission hatte ein psychopathischer Frauenmörder Angst und Schrecken in der Gegend verbreitet. In der aufgeheizten Stimmung gründete sich damals eine Bürgerwehr. Kreilinger hatte sich selbst zum Hilfssheriff ernannt und im Wald Jagd auf den Serientäter gemacht.

Mit Schrecken erinnerte sich Tannenberg daran, wie der Revierförster damals einen ›harmlosen‹ Exhibitionisten mit einem Kälberstrick gefesselt ins K 1 geschleppt hatte. Der Unschuldige konnte dem enormen psychischen Druck des Tatverdachtes nicht standhalten und hatte sich wenig später das Leben genommen. Der zweite Gedankensplitter bezog sich auf den dramatischen Showdown dieser spektakulären Mordserie an einem großen Felsen am Naturfreundehaus im Finsterbrunnertal, bei dem der Förster ebenfalls eine äußerst unrühmliche Rolle gespielt hatte.

Den Leiter des K 1 durchzuckte ein stromschlagartiger Energieblitz, der ihn erschaudern ließ. Er hatte das Gefühl, dass sich seine Nackenhaare steil aufrichteten und sich seine Fußnägel nach oben bogen.

»Bleiben Sie sofort stehen!«, brüllte er.

Kreilinger reagierte nicht. Seine Körpersprache strotzte geradezu vor Arroganz. Er ging mit kraftvollen Schritten weiter, während sein herausforderndes Grinsen noch ein wenig breiter wurde.

»Sind Sie taub? Sie sollen stehenbleiben. Treten Sie sofort hinter die Absperrung zurück!«, blökte Tannenberg.

Der Förster hatte inzwischen den erzürnten Kriminalbeamten erreicht. Er stand etwa einen Meter von ihm entfernt. Die Arme in die Hüfte gestützt verkündete er mit demonstrativer Gelassenheit: »Herr Hauptkommissar, Sie glauben doch nicht im Ernst, dass ich mir in *meinem* Wald von *Ihnen* Vorschriften machen lasse.«

In Tannenbergs Innerem brodelte es wie in einem Vulkan unmittelbar vor dessen Ausbruch. Trotz der tiefsitzenden Abscheu gegenüber diesem Menschen versuchte er, seine aufschäumende Aggressivität einigermaßen im Zaum zu halten.

»Was ist denn überhaupt passiert?«, fragte Kreilinger neugierig. Als sein Gegenüber nicht umgehend antwortete, ließ er ihn einfach stehen und setzte sich in Richtung des Leichenfundortes in Bewegung.

»Los, Kollegen, bringt diesen sympathischen Zeitgenossen zurück hinter die Absperrung. Legt ihm zur Not Handfesseln an.«

Die beiden Streifenbeamten stellten sich daraufhin dem verdutzten Förster in den Weg.

»Wissen Sie was?«, meinte Tannenberg hinter seinem Rücken. »Wir lösen das Problem mit Ihnen ganz anders: Ich erteile Ihnen hiermit Platzverbot. Dies ist eine polizeiliche Anordnung. Sie tritt sofort in Kraft und gilt für einen Umkreis von 200 Metern. Falls Sie dieser Anordnung nicht umgehend Folge leisten, werden meine Kollegen Sie unter Anwendung von Zwangsmitteln von hier wegbringen.«

Kreilinger stutzte. Während seine Mundwinkel wieder nach unten wanderten, zog er die Stirnpartie in Falten. Mit solch einer gravierenden Maßnahme hatte er offensichtlich nicht gerechnet.

»Warum?«, fragte der Revierförster mit weit aufgerissenen Augen.

»Weil Sie die Ermittlungsarbeit stören«, gab der Leiter des K 1 lapidar zurück.

»Aber ich mache doch gar nichts«, protestierte Kreilinger.

»Natürlich tun Sie das. Sie behindern die Ermittlungsarbeit.«

»Wieso denn? Ich will nur wissen, was in meinem Revier passiert ist. Als zuständiger Forstbeamter ist das sogar meine Pflicht. Außerdem störe ich überhaupt niemanden bei seiner Arbeit.«

»Doch, *mich* stören Sie. Und zwar massiv. Allein schon die Anwesenheit Ihrer Person behindert mich bei meiner Ermittlungsarbeit.« Geschwind öffnete Tannenberg einen Knopf an seinem Hemdärmel, schob diesen nach oben und streckte den Arm nach vorne. »Sehen Sie selbst: Auf Menschen wie Sie reagiert meine Haut allergisch. Ich bekomme einen Ausschlag.« Bevor sich jedoch der Revierförster selbst von dieser merkwürdigen Behauptung überzeugen konnte, hatte sein Kontrahent bereits wieder den Unterarm mit Stoff bedeckt.

»Schon gut, Herr Hauptkommissar. Ich geh ja schon. Wie heißt es so schön im Volksmund: ›Der Klügere gibt nach.‹ Ist mir doch egal, was Sie hier veranstalten.«

Während Kreilinger kopfschüttelnd an ihm vorbeischlenderte, drehte sich Tannenberg angewidert weg. Er ging zu den beiden Polizeibeamten, die neben ihrem Streifenwagen standen und eine Zigarette rauchten. Flüsternd bat er sie, den Förster zu befragen, ob er innerhalb der letzten Tage irgendwelche auffälligen Beobachtungen in seinem Revier gemacht habe. Anschließend trottete er zu dem stark bemoosten Sandsteinfindling und las kurz über den Text der Gedenktafel.

Plötzlich vibrierte sein Handy.

»Nein, ich kann nicht … Nein, es geht nicht … Nein, wirklich, ich hab keine Zeit.« Die Penetranz der Anruferin war ihm offensichtlich ausgesprochen unangenehm. Er senkte die Stimme, drehte Mertels Kollegen den Rücken zu und stieg ein paar Schritte den Hang hinauf. »Mutter, bitte … Nein, ich kann nicht zum Essen kommen.«

Er befand sich nur noch höchstens zwei Meter von Mertel und Dr. Schönthaler entfernt. Inzwischen waren nicht nur die Kriminaltechniker, sondern auch der Rechtsmediziner auf das Gespräch aufmerksam geworden. Neugierig erhob er sich und schaute hinunter zu seinem Freund.

Wolfram Tannenberg fing seinen Blick auf. Während Margot weiter auf ihn einredete, rollte er die Augen. »Mutter«, knurrte er genervt, »die Kartäuserklöße kann ich doch auch noch später essen.«

»›Rostige Ritter‹?« Dr. Schönthaler schmatzte genüsslich. »Die hab ich schon ewig nicht mehr gegessen.« Er machte zwei Schritte auf Tannenberg zu, reckte ihm fordernd einen Arm entgegen. »Wolf, gib mir mal dein Handy.«

Der Angesprochene war dermaßen verblüfft, dass er ohne Widerspruch gehorchte.

»Einen wunderschönen guten Tag, liebe Frau Tannenberg«, flötete der Gerichtsmediziner. »Hab ich mich eben verhört oder gibt es bei Ihnen tatsächlich Kartäuserklöße? … So richtig mit Karamellkruste und Vanillesoße?« Ihm lief das Wasser im Munde zusammen. »Ja, natürlich, ich komme sehr gerne mit. Es dauert auch nicht mehr lange. Wir sind hier gleich fertig.«

Er reichte seinem peinlich berührten Freund zwinkernd das Mobiltelefon zurück. Verstohlen blickte sich Tannenberg um. Er war geradezu eingekreist von schadenfroh grinsenden Gesichtern.

»Mein lieber Wolf, auch wenn es dir noch so schwerfällt, dies zu akzeptieren, aber wir brauchen dich hier jetzt wirklich nicht mehr«, bemerkte Sabrina schmunzelnd. »Fahrt ihr ruhig zu deiner Mutter. Die Kollegen nehmen mich nachher mit in die Stadt.« Sie wies mit dem Arm in Richtung der heulenden Motorsägen. »Aber zuerst statten wir den Waldarbeitern noch einen Besuch ab. Vielleicht hat ja einer von denen irgendetwas beobachtet.«

Tannenbergs Zögern rief Mertel auf den Plan: »Um es auf den Punkt zu bringen, Wolf: Es wäre sogar eine enorme Erleichterung für unsere Arbeit, wenn du dich jetzt sofort aus dem Staub machen würdest. Du behinderst nämlich massiv *unsere* Ermittlungsarbeit. Oder muss ich dir erst Platzverbot erteilen?«, wiederholte der Kriminaltechniker diejenigen Worte und Drohungen, mit denen der Leiter des K 1 vor ein paar Minuten Kreilinger bedacht hatte. »Mit deinen riesigen Plattfüßen zertrampelst du uns bloß alle Spuren.«

»Wolf, ich denke, Karl hat recht. Und ich muss sowieso warten, bis der Leichnam bei mir in der Pathologie auf dem Tisch liegt. Apropos Tisch, besser gesagt Mittagstisch: Ich soll dir einen lieben Gruß von deiner Mutter ausrichten. Sie hat sich bei mir bedankt, dass ich dich überredet habe.« Er schlug seinem alten Freund lachend auf die Schulter. »Die gute Frau hat nämlich Angst, dass ihr liebes Wölfchen im Wald verhungern könnte. Übrigens freut sie sich sehr auf uns. – Und ich mich auf die ›rostigen Ritter‹«, frohlockte Dr. Schönthaler und rieb sich die Hände.

Sie waren blutverschmiert und steckten noch immer in Latexhandschuhen.

2

Die Sonne stand fast im Zenit. Ihre energiereiche Wärmestrahlung hatte das Musikerviertel in einen regelrechten Glutofen verwandelt. In Tannenbergs Elternhaus in der Beethovenstraße waren alle Fenster verschlossen, auf der Südseite die Rollläden heruntergelassen. Wegen der hochsommerlichen Hitze herrschte in der Wohnküche bereits vor dem Mittagessen eine südländische Siesta-Atmosphäre – sieht man einmal von Margot Tannenberg ab, die wie stets um diese Tageszeit im wahrsten Sinne des Wortes alle Hände voll zu tun hatte. Während sie das Essen zubereitete, saßen Ehemann Jacob und ihr ältester Sohn Heiner Zeitung lesend am Küchentisch. Kurt, der vergötterte Familienhund hatte es sich auf dem Fußboden gemütlich gemacht. Lang ausgestreckt lag er auf der Seite und schmiegte den massigen Körper an die kühlenden Fliesen. Seine Augen waren geschlossen, die riesige Zunge hing schlaff über die ausgefransten Lefzen hinweg.

Nur etwa eine Handbreit von seinem Kopf entfernt schlummerte die kleine Emma in einer Wippe. Außer ihrer Windel trug sie lediglich ein fliederfarbenes Mini-T-Shirt. Sie sah aus wie ein schlafender Engel.

Kurt räkelte sich. Zuerst gab er grunzende Laute von sich, dann sperrte er das Maul auf, gähnte und entblößte dabei ein furchterregendes Raubtiergebiss. Die Tonlage wurde urplötzlich höher, erinnerte an einen hellen Schrei.

Emma zuckte zusammen, riss die Augen auf und blickte sich erschrocken um. Doch als sie die gewohnte Umgebung, die bekannten Menschen und den bärigen Leonberger-Mischling zu ihren kleinen Füßchen entdeckte, entspannte sich ihre Mimik sogleich wieder. Sie begann zu brabbeln und strampelte mit den feisten Beinchen.

Die Miniaturzehen berührten dabei die feuchte Nase des Hundes. Brummend öffnete Kurt die Augen und hob ein wenig den Kopf. Mit einer schnellen Wischbewegung zog er seine raue Zunge über die winzige Fußsohle. Emma quietschte und gluckste vor Vergnügen.

Betty Tannenberg kam gemeinsam mit ihrer Tochter Marieke, Emmas junger Mutter, durch die Küchentür herein. Über ihrem linken Arm hingen mehrere ungebügelte T-Shirts, die sie auf dem gedeckten Tisch ablegte. Heiner zog verwundert die Stirn in Falten, Jacob dagegen ignorierte den Auftritt seiner Schwiegertochter gänzlich.

In diesem Augenblick erschienen Dr. Schönthaler und Tannenberg in der elterlichen Parterrewohnung. Sofort erhob sich Kurt, trottete schwanzwedelnd zu seinem Herrchen und rammte ihm zur Begrüßung die Nase in den Oberschenkel.

Nachdem er sich seine Streicheleinheiten abgeholt hatte, verzog er sich wieder auf sein kühles Plätzchen. Als Emma ihn zurückkehren sah, quiekte sie in Erwartung eines neuen Spieldurchgangs. Die beiden winzigen Händchen schlugen wild umher. Kaum hatte sich der riesige Hund vor ihr abgelegt, schon näherten sich die knubbeligen Speckfüßchen seiner Schnauze – und das Spiel der beiden begann von neuem.

Derweil überreichte Betty jedem der beiden Männer ein T-Shirt. »Sofort anziehen!«, befahl sie in Kasernenhofton.

»Warum denn? Ich hab doch schon ein T-Shirt an«, versuchte Heiner Protest einzulegen.

»Geliebter Ehegatte, frag nicht lange, mach einfach das, was ich dir eben gesagt habe.«

»Elsbeth hat recht, Bruderherz«, meinte Tannenberg grinsend, während er sein Hemd auszog: »Du sollst deinem Weibe aufs Wort gehorchen – steht, glaub ich jedenfalls, schon in der Bibel.«

Normalerweise reagierte Betty auf die provokative Nennung ihres eigentlichen Vornamens recht aggressiv, aber diesmal blieb sie ruhig. »Bitte, meine Herren, seid so nett und erfüllt mir diesen Wunsch«, säuselte sie. »Es ist nur ein kleiner Test, sonst nichts.« Anschließend begab sie sich zu ihrer Schwiegermutter, die gerade Karthäuserklöße in der Pfanne wendete und reichte ihr ein besonders großes Exemplar. »Margot, sei du auch so lieb und zieh das T-Shirt kurz drüber.« Sie drehte sich zu Marieke um. »Du bitte auch.«

Die gutmütige alte Dame tupfte sich mit einem Zipfel ihrer Kittelschürze Schweißperlen von der faltigen Stirn. Lächelnd zwängte sie sich in das T-Shirt. Marieke unterbrach die Liebkosung ihrer Tochter und tat es ihr gleich. Bis auf den Senior der Familie, der weiterhin unbeeindruckt in seiner *Bildzeitung* schmökerte, befolgten die anderen Männer grummelnd die Anweisung.

»Jacob, bitte tu mir den Gefallen und zieh das T-Shirt über«, bettelte seine Schwiegertochter. »Du kannst es auch gleich wieder ausziehen. Aber du bist nun mal besonders wichtig für diesen Test.«

Ohne die Zeitung aus den Händen zu legen, drehte der Senior den Kopf zu Betty hin. Er zog die Augenbrauen hoch und ließ sie dort oben eine Weile verharren. »Mein liebes Mädchen, merk dir mal folgendes: Wir pfälzischen Ureinwohner ziehen aus Prinzip dieses Amizeug nicht an.« Er warf einen demonstrativen Blick auf sein ärmelloses weißes Feinripp-Unterhemd, das den hageren Brustkorb bedeckte. »Außerdem hab ich schon *ein* Unterhemd an und das reicht wohl! Warum sollte ich denn noch eins anziehen? Bei dieser Hitze. Ja, bin ich denn bekloppt?«

Während sich Betty kopfschüttelnd von ihm abwandte, erinnerte sich Tannenberg an die Marotte seines Vater, selbst bei solchen Extremtemperaturen, wie sie gerade herrschten, lange Unterhosen zu tragen. Nicht nur beim Heidelbeerpflücken hatte er seine Jungs des Öfteren mit folgender Lebensweisheit beglückt: ›Denkt immer daran: Was gut ist für die Kälte, ist auch gut für die Hitze.‹ Er musste unweigerlich schmunzeln. Auch deshalb, weil er selbst heute Morgen ein langärmeliges Hemd angezogen hatte, obwohl der Wetterbericht den bisher heißesten Tag des Jahres angekündigt hatte.

»Und jetzt?«, fragte Heiner ungeduldig.

»Jetzt zieht ihr bitte alle wieder eure T-Shirts aus.«

Nachdem Dr. Schönthaler die Aufforderung befolgt hatte, kämmte er seine Haare mit den Fingern nach hinten. Danach zupfte er auf beiden Seiten an seiner Fliege, um sie auszurichten. Mit weiteren routinierten Handgriffen versetzte er sein verrutschtes Sommerhemd wieder in einen ordnungsgemäßen Zustand. »Und was war nun der Sinn dieser ganzen Aktion?«, wollte er wissen.

Betty reagierte nicht auf seine Frage. Wie Rumpelstilzchen stapfte sie wild gestikulierend durch die Wohnküche. »Das gibt es einfach nicht!«

»Was denn?«, seufzte Tannenberg verständnislos.

Seine Schwägerin blieb stehen. »Gestern Abend gab's diese blöde ›Typisch Mann/typisch Frau-Show‹ im Fernsehen.«

Der Kriminalbeamte stemmte die Arme in seine Hüften. »Ich fass es einfach nicht! Lief diese Sendung denn nicht bei einem Privatsender? Bislang dachte ich immer, du guckst nur Arte und Phoenix.«

»War ja auch die absolute Ausnahme«, blaffte sie zurück. »Aber es ist wirklich so, wie die behauptet haben. Das gibt's doch nicht!«

»Ja, was denn, verdammt nochmal?«, fluchte Tannenberg und handelte sich damit umgehend einen rügenden Blick seiner Mutter ein.

Bettys Teint hatte sich inzwischen der Farbe ihrer kupferroten Haare angenähert. »Frauen und Männer ziehen ihre T-Shirts und Pullover auf ganz unterschiedliche Art und Weise aus. Ihr zieht die Sachen einfach über den Kopf und wir fummeln irgendwie kompliziert mit den Armen drin rum. Das dauert viel länger und ist auch noch total unpraktisch«, verkündete sie mit sich überschlagender Stimme.

»Na, und wenn schon! Wen interessiert denn so was?«

»Mich zum Beispiel, Wölfchen«, zischte sie.

»Aber warum denn?«, fragte der Rechtsmediziner, der inzwischen neben Margot am Herd stand und genüsslich den verführerischen Karamellduft einsog.

»Weil ihr Männer uns dazu gezwungen habt.«

»Was haben wir?«, lachte ihr Schwager schallend los. »Wozu haben wir euch gezwungen?«

»Dazu, unsere Sachen so bescheuert an- und auszuziehen. Von alleine sind wir bestimmt nicht auf diesen Blödsinn gekommen.«

Einen Moment lang hatte es Tannenberg doch tatsächlich die Sprache verschlagen. Er hob die Schultern, drehte die Handflächen nach außen. In diese fragende Geste hinein fuhr er stammelnd fort: »Aber, aber was können wir denn dafür, dass ihr eure T-Shirts …?«

Betty fiel ihm ungehalten ins Wort. »Das ist wieder einmal ein Beweis für die patriarchalischen Herrschaftsstrukturen, mit denen ihr uns jahrtausendelang unterdrückt habt.« Sie baute sich drohend vor ihrem Schwager auf und wiederholte ihren Pauschalvorwurf: »Ihr habt uns dazu gezwungen!«

Daraufhin ging Tannenberg mit einer wegwerfenden Handbewegung einen Schritt zurück und sagte dabei: »Quatsch, Betty, es gibt garantiert ein geschlechtsspezifisches T-Shirt-Gen.« Während sich das Gesicht seiner Kontrahentin noch stärker rötete, setzte er grinsend den Fangschuss: »Aber vielleicht liegt's ja auch einfach nur an einer gewissen amotorischen Grunddisposition von euch Frauen.«

»Das haben diese Männerschweine gestern Abend auch behauptet«, schrie sie. Und zwar so laut, dass Emma zu weinen anfing. Betty schossen Tränen der

Wut in die Augen. »Als angeblichen Beweis haben diese Machos einigen Frauen aus dem Publikum Bälle zugeworfen. Und die sollten sie dann auffangen. Das war so gemein!« Sie schnappte nach Luft, warf ihre Lockenpracht in den Nacken und stürmte aus der Küche.

»Wolfi, du sollst sie nicht immer so ärgern«, tadelte Margot. »Du weißt doch ganz genau, wie empfindlich sie reagiert.«

»Ach, Mutter, Elsbeth ist schließlich selbst dran schuld. Sie fängt doch immer damit an, uns Männer zu beschimpfen.« Er ging zu ihr hin und drückte ihr einen herzhaften Schmatz auf die Wange. »Alles können wir uns schließlich von solchen Kampfemanzen auch nicht gefallen lassen.«

Margot konnte ihren Söhnen einfach nicht böse sein. »Du bist mir schon einer, Wolfi«, seufzte sie und wies dabei auf eine dampfende Suppenschüssel. »Stell sie bitte rüber auf den Tisch. Die ›rostigen Ritter‹ sind gleich fertig.« Mit einem versonnenen Blick begleitete sie ihren Sohn auf seinem Weg zum Küchentisch. »Schön, dass du doch noch zum Essen kommen konntest.«

»Aber eigentlich hab ich gar keinen Hunger«, gab Tannenberg über seine Schulter hinweg zurück.

Die Miene der alten Dame nahm einen besorgten Ausdruck an. »Wieso denn? Bist du etwa krank?«

»Nein, nein, liebe Frau Tannenberg. Kein Grund zur Beunruhigung«, versetzte Dr. Schönthaler grinsend. »Das liegt nur daran, weil ihr Sohn so eine alte Memme ist. Es ist immer dasselbe mit ihm. Jedes Mal, wenn wir eine zerstückelte Leiche finden, schlägt's ihm auf den Magen.«

Margot warf entsetzt die Hand vor den Mund. »Eine zerstückelte Leiche?«

Jacob, der nicht umsonst den Spitznamen ›Sherlock Holmes aus der Beethovenstraße‹ trug, wurde bei diesem Thema sofort hellhörig. Er legte die Zeitung beiseite. Sein Gesicht blitzte geradezu vor Neugierde. »Komm, Rainer, setze dich zu uns und erzähle mal ein bisschen was über euren neuen Fall.«

Mit einem abschätzigen Blick auf seinen jüngsten Sohn schob er nach: »Der Herr Hauptkommissar sagt ja seinem alten Vater nie etwas über seine Arbeit. Weil er Angst hat, dass ich es im ›Tchibo‹ ausplaudern könnte.« Seine Stimme gewann bedeutend an Schärfe. »Dabei ist es genau umgekehrt: Ich besorge ihm im ›Tchibo‹ wichtige Informationen, die in keinem seiner komischen Polizei-Computer zu finden sind.«

»Ruhe! Jetzt wird nicht gestritten, sondern gegessen«, sprach die Seniorin ein energisches Machtwort.

Nachdem sich alle am Tisch eingefunden hatten, schenkte Margot die Nudelsuppe aus und lud jedem einen reichlich mit Zucker und Zimt bestreuten Kartäuserkloß auf einen Kuchenteller.

Emma saß bei ihrer Mutter auf dem Schoß. Als sie das in gesüßter Milch eingeweichte Brötchen entdeckte, fing sie sogleich an zu schmatzen. Sie gab erst Ruhe, als ihr Marieke ein kleines Stückchen der Leckerei in den Mund schob. Tannenberg dagegen stocherte lustlos in seinem ›rostigen Ritter‹ herum.

Der Rechtsmediziner konnte offensichtlich nicht mehr mitansehen, wie sein Freund diese Köstlichkeit verschmähte. »So schlimm war's doch nun auch wieder nicht, alter Junge«, redete er ihm gut zu, während er sich den letzten Rest seines Kartäuserkloßes auf die Gabel schob. »Und das mit dem fehlenden Gesicht kriegen wir bestimmt hin. Du weißt doch, dass es wahre Rekonstruktionsexperten gibt. Außerdem haben wir ja noch sein Gebiss zur Erhebung des Zahnstatus.«

Entsetzt ließ Margot ihren Löffel in die Nudelsuppe sinken. Mit offenem Mund starrte sie Dr. Schönthaler an. Sie kannte ihn schon als kleinen Jungen und mochte ihn sehr. Er war derselbe Jahrgang wie ihr Sohn Wolfram und hatte mit ihm dieselbe Schulklasse besucht. Die beiden Freunde waren schon damals unzertrennlich gewesen. Selbst in der Zeit, als Rainer Schönthaler nach seinem Medizinstudium einige Jahre in Norddeutschland gearbeitet hatte, war ihr Kontakt nie abgerissen. Vor über zwanzig Jahren hatten ihn eine gescheiterte Ehe und die Sehnsucht nach seiner geliebten pfälzischen Heimat in die Barbarossastadt zurückgetrieben.

»Kann ich deinen ›rostigen Ritter‹ auch noch haben?«, fragte Dr. Schönthaler und zeigte mit seiner Gabel auf Tannenbergs Teller. »Wäre doch eigentlich schade drum.«

»Klar, kannst du den haben«, mischte sich Jacob ein. Er raubte seinem Sohn den Kloß und legte ihn dem Pathologen auf den Teller. »Außerdem kriegst du ein zweites Glas Wein von mir, wenn …«

»Nein, das geht doch nicht«, protestierte Margot. »Rainer muss nachher bestimmt noch ins Krankenhaus fahren und arbeiten.«

»Ja, das stimmt. Aber machen Sie sich mal keine Gedanken, meine Liebe. Wissen Sie, bei mir kommt es nicht so genau drauf an. Bei meinen chirurgischen Eingriffen kann ich ja keinem mehr wehtun.«

Nun verstummte die alte Dame gänzlich.

Jacob dagegen hatte endgültig Blut geleckt. »Und wenn du mir ein bisschen was über euren neuen Fall erzählst, kriegst du als Belohnung auch noch die zwei da.« Er deutete auf die Servierplatte, die in der Tischmitte stand.

»Das erfüllt ja fast den Tatbestand der Erpressung, Herr Tannenberg«, bemerkte der Rechtsmediziner lächelnd. »Also gut, ich gebe mich geschlagen.«

»Wo habt ihr den Toten denn gefunden?«, nutzte der Senior sofort die Gunst der Stunde.

»Den Leichnam haben wir …«

»Stopp, Rainer, nicht weiter!«, knurrte sein Freund dazwischen.

»Wieso denn nicht, Wolf? Steht morgen früh ja sowieso alles in der Zeitung.«

Jacob nickte eifrig. »Genau.«

»Von mir haben Sie es aber nicht.«

»Nein«, gab Jacob gedehnt zurück. »Bis es in der Zeitung steht, sage ich niemandem etwas darüber – versprochen.«

»Gut.«

Der alte Tannenberg legte den Löffel neben seinen Teller. Dann knetete er in gespannter Vorfreude seine Hände. »Also, nun sag schon: Wo habt ihr die Leiche gefunden?«

»An der Jammerhalde. Das ist unterhalb von Dansenberg.«

»Ja, ja, ich weiß, wo die Jammerhalde ist. Da waren

wir im Krieg oft Holzsammeln.« Er krauste die Stirn. »Was ist dort passiert? Du hast doch gesagt, die Leiche wurde zerstückelt?«

»Hab ich gesagt, ja. Aber das ist nicht ganz richtig. Dem Toten wurde lediglich der Kopf abgetrennt.«

»Womit?«

»Das wissen wir leider noch nicht. Vielleicht gibt uns nachher die Autopsie näheren Aufschluss darüber.«

»So, jetzt reicht's aber, Rainer. Mehr braucht Vater nicht zu wissen.«

»Ist schon gut, Herr Hauptkommissar«, grummelte Jacob. »Wenn du wieder so bockig bist, werde ich mein Wissen über die Morde an der Jammerhalde am besten gleich an die Zeitung verkaufen.«

Tannenberg lehnte sich amüsiert in seinem Stuhl zurück. »Das kannst du getrost vergessen. Du glaubst doch nicht im Ernst, dass dir diese alten Kamellen irgendjemand abkauft. Die Geschichte mit dem Massaker im 30-jährigen Krieg kennt doch fast jeder in der Stadt.«

»Von wegen 30-jähriger Krieg. An der Jammerhalde hat man schon öfter Tote entdeckt.« Jacob tippte sich leicht mit den Fingerkuppen an die Stirn. »Ich mein' doch nicht die Morde beim ›Kroatensturm‹. Das ist doch schon viel zu lange her.« Er stockte, wartete auf eine Reaktion. Diese stellte sich auch postwendend ein.

»Sondern?«, fragte sein jüngster Sohn.

»Ach, der neunmalkluge Herr Hauptkommissar weiß offensichtlich nichts von den Doppelmorden Anfang der siebziger Jahre.« Grinsend hob er die Brauen und drehte den Kopf. »Du auch nicht, Rainer?«

Dr. Schönthaler zuckte mit den Schultern. »Nee.«

»Bist du mit zwanzig Euro Strafgeld einverstanden – wegen vorsätzlicher Verärgerung deines alten Vaters?«

»Okay, aber wir halten's wie immer: zuerst die Informationen, dann die Kohle.«

»Leg erstmal die zwanzig Euro auf den Tisch. Wer weiß denn, ob du überhaupt noch so viel hast.«

Tannenberg zog umständlich seinen Geldbeutel aus der Gesäßtasche, holte einen Zwanzig-Euro-Schein heraus und legte diesen auf den Tisch.

Jacob ergriff den Geldschein und begutachtete ihn skeptisch. »Könnte ja Falschgeld sein.«

»Vater!«

»So ungeduldig plötzlich?« Er räusperte sich ausgiebig. »Also gut: Irgendwann in den siebziger Jahren hat hier in der Gegend ein brutaler Mörder sein Unwesen getrieben. Er hatte es auf Liebespaare abgesehen. Er ist immer auf dieselbe Weise vorgegangen: Zuerst hat er den Mann umgebracht. Die Frau musste dabei zusehen. Danach hat er die Frau geschändet und sie anschließend ebenfalls ermordet. Eines dieser Pärchen ist damals direkt an der Jammerhalde aufgefunden worden. Beide mit durchgeschnittener Kehle. Genau da, wo jetzt der Gedenkstein steht.«

»Wirklich? Dort haben wir vorhin den Toten entdeckt. Weißt du, ob man diesen Täter irgendwann gefasst hat?«, fragte der verblüffte Kriminalbeamte.

»Nein, ich hab jedenfalls nichts davon mitbekommen. Vielleicht ist der Tote ja dieser Mörder. Vielleicht hat ja irgendein Angehöriger eines seiner damaligen Opfer späte Rache genommen.«

Tannenberg brummte nachdenklich.

Jacob nahm ihn fest ins Visier. »Junge, du solltest dich wirklich in Acht nehmen. Über der Jammerhalde liegt ein Todesfluch.«

3

»Mann, Flocke, ist das eine verdammte Hitze. Das Gewitter heute Nacht hat kaum Abkühlung gebracht«, stöhnte Tannenberg, als er die Diensträume der Kaiserslauterer Mordkommission betrat. Er eilte an seiner Sekretärin vorbei zum Waschbecken, drehte den Wasserhahn auf und schaufelte sich ein paar Hände voll Leitungswasser ins Gesicht. »Tut das gut«, prustete er, während er sich abtrocknete. »Das ist ja schlimmer als in einem Brutkasten.«

»Also, Chef, mir kann's gar nicht heiß genug sein«, ertönte es in seinem Rücken.

Verwundert drehte er sich um. Die gute Seele des K 1 saß von zwei Teekannen eingerahmt hinter ihrem Schreibtisch und strahlte ihn an. Petra Flockerzie hatte ein rundes, freundliches Gesicht mit Lachgrübchen um die Mundwinkel herum. Den lebhaften, grünen Augen schien nichts entgehen zu können. Die etwa 50-jährige Frau war kräftig gebaut, stämmig und hatte Oberarme wie eine Gewichtheberin. Sie trug einen beigen Rock und eine weitgeschnittene Sommerbluse, die ihre Leibesfülle geschickt verhüllte. Die schulterlangen, mittelblonden Haare hatte sie zu einem Pferdeschwanz zusammengebunden.

»Wieso denn das auf einmal?«, fragte Tannenberg. »Sonst beschwerst du dich doch immer gleich, wenn die Heizung nur ein kleinbisschen zu warm ist.«

»Da hab ich es eben noch nicht gewusst.«

»Was hast du noch nicht gewusst?«

Petra Flockerzie hielt ihm ein schmales Büchlein entgegen. »Wie positiv sich hohe Temperaturen auf den Abbau unserer Körperfette auswirken«, erklärte sie ihrem perplexen Vorgesetzten. Sie schlug die Broschüre auf und begann daraus zu zitieren: »Da steht's: Unsere revolutionäre Turbo-Flüssigkeits-Diät sollte am besten bei hochsommerlichen Temperaturen durchgeführt werden.« Demonstrativ ergriff sie eine Tasse mit der Aufschrift ›Übergewicht einfach wegtrinken‹ und hob sie kurz in die Höhe. Danach ergänzte sie: »Scholl's Turbo-Grüntee-Diät fördert entscheidend die Thermo-genesis …«

»Thermo-genesis? Dieses Wort hab ich ja noch nie gehört.«

»Das ist die Fettverbrennung, Chef«, erläuterte sie in belehrendem Ton. »Es ist ganz einfach: Je mehr man schwitzt, umso effektiver und schneller funktioniert diese wunderbare Diät.«

Tannenberg ließ ein skeptisches Brummen verlauten.

»Doch, das ist wirklich so, das haben internationale Experten bewiesen.« Ergriffen seufzte sie auf und tupfte sich dabei mit einem Papiertaschentuch die Nässe von ihrem speckig-glänzenden Gesicht. »Diese neue Trinkdiät entschlackt so wunderbar. Das Tein regt den Kreislauf an, der Körper wird entgiftet, die Darmtätigkeit reguliert, das Immunsystem gestärkt.«

Sie führte die Tasse zum Mund, schloss die Augen und schlürfte an der zartgelben Flüssigkeit. »Man spürt tatsächlich bei jedem kleinen Schluck, wie die Pfunde

Gramm für Gramm verschwinden. Die schmilzen weg wie Butter in der Sonne.«

Während des emphatischen Vortrags seiner Sekretärin wanderte Tannenbergs schmunzelnder Blick zur Decke empor, wo ein mächtiger Ventilator erfolglos gegen die schwülwarme, stickige Raumluft ankämpfte. Als er die kreisenden Rotorblätter sah, veränderte sich sein Gesichtsausdruck schlagartig. Wie aus dem Nichts überfiel ihn ein Déjà-vu-Erlebnis. Unwillkürlich musste er an einen Vorfall denken, der nun schon fast zwanzig Jahre zurücklag, der ihm aber trotzdem auch heute noch einen schmerzhaften Stich in die Magengegend versetzte.

Seine verstorbene Frau Lea und er hatten sich damals des öfteren Heiners Tochter Marieke ausgeliehen – aus Trainingsgründen, wie Lea diese zeitweise Babybetreuung gerne nannte. Schließlich sah die eigene Familienplanung mindestens drei Kinder vor. Obwohl Lea Kinderärztin war, hatten ihr die vorwiegend medizinischen Erfahrungen mit Kleinkindern nicht ausgereicht. Sie wollte mit einem gesunden Baby Alltagserfahrungen sammeln. Zudem sollte ihr Ehemann auf diese Weise auf den von ihm zu erbringenden Beitrag zur Versorgung des gemeinsamen Nachwuchses vorbereitet werden.

Es war an einem schwülheißen Samstag im Hochsommer. Wolfram Tannenberg hatte seine süße Nichte in einem Babyrucksack durch die halbe Stadt getragen. Zunächst waren sie ziellos umhergewandert und hatten sich am Fackelbrunnen ein wenig erfrischt. Nach einem Einkaufsbummel über den Wochenmarkt hatten Mariekes Ersatzeltern als krönenden Abschluss ihres Ausflugs eine Eisdiele angesteuert.

Die schattigen Plätze im Freien waren alle besetzt. Während sie sich die verschiedenen Eissorten betrachteten, griff Tannenberg in bewährter Manier nach hinten und schob seine riesigen Pranken unter Mariekes Ärmchen. Anschließend zog er das Baby vorsichtig aus dem Rucksack. Er wollte gerade die Arme nach oben durchdrücken und so den kleinen Fratz über seinen Kopf heben, als unmittelbar hinter ihm ein gellenden Schrei ertönte. Er hielt abrupt inne. Ehe er sich versah, hatte eine junge Frau seine Arme gepackt und sie nach unten gezogen.

Im ersten Moment verstand er überhaupt nichts. Erst als die Frau mit zitternder Hand nach oben wies und seine Augen der Armbewegung folgten, begriff er endlich: Etwa einen halben Meter über ihm kreisten die Rotorblätter eines Deckenventilators. Diesen panischen Schrei würde er wohl niemals vergessen können. Auch jetzt klang er ihm mit Nachhall im Ohr und jagte ihm eiskalte Schauder den Rücken hinunter.

In einem tiefen Zug sog Tannenberg die abgestandene Luft ein. Kopfschüttelnd glitt sein Blick durch den von seiner Sekretärin beherrschten, zentralen Bereich, an den die Zimmer der K 1-Mitarbeiter angrenzten. Bis auf sein eigenes Büro standen alle Türen offen.

»Sag mal, Flocke, wo stecken denn eigentlich meine werten Kollegen?«

Die Sekretärin, immer noch in die Lektüre des Diätratgebers vertieft, tat die Frage zuerst mit einem Schulterzucken ab. Doch plötzlich schien sie sich daran zu erinnern, dass sie sich gegenwärtig nicht zu Hause, sondern an ihrem Arbeitsplatz aufhielt. Sie reagierte wie eine Schülerin, die gerade von der Lehrerin aus ihren

Tagträumereien herausgerissen wurde: Ein Ruck ging durch ihren Körper, sie richtete sich ein wenig auf. Nahezu zeitgleich ließ sie die Broschüre in der Schublade verschwinden.

»Weiß ich nicht, Chef«, antwortete sie lauter als beabsichtigt. Als sie Tannenbergs verdutztes Mienenspiel bemerkte, schob sie mit vorwurfsvollem Unterton nach: »Haben Sie denn vergessen, dass ich heute Morgen Urlaub genommen habe? Ich bin doch auch erst seit ein paar Minuten hier.«

Dann weiß sie sicherlich auch noch nichts von dem Leichenfund an der Jammerhalde, dachte Tannenberg. Natürlich! Sonst hätte sie mich nicht mit ihrer neuesten Diät vollgequatscht, sondern mir Löcher in den Bauch gefragt.

»Irgendwie hab ich das Gefühl, Sie könnten jetzt einen doppelten Espresso gut gebrauchen«, meinte Petra Flockerzie. »Das Koffein ist gut für die Gedächtnisleistung, die ja mit zunehmendem Alter rapide abnimmt.«

Bevor Tannenberg diese Spitze kommentieren konnte, betrat Sabrina den Raum. Sie hatte das verlockende Angebot der Sekretärin anscheinend mitgehört.

»Für mich bitte auch einen, Flocke«, bat die junge Kriminalbeamtin. Sie drückte die Flurtür ins Schloss und trat auf ihren Vorgesetzten zu. »Na, mein liebes Wölfchen, wie haben denn Mamas ›rostige Ritter‹ geschmeckt?«

Während der Angesprochene mit der bröckeligen Version eines Lächelns reagierte, weiteten sich Petra Flockerzies Augen und feuerten einen schmachtenden Blick in Richtung des Kommissariatsleiters ab.

»>Rostige Ritter<«, seufzte sie in ihren nächsten Atemzug hinein. »Hmh«, brummte sie sehnsüchtig, »die würde ich so gerne auch mal wieder essen.«

Doch urplötzlich veränderte sich ihre Mimik und erinnerte nun an die eines kleinen Kindes, dem man einen Löffel Lebertran vor den Mund hielt. Sie hatte nämlich gerade an ihr eigenes Mittagsmahl gedacht, welches sie in Gestalt von trockenem Knäckebrot und zwei Magermilchjoghurts in ihrer Schreibtischschublade erwartete.

Tannenberg warf einen Blick auf seine Armbanduhr. Es blieben nur noch knapp fünf Minuten Zeit bis zum Beginn der von ihm um 13 Uhr anberaumten Dienstbesprechung. Mit einer Kopfbewegung forderte er seine junge Kollegin auf, ihm in sein Büro zu folgen.

Nur wenig später trafen auch Sabrinas Ehemann Michael, Kriminalhauptmeister Geiger und Karl Mertel im K 1 ein. Schauß und Geiger hatten den Morgen in Olsbrücken verbracht, wo sie wegen einer Wirtshausschlägerei Zeugenbefragungen durchführten. Deshalb besaßen sie gegenwärtig nur bruchstückhafte Informationen über die Geschehnisse an der Jammerhalde. Nachdem alle am Besprechungstisch Platz genommen hatten, brachte Tannenberg diese beiden Mitarbeiter auf denselben Kenntnisstand, den er bislang besaß. Dann bat er Sabrina und den Kriminaltechniker um deren aktuelle Ermittlungsergebnisse.

»Als du und der Doc weg waren, bin ich zu den Waldarbeitern gefahren«, begann Kommissarin Schauß. »Das sind vielleicht derbe, zotige Gesellen. Die sind ja noch schlimmer als Bauarbeiter. Ich bin mir vorgekommen wie bei einer Peepshow. Die haben mich mit ihren Blicken förmlich ausgezogen.«

»Kein Wunder, bei deiner Superfigur«, bemerkte Geiger lüstern. »Warum hast du ihnen denn auch keinen Wald-Striptease hingelegt?«

»Halt's Maul, du geiler Sack!«, fuhr ihn Michael Schauß von der Seite her an. »Du hast mich heute Morgen schon genug genervt!«

Die beiden Kriminalbeamten hegten ein ziemlich angespanntes Verhältnis zueinander. Wegen Geigers sexistischer Anspielungen war Sabrinas Ehemann ihm schon mal an die Gurgel gegangen. Wenn irgendmöglich vermied Tannenberg, dass die Streithähne zusammenarbeiten mussten. Aber sein fähigster und belastbarster Mitarbeiter Adalbert Fouquet war in Urlaub und die Sache in Olsbrücken duldete nun mal keinen Aufschub. Der Oberstaatsanwalt hatte sich höchstpersönlich in die Ermittlungen eingeschaltet, schließlich handelte es sich bei einem der Verletzten um den einzigen Sohn des Landrates, einem Parteifreund Dr. Hollerbachs.

»Die haben sich genauso albern benommen wie pubertierende Jugendliche«, fuhr die attraktive Kommissarin fort. Ein höhnischer Blick fiel auf Geiger. »Oder sexuell frustrierte Kriminalbeamte. Na ja, jedenfalls hab ich fast nichts aus ihnen rausgekriegt. Nur, dass sie seit über einer Woche in diesem Waldgebiet Holz einschlagen. Vielleicht kann ja mal einer von euch sein Glück versuchen.«

»Das mach ich selbst«, erwiderte ihr Vorgesetzter.

»Gut«, freute sich Sabrina. »Ach, Wolf, bevor ich's vergesse: Dein Freund Kreilinger war auch da. Ich soll dir liebe Grüße von ihm bestellen.«

»Sonst noch was?«, knurrte Tannenberg.

»Nein, leider nicht.« Kopfschüttelnd nagte sie an ihren Lippen. Je länger die Erinnerung an diesen Affront in ihr köchelte, umso mehr steigerte sich ihre Empörung darüber. Mit anschwellender Stimme schob sie nach: »Das muss man sich mal vorstellen: Diese blöden Typen wollten mir noch nicht mal ihre Personalien angeben.«

»Und dieser bescheuerte Förster hat sie nicht dazu aufgefordert?«

»Nein, der stand nur da und grinste sich eins.«

»Na, warte. Diese Waldschrate können sich auf etwas gefasst machen.« In Vorfreude rieb sich der Leiter des K 1 die Hände. »Die nehm ich mir bei der nächsten Gelegenheit höchstpersönlich zur Brust.«

»Mach mal«, stimmte Sabrina mit schadenfroher Mimik zu. »Jedenfalls war ich heilfroh, als ich dort wieder weg war. Ich bin dann nochmal zu Karl an die Jammerhalde gefahren.«

Mertel fing den ihm zugeworfenen Ball auf und ergriff das Wort: »Zunächst einmal zum Tatwerkzeug …« Er stockte, wartete Tannenbergs Reaktion ab.

Diese stellte sich auch umgehend ein: Das Gesicht des Kommissariatsleiters leuchtete erwartungsvoll auf.

Doch während dieser den Mund öffnete, ergänzte Mertel grinsend: »Das wir nicht gefunden haben. Keine Spur von ihm, rein gar nichts. Wir haben die ganze Umgebung danach abgesucht.«

»Um welche Art von Tatwaffe könnte es sich denn handeln?«, wollte Michael Schauß wissen. »Hast du da schon irgendeine konkrete Vermutung?«

»Eine konkrete? Nein«, gab der Kriminaltechniker kopfschüttelnd zurück. »Höchstens eine ziemlich allgemeine. Denn fest steht eigentlich nur, dass man zur Abtrennung eines Kopfes ein scharfes, schweres Gerät benötigt. Das bekommt man mit einem Frühstücksmesser nicht hin. Vielleicht ist das Tatwerkzeug ein Hackebeil oder eine Axt. Irgendsowas in der Art eben.«

Mertel kniff nachdenklich die Augenbrauen zusammen. »Aber vielleicht hat der Täter ja auch eine Säge benutzt.« Er zuckte mit den Achseln. »Na ja, ich bin da auch kein Experte. Dazu kann euch der Doc nach der Autopsie sicherlich mehr sagen.«

»Hoffentlich«, seufzte der Leiter des K 1. »Und weiter, Karl, was gibt's sonst noch?«

»Leider nur wenig, Wolf. Bei der Sicherstellung von Reifenspuren sind wir bislang noch nicht sehr erfolgreich gewesen. Meine Kollegen stecken zwar noch mitten in ihrer Arbeit, aber bei diesen geschotterten Waldwegen solltest du dir besser nicht so viel davon versprechen. Außerdem hatten wir ja gestern Nacht dieses starke Gewitter. Und das hat den Spuren garantiert den Rest gegeben.«

»Und was ist mit der Kleidung des Toten?«, wechselte Kriminalhauptmeister Geiger das Thema.

»Die erste Analyse war ziemlich frustrierend: Alle Etiketten wurden fein säuberlich herausgetrennt. Bei den Lederschuhen handelt es sind um ein italienisches Fabrikat. Aber die kannst du wahrscheinlich auf der ganzen Welt kaufen. Das einzige, worauf Schuhe und Kleidung hindeuten, ist dass der Tote anscheinend ziemlich wohlhabend war.«

»Chef, Sie haben doch vorhin gesagt, dass sein Geld-beutel bisher nicht gefunden wurde?«, meinte Geiger.

»Ja, richtig«, gab Tannenberg nickend zurück. »Oder, Karl, habt ihr den inzwischen gefunden?«

Mertel verneinte mit einer Kopfbewegung.

»Auch keinen Autoschlüssel, kein Handy oder sonst was?«

»Nein, nichts dergleichen. Aber vielleicht finden ja die Kollegen von der Polizeischule Enkenbach noch etwas«, erklärte der Kriminaltechniker. »Die Hundert-schaft durchkämmt gerade großflächig das Waldgebiet um die Jammerhalde.« Während er kaum merklich den Kopf schüttelte, umspielte ein zartes Lächeln seine Lip-pen. »Sogar seine Manschettenknöpfe sind weg.«

»Also wahrscheinlich Raubmord«, schlussfolgerte Geiger.

»Quatsch!«, blaffte Michael Schauß. »Warum sollte sich denn ein Raubmörder die Mühe machen, seinem Opfer den Kopf abzutrennen?«

Geiger beantwortete nicht die Frage, sondern wandte sich an Mertel. »Kann auch ein Schwert als Tatwaffe in Betracht kommen?«

Im ersten Moment schaute der Kriminaltechniker ein wenig verdutzt drein, doch dann nickte er. »Klar, warum nicht.«

Geiger wischte dicke Schweißperlen von seiner spe-ckig glänzenden Stirn. »Das ist bestimmt so. Den hat man mit einem Schwert getötet«, beharrte er auf seiner Inspiration. »Zack«, er schlug mit der Handkante waag-recht in die Luft, »Rübe ab!«

»Ich glaube, du schaust dir zu viele Samurai-Filme

an«, versetzte Sabrina schmunzelnd. »Die brauchst du wahrscheinlich als Ausgleich für deine tägliche Pornoration.«

Während seine Kollegen auflachten, krauste Wolfram Tannenberg die Stirn. »So unsinnig ist sein Beitrag gar nicht gewesen.«

Geiger konnte sein Glück kaum fassen. Ein Lob aus dem Munde des Kommissariatsleiters. Das passierte ungefähr so selten wie eine totale Sonnenfinsternis. Und dann auch noch vor versammelter Mannschaft. Voller Stolz grinste er über alle Backen und ließ seinen triumphalen Blick durch die Runde schweifen.

Doch er hatte sich zu früh gefreut, denn nach einer kurzen Pause schob sein Vorgesetzter nach: »Jedenfalls liegst du mit deinem Einwurf nicht ganz so extrem daneben, wie wir es sonst von dir gewohnt sind«, katapultierte ihn Tannenberg wieder zurück auf den steinigen Boden der Realität.

Geigers Miene verfinsterte sich.

»Ein ritueller Samuraimord, womöglich mit chinesischem Triaden-Mafia-Hintergrund? Ausgerechnet bei uns hier in der Pfalz? Das kannst du wohl getrost vergessen!«, bemerkte der Kommissariatsleiter in eine wegwerfende Handbewegung hinein. »Trotzdem führt uns deine Bemerkung direkt zur wohl entscheidenden Frage: Warum hat der Täter diesem Mann den Kopf abgetrennt?«

»Kann das nicht auch mit einer Guillotine gemacht worden sein?«, hakte Geiger nach, der sich anscheinend nicht so leicht geschlagen geben wollte.

»Herr Kriminalhauptmeister, ich habe nicht gefragt,

womit der Täter es getan hat, sondern warum!«, erklärte Tannenberg. »Hast du meine Frage noch immer nicht richtig verstanden?«

»Doch, Chef, schon. Aber wenn wir wüssten, womit, dann wüssten wir doch auch vielleicht, warum«, zeigte sich Geiger beharrlich.

Man konnte dem untersetzten, von der Natur bezüglich seines Äußeren ziemlich vernachlässigten Beamten durchaus gewisse intellektuelle Defizite nachsagen. Doch den Vorwurf mangelnden Diensteifers musste er sich nun wirklich nicht gefallen lassen. Er brauchte zwar stets etwas länger als seine Kollegen, um auf Touren zu kommen, aber wenn er sich in einen Fall festgebissen hatte, ließ er nicht mehr los. Vor allem dann nicht, wenn die Mitarbeiter des K 1 es mit einem spektakulären Fall zu tun hatte. Und diesmal sah es wieder einmal ganz danach aus – wie schon so oft, seitdem Tannenberg die Leitung der Mordkommission übertragen bekommen hatte.

»Heute ist doch der 14. Juli, der französische Nationalfeiertag. Es …«, schob Armin Geiger unverdrossen nach.

»Ja, und?«, würgte ihn Michael Schauß ab. Er war sichtlich genervt, rollte die Augen und blies die Backen auf.

»Es könnte doch sein, dass es da einen Zusammenhang gibt«, vollendete Geiger seinen Satz.

»Wo denn?«, entgegnete Tannenberg gedehnt. »Ich seh keinen. Oder glaubst du etwa allen Ernstes an einen Zusammenhang zwischen dem französischen Nationalfeiertag und dem Mord an der Jammerhalde?«

»Ja«, stieß er energisch aus. Der stark transpirierende Kriminalhauptmeister erhob sich von seinem Stuhl, während er gestenreich weiterredete. »An diesem 14. Juli sind doch der Sonnenkönig und seine Frau auf dem Schafott hingerichtet worden.« Er schüttelte kurz den Kopf, dann strich er sich über die feuchtglänzende Stirnglatze. »Oder feiern die das etwa wegen dieser, dieser Jungfrau von Dingsbums?«

»Komm, setz dich besser mal wieder hin und beruhige dich«, sagte Tannenberg. »Und trink vor allem mal was. Ich glaube, diese Bullenhitze bekommt dir nicht besonders.« Er brach ab, schnaubte vor Vergnügen. »Bullen-Hitze«, wiederholte er lachend, »was für ein tolles Wort. Passt gerade ganz genau zu unserer Situation, findet ihr nicht?«, fragte er in die Runde.

Nachdem er sich der amüsierenden Wirkung seines Beitrags vergewissert hatte, wandte er sich wieder an Geiger. »Du bringst da gerade ein paar Dinge gewaltig durcheinander.« Er nahm zur Präsentation seines historischen Basiswissens die Finger der rechten Hand zur Hilfe, die er nacheinander aus seiner Faust herausschnellen ließ:

»Also: Erstens wird am 14. Juli der Erstürmung des Pariser Gefängnisses, der sogenannten Bastille, gedacht. Zweitens wurde der französische König nicht an diesem Tage hingerichtet, sondern erst ein paar Jahre später. Und das nicht etwa gemeinsam mit seiner Gattin, denn Marie Antoinette war erst einige Monate später an der Reihe. Drittens handelte es sich bei dem damals regierenden Monarchen nicht um den Sonnenkönig, das war nämlich Ludwig der XIV. Beim Ausbruch der Französischen Revolution im Jahre 1789 war vielmehr Ludwig der XVI. an der Macht.«

Wie ihre Kollegen war auch Sabrina von Tannenbergs Vortrag sichtlich beeindruckt. »Sag mal, Wolf, hast du vorhin beim Mittagessen ein Geschichtslexikon verschluckt?«, warf sie scherzhaft dazwischen.

Ihr Chef ließ sich durch diese Bemerkung jedoch nicht aus dem Konzept bringen. Ein weiterer Finger richtete sich auf. »Und viertens handelte es sich bei deiner ›Jungfrau von Dingsbums‹, wie du diese berühmte Dame so liebevoll genannt hast, um Johanna von Orléans. Sie hat allerdings etwa 350 Jahre früher gelebt und wurde als Ketzerin auf dem Scheiterhaufen verbrannt.«

»Sie wurde nicht mit der Guillotine geköpft?«, fragte Geiger, augenscheinlich ziemlich enttäuscht.

»Nein.«

Nun wurde es offensichtlich auch Mertel zu bunt. »Kollege, du hast recht«, stimmte er dem Kriminalhauptmeister vordergründig zu. »Ich bin voll und ganz deiner Meinung. Wahrscheinlich ist unserem Opfer der Kopf mit einer Guillotine abgetrennt worden.«

Man sah Geiger deutlich an, dass er nicht so recht wusste, wie er dieses überraschende Statement deuten sollte.

»Und zwar mit so einer transportablen, aufblasbaren«, fuhr Karl Mertel grinsend fort.

»Die nach dem gleichen Prinzip funktioniert wie diese aufblasbaren Puppen«, ergänzte Kommissar Schauß mit schelmischem Mienenspiel. »Du weißt schon, welche ich meine, nicht wahr?«

Geigers verschwitzter, geröteter Kopf gewann nun noch ein wenig mehr an Farbe. Wie ein Maikäfer vor dem Abflug pumpte er seinen Brustkorb auf.

»Übrigens weiß ich jetzt auch, wieso ausgerechnet du Kulturbanause dich an die Jungfrau von Orléans erinnerst«, meinte der Leiter der Kriminaltechnik eher beiläufig. »Garantiert deswegen, weil die junge Dame auf Gemälden oft mit blankem Busen abgebildet wurde.«

»Und mit heruntergerissenem Kleid«, ergänzte Sabrina. »Das ist doch sicher etwas für deine perversen Phantasien, nicht wahr?«

Geiger japste nach Luft und fuchtelte wild mit seinen deutlich zu kurz geratenen Armen.

Doch bevor er etwas erwidern konnte, packte ihn Tannenberg an der Hand und zog ihn nach draußen in Petra Flockerzies Reich. Armin Geiger kochte vor Wut. Mit geballten Fäusten und verkniffenem Gesicht stand er hechelnd vor seinem Vorgesetzten und hörte sich an, was dieser ihm zu sagen hatte.

»Du gehst jetzt runter in den Keller ins Archiv. Da ist es schön kühl, und dort hast du auch deine Ruhe vor den anderen.«

»Okay, Chef«, knurrte Geiger, der sich augenscheinlich nur mühevoll beherrschen konnte.

»Gut. Du suchst mir jetzt alles über eine angebliche Mordserie in den 70er Jahren heraus, was du finden kannst. Damals soll ein Liebespaarmörder sein Unwesen hier in der Gegend getrieben haben. Ein ermordetes Pärchen wurde anscheinend direkt an der Jammerhalde aufgefunden.« Er zuckte mit den Schultern und stieß dabei ein Geräusch aus, das an einen tuckernden

Rasenmähermotor erinnerte. Dann ergänzte er: »Aber vielleicht handelt es sich dabei ja auch nur um eine Legende.«

Tannenberg schenkte der ominösen Geschichte, die ihm vorhin sein Vater kredenzt hatte, immer noch keinen rechten Glauben. Da er sich damit jedoch vor seinen Kollegen nicht blamieren wollte, zog er es sicherheitshalber vor, zunächst einmal Geigers Nachforschungen abzuwarten. Er blickte seinem Mitarbeiter tief in die stark geröteten Augen. »Es handelt sich hierbei um einen Spezialauftrag. Egal, was du herausfindest: Deine Ergebnisse teilst du ausschließlich mir mit. Hast du das verstanden?«

Während der Angesprochene brav nickte und sich geräuschvoll die Nase schnäuzte, bedachte Tannenberg seine Sekretärin mit einem verschwörerischen Augenzwinkern.

»Diese Recherche ist wirklich ausgesprochen wichtig für unsere Ermittlungsarbeit. Möglicherweise stoßen wir damit auf eine vielversprechende Spur.« In einen merkwürdigen Grunzlaut hinein schob er murmelnd nach: »Oder nur auf heiße Luft.«

Geiger schickte noch einen halblauten Fluch in Richtung der geschlossenen Bürotür, dann drehte er sich auf dem Absatz um und stapfte davon.

Nach der Rückkehr in sein Dienstzimmer richtete der Kommissariatsleiter zunächst einen eindringlichen Appell an den Rest seines Teams, das Possenspiel mit Geiger nicht allzu weit zu treiben. Die Ermahnungen erwiesen sich jedoch als überflüssig, denn jeder der Anwesenden hatte sich inzwischen selbstkritisch eingestanden, den Bogen gerade eben ein wenig überspannt zu haben.

Tannenberg schenkte sich ein Glas Mineralwasser ein, das er in einem gierigen Zug leer trank. Als er das Völlegefühl in seinem Magen bemerkte, drehte er seinen Kollegen den Rücken zu und entledigte sich der angestauten Kohlensäure mit Hilfe eines maskierten Räusperns.

»Ach, Wolf, bevor ich's vergesse«, ergänzte Mertel: »Wir haben natürlich auch diese weiße Lilie sichergestellt, die auf dem Gedenkstein lag. Ich glaube zwar nicht, dass der Mörder sie dort abgelegt hat, aber wir haben wie immer alles eingesammelt, was wir dort gefunden haben: Zigarettenkippen, Müll – und was unsere lieben Mitmenschen ansonsten in unseren herrlichen Wäldern zurücklassen.«

Tannenberg brummte nachdenklich. »Viel haben wir nicht gerade. Keinerlei Hinweise auf die Identität des Toten, keine Vermisstenmeldung, nichts. Noch nicht mal ein Foto von ihm. Wenn wir sein Gesicht hätten, könnten wir wenigstens die Bevölkerung um Mithilfe bitten.«

Frustriert ließ er seinen Kopf hin- und herbaumeln. »Wir sind wohl wieder mal auf den Herrn Leichenschnibbler angewiesen.« Er schlurfte zu seinem Schreibtisch und wählte Dr. Schönthalers Nummer.

Das Gespräch war schnell beendet. »Nicht vor morgen früh«, wiederholte der Leiter des K 1 die Worte seines alten Freundes. Die harsche Beschimpfungsorgie, mit der er gerade bedacht worden war, behielt er lieber für sich. Wie üblich hatte der altgediente Rechtsmediziner auf die Ungeduld der Kriminalpolizei sehr ungehalten reagiert.

»Übrigens, Wolf, ich war vorhin in der Zentrale«, erklärte Sabrina. »Wir haben nochmal gemeinsam die Vermisstenmeldungen abgecheckt. Aber von denen passt keine einzige auch nur annähernd auf unseren Toten.« Sie seufzte tief. »Aber wieso wird dieser so elegant gekleidete Mann von niemandem vermisst? Das versteh ich nicht.«

»Ich auch nicht«, stimmte Tannenberg zu. Dann klatschte er laut in die Hände. »Egal, Leute. Wir warten jetzt nicht tatenlos ab, bis dieser unfreundliche Pathologe uns großzügigerweise mit den Obduktionsergebnissen beglückt. Nein, wir legen direkt los. Und zwar fangen wir am besten mit den Hotels der Stadt an. Kümmert ihr beiden euch darum?«

Während Michael Schauß und seine Frau nickten, läutete Mertels Handy.

»Tatsächlich?«, zischte er mit aufflackerndem Blick in sein Mobiltelefon. »Wir sind schon unterwegs.« Er drückte die Unterbrechertaste, bevor er das Handy in der Hosentasche verschwinden ließ.

»Was ist denn los?«, wollte Tannenberg wissen.

»Die Polizeischüler haben möglicherweise das Tatwerkzeug gefunden.«

»Und welches?«, fragte Sabrina.

»Keine Ahnung. Meine Kollegen wissen anscheinend nicht, wie sie ihren Fund nennen sollen. Etwas Derartiges hätten sie vorher noch nie gesehen.«

4

»Das merkwürdige Ding da sieht aus wie eine Kombination von Hackebeil und Handsäge«, versetzte Tannenberg.

»Dieser Definition vermag ich durchaus zuzustimmen«, entgegnete Mertel in einer für ihn ungewöhnlich gestelzten Form.

»So was hab ich ja noch nie gesehen, Karl.« Der Leiter des K 1 kratzte sich so fest am Kopf, dass er das Geräusch selbst hören konnte. »Man kann es sich sogar an die Wand hängen.«

Während sein Kollege schmunzelnd nickte, inspizierte Wolfram Tannenberg weiter den seltsamen Gegenstand in dem Asservatenbeutel. Er war etwa 30 Zentimeter lang und schätzungsweise über ein Pfund schwer. An dessen einen Ende war ein großer, halbrunder Metallhaken angeschweißt.

»Stabiler Holzgriff, messerscharfe Klinge«, fuhr er mit seiner analytischen Beschreibung fort. »Wenn man damit fest zuschlägt, kann man sicherlich einem Menschen den Kopf abtrennen.«

»Siehst du die Anhaftungen da unten?«, fragte Mertel und tippte wie ein taktstockschwingender Dirigent mit dem Finger auf die Edelstahlklinge. »Dabei dürfte es sich höchstwahrscheinlich um Blut handeln.«

»Gut, dann sollte schleunigst mal einer deiner Jungs unseren Rechtsmediziner mit diesem interessanten Fundstück belästigen.«

»Thomas, machst du das mal«, gab der Kriminaltechniker sogleich die Anweisung an einen seiner Mitarbeiter weiter.

»Wo hat man das Ding überhaupt gefunden?«, fragte der Leiter der Kaiserslauterer Mordkommission.

Der von Mertel angesprochene, großgewachsene Beamte schälte sich gemächlich aus seinem Plastikoverall. Mit dem Kinn wies er am Gedenkstein vorbei in westliche Richtung und erklärte: »Etwa hundert Meter von hier entfernt, mitten im Hang in einer kleinen Senke hinter einem Baumstumpf.«

Tannenberg war selbstverständlich bekannt, dass die Polizeischüler bei ihren systematischen Geländeinspektionen Metalldetektoren verwendeten. »War das Ding im Boden verbuddelt?«

»Nein, es lag ziemlich frei. Man konnte es eigentlich gar nicht übersehen.«

»So? Das ist aber seltsam.«

»Wieso?«, gab Mertels Mitarbeiter zurück.

»Wollte da etwa jemand, dass wir es finden?«

»Glaub ich eher weniger. Das war bestimmt Zufall. Dort oben ist der Waldboden von Wildschweinen regelrecht durchgepflügt.«

»Habt ihr sonst noch etwas gefunden?«

»Nein. Aber die Kollegen aus Enkenbach suchen ja noch eine Weile weiter.«

Tannenberg räusperte sich geräuschvoll und brummte nachdenklich. »Wisst ihr eigentlich schon, ob der Fundort auch der Tatort ist?«

Der Spurenexperte, der sich inzwischen seines Overalls entledigt hatte, schürzte die Lippen. »Also, wenn die Abtrennung des Kopfes die Todesursache war, dann wurde der Mann mit an Sicherheit grenzender Wahrscheinlichkeit nicht dort getötet, wo er gefunden wurde.«

»Woher weißt du das so genau?«

»Ganz einfach: Weil wir dann bedeutend mehr Blut hätten finden müssen«, entgegnete der Beamte in recht überheblichem Ton. »Vor allem auch in ein, zwei Metern Abstand von der Austrittsstelle. Wegen des …«

»Also, lieber Kollege«, fiel ihm Tannenberg ins Wort. Er zog die Augenbrauen nach oben, ließ sie dort verharren. »Du wirst es mir vielleicht nicht glauben, aber sogar ich weiß, dass die Durchtrennung der Halsschlagader zu einem enormen Blutverlust führt.«

»Allerdings nur, wenn der arme Mensch noch am Leben war, als ihm der Kopf abgetrennt wurde«, wandte Mertel ein.

»Logisch!«, schnaubte Tannenberg und wischte den Einwurf mit einer flüchtigen Geste beiseite. »Mir geht's doch um etwas ganz anderes, Karl: Kann es nicht sein, dass dieser starke Platzregen gestern das Blut in den Waldboden hineingeschwemmt hat?«

»Nein, das schafft noch nicht einmal tagelanger Dauerregen«, bemerkte Mertels Mitarbeiter. »Denn auch dann lassen sich im Laub noch genügend Blutspuren identifizieren. Wie sagt man doch so schön: Blut ist dicker als Wasser.« So als wolle er beten, drückte er seine senkrecht aufgerichteten Handflächen gepresst aneinander. »Aber es ist nicht nur dicker, sondern vor allem auch viel klebriger. Das Blut klebt nämlich die Blätter zusammen.«

Erst als der Leiter der kriminaltechnischen Abteilung zustimmend genickt hatte, schob er an Tannenberg gerichtet weitere Erläuterungen nach: »Aber in diesem Falle haben wir nur in unmittelbarer Nähe von Kopf und Halsstumpf geringe Mengen Blut entdeckt. Was stark die Vermutung nährt, dass Fundort und Tatort nicht identisch sind.«

Seitdem er denken konnte, hatte Wolfram Tannenberg gewaltige Probleme mit Belehrungen jeglicher Art gehabt, egal wie zutreffend, bereichernd oder ›gut gemeint‹ sie auch gewesen sein mochten. Zeit seines Lebens konnte er sich nicht damit abfinden, dass ein anderer Mensch etwas besser wusste oder konnte als er selbst. Er zeigte diese Eigenschaft zwar nicht mehr so offen, wie er es früher getan hatte, aber in seinem Innern spielten sich bei solchen Anlässen stets die gleichen Szenen ab.

Sein ewiger Widersacher, die selbstkritische Instanz in seinem Kopf, wartete anscheinend nur auf solche Gelegenheiten, bei denen sie ihn einmal mehr malträtieren konnte: Der hat's dir aber gerade ganz schön gegeben, jubilierte seine innere Stimme. Das ist eben geballte Fachkompetenz, mein Junge. Solltest du einfach mal anerkennen. Aber so wie ich dich kenne, schaffst du sturer, alter Esel das ja sowieso nicht.

Wie häufig in solchen Situationen reagierte der eigenwillige Hauptkommissar mit einer bewährten Strategie, die den Quälgeist unter seiner Schädeldecke auch meist sofort verstummen ließ. Er sprang in sein BMW-Cabrio und gab Mertel ein Zeichen, es ihm gleichzutun. Dann drehte er seine Stereoanlage fast bis zum Anschlag auf. Er wusste, dass der Sampler mit seinen Deep-Purple-Lieblingssongs eingelegt war. Die Anfangstakte von ›Speed-King‹ dröhnten aus den Boxen. Er ließ den Motor aufheulen, trommelte den rasanten Rhythmus auf dem Lenkkrad und sang dazu mit grotesk verzerrtem Mienenspiel den Text:

»Good golly, said little miss molly
When she was rockin' in the house of blue light
Tutti frutti was oh so rooty
When she was rockin' to the east and west
Lucille was oh so real
When she didn't do her daddies will
Come on baby, drive me crazy – do it, do it

Tannenberg wartete ungeduldig, bis Mertel sich endlich angeschnallt hatte. Dann ließ er die Reifen durchdrehen und brauste los. Dabei nahm er weder die entsetzten Blicke der Polizeischüler wahr, noch das amüsierte Kopfschütteln der Kriminaltechniker, denen seine anfallsweisen Marotten hinlänglich bekannt waren.

I'm a speed king – you go to hear me sing
I'm a speed king – see me fly.«

»Diese geile Musik verleiht einem doch Flüüüügel«, schrie er gegen die Hardrocker an. Er gab Mertel einen kleinen Schubs und ergänzte mit leiserer Stimme: »Auch ohne, dass ich mir diese eklige Taurinbrühe reingeschüttet hätte.«

Das feuerrote Cabrio donnerte den parallel zum Berghang verlaufenden, beschatteten Waldweg entlang. An der ersten Abzweigung bremste Tannenberg plötzlich scharf ab. Er schaltete die Musik aus, horchte angestrengt in den Wald hinein. Als er aus nordöstlicher Richtung den Lärm aufheulender Kettensägen vernahm, drehte er die Anlage wieder hoch und gab Vollgas.

Er warf einen kurzen Seitenblick auf seinen Kollegen. Die Tatsache, dass aus dessen Gesicht die Farbe inzwischen gänzlich verschwunden war, quittierte der selbsternannte Rallyefahrer mit einem breiten Grinsen.

Der nun in gleißendes Sonnenlicht getauchte Forstweg führte offensichtlich direkt zur Universitätswohnstadt. Man sah bereits die ersten Hochhäuser mit ihren blitzenden Fensterflächen. Tannenberg schaute kurz in den grellen Lichtschein. Er wurde davon so stark geblendet, dass er einen Moment lang nur noch Sternchen sah.

Wie aus dem Nichts tauchte urplötzlich vor ihm auf dem Waldweg ein pyramidenförmiges Warndreieck auf: ›Holzfällung – Vorsicht Lebensgefahr!‹ stand darauf zu lesen. Trotz einer Vollbremsung konnte er nicht mehr ausweichen und schlitterte darüber hinweg. Mertel wurde so abrupt nach vorne geschleudert, dass er sich reflexartig mit beiden Händen auf dem Armaturenbrett abstützte und dabei die Stereoanlage ausschaltete. Vom Heck des Autos her wurde der alte 3er-BMW von seiner eigenen Staubwolke eingeholt.

Während sich die beiden Kriminalbeamten hüstelnd umblickten, ertönte von rechts her ein fürchterlich lautes, splitterndes Krachen, das kurz darauf in ein peitschenartigen Rauschen überging. Erschrocken blickten sie zur Lärmquelle. Hinter einem Spalier junger Fichten tauchte eine circa vierzig Meter hohe Douglasie auf, die sich zu ihnen herabneigte. In Todesangst warfen sich die Männer ihre Arme über die Köpfe, zogen die Hälse ein, schlossen die Augen und pressten sich in die schwarzen Ledersitze hinein.

Jetzt ist alles vorbei, dachte Tannenberg.

Nur einen Wimpernschlag später rauschte der mächtige Nadelbaum wie eine überdimensionale Schranke an ihnen vorbei quer über den Weg. Beim Aufprall bebte der Waldboden. Die Douglasie wippte noch ein paarmal auf und ab und erzeugte dabei ein gruseliges Geräusch. Es hörte sich an, als ob sie sich mit einem gequälten Ächzen von ihrem langen Leben verabschieden wollte. Danach war es auf einmal ganz still.

Vorsichtig schob Tannenberg die Ellbogen auseinander und lugte durch den Spalt hindurch. Die von dem fallenden Baum verursachte Windböe hatte die Staubwolke um ihn herum weggefegt. Nun konnte er die Umgebung wieder deutlicher erkennen. Dort, wo noch vor ein paar Sekunden rötliche Farbe das Sichtfeld dominiert hatte, war nun alles sattgrün und braun. Von dem sandigen Forstweg war nichts mehr zu sehen. Selbst die rote Kühlerhaube des Autos war von dichtem Astwerk bedeckt. Die dünnen Enden eines Zweiges ragten über die Windschutzscheibe hinweg und berührten Mertels Kopf.

»Da haben wir wohl gerade noch einmal Schwein gehabt, mein alter Junge«, keuchte er und tätschelte seinem geschockten Beifahrer den Oberschenkel. Ohne darüber nachzudenken, was er gerade tat, zupfte er mit zittriger Hand zwei Nadeln ab, zerrieb sie und sog den feinherben, aromatischen Duft ein.

»Haben Sie denn nicht das Warnsignal gehört, Sie lebensmüder Idiot?«, blökte plötzlich eine barsche Männerstimme in seinem Rücken.

Im Gegensatz zu Mertel, dem der Schreck in alle Knochen gefahren war und der immer noch wie in Blei gegossen vor sich hinstarrte, war der Leiter des K 1 schon wieder geistig hellwach.

Reflexartig drehte er sich rum. Nur wenige Meter hinter dem Kofferraum seines Autos hatte sich ein grimmig dreinblickender Forstarbeiter aufgepflanzt. Der etwa 50-jährige, vollbärtige Mann trug Sicherheitsschuhe, eine grüne Schnittschutzhose und eine orangefarbene Windjacke. In seiner Rechten schwang er einen Spalthammer, mit dem er kurz zuvor einen Keil in den eingeschnittenen Stamm der Douglasie getrieben hatte. Das Plastikvisier seines signalgelben Schutzhelmes war im 90-Grad-Winkel nach oben weggeklappt, der gleichfarbige Hörschutz hing wie ein Stethoskop um seinen Hals.

Tannenberg legte den Rückwärtsgang ein und setzte seinen BMW genau so weit zurück, dass sein Auto unmittelbar vor dem Waldarbeiter zum Stillstand kam.

»Jetzt reicht's«, schrie der erboste Mann, dessen Mimik inzwischen einen noch bedrohlicheren Ausdruck angenommen hatte. Er stürmte auf die Fahrertür des Cabrios zu und riss sie auf.

Bevor der Forstwirt handgreiflich werden konnte, zückte Tannenberg seinen Dienstausweis, hielt ihn seinem Widersacher unter die Nase. »Dankeschön, wirklich sehr nett von Ihnen, dass sie mir die Tür aufhalten«, sagte er betont gelassen. »Mein Name ist Wolfram Tannenberg. Ich bin Leiter der hiesigen Mordkommission«, verkündete er und wies mit der anderen Hand nach rechts. »Und der bleiche Herr auf dem Beifahrersitz ist Oberkommissar Mertel. Wir hätten gerne ein paar Auskünfte von Ihnen.«

»Was, was für Auskünfte denn?«, stammelte der verblüffte Waldarbeiter, während er devot zur Seite wich. Tannenberg stieg aus und sondierte kurz die Frontpartie seines Wagens. Außer ein paar kleinen Kratzern auf der Kühlerhaube hatte der betagte BMW die Douglasienattacke weitgehend unbeschadet überstanden.

»Welch ein Duft«, schwärmte Tannenberg, ohne auf die Frage einzugehen. In einem tiefen Zug sog er den herbwürzigen, harzigen Nadelholzgeruch in seine Lungen ein.

Inzwischen hatte sich ein weiterer, allerdings bedeutend jüngerer Forstwirt zu ihnen gesellt. Er schaltete seine tuckernde Motorsäge aus und stellte sie am Wegesrand auf einem flachen Sandstein ab. Mit schlotternden Knie verließ nun auch der Kriminaltechniker das feuerrote Cabrio.

»Wer ist denn eigentlich der Chef hier?«, fragte Tannenberg in scharfem Ton.

»Ich bin der Rottenführer«, antwortete der Ältere. Erheitert über diesen Begriff, der ihm nur in Zusammenhang mit Wildschweinen geläufig war, konnte sich Tannenberg eines Grinsens nicht erwehren. »Schön für Sie, Herr Rottenführer. Und wie heißen Sie?«

»Cambeis. Konrad Cambeis.«

»Gut, Herr Cambeis. Dann gehen wir doch am besten gleich mal zu Ihren Kollegen und befragen alle gemeinsam. Ist schließlich weitaus ökonomischer als mehrere

Einzelbefragungen durchzuführen, nicht wahr, Herr Rottenführer?«

Der Forstwirt nickte und geleitete die beiden Kriminalbeamten zu einem Bauwagen, vor dem sich drei weitere Waldarbeiter aufhielten. Zwei von ihnen lehnten auf der schattigen Seite an dem kühlen Metallaufbau und steckten sich gerade eine Zigarette an, während der dritte neben ihnen am Boden kniete und eine Motorsäge mit Benzin befüllte.

Wolfram Tannenberg stellte Mertel und sich selbst kurz vor. Danach wandte er den Waldarbeitern den Rücken zu und ließ seinen Blick durch den sonnendurchfluteten Mischwald wandern. »Wir leben schon in einer herrlichen Gegend, finden Sie nicht auch, meine Herren?«

Die Männer reagierten nicht. Sie wussten offensichtlich nichts Rechtes mit dieser abschweifenden Bemerkung anzufangen.

»Dieser wunderbar harmonische Einklang, der in der Natur herrscht«, schob der Leiter des K 1 nach. »Wir Menschen sollten es ihr doch am besten gleichtun. Oder sehen Sie das etwa anders, meine Herren?« Die wettergegerbten Gesellen schwiegen weiter. Tannenberg fuhr mit seinen nebulösen Äußerungen fort: »Vor allem sollten wir nett und höflich miteinander umgehen.«

Der größere der beiden schmauchenden Forstwirte warf gelangweilt den Kopf ins Genick und blies den inhalierten Rauch wie durch eine Düse nach draußen. Die Zigarette lässig im Mundwinkel hängend forderte er keck: »Sagen Sie nun endlich, was Sie von uns wollen.«

Er zog geräuschvoll die Nase hoch und spuckte den

Schleim vor sich auf den Boden. »Ich muss nämlich nur noch ein bisschen an der Douglasie rumsägen, dann ist endlich Schluss für heute. Und dann fahr ich zu meiner Freundin – erst Pimpern und anschließend geht's ab ins Schwimmbad.«

»Stimmt es, dass heute schon mal jemand von uns bei Ihnen war, so um die Mittagszeit herum?«, fragte Tannenberg, der sich von dieser Provokation nicht aus dem Konzept bringen ließ. Er hielt inne, registrierte zufrieden, wie einige Waldarbeiter sich vielsagende Blicke zuwarfen, während der aufmüpfigste von ihnen nur unbeeindruckt die Schultern lupfte. »Unsere junge Kollegin hat uns nämlich davon berichtet«, schob er nach.

»Ja, ja, ich erinnere mich genau«, sagte der vorlaute Wortführer. »Mann, war das eine Spitzentussi. Hatte die ein megageiles Fahrgestell! Und die ist wirklich bei euch Bullen? Ohne Scheiß?« Als niemand auf seine Frage reagierte, ergänzte er: »Das glaub ich nicht! Von uns hat ihr das jedenfalls keiner abgenommen. Wir haben gedacht, die ist von der Zeitung und will uns verscheißern.«

»So. Aber uns beiden nehmen Sie doch ab, dass wir bei der Polizei sind, oder?«

»Selbstverständlich, Chef.«

»Gut. Dann die Frage an Sie alle, meine Herren: Hat jemand von Ihnen in der letzten Zeit im Wald und speziell oben an der Jammerhalde irgendwelche Beobachtungen gemacht? Zum Beispiel bezüglich einer Person, die sich auffällig verhalten hat, oder ein Auto, das im Wald nichts zu suchen hat – oder irgendetwas anderes?«

Allseitig stummes Kopfschütteln.

»Was sind denn das hier für Gerätschaften?«, ertönte plötzlich Mertels Stimme hinter dem Bauwagen.

Konrad Cambeis wusste dem Anschein nach sofort, was der Kriminaltechniker gemeint hatte. »Das ist unser Werkzeugcontainer«, antwortete er umgehend.

»Wolf, kommst du mal?«, rief Mertel mit anschwellender Stimme. »Das glaubst du nicht!«

Hastigen Schrittes eilte Tannenberg zu seinem Kollegen, der neben einem grauen Metallcontainer stand.

»Schau dir das mal genauer an«, forderte der Spurenexperte. Als Tannenberg jedoch Anstalten machte, in die kaum ein Meter fünfzig hohe Metallbox hineinzuklettern, stellte er sich ihm in den Weg. »Dieser Container ist ab sofort versiegelt, auch für dich!«

»Okay, okay«, entgegnete Tannenberg und machte dabei eine beschwichtigende Geste. »Das sind doch genau die Dinger, die …« Den Rest behielt er für sich. Anschließend drehte er sich um und richtete das Wort an den Rottenführer. »Erklären Sie mir mal, was Sie mit diesen komischen Dingern da machen.«

»Sie meinen die Praxen?«

»Wenn diese komischen Dinger so heißen, dann meine ich genau die.« Sein Finger zeigte nach wie vor auf die Waldarbeiter-Werkzeuge, die exakt so aussahen wie dasjenige Gerät, welches die Polizeischüler an der Jammerhalde entdeckt hatten.

Mehrere Praxen lagerten auf dem Boden des Containers, links und rechts eingerahmt von Spaltkeilen und kleinen Kanistern. An den Wänden hingen oder standen Äxte, Schäleisen, Spalthämmer, Baumrindenschaber, Kultursicheln und Gertel.

»Die Praxe verwenden wir eigentlich zum Entasten und Kultivieren«, erklärte Cambeis.

»Was heißt ›eigentlich‹?«, wollte sogleich Mertel wissen.

»›Eigentlich‹ heißt, dass wir die Praxen nur noch ganz, ganz selten verwenden. Wissen Sie, früher …«

»Sind sie vollzählig?«, würgte ihn Tannenberg ab.

»Ich weiß nicht.«

»Wie, Sie wissen nicht? Führen Sie denn keine Inventarliste?«

Mertel hielt bereits ein Heft mit dem Bestand der Werkzeugbox in der Hand, das er auf dem Boden des Containers entdeckt hatte. Allerdings war der letzte Eintrag über zwei Jahre alt. Er zeigte ihn seinem Kollegen.

»Sauhaufen«, schimpfte der Leiter des K 1. »Ist der Kasten wenigstens abgeschlossen, wenn niemand von Ihnen hier ist?«

Cambeis stieß geräuschvoll einen Schwall Atemluft aus. »Also, abends schon, wenn wir Schluss machen.« Er räusperte sich verlegen. »Aber, wenn wir alle beim Holzeinschlagen sind, ist eben keiner direkt in der Nähe.«

»Sauhaufen, elender«, wiederholte Tannenberg.

»In der Bestandsliste sind fünf dieser Praxen aufgeführt«, meinte Mertel. »Ich sehe aber nur vier. Wer von Ihnen hat denn in der letzten Zeit mit solch einem Gerät gearbeitet?«

»Ich glaube, das war der Kuno«, erwiderte der Rottenführer. »Aber das ist schon länger her.« Er krauste die Stirn. »Im Frühjahr – oder war es letztes Jahr im Herbst?«

»Und wer von Ihnen ist dieser Kuno?«, warf Tannenberg ein.

»Das ist keiner von uns. Der war schon seit über einer Woche nicht mehr arbeiten«, erklärte Cambeis. »Der hat einen Krankenschein.«

Nun war die Zeit gekommen, endlich die von Sabrina erlittene Schmach zu rächen. Lapidar teilte Tannenberg den Holzfällern mit, dass die gesamte Waldarbeiterrotte wegen dringenden Tatverdachts vorläufig festgenommen sei. Begründung eins: Der jungen Kommissarin gegenüber hätten sie die Angaben zu ihrer Person verweigert. Begründung zwei: Die mutmaßliche Mordwaffe sei aus einem Container entwendet worden, zu dem nur sie Zugang gehabt hätten.

Anschließend beorderte er von der Jammerhalde einen Mannschaftsbus der Polizeischule zu sich und ließ die Forstarbeiter zwecks erkennungsdienstlicher Behandlung, Untersuchung ihrer Kleidung auf Blutspuren, Beschuldigtenvernehmung etc. allesamt ins K 1 abtransportieren.

Mertel und seine Kollegen wandten sich unterdessen mit ihrem kriminaltechnischen Sachverstand der Werkzeugbox zu und brachten anschließend den gesamten Inhalt in ihr Labor. Gemeinsam mit ihnen kehrte auch Tannenberg zu der am Pfaffplatz gelegenen Kriminalinspektion zurück.

Als er das Kommissariat betrat, lief er Dr. Hollerbach direkt in die Arme. Mit zornesgerötetem Gesicht eröffnete ihm der Oberstaatsanwalt, dass vor ein paar Minuten ein gewisser Förster Kreilinger bei ihm angerufen und sich über die Festnahme seiner Mitarbeiter

beschwert habe. Dessen Drohung, umgehend das Forst-
ministerium von dieser, wie er sagte ›skandalösen Will-
kürmaßnahme‹ in Kenntnis zu setzen, zeigte umgehend
Wirkung: Die Waldarbeiter wurden nach der zu diesem
Zeitpunkt bereits erfolgten Feststellung ihrer Personalien auf der Stelle nach Hause entlassen.

»Na schön, wenn Sie meinen«, entgegnete Tannenberg, nachdem der Oberstaatsanwalt seinen verbalen
Amoklauf beendet hatte. »Aber wenn heute Nacht der
nächste Mord passiert, möchte ich nicht in Ihrer Haut
stecken.« Wie ein Florettfechter stach er mit dem Zeigefinger in Richtung seines Busenfreundes. »Das hätten
nämlich ganz alleine Sie zu verantworten!«

5

Nachdem Dr. Hollerbach empört aus dem K 1 hinausgestürmt war, telefonierte Wolfram Tannenberg mit seinen Mitarbeitern und erkundigt sich nach den Ermittlungsfortschritten. Die Ergebnisse waren jedoch äußerst unbefriedigend: Die Nachforschungen in den Kaiserslauterer Hotels hatten nicht einmal den kleinsten Hinweis auf die an der Jammerhalde aufgefundene Person ergeben. Eine Vermisstenmeldung war bislang auch noch nicht eingegangen.

Geigers Auftrag zur Archivrecherche war im ersten Anlauf daran gescheitert, dass sich die Akten aus den Jahren vor 1980 nicht mehr im Keller der Dienststelle, sondern irgendwo im Justizgebäude am Bahnhof befanden. Und als er mit Hilfe des Hausmeisters endlich den richtigen Raum ausfindig gemacht hatte, stellte sich heraus, dass die alten Unterlagen nicht chronologisch in Regalen geordnet lagen, sondern sich auf dem Fußboden als verstaubte Aktenberge türmten.

Somit bleibt uns wohl mal wieder nichts anderes übrig, als brav auf die rechtsmedizinischen Ergebnisse zu warten, resümierte der Kriminalbeamte. Und bis dieser Leichenschnibbler irgendwas herausgefunden hat, kann ich mich genauso gut in einen Biergarten setzen.

Tannenberg bedankte sich artig für diese konstruktive göttliche Eingebung. Dann klatschte er voller Vorfreude in die Hände und verschwand aus seiner Dienststelle.

Eine entsprechende Lokalität war schnell gefunden. Im Verlauf von nicht einmal einer Stunde schüttete er drei Hefeweizen in sich hinein. Anschließend machte er sich auf den Heimweg. Als er in seinem Elternhaus in der Beethovenstraße eintraf, hielten sich die meisten Mitglieder seiner Familie im gemeinsam genutzten Innenhof auf und genossen den lauen Sommerabend. Eigentlich fühlte er sich viel zu müde und ausgelaugt, um sich zu seiner manchmal recht anstrengenden Sippe zu gesellen. Aber da in diesem großfamiliären Wohnambiente die Wände Ohren zu haben schienen, wurde sein Kommen von den anderen natürlich sofort bemerkt.

»Herr Hauptkommissar, stimmt das mit der weißen Lilie?«, grölte sein Vater quer über den schattigen Hof hinweg.

»Was?«, gab Tannenberg mürrisch zurück.

»Habt ihr wirklich eine weiße Lilie auf dem Gedenkstein an der Jammerhalde gefunden?«

»Woher weißt du denn das schon wieder?«, fragte sein Sohn mit geschürzten Lippen.

»Spielt keine Rolle. Ich hab eben meine Informanten«, prahlte der Senior.

»Von wem hast du das?«, setzte Tannenberg nach.

Doch Jacob wollte seine Quelle partout nicht preisgeben. Mit einem verschmitzten Lächeln verkündete er: »Hör dir besser mal an, was dein Bruder dazu herausgefunden hat.«

»Wozu?«

Margot hatte in der Zwischenzeit ein Weizenbierglas befüllt und eine angeschnittene Zitronenscheibe auf den wulstigen Glasrand gesteckt. Schmunzelnd drückte sie es ihrem jüngsten Sohn in die Hand: »Hast du denn schon etwas zu Abend gegessen, Wolfi?«

Während der Kriminalbeamte mit einer Kopfbewegung verneinte, ergriff sein Bruder Heiner das Wort: »Weißt du zufällig, welche herausragende Bedeutung die Lilie in der althochdeutschen Poesie besaß?«

»Nein«, erwiderte Tannenberg und ließ sich schlaff auf einen Gartenstuhl niedersinken.

»Du solltest dich wirklich überaus glücklich schätzen, dass an diesem schnöden Orte ein solch begnadeter Germanist weilt«, posaunte Heiner in Poetenmanier heraus.

Sein Bruder blies die Backen auf und pustete die Luft so über die Lippen hinweg, dass diese einen vibrierenden Ton von sich gaben.

Heiner suchte sich derweil eine zentrale Position im Innenhof der großfamiliären Wohnanlage und begann gestenreich zu dozieren: »In mehreren Gedichten meiner leider schon längst verblichenen Schriftstellerkollegen heißt es, die Lilie sei die Blume der Toten.« Ergriffen lauschte er einen Moment dem Nachhall seiner vermeintlich wohlgeformten Worte. »Man sagt, sie gedeihe am prächtigsten auf den Gräbern unschuldig Hingerichteter.« Er beugte sich leicht nach vorne. »Durchaus interessant, nicht wahr, geliebtes Bruderherz?«

Der Kriminalbeamte gab nur ein kurzes Grunzgeräusch von sich, dann nahm er einen großen Schluck Weizenbier und wischte sich anschließend mit dem Handrücken den Schaum vom Mund.

Aber Heiner war noch nicht fertig: »Außerdem spielt die Lilie fast überall dort eine Rolle, wo sich meine

Poeten-Kollegen in ihren lyrischen Werken mit Familienwappen beschäftigt haben. So ist zum Beispiel die Lilie die Wappenblume des französischen Königshauses. Das hast du doch auch nicht gewusst, oder täusch ich mich da?«

Tannenberg schüttelte den Kopf.

»Dann hast du sicherlich auch noch nichts von der sogenannten ›Lilien-Legende‹ des Klosters Corvey gehört.«

»Nein«, ließ sein Bruder einsilbig verlauten. Die Verwunderung über das, was ihm da gerade zu Ohren kam, stand ihm deutlich ins Gesicht geschrieben.

»Nach dieser alten Legende lag exakt drei Tage vor dem Tod eines Klosterbruders eine weiße Lilie auf seinem Platz in der Kirche. Angeblich wusste niemand, wo diese Blume hergekommen war. Und nun der Clou: Genauso wie die Lilie verwelkte nun auch er – und starb am dritten Tag.«

Tannenberg dachte sofort an die Aussage Dr. Schönthalers, dass das Mordopfer vor etwa drei Tagen gestorben sei. Aber er kam nicht dazu, sich eingehender mit dieser Assoziation zu beschäftigen, denn Heiner wartete bereits mit einer weiteren Überraschung auf.

»Es ist wirklich mehr als merkwürdig, aber irgendwie scheinen mich deine makabren Mordfälle künstlerisch extrem zu inspirieren«, versetzte er lächelnd. »Meine kriminalpoetische Kreativität erhält davon stets einen enormen Schub.«

Er lief gemütlich zur Gartenmauer, auf der eine dünne Tapetenrolle und eine *Bildzeitung* lagen. »Diesen Artikel mit der Überschrift ›Gerächt‹ habe ich heute Morgen in Vaters Lieblingszeitung entdeckt«, sagte er und zitierte die entsprechende Textpassage: »Gerächt: In Tansania hat ein trauernder Mann auf ungewöhnliche Weise Rache für den Tod seiner geliebten Frau genommen. Der 72-Jährige fand die Leiche seiner Frau von einem Löwen halb zerrissen im Wald. Er verließ den Fundort, ging nach Hause und besorgte sich Rattengift und Insektizide. Damit versetzte er die sterblichen Überreste. Der aggressive Löwe kam später zurück, um auch noch die Reste seiner Beute zu verzehren – und verendete am Gift.«

Während Heiner nun die Tapetenrolle behutsam auseinanderwickelte, redete er unverdrossen weiter: »Diesmal ist mir sogar etwas ausgesprochen Künstlerisches gelungen«, überschüttete er sich selbst mit Eigenlob. Er hielt das ausgerollte Rauhfaserstück vor seinen Körper. »Seht selbst. Hier steht es schwarz auf weiß: die Verbindung von Kunst und Kriminalpoesie.«

von
einem Löwen
halb zerrissen
fand er seine Frau
im afrikanischen Busch
Rache aber die Freude des Löwen
währte nur kurze Zeit
er kam vom Hunger
getrieben zurück
und verendete am
Gift

»Die Gestaltung dieses Rachetextes in Form eines tod-bringenden Pfeils – ist das nicht geradezu eine künst-lerische Meisterleistung?«

»Ja, ja, wenn's die liebe, gute, alte Rache nicht gäbe«, murmelte Tannenberg vor sich hin, »hätte ich weit weni-ger zu tun.«

Die an diesem Abend aufgenommene Hopfendosis hätte normalerweise für eine erholsame Nachtruhe aus-gereicht. Aber die unerträgliche Hitze und die fürchter-lichen Albträume, von denen Tannenberg geplagt wurde, verhinderten den Erfolg seiner bewährten Selbstmedi-kation. Und zu allem Übel zog in der zweiten Nacht-hälfte auch noch ein schweres Gewitter über das Musi-kerviertel hinweg.

Schweißgebadet hatte er sich stundenlang in seinem Bett herumgewälzt und seine beiden Kopfkissen nach der jeweils kühlsten Stelle abgesucht. Als ihm Kurt im Morgen-Grauen – das seinem Namen wieder einmal alle Ehre machte – mehrmals seine raue Zunge über den Handrücken zog und anschließend demonstrativ zur Tür trottete, entschied er sich dazu, dieser unseligen Quälerei ein Ende zu bereiten und mit seinem Hund eine ausgedehnte Wanderung zu unternehmen.

Obwohl ihn stechende Kopfschmerzen marterten und ihm jeder einzelne Knochen weh tat, schleppte er sich unter die Dusche. Aus guten Gründen verzichtete er auf einen prüfenden Blick in den Badezimmerspiegel. Ohne sich die Haare zu föhnen, streifte er eine kurze Sporthose und ein T-Shirt über und schnappte sich die Hundeleine.

Traditionell führte ihn der erste Tagesspaziergang mit dem von der gesamten Familie vergötterten Vierbeiner zum nahegelegenen Stadtpark. Er marschierte zunächst von seinem Haus in der Beethovenstraße aus in diese Richtung los, doch bereits an der nächsten Kreuzung schwenkte er in die Richard-Wagner-Straße ein, wo er sein knallrotes Cabrio gestern Abend in der Nähe eines Biergartens geparkt hatte. Zuerst befahl er Kurt, auf dem Beifahrersitz Platz zu nehmen, danach klappte er das Verdeck auf.

Anschließend brauste er los. Von der Richard-Wagner-Straße kommend, bog er rechts in die Logenstraße ein und nahm dann die stadtauswärts führende Trippstadterstraße. Der imposante Mischlingshund saß die ganze Zeit über mit stoischer Ruhe neben seinem Herrchen. Kurt reckte tapfer seinen wuscheligen Kopf in den Fahrtwind, wodurch die riesige Zunge flatternd über die ausgefransten Leftzen hinwegbaumelte.

Auf dem Waldparkplatz kurz unterhalb der Rothen Hohl stellte Tannenberg sein Auto ab. Ohne Kurt anzuleinen, spazierte er strammen Schrittes los. Wie ferngesteuert wählte er aus den zur Verfügung stehenden Alternativen den Wanderweg aus, der mit der ›Trauerkoi-Markierung‹ ausgeschildert war.

Die körperliche Ertüchtigung in der feuchtkühlen Luft wirkte sich ausgesprochen positiv auf den verkaterten und chronisch morgenmuffeligen Kriminalbeamten aus. Nach und nach verringerten sich die Rheuma-Schmerzen, der Kopf wurde frei und urplötzlich erfreute er sich in dieser frühen Morgenstunde einer geradezu euphorischen Stimmung.

Während der Leiter der Kaiserslauterer Mordkommission seinen Gedanken nachhing, streunte Kurt durch den Wald. Als Tannenberg die Jammerhalde erreichte, warf er zunächst einen kurzen Blick auf den Gedenkstein, dann drehte er ihm den Rücken zu und begann mit Dehnungsübungen. Doch plötzlich krauste er die Stirn und hielt in gebückter Körperhaltung abrupt inne.

Irgendwas stimmt hier nicht, sagte er zu sich selbst. Als ich eben zur Jammerhalde hingeschaut habe, war irgend-etwas anders, als es eigentlich sein müsste – nur was?

Er richtete sich auf, wandte sich um und schritt auf den etwa zehn Meter entfernt stehenden Sandsteinfindling zu. Dann entdeckte er die weiße Plastiklilie, die oben auf dem verwitterten Stein lag.

Aber die hat Karl doch gestern Morgen in einen Asservatenbeutel gesteckt und sie mir nachmittags im K 1 nochmal gezeigt. Wie ein greller Blitz schoss ihm nur Sekundenbruchteile später eine andere Erklärungsmöglichkeit durch den Kopf. Er schlug sich an die Stirn. Ich Idiot, natürlich! Warum bin ich denn nicht gleich darauf gekommen? Die muss natürlich der Täter hier abgelegt haben – wer denn sonst?

Inzwischen hatte er den Gedenkstein erreicht. Von allen Seiten her inspizierte er die Plastikblume. Sie sah tatsächlich genau so aus, wie diejenige, die gerade vor seinem geistigen Auge aufgetaucht war.

Quatsch, es gibt eine noch viel naheliegendere Erklärung dafür, revidierte er urplötzlich seine bisherige Hypothese: Die hat wahrscheinlich ein Spaziergänger dort abgelegt. Klar: Der kommt hier jeden Tag vorbei und hat gesehen, dass die Lilie verschwunden ist. Schmunzelnd wiegte Tannenberg den Kopf hin und her.

Wahrscheinlich hat dieser Mensch sogar zu Hause einen ganzen Strauß davon herumliegen. Das ist bestimmt so ein verschrobener Erinnerungsapostel.

»Auf, Kurt, wir kehren um«, rief er laut in den Wald hinein. Murmelnd ergänzte er: »Ich glaube, es wird Zeit, dass dein Herrchen einen starken Kaffee bekommt – der sieht nämlich schon überall Gespenster.«

Tannenberg blickte sich suchend um, doch Kurt war nirgendwo zu sehen. Obwohl er angestrengt nach allen Seiten horchte, konnte er nur das vielstimmige Vogelkonzert wahrnehmen, mit dem die Tiere den neuen Tag begrüßten. Aber von seinem Hund hörte er keinen Ton.

»Kurt, hier!«, schrie er aus vollem Halse.

Doch nichts tat sich. Während er weiter nach ihm rief, ging er zunächst etwa fünfzig Meter den Weg entlang, auf dem er hierher gelangt war. Dann drehte er sich auf dem Absatz um und kehrte zum Gedenkstein zurück. Mit einem Mal kroch ihm die kalte Angst den Rücken empor, denn die anhängliche Hundedame ließ ihn ansonsten nie aus den Augen. Auch wenn sie im Wald herumstreunen durfte, kam sie gleich nach dem ersten Rufen brav zu ihrem Herrchen gelaufen.

Verdammt, vielleicht liegt ja tatsächlich über der Jammerhalde ein Todesfluch, wie Vater behauptet hat. Panik erfasste ihn.

»Kurt«, schrie er mit sich überschlagender Stimme. In seiner Verzweiflung griff er zu einem Hilfsmittel, das er schon ewig nicht mehr eingesetzt hatte: Er legte die Fingerspitzen auf die Unterlippe und pfiff so laut er nur konnte.

Nach seinem dritten Pfiff hörte er weit über sich ein

Geräusch, das langsam anschwoll. Es war ein rauschendes Poltern, begleitet vom Klang knackenden Holzes. Er warf den Blick nach oben in den Steilhang der Jammerhalde. Zu seiner großen Erleichterung entdeckte er genau in der Falllinie oberhalb des Gedenksteins den heißgeliebten, bärenartigen Vierbeiner, der mit Karacho durch das Unterholz preschte.

»Langsam, langsam, mein Mädchen!«, mahnte Tannenberg, »sonst brichst du dir noch alle Knochen.«

Als ob Kurt die Worte seines Herrchens tatsächlich verstanden hätte, bremste er auf einmal so scharf ab, dass er sich dabei um ein Haar überschlagen hätte.

In Erwartung einer stürmischen Begrüßung nahm Tannenberg eine seitliche Körperhaltung ein. Dadurch gelang es ihm für gewöhnlich, die Temperamentsausbrüche der Hundedame einigermaßen unbeschadet zu überstehen. Allerdings erwies sich diese Vorsichtsmaßnahme diesmal als völlig überflüssig. Denn anstatt zu seinem Besitzer zurückzukehren, blieb Kurt stehen und begann aufgeregt zu bellen. Der Kriminalbeamte kannte seinen Hund inzwischen so gut, dass er sofort begriff, was Kurt wollte: ihn mit seinem heftigen Anschlagen auf etwas Wichtiges aufmerksam machen.

Da sich der Hund exakt an der Stelle befand, an der am Tag zuvor der Tote aufgefunden wurde, dachte Wolfram Tannenberg nicht lange über Kurts Verhalten nach, denn die Erklärung dafür lag unmittelbar auf der Hand.

»Klar: Meinem supersensiblen Hundemädchen ist der Leichengeruch in das feine Näschen gestiegen«, murmelte er mit stolzgeschwellter Brust. Vielleicht sollte ich sie doch noch zum Polizeihund ausbilden lassen.

Mit fröhlich beschwingten Schritten lief er zu dem Platz, wo Kurt beharrlich stand und bellte. Als Wolfram Tannenberg seinen Hund erreichte, traf ihn fast der Schlag. Kurt hatte tatsächlich den Geruch eines toten Menschen wahrgenommen. Allerdings handelte es sich bei der markanten Geruchsquelle nicht um einen imaginären, sondern um einen überaus konkreten menschlichen Leichnam.

Es war das gleiche bizarre Szenario, das er knapp 24 Stunden zuvor an derselben Stelle schon einmal gesehen hatte:

Wieder lag hinter dem kleinen Felsen oberhalb des Sandsteinfindlings ein männlicher Leichnam.

Wieder war er vollständig bekleidet.

Wieder lag er auf dem Rücken, die Arme stark angewinkelt und die Hände auf dem Brustkorb gefaltet.

Wieder war der Kopf vom Körper abgetrennt und in etwa 35 Zentimetern Abstand ins feuchte Laub gebettet worden.

Und wieder hatte Wildfraß das Gesicht unkenntlich gemacht.

Der Anruf riss Dr. Schönthaler mitten aus dem Tiefschlaf. Er hatte bis weit nach Mitternacht in der Pathologie gearbeitet und war erst vor ein paar Stunden hundemüde in sein Bett gefallen. Deshalb war er alles andere als begeistert, als er zu dieser frühen Morgenstunde die keuchende Stimme seines besten Freundes vernahm.

Zunächst dachte er an einen von Tannenbergs makabren Scherzen und legte schimpfend den Hörer wieder auf. Doch als sich der Kriminalbeamte bereits Sekunden später abermals bei ihm meldete und ihm mit eindringlichen Worten seine schier unglaubliche Entdeckung schilderte, versprach er, so schnell wie möglich zu ihm zu kommen.

Knapp zwanzig Minuten nach ihrem Telefonat traf der laubfroschgrüne 2 CV des Rechtsmediziners an der Jammerhalde ein. Tannenberg hatte Kurt unten am Weg an einem Baum angebunden. Als der imposante Mischlingshund das exotische Fortbewegungsmittel heranknattern hörte, hatte er sofort heftig zu winseln und zu bellen begonnen. Nicht verwunderlich, schließlich teilte er voll und ganz die Zuneigung seines Herrchens zu dieser skurrilen, hageren Gestalt, die da gerade der schaukelnden Ente entstieg. Erst nachdem Dr. Schönthaler den tapsigen Hund angemessen begrüßt hatte, beruhigte sich Kurt und legte sich auf dem weichen Waldboden ab.

Während der Gerichtsmediziner die kleine Anhöhe erklomm, überprüfte er den richtigen Sitz seiner Fliege. Diese Marotte kultivierte er nun schon seit vielen Jahren. Genau genommen war der Auslöser für diesen inzwischen zu seinem Markenzeichen avancierten Tick seine ehemalige Frau gewesen.

Als sie ihn vor vielen Jahren quasi über Nacht wegen eines Schlabberlook tragenden Ökoaktivisten verlassen hatte, war er noch am selben Tag zum teuersten Herrenausstatter der Gegend gefahren und hatte sich von Kopf bis Fuß neu einkleiden lassen. Danach war er in die gemeinsame Wohnung zurückgekehrt und hatte alle seine bisherigen Kleidungsstücke in Tüten verpackt und zum Roten Kreuz gebracht. Und seit dieser Trotzreaktion zog er nur noch Designerkleidung an, zu der er aus einem reichlichen Fundus jeweils eine farblich exakt abgestimmte Fliege wählte.

Normalerweise achtete er akribisch darauf, dass er an zwei aufeinanderfolgenden Tagen nicht dieselben Kleider am Leib trug. Doch an diesem lauen Sommermorgen hatte er in der gebotenen Eile auf die gestern bereits getragene Kleidung zurückgegriffen. Ein Umstand, den sein Freund garantiert entsprechend kommentiert hätte, falls er zu dieser zeitigen Stunde zu solch einer differenzierten Wahrnehmung fähig gewesen wäre.

»Hallo, alter Junge!«, begrüßte Dr. Schönthaler den Kriminalbeamten mit einem deftigen Klaps auf die Schulter. »Morgenstund hat Gold im Mund – oder bietet einen Leichenfund. Na, ist das kein genialer Reim?«

»Deine lyrischen Amokläufe waren auch schon mal gelungener«, versetzte Tannenberg. Er rümpfte dabei die Nase so, als ob er gerade einen üblen Geruch wahrgenommen hätte.

Die beiden Männer erklommen den Berghang.

»Du hast nicht zufällig inzwischen eine Übereinstimmung der Blutspuren auf dieser komischen Praxe und dem Blut des Toten entdeckt?«

»Nein, zufällig noch nicht«, gab der Pathologe pikiert zurück. »Der DNA-Abgleich dauert eben seine Zeit. Unser Labor meldet sich bei mir, sobald das Ergebnis vorliegt. Es ist übrigens durchaus möglich, dass der Kopf mit Hilfe dieses seltsamen Waldarbeiter-Werkzeuges abgetrennt wurde. Denn es muss sich um eine extrem scharfe, mindestens zwanzig Zentimeter breite Klinge gehandelt haben, sonst wären nämlich viel mehr Hiebe dazu nötig gewesen. Also, wenn es kein Fleischerbeil war, kann es diese Praxe durchaus gewesen sein.«

»Das ist ja wenigstens schon mal was.«

Stehend sondierte der Rechtsmediziner eine Weile den Leichnam. Dann kniete er sich neben dem blutigen Halsstumpf nieder. »Sieht alles eigentlich ganz genau so aus wie gestern Morgen.«

»Exakt beobachtet, du Schlaumeier! Bis auf den winzigen Unterschied, dass wir es hier mit einem anderen Menschen zu tun haben«, konnte sich der Kriminalbeamte nicht verkneifen.

»Klugscheißer!«

»Sogar deine geliebten Waldameisen sind wieder da.«

»Ja, im Gegensatz zu dir sind das eben sehr wachsame und eifrige Lebewesen.« Dr. Schönthaler nickte schmunzelnd. »Wobei sie diesmal allerdings ein wenig zu früh gekommen sind. Denn Calliphora-Larven gibt es jetzt leider noch keine zu erbeuten. Was uns wiederum darauf hinweist, dass der Herr hier im Gegensatz zu seinem Vorgänger wohl bei weitem noch keine drei Tage tot sein dürfte.«

Als Tannenberg diese Zeitangabe vernahm, musste er unwillkürlich an die Corvey-Legende denken. Daraufhin schnellte sein Kopf abrupt zum Gedenkstein hin, wo immer noch die weiße Plastiklilie lag. Ein heftiger Schmerz fuhr ihm ins Genick.

Ohne auf das schmerzvolle Aufstöhnen seines Freundes zu reagieren, schob Dr. Schönthaler das hellblaue T-Shirt des etwa 40-jährigen Mannes nach oben bis unter die Achseln. Er zückte sein Diktiergerät und schaltete es ein.

Nachdem er detaillierte Angaben zu einer circa drei Zentimeter langen, schlitzartigen Stichwunde schräg unterhalb der linken Brustwarze des Toten gemacht hatte, inspizierte er die stark ausgebildeten Leichenflecken. Zuerst drückte er behutsam, dann bedeutend kräftiger auf einen der grau-violetten Totenmale.

»Leichenflecke nur noch mit festem Fingerdruck wegdrückbar und nicht mehr verlagerbar«, besprach er sein Diktaphon. Anschließend schaltete er das Aufnahmegerät aus und wandte sich zu seinem Freund um: »Und das bedeutet, Herr Hauptkommissar?«

Tannenberg hatte immer noch die Hand im Genick und antwortete mit schmerzverzerrter Mimik: »Dass der Tod vor etwa sechs bis zwölf Stunden eingetreten sein muss. Mann, was soll diese blöde Frage? Das ist ja wohl nicht meine erste Leiche. – Oh, verdammt, tut das weh!«

»Hör endlich auf zu jammern, du alte Memme! Hilf mir lieber, den Kameraden auf die Seite zu legen.«

Die Vorstellung, an einem kopflosen menschlichen Körper herumzuhantieren, ließ Tannenberg erschaudern. Er machte eine abwehrende Geste und ging einen Schritt zurück.

Dr. Schönthaler hatte natürlich die abweisende Reaktion seines manchmal recht zartbesaiteten Freundes vorausgesehen. Deshalb schritt er sogleich eigenhändig zur Tat und hob den Oberkörper so weit an, dass er den Rücken des Opfers begutachten konnte. »Dann schau dir das hier wenigstens an, du elendes Weichei!«, schimpfte er.

»Was denn?«, knurrte Tannenberg mit geschürzten Lippen.

»Siehst du da hinten die Austrittsstelle des Tatwerkzeugs?«

Als Antwort ertönte ein tiefes Brummgeräusch.

»Und weißt du, was das Interessante daran ist?«

»Na, sag's halt.«

»Die Austrittswunde weist in etwa die gleiche Länge auf wie die Eintrittswunde.« Er fixierte sein Gegenüber mit einem stechenden Blick. »Und das heißt?«

Tannenberg blies die Backen auf und lupfte die Schultern.

Doch bevor er etwas entgegnen konnte, beantwortete der Rechtsmediziner selbst die Frage: »Das heißt: Der Täter hat eine scharfkantige, allem Anschein nach beidseitig beschliffene Klinge durch den Thorax hindurchgetrieben. Und das mit einem hohen Krafteinsatz.«

»Und das wiederum heißt«, versetzte der Kriminalbeamte, der sich nicht gerne über den Mund fahren ließ – auch von seinem besten Freund nicht, »wir haben es mit einem kräftigen Täter zu tun. Also erfahrungsgemäß wohl mal wieder mit einem Vertreter unseres eigenen, mordlüsternen Geschlechts.«

»Ach, Wolf, du legst dich einfach immer viel zu schnell und vor allem auch total eindimensional fest«, kritisierte Dr. Schönthaler. »Es kommt genauso gut eine Frau als Täterin in Betracht. Und zwar eine, die einen unheimlichen Hass mit sich herumträgt. Dann sind selbst Frauen zu solch barbarischen Kraftakten fähig.«

»Wenn du das sagst.«

Als er Tannenbergs sowohl skeptisches als auch abschätziges Mienenspiel bemerkte, schob der berufserfahrene Pathologe in energischem Ton nach: »Selbstverständlich! Die Frau musste nur den, den ...« Offenbar suchte er nach einem passenden Begriff. Nachdem er diesen aber nicht gleich fand, griff er auf die erstbeste Inspiration zurück, die in seinem Bewusstsein aufgeblitzt war. »Sagen wir mal Metallpflock.«

»Metallpflock?«, wiederholte der Kriminalbeamte mechanisch.

»Metallpflock – Blödsinn!«, korrigierte sich Dr. Schönthaler sogleich. »Nehmen wir einfach mal an, es war irgendein unbekannter Gegenstand mit einem Griff am Ende einer langen Klinge. Den kann die Frau auf die Brust des Opfers aufgesetzt und in den Thorax hineingeschlagen haben. Zum Beispiel mit einem Gummihammer.«

»Mit einem Gummihammer?«, prustete der Leiter des K 1 los, wobei er das letzte Wort in sehr hoher Tonlage ausstieß. »Vielleicht handelt es sich bei diesem Toten ja um Graf Dracula höchstpersönlich, dem eine hasserfüllte Frau einen Pflock ins Herz gerammt hat.« Tannenberg bedachte seinen Freund mit einem Scheibenwischergruß. »Du bist doch nicht ganz dicht!«

Dr. Schönthaler warf ihm einen giftigen Blick zu. »Halt ihn jetzt endlich mal fest«, fuhr er Wolfram Tannenberg so heftig an, dass dieser nun urplötzlich doch gehorchte und das Mordopfer mit beiden Händen in der Seitenlage stabilisierte.

Der Rechtsmediziner öffnete die Hose des Toten und schob sie über das Gesäß. Dann führte er eine rektale Körpertemperatur-Messung durch. Nachdem er das Ergebnis auf das Diktiergerät gesprochen hatte, leuchtete er mit seiner lichtstarken LED-Taschenlampe auf diejenige Stelle des Waldbodens, auf welcher der Rücken des Toten noch bis vor ein paar Sekunden gelegen hatte. »Das passt ja ganz genau!«, stellte er nickend fest.

»Was?«

»Hier ist die Tatwaffe in den Waldboden eingedrungen.«

»Bist du da ganz sicher?«

Dr. Schönthaler saugte nachdenklich die Wangen ein und blickte kurz in das dichte Blätterdach über seinem Kopf. In ein schmatzendes Geräusch hinein erwiderte er: »Hundertprozentig natürlich nicht, aber es sieht ganz danach aus. Das muss der Mertel nachher genauer untersuchen.«

»Das würde ja bedeuten, dass der Täter sein Opfer exakt hier an dieser Stelle getötet hat.« Er legte die Stirnpartie in Falten, strich sich nachdenklich über sein unrasiertes Kinn. »Oder wurde er etwa doch durch die Enthauptung ...«

»Bevor du jetzt weitersprichst und dich mal wieder bis auf die Knochen blamierst –«, unterbrach ihn der Gerichtsmediziner. Er hielt kurz inne, grinste schelmisch und vollendete anschließend seinen Satz: »Werde ich dir nun ein wichtiges Obduktionsergebnis präsentieren.« In Lehrer-Lämpel-Manier hob er den Zeigefinger: »Pass ja ganz genau auf, was ich dir jetzt mitteilen werde.«

Während Dr. Schönthaler tief Luft schöpfte, wischte Tannenberg angewidert einige Waldameisen von seiner linken Hand.

Unterdessen fuhr sein Freund fort: »Dem Mann, den ich heute Nacht obduziert habe, wurde post mortem der Kopf abgetrennt.«

»Also wurde er erst nach seinem Tode enthauptet«, brabbelte Tannenberg leise vor sich hin.

Allerdings nicht leise genug, denn Dr. Schönthaler hatte gute Ohren. Er verzog seine Lippen zu einem spöttischen Lächeln: »Ist zwar genau dasselbe, was ich eben gesagt habe, stimmt aber trotzdem.«

Der Leiter des K 1 ignorierte die paradoxe Bemerkung. »Dann scheidet wohl möglicherweise auch bei unserem zweiten Toten ›Enthauptung‹ als Todesursache aus.«

»Kann durchaus sein, ja.«

»Also wurde dieser Mann hier durch einen Stich ins Herz getötet.«

»Nein!«, stellte der Rechtsmediziner kurz und bündig fest. »Weder das eine, noch das andere«, ergänzte er mit bühnenreifer Betonung.

»Was?« Tannenbergs verdutzte Mimik sprach Bände. »Ich kapier allmählich überhaupt nichts mehr.«

»Das ist ja nicht gerade ungewöhnlich für dich. Aber du hast wiedermal großes Glück, denn die therapeutische Arbeit mit chronisch Begriffsstutzigen ist eines meiner Spezialgebiete. Deshalb versuche ich es gerne noch einmal: Weder die Perforation des Herzmuskels durch irgendein Stichwerkzeug noch eine Enthauptung kommen als Todesursache in Betracht.«

»Bitte?« Verdutzt schob Tannenberg die Brauen zusammen und zog das Kinn an seinen Hals. »Tut mir leid, Rainer, aber da komm ich einfach nicht mehr mit.«

»Auch das ist ja nicht unbedingt ein neues Phänomen bei dir!«

»Lass jetzt endlich die Katze aus dem Sack«, forderte Tannenberg mit einer scharfen Klangfärbung versetzt.

»Also gut, dann präsentiere ich dir hiermit ein weiteres Obduktionsergebnis«, zeigte sich der Rechtsmediziner nun endlich kooperativer: »Todesursache war
eindeutig eine Lähmung der Atemmuskulatur.« Während seinem Freund die Kinnlade herunterfiel, orakelte
Dr. Schönthaler: »Und ich vermute mal tollkühn, dass
auch dieser Herr hier auf exakt die gleiche Weise zu
Tode gekommen ist.«

Er drehte nacheinander die Handflächen des Opfers
zu Tannenberg hin und verkündete: »Bei beiden Toten
ist auffällig, dass an ihren Händen keinerlei Abwehr-
verletzungen zu finden sind. Und genau diese wären
sichere Anzeichen dafür, dass sich die Opfer gewehrt
haben. Wie du bei diesem Herrn hier mit eigenen Augen
feststellen kannst, ist nichts Derartiges vorhanden: keine
Schnittwunden, keine Hämatome, nichts. Genau wie
bei dem anderen Opfer zu Hause in meinem Kühlfach.«

»Dafür kann es eigentlich nur eine einzige logische
Erklärung geben.«

»Und die wäre?«

»Die beiden Männer wurden betäubt, bevor sie
ermordet wurden.«

»Das seh ich genauso. Und …«

»Doch womit?«, warf Tannenberg dazwischen. »Mit
einem Elektroschocker?«

»Nein. Darauf hab ich keine Hinweise gefunden.
Allerdings hab ich etwas anderes entdeckt.« Er brach ab
und leuchtete mit seiner Taschenlampe den mit verschie-
denfarbigen Hautmalen und Pusteln übersäten Rücken
des Toten ab. »Na ja, auf die Schnelle werde ich jetzt
wohl nicht fündig werden. Da schau …«

»Was hast du entdeckt?«, setzte Tannenberg ungeduldig nach.

»Auf dem Rücken des ersten Leichnams habe ich einen kleinen Einschnitt gefunden, der wahrscheinlich von einer Kanüle stammt. Der Stichkanal führt direkt in den rechten Lungenflügel.«

»In die Lunge? Kommt man da mit einer Nadel überhaupt hin?«

»Nein, mit einer Nadel ginge das nicht so einfach. Das hab ich ja auch gar nicht behauptet. Ich habe Kanü-le gesagt, mein alter Junge. Und mit so einem Ding würdest sogar du Grobmotoriker das hinkriegen. Die Enden dieser Kanülen sind nämlich mit einem schrägen Schliff geschärft. Die gehen rein wie ein Messer in ein Stück weiche Butter.«

Dr. Schönthaler machte eine entschuldigende Handbewegung. »Nur welches Mittel gespritzt wurde, kann ich dir beim besten Willen noch nicht sagen. Die toxikologische Analyse nimmt leider einige Zeit in Anspruch. Aber eins steht schon mal definitiv fest: Das Mittel muss sehr schnell gewirkt haben.«

»Okay, okay. Weitere Obduktionsergebnisse?«

Bevor Dr. Schönthaler antwortete, brachte er den Körper des Toten wieder in die Rückenlage. Danach entfernte er vorsichtig mehrere Waldameisen von seinen Plastikhandschuhen. Anschließend richtete er sich auf.

»Apropos Ameisen«, sagte er. »Ich hatte ja zunächst vermutet, dass der Tod des ersten Opfers vor vier Tagen – von heute ab gerechnet – eingetreten ist. Also am 13. Juli. Aber nach der Sektion bin ich mir sicher, dass der Tote zwar drei Tage im Wald gelegen hat, aber bereits circa

36-48 Stunden vorher ermordet wurde. Mein Datierungsversuch aufgrund des Calliphorafundes war wohl etwas voreilig.«

»Schön, dass selbst du dich manchmal irrst«, erklärte Tannenberg schmunzelnd. Er warf die Stirn in Falten und rechnete zurück. »Das wäre dann der 11. Juli gewesen.«

»Richtig. Außerdem ist es ziemlich wahrscheinlich, dass der Leichnam diese eineinhalb oder zwei Tage in einem Kühlhaus bzw. in einer Gefriertruhe verbracht hat.« Ohne seinen Blick von dem Ermordeten abzuwenden, fuhr er nach einer kurzen Unterbrechung fort: »Übrigens dürfte unser erster Toter recht wohlhabend gewesen sein. Darauf deutet nicht nur seine Designerkleidung hin.«

»Dafür bist du ja wirklich der richtige Experte«, konnte sich der Kriminalbeamte nicht verkneifen.

Dr. Schönthaler überging großzügig den provokativen Einwurf. »Ganz im Gegensatz zu dem derangierten Kameraden, den wir hier vor uns haben.« Sichtlich angeekelt rümpfte er die Nase. »Schmutzige Bluejeans, T-Shirt zwei Nummern zu groß und löchrig, No-Name Turnschuhe.«

Seine Mimik veränderte sich nur unmerklich, als seine Augen an Tannenbergs Bekleidung emporkletterten. »Ich hab den Eindruck, dass du denselben Ausstattungsberater hast wie dieser Herr hier. – Egal. Nochmal zum ersten Toten: Auch sein Zahnstatus verweist auf ein sehr gut situiertes Herkunftsmilieu. Sein Gebiss wurde mit Inlays und Kronen aufwendig restauriert und befand sich in einem tadellosen Zustand.«

»Gut. Alter des Mannes?«

Der langjährige Rechtsmediziner schob nachdenklich den Unterkiefer vor und bewegte die Schultern auf und ab. »Etwa 60 bis 65 Jahre. Zurück zu seinem Zahnstatus. Den ich natürlich schon gestern Nachmittag zwecks Abgleich den Kaiserslauterer Zahnärzten zugefaxt habe.« Er seufzte. »Aber auch das kann erfahrungsgemäß eine Weile dauern. Leider! Na ja, jedenfalls hab ich meinen eigenen Zahnarzt gebeten, so schnell wie möglich bei mir in der Pathologie vorbeizuschauen.«

»Warum denn das?«

»Er soll sich das Gebiss unseres Toten mal im Original anschauen.« Als sich Tannenbergs verkrampfte Stirnpartie immer noch nicht entspannte, schob er erläuternd nach: »Weil ich das Gefühl habe, dass es sich bei dem Ermordeten um einen Ausländer handeln könnte. Vielleicht um jemanden aus dem südöstlichen Raum: Griechenland, Türkei, alte Sowjetrepubliken. Oder um einen Israeli, einen Araber oder ...«

»Ach, du Scheiße«, stöhnte Tannenberg auf. »Hoffentlich wird das keine politische oder ausländerfeindliche Sache. Ich hab absolut keine Lust, mich schon wieder mit diesen aufgeblasenen BKA- und BND-Fuzzis herumzuärgern.«

Der Rechtsmediziner wischte den Einwurf mit einer flüchtigen Geste beiseite. »Mein Zahnarzt hat am Telefon behauptet, dass er aus der Arbeit seines Kollegen möglicherweise gewisse Rückschlüsse ziehen könne. Zum Beispiel auf das Herkunftsland des Zahnarztes. Außerdem habe ich ein Inlay an Degussa geschickt, mit der Bitte, die Materialzusammensetzung der Goldlegierung zu ermitteln. Denn auch da gibt es offensichtlich regionalspezifische Unterschiede.«

»Na, da bin ich mal gespannt.«

»Ich auch. Mein Zahnarzt wollte heute Morgen vor der Praxisöffnung bei mir vorbeikommen.« Er zog seine Taschenuhr aus der Westentasche, klappte den reichverzierten Deckel auf und warf einen eiligen Blick aufs Zifferblatt. »Deshalb muss ich jetzt auch gleich los. Die beiden Teile dieses Herrn hier hab ich ja nachher noch lange genug auf meinem Tisch liegen.«

Er wandte sich zum Gedenkstein hin und kletterte vorsichtig den Hang hinunter. In freudiger Erwartung einer Streicheleinheit fing Kurt sofort an zu bellen.

»Warte noch einen Moment«, rief Tannenberg ihm nach. »Gibt's sonst noch was?«

»Sehr guter Allgemeinzustand«, gab er über die Schulter zurück. Plötzlich blieb er stehen und wandte sich zu seinem Freund um. »Ach so, fast hätte ich's vergessen. Der Tote hat eine runde, etwa zehn Zentimeter große Brandnarbe auf dem Hintern.«

»Ob uns das nun entscheidend weiterbringt, wage ich …«, meinte der Kriminalbeamte enttäuscht.

»Und noch etwas fällt mir gerade ein: Als ich mir den Wildfraß im Gesicht näher angeschaut habe, ist mir etwas Merkwürdiges aufgefallen.« Er stockte, schien unschlüssig zu sein, wie er fortfahren sollte.

»Ja, was denn, sag schon!«, drängte Tannenberg.

»Nein, ich muss es anders ausdrücken: Nicht der Wildfraß im Gesicht ist merkwürdig.« Er wedelte nervös mit den Händen vor dem Körper herum. »Obwohl auch das, denn leider kann ich dir noch immer nicht sagen, welches Tier ihn verursacht hat. Die Bissanalyse gestaltet sich äußerst schwierig. Ich vermute mal, da waren verschiedene Waldtiere am Werk: Wildschwein, Fuchs, dazu vielleicht noch ein Raubvogel.« Ein Ruck ging durch seinen Körper. »Wolf, stell dir mal vor, du wärst ein wildes Tier.« Er lachte auf. »Bist du ja eigentlich auch, nicht wahr, mein alter Junge?«

Tannenberg verdrehte die Augen.

»Hättest du dich dann nicht auch über den Halsstumpf und die Hände des Toten hergemacht? Warum weisen beide Opfer an diesen Stellen keinerlei Bissspuren auf?«

6

Oh Mann, was ist das nur wieder für ein bescheuerter Auftrag, schimpfte Armin Geiger in Gedanken. Immer muss ich diese stumpfsinnigen Jobs machen. Warum kann sich der Chef nicht mal einen anderen Dummen dafür aussuchen?

Es war kurz nach 8 Uhr 30. Widerwillig öffnete er die schwere Brandschutztür und zog sie nach außen in den Flur hinein. Nachdem er das Licht angeschaltet hatte, wartete er auf der Türschwelle, bis die aufflackernde Deckenbeleuchtung den fensterlosen Raum mit grellem Neonlicht geflutet hatte. Als er das Chaos zu seinen Füßen erblickte, ließ er einen langen Stoßseufzer verlauten.

In dieser Bürokratenkatabombe sah es noch immer so aus, als ob man einen bis an den Rand mit Aktenbündeln gefüllten Altpapiercontainer in den muffigen Kellerraum hineingekippt hätte. Gestern Nachmittag war er schon einmal hier gewesen und hatte ohne jeglichen Erfolg die Aktenberge durchstöbert. Allerdings hatte er ausgesprochen planlos da und dort herumgewühlt und irgendwann frustriert die Suche aufgegeben.

Aber diesmal war er besser vorbereitet. Er hatte sich am Abend eine Strategie zurechtgelegt, mit der er seinen Job nun weitaus professioneller in Angriff nehmen konnte. Außerdem hatte er sich reichlich mit Proviant eingedeckt und einen CD-Player von zu Hause mitgebracht. Wie ein im Sumpf watender Storch stieg er über die Ordnerhaufen hinweg zu einer Steckdose und schloss das Gerät an. Dann stakste er zurück zur Tür und betrachtete eine Weile kopfschüttelnd dieses heillose Durcheinander.

Die Countrymusik verbesserte schlagartig seine Stimmung.

So schlecht ist der Job doch eigentlich gar nicht, dachte er bei sich. Hier unten ist es wunderbar kühl und ich hab meine Ruhe. Sollen sich die anderen doch in dieser Affen-hitze abrennen, bis ihnen das Wasser im Hintern kocht! Außerdem ist bald Wochenende. Und da fahr ich mit meinen Kumpels zum Truckerrennen auf den Nürburgring. Das wird garantiert wieder eine Riesensause!

Während er mit tiefer Stimme Lee Marving bei ›Wandering Star‹ begleitete, schenkte er sich Kaffee ein und machte sich an die Arbeit. Nach ungefähr zwei Stunden mühevoller Suche beschleunigte sich urplötzlich sein Puls. Er war auf einen dicken, mit einem rotem Band umwickelten Packen Ordner gestoßen, der offensichtlich die gesuchten Ermittlungsakten aus den 70er Jahren enthielt. Auf dem Deckblatt fand er einen Hinweis zu den damals sichergestellten Asservaten. Er klemmte sich die Aktenmappen unter den Arm, verließ das Gebäude und fuhr zum Pfaffplatz, wo im Untergeschoss seiner Dienststelle die Asservatenkammer angesiedelt war.

Gerade als er sich an Mertels Labor vorbeischleichen wollte, öffnete sich die Tür und der Kriminaltechniker baute sich direkt vor ihm auf. »Was machst du denn hier unten in meinem Hochsicherheitsbereich?«

Geiger traten Schweißperlen auf die Stirn. »Spezial-auftrag vom Chef«, verkündete er wichtigtuerisch und zwängte sich an seinem verdutzt dreinblickenden Kollegen vorbei.

Mit dieser unbedachten Äußerung hatte er sich allerdings einen Bärendienst erwiesen, denn verständlicherweise wurde Mertel nun erst recht neugierig. Und wenn der Spurenexperte erst einmal eine Witterung aufgenommen hatte, gab er so lange keine Ruhe mehr, bis er das Rätsel gelöst hatte.

Er folgte dem Kriminalhauptmeister in die Asservatenkammer und löcherte ihn die ganze Zeit über mit Fragen. Bereits nach wenigen Minuten gab sich Geiger geschlagen und berichtete in aller Ausführlichkeit sowohl von seinem eigentlich streng geheimen Rechercheauftrag als auch von seiner Entdeckung.

Da Mertel sich in der Asservatenkammer bestens auskannte, war der große Pappkarton mit den Asservaten der nunmehr fast drei Jahrzehnte zurückliegenden Mordserie schnell gefunden. Ohne den Inhalt zu inspizieren, trugen die beiden Kriminalbeamten den Kasten und das Aktenbündel in Mertels Labor.

Geiger ließ es sich nicht nehmen und überbrachte höchstpersönlich seinem Vorgesetzten die frohe Kunde. Nur wenig später erschien der Leiter des K 1 in Mertels Labor. Er staunte nicht schlecht, als er die beiden Funde präsentiert bekam.

Da hat mein alter Herr wohl mal wieder recht gehabt, musste er neidlos anerkennen. Was hat dieser Mensch doch nur für ein beneidenswertes Gedächtnis.

Auch der von seinem Vater angegebene Zeitrahmen stimmte mit den tatsächlichen Ereignissen überein. Wie Wolfram Tannenberg einem zusammenfassenden Ermittlungsbericht entnehmen konnte, hatte in der Mitte der siebziger Jahre eine spektakuläre Mordserie die Pfalz erschüttert. Der sogenannte Liebespaar-Mörder hatte innerhalb von zweieinhalb Jahren vier Pärchen auf geradezu bestialische Weise getötet. Seine beiden letzten Opfer wurden mit durchgeschnittenen Kehlen an der Jammerhalde aufgefunden. Danach war Ruhe, obwohl der Täter offenbar nie dingfest gemacht werden konnte.

Als der derzeitige Leiter der Kaiserslauterer Mordkommission den Namen seines Amtsvorgängers unter diesem Schriftstück las, umkrampfte Wehmut sein Herz. Kriminalrat Weilacher war sein langjähriger Vorgesetzter und Förderer gewesen. Sein plötzlicher Unfalltod hatte damals eine gewaltige Lücke hinterlassen, die sein Nachfolger nur unzureichend auszufüllen vermochte – fand Tannenberg jedenfalls. Diese selbstkritische Einschätzung behielt er allerdings lieber für sich.

»Schade, dass wir den alten Weilacher dazu nicht mehr befragen können«, seufzte er.

»Ja, leider«, pflichtete Mertel mit leiser Stimme bei. »Der hätte uns jetzt sicherlich weiterhelfen können.« Vorsichtig entnahm er dem Transportkarton ein Asservat nach dem anderen. Es handelte sich dabei vorwiegend um die Schuhe und Kleidungsstücke der Opfer. Sie waren einzeln in beschrifteten Plastiktüten verpackt.

»Sag mal, Karl, glaubst du, dass die Asservate auch noch nach dieser langen Lagerzeit Spurenträger sein könnten?«, fragte Tannenberg.

»Du meinst, ob sich darauf möglicherweise die DNA des Täters finden lässt?« Der Kriminaltechniker nickte. »Ist durchaus möglich, ja.«

»Dann könntest du doch mal …«

Mertel traute seinen Ohren nicht. »Wie? Du glaubst doch wohl nicht ernsthaft, dass ich mich ausgerechnet jetzt mit diesen alten Klamotten beschäftige«, stieß er empört hervor. »Was hat das denn mit unserem aktuellen Fall zu tun?«

Tannenberg zuckte mit den Schultern. »Weiß ich im Moment natürlich auch noch nicht. Aber vielleicht existiert ja zwischen beiden Fälle ein unmittelbarer Zusammenhang.«

»Wie kommen Sie denn auf so was, Chef?«, meldete sich Geiger verwundert zu Wort.

»Na ja, es könnte doch sein, dass irgendein Nachkomme der damaligen Mordopfer gerade mit einem späten Rachefeldzug begonnen hat«, präsentierte Tannenberg nun die Spekulation seines Vaters. Kaum hatte er dies ausgesprochen, schon dachte er an Heiners Rache-Gedicht. Ein dezentes Schmunzeln huschte über sein Gesicht.

»Und deshalb hat dieser Verrückte *zwei* Menschen die Köpfe abgeschlagen. So ein Schwachsinn!«, blaffte Mertel.

»Wieso? Erstens können für die Liebespaarmorde durchaus zwei verschiedene Täter in Betracht kommen. Zum Beispiel, wenn einer von ihnen ein Nachahmungstäter war. Soll es alles schon mal gegeben haben.«

Mertels spruchreifer Erwiderung gebot Tannenberg mit einer Geste Einhalt. »Lass mich erst mal ausreden«, fuhr er in scharfem Ton fort. »Und zweitens kann es sich bei einem der beiden Toten um den damaligen Täter handeln, wogegen das andere Mordopfer irgendein Gewaltverbrecher ist, der überhaupt nichts mit dieser Mordserie zu tun hatte.«

Der Kriminaltechniker klatschte sich demonstrativ an die Stirn. »Ah, jetzt versteh ich endlich, worauf du hinauswillst. Du glaubst also an so etwas wie ›Zorro rächt alle Mörder dieser Welt und legt sie bei uns an der Jammerhalde ab‹.«

»Ja, warum denn nicht?«

Mertel zeigte ihm den Vogel. »Du hast doch nicht mehr alle Tassen im Schrank! Was hör ich mir das überhaupt an? Ich stecke bis zum Kopf in Arbeit«, er brach ab und schnappte wie ein Asthmatiker nach Luft, »und du laberst mich mit diesem Schwachsinn voll.«

Wütend schleuderte er die Asservaten in den Pappkarton und schob ihn Geiger an den Bierbauch. Dann drückte er dem Leiter der Mordkommission die Aktenmappen in die Hand. »Raus! Alle beide!«, schrie er. »Geht mir sofort aus den Augen. Sonst passiert noch ein Unglück!«

Nachdem Tannenberg sich bei seiner Sekretärin mit einem doppelten Espresso und einer Handvoll Amaretti eingedeckt hatte, verzog er sich in sein Büro. Bis zu der um 11 Uhr 30 anberaumten Dienstbesprechung blieben ihm noch ein paar Minuten Zeit. Vorhin hatte er nur den als Deckblatt des Aktenstapels fungierenden Abschlussbericht quergelesen. Nun nahm er sich die Mappen einzeln vor, warf einen kurzen Blick hinein und schichtete sie anschließend wieder in der ursprünglichen Reihenfolge aufeinander.

Bereits die erste, flüchtige Inspektion der Schnellhefter hatte zutage gefördert, dass es sich bei Geigers vermeintlich spektakulärem Fund nur um den ersten Teil der damaligen Ermittlungsberichte handelte. Die Ordner, welche sich auf die Geschehnisse an der Jammerhalde bezogen, fehlten ganz. Deshalb wies Tannenberg seinen Mitarbeiter an, sich umgehend auf die Suche nach den restlichen Akten zu begeben. Geiger kam diese Anordnung sehr gelegen, zum einen, weil es ihm hier oben im K 1 viel zu heiß war, und zum anderen, weil er Dienstbesprechungen sowieso verabscheute.

Der Leiter des K 1 hatte auf dem Rückweg von der Jammerhalde seine Mitarbeiter über die aktuellen Ereignisse informiert und ihnen weitere Ermittlungsaufträge erteilt, die er nun nacheinander abfragte. Michael Schauß hatte den ganzen Morgen die restlichen Hotels und Pensionen der Stadt abgeklappert und anschließend auch noch die Beherbergungsbetriebe der Umgebung befragt. Aber die Erkundigungen blieben ohne greifbares Ergebnis. Auch war immer noch keine Vermisstenanzeige eingegangen.

Die einzige neue Erkenntnis bezog sich auf einen Waldarbeiter namens Kuno, der seit längerem nicht mehr zur Arbeit erschienen war. Sabrinas Recherchen ergaben, dass der Mann sich vor einer Woche einer Bandscheibenoperation unterzogen hatte und noch immer stationär im Krankenhaus untergebracht war.

»Na, wenigstens etwas. Den können wir damit wohl definitiv von der Liste der potentiellen Tatverdächtigen streichen«, bemerkte Tannenberg. Nachdenklich presste er die Handflächen aneinander, die Fingerspitzen berührten seine Nase. »Warum musste dieser blöde Hollerbach die Waldarbeiter gestern auch nach Hause schicken? Hätten wir diese Waldschrate hierbehalten und die halbe Nacht verhört, dann hätten sie jetzt alle ein hieb- und stichfestes Alibi vorzuweisen.« Er seufzte. »Und wir könnten sie ebenfalls von unser Liste streichen.«

So als ob irgendwer in seinem Kopf einen Hebel umgelegt hätte, leuchtete sein Gesicht urplötzlich auf. In ein schelmisches Grinsen hinein verkündete er: »Der Hollerbach hat uns ja eigentlich nur untersagt, die Forstarbeiter hier bei uns im K 1 zu verhören. Aber er kann euch schließlich nicht verbieten, dass ihr an die Jammerhalde fahrt – aus dienstlichen Gründen versteht sich. Und da könnte es doch durchaus passieren, dass ihr auf eurem Rückweg rein zufällig auf diese Waldarbeiterrotte stoßt. Möglicherweise haben sich ja auch inzwischen neue Anhaltspunkte ergeben, die eine umgehende Befragung dieser Herren zwingend erforderlich macht – einzeln natürlich!«

Schmunzelnd bekundeten Sabrina und Michael ihre Zustimmung.

Mit einem Schlag veränderte sich Tannenbergs Mimik erneut. Er raufte sich die Haare. »Verflucht und zugenäht. Ohne den Doc und den Mertel kommen wir einfach nicht weiter«, grummelte er vor sich hin.

»Hast du vorhin nicht gesagt, der Doc sei sehr verwundert darüber, dass nur die Gesichter der Toten von Wildfraß betroffen sind, Hände und Halsstümpfe dagegen nicht?« Schauß reckte den Zeigefinger empor. »Und das wohlgemerkt bei beiden Opfern!«

»Ja, Michael, so ist es«, nickte der Kommissariatsleiter.

»Da drängt sich aber doch unweigerlich die Frage nach dem Grund dafür auf.«

»Na ja, vielleicht sind die Tiere dabei von irgendwas gestört worden«, antwortete Tannenberg. Als er das ungläubige Mienenspiel seines jungen Kollegen bemerkte, schob er rasch nach: »Worauf willst du eigentlich hinaus?«

Der junge Kommissar betrachtete einen Augenblick seine kräftigen Hände, aus denen ein dickes Adergeflecht hervorquoll. Dann fasste er sich an die Kehle, räusperte sich und sagte: »Es gibt mindestens zwei Möglichkeiten, die in Betracht kommen. Die erste, naheliegende: Die Gesichtsverletzungen wurden von Füchsen, Wildschweinen …«

»Wildschweine sind Vegetarier, geliebter Ehegatte«, warf Sabrina in belehrendem Ton dazwischen.

»Nein, Sabrina, da liegst du leider falsch«, korrigierte ihr Vorgesetzter. »Das hab ich nämlich bisher auch immer gedacht. Aber der Doc behauptet, Wildschweine seien Allesfresser, die sogar verendete Rehkitze auf ihrem Speisezettel hätten.«

Kommissarin Schauß schluckte hart und verzog angeekelt den Mund.

Unterdessen fuhr ihr Mann fort. »Also nehmen wir an, die Leichname wurden in den Wald gebracht und hinter diesem Gedenkstein abgelegt. Weiterhin nehmen wir an, dass die Bisswunden von Wildtieren stammen, die von irgendetwas gestört und verscheucht wurden.«

Die beiden anderen nickten.

Michael hob abermals den Zeigefinger. »Vorsicht! Ganz so einfach ist es aber nicht. Denn es gibt noch eine weitere, zumindest theoretische Erklärung dafür, weshalb die anderen freiliegenden Stellen von Bissattacken verschont geblieben sind.«

Ein paar Sekunden lang wanderte das Schweigen zwischen den drei Kriminalbeamten hin und her. Tannenberg beendete die kurze Gesprächspause: »Du meinst …«

»Genau das, Wolf«, versetzte Michael Schauß in spekulativem Vorgriff auf das, was sein Chef möglicherweise gerade hatte sagen wollen. »Ich weiß, es klingt wie eine Szene aus einem Horrorfilm. Aber je länger ich darüber nachdenke …« Den Rest ließ er zunächst unausgesprochen. Er trank einen großen Schluck Wasser, bevor er den angefangenen Satz vollendete: »Umso weniger abwegig erscheint mir diese Variante.«

»Du meinst«, wiederholte Tannenberg seine ersten Worte, »der Kopf wurde abgetrennt und dann ohne Korpus in den Wald gelegt. Mit dem makabren Ziel, dass Tiere ihn unkenntlich machen? Das würde erklären …«

»Weshalb denn so kompliziert, Wolf?«, fiel ihm Kommissar Schauß wild gestikulierend ins Wort. »Dann hätte der Täter ja später noch einmal in den Wald fahren müssen, um den Körper des Mannes …«

»Du hast recht, das ist Quatsch!«, funkte Tannenberg dazwischen.

»Aber warum den Kopf überhaupt in den Wald bringen?«, stellte Michael eine rhetorische Frage, die er sogleich selbst beantwortete: »Das wäre nicht nur riskant, sondern auch viel zu unsicher gewesen. Denn schließlich konnte der Täter ja nicht sicher sein, dass sich tatsächlich irgendwelche Wildtiere über den Kopf hermachten. Warum ihn nicht einfach in einen Zwinger legen und die blutige Arbeit von scharfen Hunden erledigen lassen?«

»Zum Beispiel von den Hounds of the Baskervilles?«, spottete sein Chef, wohl wissend, dass Sherlock Holmes sich in Arthur Conan Doyles Kriminalroman nur mit *einem* Hund herumschlagen musste.

Sabrina erbleichte. »Das ist ja wirklich eine, eine Horrorvision«, stammelte sie keuchend. Sie begab sich zum Waschbecken und klatschte sich mehrere Hände kaltes Wasser ins Gesicht.

Tannenberg blickte derweil grübelnd an die Decke. Er dachte gerade an eine Überschrift, die er gestern in der *Bildzeitung* gelesen hatte. ›Kannibalenprozess – Ich wollte ihn nicht töten, sondern nur essen‹, stand dort in großen roten Lettern geschrieben.

Diese gedankliche Abschweifung behielt er einstweilen für sich. Dafür akzeptierte er nun plötzlich Michaels makabre Hypothese: »Okay, okay, von mir aus. Auch das ist leider eine Möglichkeit. Ein Blick in die Zeitungen beweist uns schließlich täglich, dass wir Menschen offenbar zu allem fähig sind. Vielleicht kann uns der Doc ja irgendwann etwas Konkretes zu deiner Vermutung sagen.«

Schauß nickte.

»Egal, wo und wie das passiert ist, das Motiv für diesen barbarischen Akt dürfte wohl eindeutig sein: Der Täter wollte damit die Identifikation seiner Opfer erschweren«, formulierte Tannenberg die Quintessenz ihrer kleinen Debatte.

Doch der junge Kommissar war damit nicht zufrieden und bohrte nach: »Ja, aber wieso dieser ganze Aufwand? Das ist mir nach wie vor schleierhaft. Er hätte seine beiden Opfer doch auch im Wald in tiefen Gräbern verbuddeln können. Die Toten hätte doch nie jemand gefunden. Stattdessen präsentiert er uns beide Leichname wie auf einem Silbertablett. Und das auch noch exakt an derselben Stelle.«

»Genau. Und dann diese merkwürdige Sache mit der neuen weißen Lilie«, entgegnete Tannenberg. Einen Wimpernschlag bevor das letzte Wort seinen Mund verlassen hatte, kam ihm zu Bewusstsein, dass er seine Mitarbeiter noch gar nicht über dieses nicht unbedeutende Detail informiert hatte.

Er hatte gerade damit begonnen, von seinem merkwürdigen Fund zu berichten, als das Telefon läutete. Es meldete sich Kriminaldirektor Eberle, der ihn dringend zu sprechen wünschte.

Bei der im Büro des Dienststellenleiters eiligst einberufenen Zusammenkunft war auch Oberstaatsanwalt Dr. Hollerbach zugegen. Zunächst verschaffte Tannenberg den beiden ranghohen Beamten einen kurzen Überblick über den aktuellen Stand der Ermittlungen. Aufgrund der außergewöhnlichen Umstände schlug er vor, via Lokalpresse die Bevölkerung um Mithilfe zu bitten. Eberle stimmte zu und wechselte anschließend zu einem anderen Thema über. Dabei ging es um etwas für Tannenberg ausgesprochen Unangenehmes, nämlich um die Einberufung einer Pressekonferenz. Denn so wie Dracula das Licht hasste, so hasste er öffentliche Auftritte.

Kriminaldirektor Eberle war Tannenbergs Aversion durchaus bekannt. Deshalb plante er ihn von vornherein erst gar nicht dafür ein. Die Pressekonferenzen führten meist er und der Oberstaatsanwalt durch. Trotzdem wartete er immer gespannt auf die Argumente, mit denen sein leitender Mitarbeiter sein jeweiliges Fernbleiben begründete. Diesmal musste Dr. Schönthaler als Ausrede herhalten. Als Tannenberg behauptete, der Rechtsmediziner habe ihn vor ein paar Minuten angerufen und dringend in die Pathologie beordert, entließ er ihn schmunzelnd.

Kaum hatte der Leiter des K 1 die Tür ins Schloss gedrückt, schon fiel seine innere Stimme über ihn her: Du elender Lügner! Vor Scham solltest du im Erdboden versinken!, schimpfte sie erbarmungslos auf ihn ein.

Aber das war doch überhaupt keine richtige Lüge, sondern nur eine winzigkleine Notlüge, versuchte er sich zu rechtfertigen.

Doch der Quälgeist ließ ihm keine Ruhe: Quatsch, es war eine knallharte Lüge – und das weißt du auch ganz genau!

Da er Kriminaldirektor Eberle sehr mochte, begann nun sein schlechte Gewissen wie eine hungrige Ratte an seiner zuweilen recht empfindsamen Seele herumzunagen. Aber weil er nicht nur ein recht eigenwilliger, sondern auch ein kreativer Mensch war, hatte er ziemlich schnell eine Lösung für sein Problem gefunden. Er beschloss nämlich spontan, dass er gar nicht gelogen haben *konnte*, weil Dr. Schönthaler ihn bereits *vor* der

Besprechung mit Eberle in die Katakomben des Westpfalzklinikums gebeten hatte.

Zwar war diese Kontaktaufnahme lediglich auf telepathischem Wege erfolgt und der Rechtsmediziner wusste bislang noch gar nichts von seinen übersinnlichen Fähigkeiten, doch solche profanen Dinge spielten zu diesem Zeitpunkt überhaupt keine Rolle – Hauptsache, Tannenberg war wieder mit sich und seinem Gewissen im Reinen.

Erleichterung machte sich bei ihm breit. Beschwingt verließ er die Kriminalinspektion am Pfaffplatz und schlenderte durch die Hellmut-Hartert-Straße zu dem nur wenige hundert Meter entfernt gelegenen Krankenhauskomplex. Die tropischen Temperaturen hatten die engen Häuserschluchten in einen regelrechten Brutkasten verwandelt. Im Gegensatz zu der im Freien herrschenden Gluthitze war bereits der Eingangsbereich des Krankenhauses weitaus angenehmer temperiert. An einem blubbernden Spender zapfte er sich einen Becher Wasser, kippte ihn in einem Zug hinunter.

Wie stets, wenn er seinen Freund an dessen Arbeitsplatz aufsuchte, veränderte sich auch diesmal bereits auf der in die Katakomben hinabführenden Treppe seine Befindlichkeit. Urplötzlich beseelte ihn eine andächtige Stimmung. Er fühlte sich wie ein Teilnehmer bei einer feierlichen Trauerprozession, die gerade in einen Dom einzog. Die Berufshektik verflüchtigte sich, die Atmung wurde ruhiger und tiefer, der pulsierende Geist fand Ruhe zur Besinnlichkeit. Mit gesenktem Kopf und gemessenen Schrittes durchquerte er einen langen, tristen Korridor und erreichte schließlich die weißgefliesten Räumlichkeiten der pathologischen Abteilung.

Im Totenreich des Rechtsmediziners war es noch ein paar Grad kälter. Die vielen Edelstahlflächen verstärkten zusätzlich den subjektiven Eindruck kühler Temperaturen. Als Tannenberg im Sektionsraum die beiden mit mintgrünen Tüchern abgedeckten Leichname erspähte, lief ihm eine eiskalte Welle über den Rücken. Er schaute hinunter zu seinem rechten Arm, wo sich in Sekundenschnelle Gänsehaut gebildet hatte. Abrupt riss er seinen Blick davon los und machte sich auf die Suche nach seinem alten Freund.

Während er mit gebührendem Sicherheitsabstand an den beiden belegten Seziertischen vorbeischlich, vernahm er ein leises, monotones Schnarchgeräusch. Es stammte unzweifelhaft aus Dr. Schönthalers Büro. Behutsam öffnete er die Tür, auf der neben einem großen roten Totenkopf ein Warnschild mit dem Text ›Vorsicht Pathologe! Zutritt nur für Tote – oder solche, die es werden wollen!‹ angebracht war.

Der großgewachsene, hagere Rechtsmediziner lag auf einem Krankenbett und hielt offensichtlich ein Mittagsschläfchen. Seine aufgestellten, spitzen Beine zeichneten sich wie Zeltstangen unter einem dünnen Leintuch ab. Dieses Laken sah genauso aus, wie diejenigen, mit denen die Leichname für gewöhnlich verhüllt wurden. Seinen Anzug hatte Dr. Schönthaler akkurat über einen Stuhl gehängt und die Fliege auf der Mitte der Sitzfläche positioniert. Die blankgewienerten, schwarzen Lederschuhe standen exakt ausgerichtet darunter.

Alter Pedant, dachte Tannenberg schmunzelnd. Er bildete aus seinen riesigen Händen einen Trichter, näherte sich dem Ohr des Freundes und flüsterte: »Hallo, mein liebes Rainerlein. Ich bin eine süße Fee und möchte dir einen Wunsch erfüllen.«

Ohne Vorwarnung schoss der Gerichtsmediziner einem Springteufelchen gleich in die Höhe. Dabei schnitt er eine furchterregende Grimasse, spreizte die Hände und zischte einen bedrohlich klingenden Laut.

Tannenberg fuhr zusammen, schlug reflexartig die Hände vor die Brust.

»Jetzt simuliere mir bloß keinen Herzkasper, du alter Hypochonder«, spottete Dr. Schönthaler. »Zur Zeit könnte ich dir sowieso nicht helfen, auch wenn ich dies wollte.« Er stieß ein knatterndes Geräusch aus. »Was ich ja eigentlich gar nicht will.«

»Wieso?«, fragte Tannenberg reflexartig.

Der skurrile Gerichtsmediziner starrte ihn mit offenem Mund und stierem Blick an. Nachdem er kurz den geistig Verwirrten gemimt hatte, fuhr er grinsend fort. »Mein einziger Defibrilator ist nämlich gerade bei der Inspektion. So ein Bürokratenschwachsinn! Den brauche ich hier unten doch nun wirklich nicht. Aber es steht nun mal leider in irgendsoeiner bescheuerten Vorschrift drin.«

Während dem Kriminalbeamten immer noch der Schrecken in den Gliedern steckte, begann sich sein Freund anzukleiden. »Hast du Trampeltier denn tatsächlich geglaubt, *du* könntest *mich* überraschen?«, höhnte er. »Ich hab deinen unverwechselbaren Plattfußtritt doch schon im Flur gehört.«

Diese Provokationen beendeten abrupt Tannenbergs Schockzustand. Die Revanche folgte auf dem Fuße. Demonstrativ blickte er sich um. »Das ist nun also dein berühmter Arbeitsstress, bei dem dich keiner stören darf.«

»Nach getaner Arbeit sollst du ruhn. Steht schon in der Bibel.« Dr. Schönthaler wies mit dem Kinn zu seinem Schreibtisch hin. »Voilà: der vorläufige Obduktionsbericht – und zwar von den *beiden* Herren da draußen! Das war die reinste Akkordarbeit, kann ich dir flüstern.«

»Also gut. Wie ich sehe, willst du wieder einmal nichts anderes, als von mir gelobt werden. Was ich hiermit tue: Hast du wirklich toll gemacht«, versetzte der Leiter des K 1 und donnerte ihm einen Prankenhieb auf die hagere Schulter. »So, und dafür erzählst du mir jetzt mit allgemeinverständlichen Worten, was du in diesen Bericht an fachchinesischem Gedöns hineingepackt hast.«

»Okay«, gab der Rechtsmediziner gedehnt zurück. »Vermutlicher Todeszeitpunkt des zweiten Opfers: Heute Nacht zwischen 24 und 2 Uhr.«

»Das hast du heute Morgen schon behauptet.«

»Ja, behauptet, aber nicht wissenschaftlich berechnet!«, gab Dr. Schönthaler pikiert zurück. »Übrigens muss ich deinen Erwartungen gleich einen kräftigen Dämpfer versetzen. Denn zu der vielleicht spannendsten Sache kann ich dir leider immer noch keine Ergebnisse präsentieren. Eine toxikologische Analyse dauert eben ihre Zeit. Ich hab die Kollegen gebeten, sich zu beeilen und mir die Befunde sofort runterzubringen.« Er schlenderte zu seinem Telefon. »Ich ruf am besten gleich nochmal an und mach denen ein bisschen Druck.«

»Hattest du mir nicht vorhin klargemacht, dass du solche Drängelanrufe auf den Tod nicht ausstehen kannst?«, konnte sich Tannenberg nicht verkneifen.

»Ich kann's natürlich auch bleibenlassen«, retournierte der Pathologe und legte den Hörer wieder auf. Nach einer kurzen Pause nickte er. »Du hast recht, alter Junge. Bewirkt sowieso meist nur das Gegenteil.«

»Damit hast *du* ja reichlich Erfahrung.«

Dr. Schönthaler überging die spitze Bemerkung. »Mal zu etwas anderem: dem Zahnstatus der beiden Opfer. Allerdings gibt's da bislang kaum Sensationelles zu vermelden. Mein Zahnarzt war heute Morgen bei mir und hat sich die Beißerchen des ersten Toten mal etwas genauer angeschaut. Seinem Eindruck nach stammt die dentistische Arbeit nicht von einem an einer deutschen Uni ausgebildeten Zahnarzt.« Er verstummte einen Augenblick, seufzte. »Aber lokal eingrenzen konnte er seine Vermutung leider nicht.«

»Schade«, entgegnete Tannenberg.

»Möglicherweise bringt uns ja die Materialanalyse des Inlays weiter. Hoffentlich meldet sich die Degussa bald. Ihr habt noch immer keine Vermisstenmeldung, die zu dem Herrn da draußen passen könnte?«

Tannenberg presste die Lippen zu einem dünnen Strich zusammen und schüttelte den Kopf.

»Und zur Identität des zweiten Mannes habt ihr auch noch keine Hinweise erhalten?«

»Nein. Mertel hat zwar routinemäßig die Fingerabdrücke der beiden Männer durch die Vergleichdateien gejagt, aber keine Übereinstimmung gefunden.«

Dr. Schönthaler lupfte resigniert die Schultern. »Mir

geht's genauso. Ich hab auch nichts entdeckt, was uns irgendwelche Anhaltspunkte geben könnte. Die einzigen Dinge, die ich bislang über ihn aussagen kann, passen etwa auf jeden zweiten Mann im Alter von 35 bis 40 Jahren.« Er bückte sich nach unten und knotete die Schnürsenkel zusammen. »Hatte ich mir irgendwie auch schon so gedacht. Dieser Serientäter versucht offensichtlich alles, um die Identifizierung seiner Opfer zu verhindern.«

»Ja, aber trotzdem will er unbedingt, *dass* wir sie finden.« In einem tiefen Zug sog er die klimatisierte Luft ein und ergänzte: »Und anscheinend möglichst bald.«

»Konnte er denn wirklich davon ausgehen, dass man den ersten Leichnam schnell entdecken würde?«, stellte der Rechtsmediziner eine interessante Frage in den Raum.

Grübelnd drückte Tannenberg mit seiner Zungenspitze eine Beule in die Wange. Dann nickte er und sagte: »Denke schon, schließlich ist dieser Weg bei Hundebesitzern sehr beliebt.«

»Du hast recht, Wolf, einer feinen Hundenase entgeht solch ein typischer Geruch garantiert nicht.« Er fasste den Kommissar scharf ins Auge. »Mit diesem makabren Arrangement möchte uns der Täter doch wohl auf etwas hinweisen, oder?«

»Sieht ganz danach aus. Nur worauf?«

Der Pathologe holte tief Luft und stieß sie geräuschvoll aus. »Ja, wenn wir das nur wüssten.« Er verstummte für einen Augenblick, dann fuhr er fort. »Na ja, vorsichtshalber hab ich mal eine Amalgamfüllung des zweiten Toten an ein Speziallabor geschickt. Das verursacht zwar zusätzliche Kosten, aber was sollen wir denn machen? Wer weiß, wie viele Menschen dieser Irre noch ermorden und verstümmeln will. Diesem Psychopathen müssen wir so schnell wie möglich das Handwerk legen. Den Zahnstatus des zweiten Opfers hab ich natürlich inzwischen auch schon an die Kaiserslauterer Zahnarztpraxen …«

»Apropos Praxen«, warf Tannenberg dazwischen. »Das Ergebnis der Blutanalyse von dieser komischen Waldarbeiter-Praxe hast du auch noch nicht vom Labor erhalten?«

»Nein, nein.«

Schnarchnasen!, schimpfte Tannenberg im Stillen.

»Aber es gibt einen weiteren Weg, den wir vielleicht schon bald beschreiten sollten«, meinte Dr. Schönthaler nebulös.

»Und welchen?«

»Wenn wir selbst in ein paar Tagen noch keine Hinweise auf die Identität der Toten erhalten haben, wenden wir uns eben an einen Experten für Gesichtsrekonstruktionen. Das wollte ich mir immer schon mal aus der Nähe anschauen. Diese Leute sind richtige Künstler. Erinnerst du dich an den Film ›Gorky-Park‹, wo drei gesichtslose junge Menschen am Rande einer Eiskunstlaufbahn unter Schnee gefunden werden?«

Plötzlich erklang vom Schreibtisch des Pathologen her eine leise Melodie, die schnell anschwoll.

»Ach, mein neues Handy will mich wecken.«

Tannenberg warf die Stirn in Falten. »Die Melodie kenne ich doch irgendwoher.« Er legte den Kopf ins Genick und schnipste dabei mit den Fingern. »Verdammt nochmal, aber ich komme im Moment einfach nicht drauf.«

»Stichwort: Mundharmonika«, half der Rechtsmediziner.

Im Hirn des Kriminalbeamten machte es ›Klick‹. »Logo: Das ist die Instrumentalmusik aus ›Spiel mir das Lied vom Tod‹«, verkündete er stolz.

»Richtig! Sag selbst: Kann es für einen Pathologen eine passendere Klingelmelodie geben?«

Wolfram Tannenberg stöhnte gequält auf. »Sag mir jetzt lieber mal, ob wenigstens die Begutachtung der Bissspuren etwas Hilfreiches ergeben hat. Welche Tiere kommen dafür als Verursacher in Betracht?«

»Diese Frage einer definitiven Klärung zuzuführen, ist ausgesprochen schwierig«, fabulierte der Rechtsmediziner. »Wenn es nicht sogar völlig unmöglich ist, zumindest beim ersten Opfer. Der Leichnam lag ja schließlich mehrere Tage im Wald. Wogegen dein neuer Fund noch nicht mal eine ganze Nacht …«

»Heißt das, du hast bei dem zweiten Toten …?«

»Sagen wir mal lieber so«, würgte er seinen besten Freund ab: »Da die Gesichtswunden bedeutend frischer sind, lässt sich daraus ansatzweise ein begründeter Verdacht ableiten. Mehr aber auch nicht.«

»Und?«

»Also ich tippe auf einen oder, was wahrscheinlicher ist, sogar auf mehrere Füchse, die möglicherweise im zeitlichen Abstand von ein paar Stunden …«

»Sind auch Hunde denkbar?«, unterbrach Tannenberg nun seinerseits.

Irritiert kniff Dr. Schönthaler die Augenbrauen

zusammen, aber bereits ein, zwei Sekunden später nickte er zustimmend. »Theoretisch schon.« Er bedachte sein Gegenüber mit einem fragenden Blick. »Du denkst an streunende oder verwilderte Hunde?«

»Nein, nicht unbedingt.«

In wenigen Sätzen schilderte der Kriminalbeamte nun die spekulative Vermutung seines jungen Kollegen.

»Kann durchaus sein, dass der Schauß damit gar nicht so falsch liegt«, erklärte der Gerichtsmediziner. »Aus der Begutachtung der Totenflecken lässt sich jedenfalls eindeutig schlussfolgern, dass zumindest die *Körper* der beiden Männer nach Todeseintritt umgelagert wurden. Bei den Köpfen lässt sich das nicht so eindeutig klären. Wobei die Bissbilder sich ziemlich stark ähneln, das muss ich schon zugeben. Willst du sie dir nicht gleich mal selbst anschauen?«

Mit einer Handbewegung lehnte Tannenberg dankend ab. »Suchen wir jetzt also nach einem Hundebesitzer?«

»Na, da würde ich mich lieber nicht zu voreilig festlegen, Wolf. Nach allem, was ich bislang zu diesem Thema in Erfahrung gebracht habe, gibt es keine gravierenden Unterschiede im Bissbild eines Fuchses und eines etwa gleichgroßen Hundes.«

Dr. Schönthaler hob entschuldigend die Hände. »Und in einer zerfetzten Wunde sind diese geringfügigen Unterschiede kaum nachweisbar. Aber mehr kann ich dir dazu im Augenblick beim besten Willen nicht sagen. Wir müssen die genetische Analyse des Gewebematerials abwarten, das ich den Wundrändern entnommen habe. Wenn wir Glück haben, lässt sich aus

Speichelresten oder Fremdhaaren die bissverursachende Tierart identifizieren. Doch das dauert sicherlich noch einige Zeit.«

»Welche Hunderasse ist denn so scharf, dass sie so etwas tut?«

»Jede, würde ich einfach mal behaupten.«

Tannenberg schürzte skeptisch die Lippen. »Jede?«

»Natürlich. Ich denke, man muss die armen Tiere nur lange genug hungern lassen. Erinnere dich bitte mal daran, dass sich deine eigenen Artgenossen auch schon gegenseitig aufgefressen haben. Zum Beispiel bei diesem Flugzeugabsturz damals in den Anden.«

Während der Kriminalbeamte betroffen nickte, musste er abermals an den Kannibalenmord-Artikel in der *Bildzeitung* denken: ›Ich wollte ihn nicht töten, sondern nur essen‹.

Dr. Schönthaler zog die Mappe mit dem vorläufigen Obduktionsbericht von seinem Schreibtisch, klappte sie auf, entnahm ihr zwei großformatige Fotos und hielt sie seinem Freund nebeneinander unter die Nase. »Was fällt dir bei diesen beiden Fundortfotos auf?«

Tannenberg brummte eine Weile unschlüssig, bevor er endlich Antwort gab: »Na ja, auf den ersten Blick sehen beide Arrangements genau gleich aus – bis auf die Tatsache eben, dass die Männer unterschiedliche Kleidung und Schuhe tragen.«

»Sehr gut beobachtet, Herr Hauptkommissar«, lobte der Rechtsmediziner scheinheilig. »Und du hast den entscheidenden Begriff verwendet.« Er blickte kurz in die fragende Miene seines Gegenüber. »Schau nicht so dackelmäßig! Ja, man glaubt es kaum, aber selbst du landest manchmal einen Volltreffer.« Er grinste schadenfroh über alle Backen. »Und wie lautet nun der entscheidende Begriff?«

Nur ein Schulterzucken als Reaktion.

»Es ist das Wort ›Arrangement‹«, verkündete der schlaksige Pathologe. Er legte die beiden Fotos direkt nebeneinander auf seinen Schreibtisch und richtete die Unterkanten exakt aus. Dann zog er ein langes Lineal aus der Utensilienbox und hielt das Ende des Maßstabs jeweils an die Halsstümpfe der Toten. Mit einem Bleistiftstrich markierte er eine Verbindungslinie. Anschließend schob er den Zollstock nach oben zu den Unterkiefern der Mordopfer. Wieder zog er einen dünnen Strich und entfernte das Lineal. »Und was siehst du nun?«

»Zwei parallele Linien.«

»Exakt«, bestätigte Dr. Schönthaler. Während er sich freudig die Hände rieb, erklärte er: »Diese parallelen Verbindungsstriche weisen uns auf etwas ausgesprochen Merkwürdiges hin: Der Abstand zwischen Kopf und Korpus ist nämlich jeweils gleich. Und zwar beträgt er ziemlich genau 35 Zentimeter. Das haben die von Mertel und mir unabhängig voneinander durchgeführten Messungen zweifelsfrei ergeben.«

»Kann das kein Zufall sein?«

»Doch, natürlich«, erwiderte der Rechtsmediziner. Er zupfte nachdenklich an seiner Fliege. »Na ja, wir werden sehen, wie groß der Abstand beim nächsten Jammerhalden-Toten ist.«

»Mensch, Rainer, mal ja nicht den Teufel an die Wand.«

»Bin kein Teufel!«, ertönte plötzlich eine kräftige Jungmännerstimme in Tannenbergs Rücken, »sondern nur ein armer, ausgebeuteter Zivi, der unzumutbare Botengänge erledigen muss.«

Bevor der Kriminalbeamte die Situation richtig wahrgenommen hatte, war der kecke Eindringling auch schon wieder verschwunden. Dr. Schönthaler schlug den Laborbericht auf und überflog die kryptischen Symbole und Zahlenfolgen.

»Erstens: Das Blut auf der Praxe stammt wahrscheinlich vom ersten Opfer.«

»Was heißt ›wahrscheinlich‹?«

»Das heißt nichts anderes, als dass es für eine Übereinstimmung gewichtige Anhaltspunkte gibt. Eine endgültige Gewissheit erhalten wir jedoch erst durch die DNA-Analyse.«

»Und die kann noch dauern.«

»So ist es«, murmelte der Mediziner, der bereits wieder in die Lektüre des Laborberichts vertieft war. »T61 – ich hab's gewusst!«, jubilierte er.

Verständlicherweise konnte Tannenberg mit diesem freudigen Ausruf nichts anfangen. »Und was ist das: T61 – ein russischer Panzer, oder wie?«, knurrte er. »Los, sag schon.«

»Nein, das ist ein geniales deutsches Pharmaprodukt«, versetzte sein alter Freund schmunzelnd, »jedenfalls für einen Mörder.«

»Rainer, red jetzt endlich Klartext.«

Dr. Schönthaler bestrich seine trockenen Lippen mit einem Fettstift, dann präsentierte er sein medizinisches Fachwissen: »Du erinnerst dich bestimmt noch daran, dass ich bei unserem ersten Leichnam eine Einstich-stelle auf dem Rücken entdeckt habe.«

Tannenberg nickte.

»Bei dem Toten, den du heute Morgen gefunden hast, übrigens auch. Hab ich dir das eigentlich schon gesagt?«

»Ja, gerade eben. Weiter!«

Mit gönnerhafter Mimik gab der Pathologe dem Drängen nach. »Also«, fuhr er fort, wobei er das Wort wie einen Kaugummi in die Länge zog. »Über diese kleinen Stichkanäle wurde beiden Männern T61 injiziert – und zwar direkt in die Lungen.«

»Und was ist das für ein Teufelszeug?«

»Das war schon wieder ein begrifflicher Volltreffer! Respekt! Du bist heute anscheinend in Höchstform. Diese Bezeichnung könnte passender nicht sein. Denn einer der Inhaltsstoffe dieses Teufelszeugs ist Mebezonium, ein Gift, das die Muskulatur lähmt, auch die Herz- und Atemmuskulatur. Es hat einen ähnlichen Einfluss auf den menschlichen Körper wie Curare.«

»Dieses Pfeilgift der Eingeborenen?«

»Ja, genau.«

»Und wie wirkt dieses Zeug?«

»Tja«, seufzte der berufserfahrene Gerichtsmediziner, »die Wirkung ist tatsächlich teuflisch. Man kann das gar nicht anders ausdrücken.« Er schüttelte den Kopf, seufzte erneut.

»Los, weiter!«, drängte Tannenberg.

»Okay. Also: Die beiden Menschen wurden bei vollem Bewusstsein zu Tode gefoltert. Gleich nach der Injektion hat dieses Präparat ihre Atmung stark beeinträchtigt und ein langsamer, qualvoller Erstickungstod begann. Dieses Martyrium hat viele, endlose Minuten lang gedauert. Während ihres Todeskampfes hatten die Männer fürchterliche Krämpfe und Schmerzen, die ihnen sicherlich Höllenqualen bereitet haben. Im Verlauf dieses erbärmlichen Krepierens haben sie geschrien, gebrüllt vor Schmerzen. Allerdings waren das stumme Schreie, Schreie, die niemand hören konnte. Das musst du dir wirklich einmal vorstellen: Diese armen Leute waren bis zu ihrem qualvollen Tod bei Bewusstsein!«

Tannenberg hatte sich im Verlauf dieses kleinen Vortrags fassungslos auf die Schreibtischkante niedersinken lassen. »Woher weißt du denn das alles?«, keuchte er.

»Dieses Präparat wird in der Tiermedizin schon seit vielen Jahren zum Einschläfern verwendet.« Er legte eine kleine Pause ein, während der er sich mehrfach räusperte. »Wobei man zur Ehrenrettung meiner veterinärmedizinischen Kollegen eine ganz wichtige Anmerkung machen muss: Wenn T61 fachgerecht benutzt wird, ist gegen den Einsatz absolut nichts einzuwenden. Man muss eben nur 10-15 Minuten vorher ein Barbiturat spritzen. Dieses Narkosemittel betäubt das Tier, so dass es von der anschließenden Todesspritze nichts mehr mitbekommt. Diese Tiere leiden also nicht, sondern schlummern in einen schmerzlosen Tod hinein. Ganz im Gegensatz zu den beiden Menschen, die draußen auf den Edelstahltischen liegen. Denn nach den Ergebnissen der toxikologischen Analyse hatten sie noch nicht einmal Spuren von Barbituraten im Blut.«

7

Wie meist in der Vergangenheit hatte es Tannenberg auch diesmal nicht geschafft, unbemerkt von seiner Mutter das Haus zu verlassen. Als er gerade an der elterlichen Parterrewohnung vorbeizuschleichen versuchte, öffnete sich die Abschlusstür und Margot erschien im Türrahmen. In ihren Händen hielt sie eine Jutetasche, in der sich eine Thermoskanne mit Eistee, etwas Obst und zwei belegte Brötchen befanden.

»Du hast bestimmt wieder nicht richtig gefrühstückt, Wolfi«, empfing sie ihn mit vorwurfsvollem Unterton. »Nimm das mal mit. Gerade bei der anstrengenden Arbeit mit deinem neuen Fall musst du auf eine anständige Unterlage achten.«

Verdammte Holztreppe, fluchte der Leiter der Kaiserslauterer Mordkommission tonlos. Gleich darauf verkündete er mit gequälter Stimme: »Mutter, ich hab schon gefrühstückt. Außerdem hab ich's eilig.« Demonstrativ blickte er auf seine Armbanduhr. »Ich muss los.«

Doch Margots Miene duldete keinen Widerspruch.

Zähneknirschend nahm er das Verpflegungspaket entgegen.

»Du sollst dringend zu deinem Vater kommen.«

»Nee, Mutter, das schaffe ich jetzt zeitlich wirklich nicht mehr.«

»Wolfi«, sagte Margot unter besonderer Betonung der letzten Silbe. »Schon schlimm genug, dass du nicht zum gemeinsamen Frühstück erschienen bist. Aber wenn du jetzt nicht zu deinem Vater gehst, verdirbst du mir den ganzen Tag. Du weißt, dass er dann nicht mehr zu genießen ist.«

Da der Kriminalbeamte seiner Mutter keinen Wunsch abschlagen konnte, nickte er mit leidvoller Miene. Anschließend machte er einen Schritt nach vorne und wollte die elterlichen Wohngemächer betreten. Doch Margot wich nicht von der Stelle. Mit emporgezogenen Augenbrauen zeigte sie in Richtung der Kellertreppe. »Er ist unten.«

Eine detailliertere Ortsangabe erübrigte sich, denn es gab nur einen einzigen Raum im Keller, in dem sich der Senior freiwillig länger als die zum Getränkeholen oder zur Heizungskontrolle benötigte Zeit aufhielt. Außerdem war es im Souterrain mucksmäuschenstill. Ein weiterer untrüglicher Hinweis auf seinen mutmaßlichen Aufenthaltsort.

Tannenberg trippelte die Stufen hinunter, zog den Kopf ein und ging ein paar Meter durch den modrig riechenden Flur. Vorsichtig drückte er die Tür ins Innere eines etwa fünfzehn Quadratmeter großen, fensterlosen Raums. Das Szenario, welches sich gerade in sein Blickfeld schob, hatte er in seinem Leben schon so oft gesehen. Trotzdem fühlte er sich jedes Mal einen Moment lang zurück in seine Kindheit versetzt. Heiner und er hatten sich früher hier unten stundenlang aufgehalten.

Jacob saß auf einem Hocker und verfolgte mit großen Augen die Fahrt einer seiner wertvollen Märklin-Eisenbahnen, die er gerade in Bewegung gesetzt hatte. Nach einer langgezogenen Kurve verschwand sie in einem

Bergmassiv, um nur wenig später auf der anderen Seite ratternd den Tunnel wieder zu verlassen.

Diese riesige Modelleisenbahn-Anlage war sein ganzer Stolz. In mühevoller Kleinarbeit hatte er sie im Laufe der Jahre immer weiter perfektioniert. Das Schmuckstück der prächtigen Miniaturlandschaft war ein maßstabsgetreuer Nachbau der Burgruine Hohenecken, die einen bewaldeten Bergrücken krönte. Der von einer Dampflok gezogene Personenzug kam direkt vor ihm zum Stillstand.

»Kaiserslautern Hauptbahnhof«, verkündete er mit einer mechanisch klingenden Stimme. »Direkter Anschluss auf Gleis 3 an die Lautertalbahn in Richtung Wolfstein. Halt in Otterbach, Katzweiler, Hirschhorn, Olsbrücken, Kreimbach-Kaulbach.«

Als Tannenberg den Namen ›Hirschhorn‹ hörte, musste er unwillkürlich an einen alten Kumpel denken, mit dem er in seiner wilden Jugendzeit jahrelang die sogenannte ›Alte Welt‹ unsicher gemacht hatte.

Kurz nach Beendigung seiner Bahnsteigansage zeigte Jacob mit glänzenden Augen auf die imposante Dampflokomotive, deren knallrotes Räderwerk einen gelungenen optischen Kontrast zu ihrem pechschwarzen Korpus bildete. »Ist die BR 50 nicht die schönste Lok, die jemals gebaut wurde?«

»Doch, Vater, das ist sie wirklich«, entgegnete sein Sohn, der ebenso wie sein älterer Bruder die väterliche Begeisterung für historische Dampflokomotiven teilte.

»1. Baujahr?«

»1938«, kam es wie aus der Pistole geschossen.

»Richtig!«, lobte der Senior. »Leistung?«

»1600?«, antwortete sein Sohn, diesmal allerdings weitaus weniger von der Richtigkeit seiner Antwort überzeugt.

»Falsch! 1625 PS. – Länge über Puffer?«

Der Leiter des K 1 wurde ungeduldig. »Weiß nicht mehr so genau. Ich muss jetzt auch wirklich los. Warum sollte ich denn so dringend zu dir kommen?«

Jacob ignorierte zunächst die Frage. »Schwaches Bild, mein Junge! Länge über Puffer: 22940 mm.«

»Ich hab jetzt wirklich keine Zeit für deine Quizfragen«, gab Tannenberg barsch zurück. Er machte auf dem Absatz kehrt und ging zur Tür.

»An deiner Stelle würde ich mir jetzt sehr gut überlegen, ob ich mir diese einmalige Chance entgehen lasse«, meinte Jacob.

»Welche einmalige Chance denn?«, fragte Tannenberg lachend.

»Die große Chance, den Köpfer zu fassen.«

»Wen?«

Jacob hob die neben seinem Hocker auf dem Boden liegende *Bildzeitung* auf und reichte sie dem verblüfften Kriminalbeamten. ›Der Köpfer hat wieder zugeschlagen‹ war auf der Titelseite zu lesen. Darunter befand sich ein Foto des Jammerhalden-Findlings, der passend zum reißerischen Text wie ein Grabstein aussah.

Tannenberg überflog den Text. »Verdammt nochmal, woher wissen die das denn alles schon wieder? Wer hat ihnen das mit dem T61 gesteckt?«

»Stimmt also«, freute sich der Senior über die ungewollte Bestätigung des zuständigen Ermittlungsbeamten. »Gott sei Dank gibt es die *Bildzeitung*! Da erfahr ich wenigstens etwas über die spannenden Mordfälle, die quasi direkt vor meiner eigenen Haustür passieren. *Du* würdest deinem armen alten Vater ja nie freiwillig etwas darüber erzählen. Obwohl du in meinem Haus wohnst.«

Tannenberg fühlte sich wie ein gemaßregelter Schuljunge und blickte deshalb ein wenig betreten vor sich auf den Fußboden.

Empört blies Jacob die Backen auf. »Weil du Angst hast, ich würde deine sogenannten Dienstgeheimnisse im ›Tchibo‹ ausplaudern. Pah, dass ich nicht lache! Dabei wissen meine Kameraden und ich von Dingen, die du in keinem deiner komischen Polizei-Computer jemals finden wirst.«

»Komm, dann rück mal schleunigst raus mit deinen Wahnsinns-Informationen.«

»Na, ganz so einfach, wie du dir das anscheinend vorstellst, ist das nicht.«

Bei Tannenberg fiel der Groschen. »Aha, ich verstehe«, sagte er schmunzelnd. »Wieviel?«

»50 Euro!«

»Was? So viel? Das sind ja richtige Wucherpreise.«

»Ja, Euro ist gleich Teuro! Außerdem handelt es sich um einen ganz heißen Tipp.« Als sein Sohn nicht sofort reagierte, ergänzte er: »Ich kann mich damit auch gerne an die Presse wenden. Die nehmen mir meine Informationen garantiert mit Kusshand ab. Und bieten mir bestimmt mehr Geld dafür als diese läppischen 50 Euro.«

Tannenberg gab sich geschlagen. Er zückte seinen Geldbeutel und händigte dem zufrieden dreinblickenden Senior den gewünschten Geldschein aus.

»Dann hör mir jetzt mal ganz genau zu.« Er stockte, kniff nachdenklich die Brauen zusammen. »Nein, zuerst musst du mir noch eine wichtige Frage beantworten. Denn darüber steht leider in dem Bildzeitungsartikel nichts Näheres drin.«

»Vater, du weißt doch, dass ich dir über Dienstgeheimnisse nichts sagen darf.«

»Musst du ja auch gar nicht. Du sollst nichts sagen, sondern nur nicken.« Ohne die Reaktion seines jüngsten Sohnes abzuwarten, fuhr er sogleich fort: »Stimmt es, dass der erste Tote am 11. Juli ermordet wurde?«

Tannenberg krauste kurz die Stirn, dann nickte er.

»Jawohl! Ich hab's gewusst!«, stieß Jacob erregt aus. Er klatschte in die Hände und schnellte von seinem Hocker in die Höhe. Seine immer noch sehr kräftigen Hände packten Tannenberg an den nackten Armen. »Es ist so, wie ich gehofft habe. Junge, es *ist* die heiße Spur.«

Der Kriminalbeamte wusste einen Moment lang nicht, was er sagen sollte. Mit offenem Mund stand er vor seinem Vater und schüttelte den Kopf. »Ich, ich weiß nicht, was du meinst.«

Jacob löste seinen schraubstockartigen Griff. »Die *Bildzeitung* schreibt, dass der zweite Tote gestern ermordet wurde. Ist das richtig?«

Abermals nickte der Leiter der Mordkommission.

Der Senior ließ sich auf seinen Hocker gleiten. »Das gibt's nicht.«

»Was denn? Rück jetzt endlich raus mit der Sprache.«

Jacob legte die Hand ans Kinn und betrachtete das Modell der Hohenecker Burg. »Weißt du, was am 11. Juli 1635 in deiner Heimatstadt passiert ist?«, fragte er, ohne zunächst seinen Blick von der Burgruine zu entfernen.

»War da nicht dieses Gemetzel im 30-jährigen Krieg, wo die gesamte Bevölkerung ausgerottet wurde?«

Nun schnellte Jacobs Kopf in Richtung seines Sohnes. »Ja, richtig! Im Sommer des Jahres 1635 wurde Kaiserslautern von einem Söldnerheer belagert. Am 11. Juli begann der Großangriff auf die Barbarossastadt, der sogenannte ›Kroatensturm‹. Die schweren Geschütze der Belagerer wurden dort in Stellung gebracht, wo sich heute die Pfalzgalerie befindet. Es dauerte nicht lange und sie hatten eine Bresche in die Stadtmauer geschossen. Die Soldaten fielen in die Stadt ein und richteten ein fürchterliches Blutbad an. 1500 Menschen – manche Quellen sprechen sogar von 3000 Opfern – sollen damals regelrecht abgeschlachtet worden sein.« Er stockte, warf einen fordernden Blick in Richtung seines Sohnes. »Und weiter?«

Obwohl Tannenberg die grauenvolle Geschichte kannte, wusste er nicht, was sein Vater mit dieser Frage bezweckte. Deshalb zuckte er mit den Achseln.

»Etwa 200 Bürger konnten diesem schrecklichen Gemetzel zunächst entkommen. Weil sie über das Kersttor hinaus in die Wälder geflohen sind. Aber diese armen Menschen wurden an der Jammerhalde von den Verfolgern eingeholt und regelrecht abgeschlachtet.«

»Ja, davon hab ich auch schon mal gehört.«

»Gut. Aber das Wichtigste kommt erst noch: Dieser Massenmord passierte am 17. Juli.« Er ließ einen Augenblick verstreichen, wartete auf eine Reaktion seines Sohnes. Als diese sich aber nicht sofort einstellte, schob er nach: »Und der 17. Juli ist der Todestag deines zweiten Mordopfers, das stimmt doch, oder?

Abermals nickte sein Sohn.

»Ist das denn nicht ein Hammer, Wolfram?«

»Willst du damit etwa ernsthaft behaupten, dass zwischen diesen beiden Ereignissen ein direkter Zusammenhang besteht? Dieser ›Kroatensturm‹ war doch schon vor bald vierhundert Jahren. Was soll das denn mit den beiden aktuellen Tötungsdelikten zu tun haben?«

Jacob ließ sich keinen Deut von seiner Behauptung abbringen. »Selbstverständlich gibt es diesen Zusammenhang!«, beharrte er. »Das liegt doch wohl auf der Hand.«

»Also, tut mir wirklich leid, das kann ich nicht …«

»Aber, warum denn nicht? An deiner Stelle würde ich mich auf alle Fälle mal im Pfalzinstitut am Benzinoring kundig machen. Wende dich am besten direkt an die Hanne. Die ist die freundlichste von denen. Und außerdem hat sie sehr viel Ahnung von unserer Stadtgeschichte.«

»Welche Hanne?«

»Na ja, die Hanne halt«, brummelte er. Sein Gesicht leuchtete förmlich auf. »Johanna von Hoheneck. Sie arbeitet dort als Historikerin. Kannst ihr ruhig einen schönen Gruß von mir ausrichten. Das ist eine ganz liebe Frau.« In seinen Augen zeigte sich ein merkwürdiger Glanz.

Tannenberg war zwar bekannt, dass sein Vater zum Zwecke der Ahnenforschung ab und an das Institut für pfälzische Geschichte und Volkskunde aufsuchte. Aber diesen Namen hatte er noch nie gehört. Irritiert schwenkte sein Blick hinüber zum Modell der Hohenecker Burgruine.

Jacob schmunzelte. »Wie ich sehe, hast du es endlich kapiert! Die Hanne ist ein direkter Abkömmling des alten Adelsgeschlechts derer von Hoheneck.« Nun grinste er über alle Backen. »Übrigens, Junior: Du solltest das Gedächtnis eines alten Mannes nicht überschätzen. Vielleicht täusche ich mich ja auch und die Daten stimmen gar nicht.« Er ließ den 50-Euro-Schein, den er die ganze Zeit über in der Hand gehalten hatte, in seiner Hosentasche verschwinden. »Hast du eigentlich schon die Mordakten aus den 70er Jahren gefunden? Vielleicht ist das ja doch die heißere Spur.«

Wolfram Tannenberg stürmte wutentbrannt aus dem Kellerraum.

Hat der alte Fuchs mich doch gerade wieder einmal eiskalt abgezockt, schimpfte Tannenberg in Gedanken, als er die Beethovenstraße entlanglief. Ein Zusammenhang mit dieser uralten Geschichte – was für ein Quatsch! Hat dieser hinterhältige Kerl mich schon wieder gelinkt. Er schüttelte den Kopf und beobachtete eine getigerte Katze, wie sie sich gerade unter einem geparkten Auto versteckte. Da hab ich mir wohl einen gewaltigen Bären aufbinden lassen.

Plötzlich blieb er stehen. Und was ist, wenn er recht hat und die beiden Daten doch übereinstimmen?, fragte er sich. Vielleicht gibt es ja tatsächlich einen Zusammenhang zwischen den Morden und diesem Massaker von damals. Ist zwar unwahrscheinlich, aber was hab ich in den letzten Jahren nicht schon alles erlebt.

Er machte kehrt und schlug die andere Richtung ein. Sein betagtes BMW-Cabrio stand mit geöffnetem Verdeck in der Garage. Gedankenversunken glitt er auf den schwarzen Ledersitz. Routinemäßig versenkte er zuerst einmal per Knopfdruck die Seitenscheiben. Von Windschutzvorrichtungen hielt er nämlich überhaupt nichts. Entweder richtiges Cabriofeeling oder gar keins war seine Maxime.

Wie in vielen anderen Dingen auch, existierten für ihn ausschließlich diese beiden Alternativen, an mögliche Kompromisslösungen verschwendete er keinen einzigen Gedanken. Cabriofahrer, die Angst vor dem schneidenden Fahrtwind hatten, waren für ihn Schicki-Micki-Weicheier, denen man die Autos schnellstmöglich konfiszieren sollte.

Kaum hatte er die Fahrertür zugeschlagen, schon erklang vom Inneren seines Elternhauses her ein dröhnendes Hundegebell. Kurz darauf stürmte Kurt in den Innenhof. Mit einem riesigen Satz sprang er in den feuerroten BMW und ließ sich hechelnd auf der Rückbank nieder. Die lautstarke Aufforderung zum sofortigen Verlassen des Autos quittierte er wie üblich mit einem störrischen Brummen.

Kopfschüttelnd winkte Wolfram Tannenberg ab und fuhr los. Er nahm den Weg über die Barbarossastraße. Auf Höhe der Gebrüder Pfeiffer AG schwenkte er in den Barbarossa-ring ein. Er passierte den Messeplatz, überquerte erst die Ost-West-Achse und dann die Mainzer Straße. Wie stets, wenn er an der Ampel am Gersweiler Weg eintraf, empfing sie ihn auch diesmal in ihrem schönsten Rot.

Kurt hatte sich inzwischen in voller Größe auf der Rückbank aufgerichtet. Der Zwangsstopp war eine gute Gelegenheit, um dem geliebten Herrchen wieder einmal innigste Zuneigung zu bekunden, fand Kurt jedenfalls. Von hinten legte er ihm eine Pranke auf die Schulter und zog ihm seine Riesenzunge übers Ohr. Passanten, die gerade die Straße überquerten, zeigten lachend zu ihnen herüber.

Zum Glück änderte die Ampel bereits ein paar Sekunden später ihre Farbe und befreite Tannenberg von den Zudringlichkeiten der anhänglichen Hundedame. Als er nach einer sanften Straßenbiegung Einblick in die lange Gerade des Benzinorings erhielt, entdeckte er schon von weitem einen Funkstreifenwagen. Er stand mit kreisendem Blaulicht quer auf der Fahrbahn. Ein paar Meter davor leiteten zwei Schutzpolizisten den Verkehr um.

Der rote 3er-BMW erreichte die Absperrung. Ein uniformierter Beamter nickte dem Leiter des K 1 zu und ließ ihn passieren. Tannenberg parkte sein Privatauto unmittelbar hinter der Abzweigung zur Ottostraße. Mit eindringlichen Worten befahl er seinem Hund, im Wagen zu bleiben. Kurt ließ die Anweisungen seines Herrchens in stoischer Ruhe über sich ergehen.

Das Institut für pfälzische Geschichte und Volkskunde war in einer mit ockerfarbenen Backsteinklinkern verkleideten alten Villa untergebracht. Der Haupteingang grenzte an den Benzinoring und lag zu dieser frühen Morgenstunde im Schatten. Das ornamentreiche Sandsteinportal wurde von zwei Rundsäulen eingerahmt. Eigentlicher Blickfang aber war eine prächtig verzierte Hartholztür, über welcher der in den rötlichen Sandstein eingemeißelte Schriftzug ›Salve‹ prangte.

Plötzlich ertönte aus Richtung der Siegfriedstraße, wo sich der Nebeneingang und Parkplatz des Instituts befanden, eine laute, sich überschlagende Männerstimme. Tannenberg beschleunigte seine Schritte. Nachdem er die Seitenstraße erreicht hatte, blickte er hinunter in die leicht abschüssige Gasse. Auf dem linken Bürgersteig hatten sich mehrere seiner uniformierten Kollegen auf beiden Seiten der Institutseinfahrt postiert und richteten ihre Dienstwaffen auf die Westseite des Gebäudes.

Dann entdeckte er Krummenacker. Der Kriminalhauptmeister lehnte hinter einem weit überhängenden Fliederbusch mit dem Rücken an einem schmiedeeisernen, mit gedrehten Spitzen bewehrten Zaun und schmauchte genüsslich eine Zigarette. Die Angelegenheit schien ihn nicht sonderlich zu tangieren. Tannenberg ging zu ihm hin und begrüßte ihn mit einem Nicken.

»Was ist denn hier los?«, fragte er flüsternd.

Krummenacker wies mit dem Daumen seiner geschlossenen Faust hinter sich. »Och, da hat einer anscheinend heute Morgen mal wieder nichts anderes zu tun und läuft eben ein bisschen Amok«, bemerkte er trocken.

Tannenberg blickte an ihm vorbei durch die Metallgitter und sah einen etwa 40-jährigen, sportlichen Mann, der am oberen Ende einer Außentreppe stand. In seinen Händen hielt er eine Axt.

Unterdessen fuhr der altgediente Kriminalhauptmeister fort: »Bei diesen liebestollen Kerlen geht es ja immer um ein und dasselbe: Der will offenbar nicht kapieren, dass seine Angebetete nichts mehr von ihm wissen will. Ich hab sicherheitshalber schon mal einen Psycho verständigt. Wenn wir ihn festgenommen haben, kann der dann wieder stundenlang mit ihm quatschen. Und was ändert sich?«

Tannenberg wusste, was nun wieder kam und schwieg deshalb.

»Nichts, rein gar nichts! Übermorgen steht der wieder da. Was wir machen, ist doch eigentlich völlig überflüssig. Denn wir nehmen diese durchgedrehten Typen fest – und die Justiz lässt sie wieder laufen«, schimpfte er. Er inhalierte tief und stieß anschließend den Rauch durch die Nase aus. »Die Menschen werden immer verrückter. Mich wundert überhaupt nichts mehr.«

»Hast ja recht, altes Schlachtross.«

Krummenacker krauste die Stirn und musterte Tannenberg mit einem skeptischen Blick. »Was willst du denn eigentlich hier? Bis jetzt gibt es doch noch gar keinen Todesfall zu vermelden.«

»Ich bin rein zufällig hier vorbeigekommen«, log der Leiter der Mordkommission. Inzwischen hegte er nämlich wieder gewaltige Zweifel an dem Sinn seines Vorhabens. Er wurde einfach das Gefühl nicht los, erneut Opfer der Geldgier und Spielleidenschaft seines Vaters geworden zu sein. »Ihr wisst also schon, wer dieser Verrückte ist?«

»Ja, klar wissen wir das«, gab Krummenacker gelassen zurück. »Alexander Fritsche, 39 Jahre alt, ehemaliger Bankangestellter, zur Zeit arbeitslos. Will wohl jetzt als Stalker Karriere machen. Stalking – als ob wir nicht schon genügend Irre hätten. Und jetzt auch noch dieser Amikram.«

Dieser Ausspruch hätte genauso gut von meinem alten Herrn stammen können, dachte Tannenberg.

»Johanna, komm sofort raus, sonst schlag ich die Tür ein«, brüllte währenddessen der zudringliche Verehrer.

»Wenn Sie das tun, sind wir gezwungen, von der Schusswaffe Gebrauch zu machen«, verkündete ein Polizeibeamter.

Der Arbeitslose wandte sich um. »Das ist mir scheißegal. Mein Leben hat sowieso keinen Sinn mehr.« Wütend trat er an den Türrahmen. Er schluchzte auf, ließ die Axt aus der rechten Hand gleiten und trommelte anschließend mit beiden Fäusten gegen die Glastür. »Johanna, Johanna«, jammerte er, »bitte, bitte, komm und sprich mit mir. Nur ein paar Minuten. Ich liebe dich, ich liebe dich doch so sehr.«

Ein junger Schutzpolizist schaltete blitzschnell. Mit einem gewaltigen Satz hechtete er an die Treppe, sprang hoch und schnappte sich die Axt. Unmittelbar danach eilten zwei seiner Kollegen hinauf zu dem verzweifelten Mann und legten ihm Handschellen an.

Plötzlich zuckte Tannenberg zusammen. Unbemerkt hatte sich Kurt zu ihm geschlichen und leckte ihm nun die rechte Hand. Während der verstörte Arbeitslose an ihm vorbei zu einem der Streifenwagen abgeführt wurde, kraulte er den zottigen Hundekopf.

»Sei ja froh, dass du kein Mensch bist«, murmelte er. Goethe hatte recht: ›Er nennt's Vernunft, und braucht's allein, um tierischer als jedes Tier zu sein‹, wiederholte er in Gedanken das Zitat, welches ihm Dr. Schönthaler vor ein paar Tagen präsentiert hatte.

Er promenierte mit Kurt hinunter zu einer schmalen Grünanlage, die als aufgeschütteter Erdwall die Schanzstraße von der zweispurigen Ludwigstraße trennte. Sein nachdenklicher Blick ruhte eine Weile auf dem Haupteingang des gegenüberliegenden Rittersberg-Gymnasiums, seiner alten Schule. Hier hatten Heiner und er in den wilden 70er Jahren Abitur gemacht, ebenso wie vor kurzem Marieke. Und ihr Bruder Tobias schrieb in diesem Augenblick etwa hundert Meter von ihm entfernt eine wichtige Kursarbeit.

Ein aufdringlicher Rüde riss Tannenberg abrupt aus seinen Tagträumereien. »Verschwinde, du geiler Bock!«, zischte er ihm aggressiv entgegen. Zudem deutete er Fußtritte an. Die hinter seinem Rücken auftauchende Hundebesitzerin bombardierte ihn daraufhin mit empörten Worten. Nur unter großer Mühe verschluckte er weitere Kommentare und schlenderte zurück zum Benzinoring. Einem spontanen Impuls folgend, entschloss er sich nun doch noch zu einem Besuch des Pfalzinstituts.

Als der Leiter der Kaiserslauterer Mordkommission die Institutsbibliothek betrat, wurde er zunächst überhaupt nicht bemerkt. Alle Blicke der anwesenden Personen waren auf Johanna von Hoheneck gerichtet, die zusammengesunken in einer Sitzecke kauerte. Sie trug ein orangenfarbenes Tank-Top und Designerjeans. Die Beine hatte sie an den Oberkörper herangezogen und hielt die Knie fest umschlungen. Ihr Kopf war nach unten geneigt, die Augen geschlossen. Die senkrechten schwarzen Kajallinien auf ihren Wangen erinnerten an eine Kriegsbemalung. Drei Männer und eine Frau saßen ihr direkt gegenüber und beobachteten mit leidvollen Mienen jede ihrer Regungen. Es sah aus, als ob alle im selben, synchronen Rhythmus atmeten. Ja, sogar Hannes leise Stoßseufzer erzeugten ein unmittelbares, leises Echo.

Tannenberg mochte sich nicht so recht entscheiden, ob er dieses Gebaren eher als Mitgefühl oder als Voyeurismus deuten sollte. Aber je länger er dieses Szenario betrachtete, umso stärker tendierte er zu Letzterem. Während sein Herrchen wie auf der Stelle festgewachsen schien, trottete Kurt hinüber zu Hanne und schob seinen massigen Kopf in die Kuhle unter ihrem Arm. Erschrocken zuckte Hanne zusammen, doch gleich darauf löste sich ihre verkrampfte Körperhaltung und die Beine glitten zum Boden hin.

»Ja, wer bist du denn?«, wisperte die 34-jährige Historikerin, die urplötzlich ihre Sprache wiedergefunden zu haben schien. Zärtlich kraulte sie das zottelige Haupt des imposanten Mischlingshundes. Kurt bedankte sich mit wohligen Grunzlauten. »Du bist ja ein verschmustes Wuscheltier. Zu wem gehörst du denn eigentlich?«, fragte sie hauchend. Ein melancholischer Blick wanderte in Richtung der Eingangstür.

Als Tannenberg Hannes verweintes Gesicht mit den tieftraurigen, blauen Augen sah, durchfuhr ihn ein stromschlagartiger Ruck. »Ähm, das ist, das ist meiner«, stotterte er. »Der tut aber nichts.« Die Köpfe der anderen Personen waren inzwischen zu ihm herumgeschnellt und beäugten ihn argwöhnisch. Der Kriminalbeamte begab sich zu Hanne, griff Kurt ins Halsband und wollte sie vom Schoß der Historikerin ziehen.

Johanna von Hoheneck, die inzwischen ihre Brille wieder aufgesetzt hatte, feuerte einen herzzerreißenden Blick in seine Richtung ab. »Bitte lassen Sie ihn noch ein wenig bei mir. Das ist so ein liebes Tier.«

»Selbstverständlich«, entgegnete Tannenberg.

Er räusperte sich verlegen und begann in der Bibliothek herumzuspazieren. Während er so tat, als inspizierte er die Bücher in den Regalen, grübelte er über seine weitere Vorgehensweise nach.

Wenn ich jetzt schon hier bin, könnte ich diese Frau doch gleich mal nach dem ›Kroatensturm‹ fragen. Das würde sie ganz bestimmt von dieser Stalker-Sache ablenken. Aber wie werde ich diese blöden Gaffer los?, pochte es unter seiner Schädeldecke.

»Ach, jetzt weiß ich auch, wer Sie beide sind«, verkündete Hanne mit merklich veränderter, heiterer Stimme. »Das hier ist Kurt.« Das fahle Gesicht der Historikerin leuchtete auf. »Und Sie müssen Herr Tannenberg sein.«

Erst nach einigen Schrecksekunden vermochte Wolfram Tannenberg zu antworten: »Woher wissen Sie denn das?«

»Na ja, Kurts Name steht hier im Halsband. Da es sicherlich nicht sehr viele Hündinnen mit diesem Namen in der Stadt gibt ...« Den Rest ließ sie unausgesprochen. Nachdem sie einen großen Schluck Wasser getrunken hatte, fuhr sie fort: »Und sein Herrchen kenne ich aus den Schilderungen unseres lieben Jacob. Ihr Herr Vater ist Stammgast bei uns im Institut. Übrigens ein ausgesprochen gern gesehener. Solch einen höflichen, hilfsbereiten und freundlichen Senior trifft man heutzutage selten.«

Tannenberg traute seinen Ohren nicht. Für diese Aussage gab es nur eine einzige Erklärung: Es musste sich um eine Verwechslung handeln. Denn er würde seinen Vater wohl eher mit den entgegengesetzten Eigenschaften beschreiben.

»Er hat uns schon viel von Ihnen erzählt«, ergänzte Hanne. Ihr Lächeln wurde breiter, so dass es regelrecht versonnen wirkte. »Manchmal bringt er mir sogar Blumen mit.«

Blumen? Wann hast du Grufti-Casanova denn meiner Mutter zum letzten Mal Blumen mitgebracht?, tobte die Wut in seinem Innern. Von mir erzählt … Von wegen! Rumgeprotzt hast du wieder mit dem leitenden Kriminalhauptkommissar.

Plötzlich erlosch Hannes Lächeln, sie schluckte hart. »Sie sind Chef der Mordkommission, nicht wahr?«

Während der Kriminalbeamte nickte, spitzten die anderen Zuhörer noch schärfer die Ohren.

»Könnten wir uns vielleicht in Ihrem Büro weiterunterhalten?«, versetzte Tannenberg und zog dabei Kurt von Hannes Schoß.

»Ja, natürlich«, entgegnete sie und erhob sich.

Demonstrativ geräuschvoll ließ Tannenberg die Tür ins Schoß fallen. Nun konnte er sich eine Frage, die ihn seit Minuten beschäftigte, nicht mehr verkneifen: »Was sind denn das eigentlich für Leute da draußen?«

»Die Frau ist unsere Sekretärin. Der Herr neben ihr ist Dr. Weißmann, der Leiter des Instituts. Und bei den anderen Herren handelt es sich um regelmäßige Besucher. Die beiden sind Hobbyhistoriker und Ahnenforscher – wie ihr Vater.« Matt sank sie in ihren Bürosessel. »Ist Alexander etwas passiert? Sind Sie deshalb hier?«, fragte sie mit einer Anteilnahme, die ihr Gegenüber ziemlich irritierte.

»Nein, nein«, antwortete Tannenberg betont gedehnt.

Er musste Zeit gewinnen, denn diese Erkundigungen hatten ihn völlig aus dem Konzept gebracht. In seinem Kopf hämmerte unaufhörlich ein und dieselbe Frage: Wie kann man solch einem Mistkerl auch noch Mitgefühl entgegenbringen? Er ging zum Fenster und blickte hinunter in den Hof. Dann setzte er sich auf die andere Seite des gläsernen Schreibtischs. Kurt legte sich neben ihn.

Hanne schien seine Gedanken zu erraten. »Eigentlich kann er nichts dafür. Er ist ja psychisch krank«, sagte sie seufzend. Sie verbarg ihr Gesicht hinter den Händen und wiegte den Kopf hin und her. »Wenn ich das alles damals nur geahnt hätte«, jammerte sie und ergänzte in eine entschuldigende Geste hinein: »Niemals hätte ich gedacht, dass er so überreagieren könnte.«

Während seiner langen Berufstätigkeit hatte Wolfram Tannenberg solche Situationen schon häufig erlebt. Irgendwann nach einem extrem belastenden Erlebnis schlug der anfängliche Lähmungszustand radikal ins Gegenteil um: Bei den geschockten, sprachunfähigen Tatopfern brachen urplötzlich alle Dämme und sie befreiten ihre Seele von dem ganzen aufgestauten Ballast.

Hanne redete über eine halbe Stunde lang am Stück. Der Leiter des K 1 hörte ihr geduldig zu, unterbrach sie nicht ein einziges Mal. Auch dann nicht, als sie sehr weit in ihrer Biographie zurückging und ausschweifend von ihrer unbeschwerten Kindheit auf einem Gestüt im Pfälzer Wald berichtete.

Ausführlich schilderte sie die Vorgeschichte ihrer vor knapp sechs Monaten erfolgten Rückkehr in die Heimat ihrer Vorfahren. Kurz nach dem Abitur hatte sie einen amerikanischen Offizier kennen- und liebengelernt. Nach einer beruflich bedingten Odyssee durch die halbe Welt hatten sich die beiden dauerhaft in Washington niedergelassen, wo ihr Ehemann ein hohes Amt im US-Verteidigungsministerium bekleidete. Nach Hannes Auffassung war sein extremer Karrierismus für das Scheitern ihrer kinderlos gebliebenen Ehe verantwortlich.

Nach der Scheidung hielt sie nichts mehr in den USA. Bereits von den Staaten aus machte sie sich auf die Suche nach einer Stelle als Historikerin und traf gleich voll ins Schwarze. Sie kehrte in die Pfalz zurück, wo noch ihre engsten Verwandten wohnten. Hanne nahm ihren Mädchennamen wieder an und suchte sich eine Wohnung in einem Mehrfamilienhaus im Ostteil der Stadt. Hier nahm das Verhängnis offensichtlich seinen Lauf.

Nach ihren eigenen Worten gebärdete sich Alexander Fritsche zunächst als netter, hilfsbereiter Nachbar. Hanne war froh gewesen, jemanden wie ihn in ihrer Nähe zu haben. Er arbeitete in der Immobilienabteilung einer Großbank, war beruflich erfolgreich und ausgesprochen unternehmungslustig. Doch bereits nach kurzer Zeit spürte Hanne, dass ihr Nachbar an mehr als nur einem freundschaftlichen Verhältnis zu ihr interessiert war. Zuerst hatte Johanna mit dezenten Abwehrsignalen auf die Werbung des fünf Jahre älteren Mannes reagiert. Als er diese aber ignorierte und sein Drängen überdies noch heftiger wurde, sagte sie ihm klipp und klar, dass eine engere Beziehung für sie nicht in Frage käme.

Nach dieser eindeutigen Abweisung verschärfte sich die Situation gravierend: Alexander Fritsche meldete sich immer häufiger krank und blieb später sogar unentschuldigt seiner Arbeit fern. An diesen Tagen und an den Wochenenden verfolgte er Hanne wie ein Schatten. Johanna flüchtete zu einer Verwandten und suchte sich eine andere Wohnung. Aber auch dieser Unterschlupf blieb Fritsche nicht lange verborgen. Es folgten Telefonterror, tägliche Blumenpräsente, Nötigungen und dergleichen mehr.

Als Tannenberg Hanne eröffnete, dass Fritsche durch seinen Ausraster möglicherweise mit einer Haftstrafe zu rechnen habe, löste sich ihre Anspannung zusehends. Die Erleichterung darüber schlug sich nahezu augenblicklich in ihrem jugendlichen Gesicht nieder: Der Teint wurde rosiger, die kleinen Lachfältchen um den Mund herum zeigten sich, die Augen strahlten wieder und bewegten sich weitaus lebhafter.

Je länger Wolfram Tannenberg der redegewandten Historikerin zuhörte, umso sympathischer und attraktiver erschien sie ihm. Kein Wunder, dass sich dieser durchgeknallte Bänker total in sie verschossen hat. Eine richtige Klassefrau, dachte er mehrmals während dieser halben Stunde.

Wäre er nicht gestört worden, hätte er ihr ohne Mühe stundenlang zuhören können. Aber ein kräftiges Klopfgeräusch beendete abrupt Hannes Monolog.

»Ich kann nicht mehr länger warten«, platzte einer der beiden Hobbyhistoriker in Johanna von Hohenecks Büro. »Wo ist denn die Küchler-Chronik? Ich finde sie einfach nicht.«

Hanne blieb sachlich: »Wozu benötigen Sie denn die Chronik so dringend?«

»Ich möchte mich ausführlich über den ›Kroatensturm‹ informieren.«

»Ja, da haben Sie leider Pech, Herr Klemens. Die Chronik ist gerade beim Buchbinder.«

»Dann muss ich jetzt wohl auch noch in die Pfalzbibliothek gehen«, grummelte der untersetzte, glatzköpfige Mann. Mit unüberhörbar vorwurfsvollem Unterton versetzt, schob er nach: »Hoffentlich haben die wenigstens ein Exemplar vorrätig.«

»Wenn nicht, gibt's ja noch die Fern-lei-he«, empfahl Hanne.

Kaum war die Tür ins Schloss gefallen, ergänzte die Historikerin in einen Stoßseufzer hinein: »Manchmal sind diese Freizeitforscher ganz schön nervig, kann ich Ihnen sagen.« Sie zog eine Schreibtischschublade auf und zauberte schmunzelnd das gesuchte Buch hervor.

»Aha«, grinste Tannenberg, als er den Titel las.

Mit einem verstohlenen Blick zur Tür erklärte sie weiter: »Alle Welt will im Moment diese Chronik haben. Nur weil darin die schrecklichen Ereignisse von damals geschildert werden.« Sie hob den Zeigefinger. »Und zwar unter Bezugnahme auf die Original-Ratsprotokolle. Die benötige ich zur Zeit leider selbst. Ich verfasse gerade einen Artikel darüber für die *Pfälzische Allgemeine Zeitung*.« Sie fixierte Tannenberg mit einem neugierigen Blick. »Diese beiden Mordfälle fallen doch in Ihren Zuständigkeitsbereich, nicht wahr?«

»Ja, so ist es«, entgegnete der Kriminalbeamte. »Das ist ja auch der eigentliche Grund, weshalb ich hier bin.«

Hanne krauste die Stirn. »So?« Sie rutschte nach vorne, stemmte die Ellbogen auf die Tischplatte und faltete die Hände. »Vermuten Sie etwa tatsächlich einen konkreten Zusammenhang zwischen diesen beiden Ereignissen?«

Tannenberg lachte. »Nein, nein. Es geht nur um den Abgleich zweier Daten.« Nun rückte auch er ein wenig näher an Hanne heran. Der Abstand ihrer beiden Köpfe betrug kaum mehr als 30 Zentimeter. Er sah ihr tief in die blauen Augen. Sein Herz schlug schneller.

Sie hielt seinem Blick stand. Lächelnd schob sie eine naturblonde Haarsträhne hinters Ohr.

»Ihnen kann ich es ja im Vertrauen sagen«, fuhr er flüsternd fort, wobei er noch ein paar Zentimeter nach vorne rückte: »Mein alter Herr behauptet nämlich, dass der …«, er stockte und kniff nachdenklich die Brauen zusammen, »11. und 17. Juli 1635 eine besondere Bedeutung hätten.«

»Dann schauen wir doch am besten gleich mal nach«, entgegnete Johanna lächelnd. Sie nahm den Oberkörper zurück und schlug die Küchler-Chronik an einer mit einem gelben Klebezettel markierten Stelle auf. Nachdem sie den Text sicherheitshalber noch einmal quergelesen hatte, verkündete sie: »Der gute Jacob hat recht: Am 11. Juli begann das Massaker an der Bevölkerung und am 17. Juli wurden die letzten 200 Bürger der Stadt an der Jammerhalde niedergemetzelt.«

8

Der geschäftige Hobbyhistoriker sollte an diesem ereignisreichen Sommermorgen allerdings nicht der einzige Störenfried bleiben. Denn bereits kurz nach seinem Auftritt kam die Sekretärin in Johanna von Hohenecks Büro hereingeschneit und drückte Tannenberg ein schurloses Telefon in die Hand.

Es war Sabrina. Da Tannenberg zu der von ihm selbst für 9 Uhr anberaumten Frühbesprechung nicht erschienen war, hatte sie über eine Stunde lang erfolglos ihren Chef zu erreichen versucht. Sehr ungewöhnlich für ihn, schließlich galt er bislang geradezu als Garant für Zuverlässigkeit und Pünktlichkeit. Sie hatte sich ernstliche Sorgen um ihn gemacht. Erst Krummenacker, der ihr zufällig in der Kantine über den Weg gelaufen war, hatte ihr vor ein paar Minuten den entscheidenden Tipp gegeben.

Nachdem der Leiter des K 1 seinen Hund in der Beethovenstraße abgeliefert hatte, fuhr er zu der am Pfaffplatz gelegenen Polizeiinspektion, wo er am Konferenztisch des Kommissariats bereits sehnlichst erwartet wurde.

»Mensch, was hast du denn so lange in diesem komischen Pfalzinstitut gemacht?«, pflaumte ihn Dr. Schönthaler gleich von der Seite her an. Seine Stimme gewann noch ein wenig an Schärfe. »Meinst du, ich hab nichts anderes zu tun, als hier stundenlang auf dich Trödelheini zu warten?«

»Ich hab wichtige Informationen eingeholt«, erwiderte Tannenberg betont gelassen.

»Und welche sind das?«, wollte Mertel wissen.

Der Kommissariatsleiter berichtete in wenigen Sätzen von den neuen Erkenntnissen. Da er nach wie vor den Spekulationen seines Vaters keinen rechten Glauben schenken wollte, verwunderte es ihn nicht im Geringsten, dass seine Kollegen ausgesprochen skeptisch auf die Übereinstimmung der Daten reagierten.

»Also, Chef, ich kann mir das beim besten Willen nicht vorstellen«, bemerkte Kriminalhauptmeister Geiger. »Das ist bestimmt bloß Zufall.«

Geiger griff die vor ihm liegende Handakte, erhob sich von seinem Stuhl und stolzierte zur Korktafel. Dort heftete er ein Papptäfelchen neben die Tatortfotos und beschriftete es mit den Worten ›Liebespaarmorde: Opfer‹. Nachdem er die Namen der in den 70er Jahren ermordeten Personen allesamt untereinandergeschrieben hatte, wandte er sich wieder seinen Kollegen zu. Schweigend nahm er eine theatralische Pose ein.

»Sollen wir jetzt etwa applaudieren, oder was?«, blaffte Michael Schauß.

Geiger grinste herausfordernd. »Warum denn eigentlich nicht? Grund dazu hättet ihr jedenfalls.«

»Was soll dieses Affentheater?«, raunzte Tannenberg. Er war über Geigers keckes Gebaren ziemlich verärgert, denn normalerweise war er derjenige, welcher in seinem Büro die exponierte Rolle des Leitwolfes innehatte. »Wenn du etwas wirklich Produktives zu den Ermittlungen beizutragen hast, dann sag es auf der Stelle. Falls nicht, hältst du jetzt besser den Rand und setzt dich wieder hin.«

»Ein Name fehlt«, zeigte sich Geiger vom Einwurf seines Chefs unbeeindruckt. Er kritzelte mit rotem Edding ›Manfred‹ auf ein weiteres Kärtchen. Um die Spannung weiter zu steigern, ließ er noch einen Augenblick taten- und wortlos verstreichen. Dann fügte er den Nachnamen ›Kreilinger‹ hinzu.

Wie stets, wenn Tannenberg diesen Namen irgendwo hörte oder las, verspürte er sofort einen schneidenden Stich in der Magengegend.

Diese Schrecksekunde nutzte Geiger und schob sogleich nach: »Ihr werdet wahrscheinlich nicht glauben, was ich herausgefunden habe.« Er räusperte sich ausgiebig, bevor er seine vermeintlich spektakuläre Entdeckung verkündete: »Ein und derselbe Förster Kreilinger hat vor gut 30 Jahren das ermordete Pärchen an der Jammerhalde gefunden und vor ein paar Tagen den unbekannten toten Mann. Na, wenn das keine Sensation ist.«

»Du Blödmann«, schimpfte Michael Schauß los. »Erstens hat gar nicht Kreilinger den Toten gefunden, sondern eine alte Frau, und zweitens gehst du mir mit deinem aufgeblasenen Gelaber gewaltig auf den Keks.«

Mir auch, stimmte Tannenberg in Gedanken zu. Als Kommissariatsleiter hatte er jedoch auch Kriminalhauptmeister Geiger gegenüber eine gewisse Fürsorgepflicht zu erfüllen. Deshalb bedachte er ihn mit einem weiteren Rechercheauftrag und schickte ihn in die Asservatenkammer.

Während Petra Flockerzie die Anwesenden mit Espresso und Mineralwasser versorgte, stand der Kommissariatsleiter am Fenster und schaute hinunter auf den Pfaffplatz. Er dachte zurück an seinen Besuch im Pfalzinstitut.

Ist das eine tolle Frau, schwärmte er im Stillen. So eine ist mir schon ewig nicht mehr über den Weg gelaufen. Sieht super aus, tolle Figur, ist intelligent, hat Charme – whow! Und außerdem ist sie anscheinend zur Zeit solo.

Mach dir ja keine falschen Hoffnungen, du Traumtänzer!, meldete sich seine innere Stimme mal wieder ungefragt zu Wort. Du glaubst doch nicht im Ernst, dass sich diese Superfrau für so ein altes, verwahrlostes Wrack wie dich interessiert. Auch noch so ein dauerjammernder Rheumakrüppel, dem alles Mögliche wehtut und der den lieben langen Tag seine Mitmenschen mit seinen Launen drangsaliert. Das kannst du dir getrost abschminken. Diese Zuckerpuppe sucht sich garantiert einen jungen, knackigen Lover. Kann man ja auch wirklich nur allzu gut nachvollziehen.

Frustriert schwenkte sein Blick hinüber zu einer Haltestelle, wo gerade ein vollbesetzter Stadtbus eintraf. Leidend seufzte er auf.

»Hal-lo«, hörte er von Ferne her eine weibliche Stimme. Aber es war leider nicht die von Hanne. »Hal-lo Wolf, könnten wir vielleicht mal weitermachen?«

Erst jetzt realisierte er, dass er gemeint war. »Was?«

»Wo warst du denn gerade mit deinen Gedanken?«, fragte Sabrina.

Tannenberg machte eine abweisende Handbewegung. Die Frage beantwortete er selbstverständlich nicht, sondern ergriff nun selbst die Initiative: »Komm, Rainer, wir fangen am besten mit dir an.«

»Zu gütig, Herr Hauptkommissar.« Dr. Schönthaler warf einen mürrischen Blick auf seine Armbanduhr. »Da hast du aber gerade noch einmal Glück gehabt. Wenn du mich auch weiterhin ignoriert hättest, wäre ich in exakt drei Minuten wortlos verschwunden. Dann hättest du mir den Buckel runterrutschen können.«

Tannnenberg verdrehte die Augen und schürzte angewidert die Lippen. »Igitt – was für eine eklige Vorstellung. Dann leg doch einfach gleich los, du alter Hektiker.«

»Also gut, wenn's denn der Wahrheitsfindung dient«, gab der Pathologe einen seiner Lieblingssprüche zum Besten. »Stichwort ›Zahnanalysen – Ergebnisse‹.«

Erwartungsvoll leuchteten die Gesichter der Kriminalbeamten auf.

»Leider noch keine neuen Erkenntnisse«, verkündete der Rechtsmediziner mit einem süffisanten Lächeln. Nachdem sich auch in Tannenbergs Miene die beabsichtigte Enttäuschung breitgemacht hatte, ergänzte er: »Dafür hab ich aber inzwischen die Ergebnisse der DNA-Analysen vorliegen.«

»Mann, warum sagst du das denn nicht gleich?«, schimpfte Tannenberg. »Wir müssen uns Geigers Knallerbsen anhören und du hast die Kanonenschläge in deinem piekfeinen neuen Anzug versteckt.«

Der Rechtsmediziner überging sowohl die Spitze bezüglich seiner Kleidung als auch die waghalsige Metaphorik seines besten Freundes. »Mich hat ja bisher keiner von euch danach gefragt«, entgegnete er mit gespielter Beleidigung. »Und im Gegensatz zu anderen dränge ich mich nicht so gerne in den Vordergrund.«

Nun konnte Tannenberg nicht mehr an sich halten und prustete los. Aber diese reflexartige Reaktion dauerte kaum mehr als einen Wimperschlag. Dann kehrte er wieder zum Thema zurück. »Was ist mit der DNA?«

»Das Blut auf dieser Waldarbeiter-Praxe stammt definitiv vom ersten Opfer.«

»Na, das ist ja schon mal was«, freute sich der Kommissariatsleiter und knetete seine Hände.

»Es geht noch weiter, Wolf.« Der Rechtsmediziner trank einen Schluck Wasser und tupfte sich anschließend den Mund mit einem Seidentaschentuch ab. »Die Gesichter der Toten wurden von Füchsen …«

»Also doch keine Hunde«, versetzte Tannenberg mit einem spöttischen Seitenblick auf Michael Schauß. »Ist wohl doch nichts mit deiner merkwürdigen Hundezwingertheorie.«

Der junge Kommissar ergriff nun selbst das Wort. »Es hätte doch sein können, dass der Täter die Köpfe seiner Opfer in einem Zwinger ausgehungerten Hunden …« Als er Sabrinas entsetztes Gesicht sah, brach er an dieser Stelle ab.

»Diese Möglichkeit besteht auch weiterhin«, bemerkte Dr. Schönthaler.

»Warum?«, fragte Tannenberg. »Du hast …«

»Was hab ich? Würdest du mich nicht andauernd unterbrechen, sondern einfach mal ausreden lassen«, giftete er laut zurück. Mit gedämpfterer Stimme fuhr er fort: »Zum gegenwärtigen Zeitpunkt kann nicht ausgeschlossen werden, dass auch Hunde und andere Tiere an der Zerstörung der Gesichter beteiligt waren. Es kann sein, dass der Kollege Schauß mit seiner Vermutung goldrichtig liegt.«

Michael Schauß strahlte.

»Denn die Füchse können sich durchaus erst im Wald über den Leichnam hergemacht haben – *nachdem* die Hunde in einem Zwinger bereits ihren makabren Auftrag erfüllt hatten.«

Der Pathologe stockte und strich sich nachdenklich über die Lippen. »Wenn man logisch an die Sache herangeht, ist diese Variante vielleicht sogar die naheliegendste. Schließlich konnte sich der Täter hinsichtlich des Erfolgs seines Vorhabens nur dann absolut sicher sein, wenn er die Situation kontrollieren konnte, in welcher der von ihm intendierte Effekt … Kannst du mir bei dieser anspruchsvollen Gehirnakrobatik überhaupt folgen, Wolf?«

Wie so oft, wenn Tannenberg wohl oder übel erkennen musste, dass er sich gerade ziemlich vergaloppiert hatte, wechselte er blitzschnell zu einem anderen Thema über: »Damit ist die Frage nach der Tatwaffe aber wohl eindeutig geklärt.«

»Wieso?« Dr. Schönthaler benötigte einen Augenblick, um diesen Gedankensprung nachzuvollziehen.

»Du hast es eben doch selbst gesagt, Rainer: Das Blut auf dieser Praxe stammt unzweifelhaft von unserem bislang unbekannten ersten Opfer.«

»Ja, das stimmt zwar. Aber das heißt nicht zwangsläufig, dass ihm mit dieser Praxe der Kopf abgetrennt wurde.«

Tannenberg kniff die Augenbrauen zusammen. »Was?«

»Ich hab mir die Wunde noch einmal genauer angeschaut und bin dabei auf etwas sehr Interessantes gestoßen: auf Rostpartikel.«

»Rostpartikel?«, wiederholte Sabrina.

»Und was ist daran so interessant?«, fragte der Kommissariatsleiter.

»Ganz einfach: Diese Praxe ist aus rostfreiem Edelstahl hergestellt. Daher können die Rostspuren logischerweise nicht von ihr stammen.«

Wolfram Tannenberg rümpfte die Nase, so als ob er gerade einen bestialischen Geruch wahrnehmen würde. In seinem Kopf hüpften Bilder und Begriffe wild durcheinander. Da er einen leichten Schwindel spürte, setzte er sich und versuchte, ein wenig Ordnung in dieses mentale Gebrodel zu bekommen.

»Kann es sich dabei nicht um einen Zufall handeln?«, wandte Mertel derweil ein. Gleich darauf brachte er eine mögliche Erklärungsvariante ins Spiel: »Vielleicht ist die Wunde im Wald mit einem rostigen Blech in Berührung gekommen.«

»Nein und nochmals nein!«, stellte der Pathologe unmissverständlich klar. Nach einem zufriedenen Blick in die erstarrten Gesichter der Kriminalbeamten wartete er mit weiteren Informationen auf: »Das ist aber bei weitem noch nicht alles, meine Herrschaften.« Er grinste und schüttelte amüsiert den Kopf. »Beim zweiten Tatopfer habe ich nämlich ebenfalls Spuren von Rost in den Wunden entdeckt. Und zwar im Stichkanal. Damit scheidet die ›Blech-Version‹ unseres lieben Kollegen Ober-Spurenschnüfflers wohl definitiv aus.«

Mertel überging die provokante Bemerkung. Ihn hatte gerade ein Geistesblitz getroffen, den er sogleich in Worte packte: »Vielleicht handelt es sich bei den beiden Tatwerkzeugen um historische Waffen«, spekulierte er. »Das würde zumindest die Herkunft dieser Rostpartikel erklären.«

Der Gerichtsmediziner nickte. »Das ist eine durchaus naheliegende Schlussfolgerung, mein lieber Karl«, lobte er und ergänzte schmunzelnd, »die ich selbstverständlich auch bereits in Erwägung gezogen habe. Deshalb habe ich mich dahingehend auch schon mal kundig gemacht.«

Er räusperte sich, trank einen weiteren Schluck Wasser. »Im Mittelalter war die Praxe eine gängige Jagdwaffe. Aber zur Abtrennung des Kopfes kommt auch eine Kriegsaxt, eine Hellebarde oder eine andere historische Hiebwaffe in Betracht. Und für das Durchstoßen des Thorax könnte ein Degen benutzt worden sein.«

»Historische Waffen?«, murmelte Tannenberg. Verdammt, dann liegt mein alter Herr am Ende vielleicht sogar noch richtig mit seiner komischen Theorie, dachte er.

Dr. Schönthaler presste die Lippen zu einem dünnen Strich zusammen und zupfte nachdenklich an einem Ohrläppchen herum. »Aber vielleicht ist das alles auch nur eine absichtlich gelegte falsche Fährte, die uns in die Irre leiten und vom wahren Tatmotiv ablenken soll.«

»Das wird tatsächlich immer mysteriöser.«

»Stimmt, mein lieber Wolf. Vor allem wenn man zusätzlich berücksichtigt, dass es sich mit an Sicherheit grenzender Wahrscheinlichkeit um ein und dieselben Füchse gehandelt hat.«

Tannenberg zog den Kopf an den Hals, brummte verzweifelt. »Was, wie – dieselben Füchse?«

Sein Freund schlug ihm lachend auf die Schulter. »Mann, oh Mann, wenn du dich jetzt im Spiegel sehen könntest, Wolf. Du siehst aus wie ein Double von Stan Laurel.« Sein amüsierter Blick streifte durch die Runde der versammelten Kriminalbeamten. »Oder etwa nicht, Leute?«

Die Mitarbeiter des K 1 waren so sehr mit der mentalen Verarbeitung dessen beschäftigt, was ihnen der Rechtsmediziner gerade an Fakten serviert hatte, dass offensichtlich keiner von ihnen zu einem Scherz aufgelegt war.

»Doc, darf ich mal eine Zusammenfassung versuchen?«, brach Michael Schauß als erster das Schweigen.

»Nur zu.«

»Wenn ich all das, was Sie uns eben gesagt haben, einigermaßen richtig verstanden habe, dann steht fest, dass die Köpfe der beiden Männer von denselben Füchsen ...«

»Ja, das Labor hat bei *beiden* Opfern jeweils die DNA von zwei Rotfüchsen identifiziert, einer Fähe und einem männlichen Tier«, warf der Rechtsmediziner erläuternd dazwischen. »Allerdings stammen diese Spuren von Abstrichen auf den Wundrändern. Da sind sicherlich noch eingehendere Analysen nötig.«

»Aber das kann doch nun wirklich Zufall sein«, gab Tannenberg zu bedenken. »Schließlich wurden die beiden Leichname an derselben Stelle gefunden. Füchse leben garantiert in einem festen Revier.«

»Das ist durchaus anzunehmen«, pflichtete Dr. Schönthaler seinem Freund bei. »Nur ...«

Weiter kam er nicht, denn plötzlich flog die Tür auf und Geiger kam in den Raum hereingestürmt. In seiner rechten Hand hielt er ein Blatt Papier, mit dem er aufgeregt herumwedelte. Er war völlig außer Atem.

»Chef …, ich bin gerade …«, keuchte er, »an der Zentrale vorbei …« Den Rest des Satzes verschluckte er. »Eben ist eine Vermisstenmeldung … von Interpol rein … gekommen. Da ist das Fax.« Zitternd überreichte er es seinem Vorgesetzten. »Das passt«, stieß er aus. Mit seiner heraushängenden Zunge sah er aus wie ein hechelnder Bullterrier. Sabrina reichte ihm ein Glas Wasser, das er in einem Zug leerte.

Unterdessen huschten Tannenbergs Augen eilig über den Text. »Die Angaben könnten tatsächlich zu unserem ersten Opfer passen.« Er reichte das Blatt an Sabrina weiter und verkündete: »Das Fax stammt von unseren Kollegen aus Amsterdam. Dort wird ein Professor vermisst. Der gute Mann sollte vorgestern bei einem wissenschaftlichen Symposion den Eröffnungsvortrag halten. Dort ist er jedoch bislang nicht erschienen. Und bei ihm zu Hause in Ungarn weiß man wohl auch nicht, wo er abgeblieben sein könnte.«

»Der kommt aus Ungarn? Und wieso melden die sich dann ausgerechnet bei uns?«, wollte Mertel wissen.

»Deshalb, weil dieser Professor an unserer Uni an einem Kongress teilgenommen hat. Der gute Mann ist anscheinend eine richtige Kapazität.«

»Gewesen«, bemerkte der Rechtsmediziner trocken.

»Ja, so ist es«, seufzte der Leiter des K 1. »Aber dann hätte er doch hier in einem Hotel eingecheckt. Und dort müsste man ihn doch inzwischen vermissen.« Er wandte sich an Michael Schauß. »Die Hotels und Pensionen habt ihr inzwischen alle abgecheckt, oder?«

Der junge Kommissar nickte.

»Wenn ich es richtig in Erinnerung habe, betreibt die

Uni ein eigenes Gästehaus, das vor allem der Unterbringung ausländischer Wissenschaftler dient. Vielleicht hat er ja dort gewohnt«, bemerkte Dr. Schönthaler.

»Klar, kann sein, Rainer. Aber auch die hätten sich sicherlich bei uns gemeldet.«

»Allerdings nur dann, wenn er nicht schon vorher ausgecheckt hat«, versetzte der Rechtsmediziner.

»Ist eine Möglichkeit«, pflichtete Tannenberg seinem Freund bei. »Das gilt natürlich ebenso für die Hotels.«

»Okay«, nickte der Kriminaltechniker. »Ihr meint also, dass er praktisch bereits auf dem Weg nach Amsterdam war, als er entführt wurde. Das würde erklären, weshalb er hier in der Gegend nirgendwo vermisst wird. Nur, wo ist dann sein Gepäck abgeblieben?«

»Na, wo wohl? Zum Beispiel beim Täter zu Hause, vergraben im Wald – ach, was weiß denn ich«, knurrte der Kommissariatsleiter. »Immer diese vielen ungeklärten Fragen. Das nervt einfach.«

»Was soll's, Chef. So ist eben unser Job«, bemerkte Geiger altklug.

Wie üblich ignorierte sein Vorgesetzter diesen überflüssigen Einwurf. Er wandte sich an seinen jungen Mitarbeiter: »Michael, kümmere dich gleich nachher mal um die Kontaktaufnahme zu den Kollegen in Ungarn. Die Telefonnummer steht auf dem Fax.« Anschließend wandte er sich an dessen Ehefrau: »Und Sabrina, du gehst mal zur Uni und erkundigst dich nach diesen Professor. Vielleicht finden wir ja dort einen Hinweis darauf, wieso ein ungarischer Professor ausgerechnet im Pfälzer Wald ermordet wurde.«

»Chef, glauben Sie, dass auch das zweite Opfer ein Ungar ist?«, fragte Geiger

»Glauben kannst du in der Kirche«, gab Tannenberg barsch zurück. »Woher soll ich das denn wissen. Jedenfalls müssen wir so schnell wie möglich die Frage beantworten, welche Verbindung es zwischen diesen beiden brutal abgeschlachteten Männer gibt. Und warum man sie mit diesem Teufelszeug so qualvoll zu Tode gefoltert hat.« Er hielt inne und dachte darüber nach, ob seine Mitarbeiter derzeit überhaupt denselben Kenntnisstand besaßen wie er selbst.

Dr. Schönthaler erriet offenbar seine Gedanken, denn er sagte: »Ich habe deine Kollegen bereits über T61 und seine Wirkungsweise informiert. Ich hatte vorhin ja auch reichlich Zeit dazu.«

»Dann wurden die beiden Männer quasi mehrfach ermordet«, murmelte Geiger kopfschüttelnd vor sich hin. »Vergiftet, geköpft, aufgespießt. Aber warum nur?«

»Mehrfach ermordet«, äffte ihn sein Vorgesetzter nach. »Mann, Geiger, wann wirst du endlich begreifen, dass du zuerst denken sollst, bevor du irgendwas sagst. Einen Menschen kann man nur *ein* Mal ermorden!«

»Völlig unrecht hat er doch gar nicht, Wolf«, nahm Dr. Schönthaler den untersetzten, stark transpirierenden Kriminalbeamten in Schutz. »Genau diese barbarische Vorgehensweise ist schließlich der springende Punkt an der ganzen Sache. Warum veranstaltet der Täter das alles?«

Ohne eine Reaktion der Anwesenden abzuwarten, beantwortete er selbst die Frage: »Es gibt meines Erachtens nur zwei Erklärungen dafür: Entweder will er uns mit aller Gewalt auf etwas für ihn sehr Wichtiges hinweisen.«

»Dann wäre der Täter womöglich ein religiöser Eiferer oder so was ähnliches«, warf Mertel dazwischen.

»Also ein Psychopath, der unter Zwang handelt. Ein Erfüllungsgehilfe einer ihn steuernden höheren Macht. Einer, der meint, unter allen Umständen irgendwelche wichtigen Aufträge erfüllen zu müssen.«

Der Rechtsmediziner nickte eifrig. »Genau. Dafür sprächen diese rituellen Hinrichtungen und diese Kopfab-Symbolik.« Er brummte und zuckte dabei mit den Schultern. »Oder aber der Täter will uns aufs Glatteis führen und von seinen wahren Motiven ablenken.«

»Rainer, du wiederholst dich«, bemerkte Tannenberg unwirsch. »Das bringt uns alles nicht entscheidend weiter.« Er erhob sich und schlenderte schweigend durch sein Büro. Bereits nach ein paar Schritten schmerzte sein linkes Knie so stark, dass er sich gleich wieder hinsetzen musste. »Mit einem Thema haben wir uns noch gar nicht beschäftigt, Leute. Nämlich mit der Frage, wo man dieses T61-Teufelszeug überhaupt herbekommt.«

»Du nicht, aber wir«, gab der Pathologe zurück. »Diese Frage haben wir vorhin schon eingehend erörtert.« Er blies genervt die Backen auf. »Dann eben nochmal: Das Medikament T61 kann auf legalem Wege eigentlich nur von einem Veterinärmediziner bezogen werden.«

»Von einem normalen Arzt nicht?«

»Doch, theoretisch schon. Obwohl T61 nicht unter das Betäubungsmittelgesetz fällt, würde so etwas jedoch ziemliches Aufsehen erregen. Was bitte soll ein Humanmediziner mit einem reinen Tötungsmittel denn Vernünftiges anstellen?«

»Auch unter deinen noblen Humanmediziner-Kollegen soll es schon den einen oder anderen Mörder gegeben haben.«

»Sicher, Wolf. Aber wir sollten uns besser auf die wahrscheinlichere Variante konzentrieren. Und die verweist nun mal eindeutig auf einen Veterinärmediziner: Bei einem Tierarzt gehört das T61 quasi zur pharmazeutischen Grundausstattung. Schließlich verwendet er es ja auch tagtäglich.«

»Das heißt, wir müssen alle Tierarztpraxen in der Gegend abklappern«, stöhnte Tannenberg. »Geiger, das machst du mal«, sagte er in Kasernenhofmanier. Dann erhob er sich und schleppte sich zur Pinwand. Mit schmerzverzerrtem Gesicht dehnte er seinen verkrampften Oberkörper. Anschließend schrieb er in großen roten Lettern ›T61‹ auf ein Täfelchen. »Wer außer Tierärzten hat noch Zugriff auf dieses Medikament?«

Auf diese Frage schien Dr. Schönthaler nur gewartet zu haben. »Arzthelferinnen, Putzfrauen, Heizungsmonteure, Pharmavertreter, Apotheker, Fabrikarbeiter, Schwarzhändler, Einbrecher ...«, kam es wie aus einer Pistole geschossen.

»Es reicht jetzt, Rainer«, blaffte Tannenberg. »Ich denke, es ist nun an der Zeit, ein Täterprofil zu erstellen.«

»Ganz ohne die kompetente Hilfe unserer geschätzten Frau LKA-Kriminalpsychologin? Übernimmst du dich da nicht?«, spottete der Gerichtsmediziner. »Wie geht's denn deiner ehemaligen Herzdame eigentlich?«

Herzdame – Blödsinn! Das war sie noch nie, nur eine gute Freundin und eine sehr fachkompetente Expertin. Ja, wie geht's der lieben Eva denn eigentlich?, wiederholte Tannenberg im Stillen. Schon lange nichts mehr von ihr gehört. Wer weiß, vielleicht brauchen wir tatsächlich schon bald ihre Hilfe.

Während er ›Täterprofil‹ auf einen größeren Pappkarton schrieb, grummelte er etwas Unverständliches vor sich hin. »Was wissen wir über unseren Täter?«, fragte er anschließend in die Runde seiner süffisant schmunzelnden Kollegen.

»Er muss auf irgendeine Weise Zugang zu diesem Tötungsarzneimittel haben«, begann Sabrina.

»Gut. Das ist unser erster Punkt«, sagte der Kommissariatsleiter und schrieb diese Feststellung thesenartig auf.

»Außerdem kennt er sich im Wald anscheinend sehr gut aus. Denn er wusste zum Beispiel genau, wo diese Praxe lagerte«, ergänzte ihr Ehemann.

»Richtig, das ist der zweite Punkt für unser Täterprofil«, lobte Tannenberg und drehte sich zu seinen Kollegen um. »Apropos Waldarbeiter. Die Befragungen und Alibichecks dieser Herren sind noch nicht abgeschlossen und haben bislang auch noch nichts Auffälliges ergeben. Sonst hättet ihr mich dies bestimmt schon wissen lassen, nicht wahr? Ebenso gibt es bezüglich Reifenspuren, Lilien et cetera noch nichts Neues, richtig?«

Während alle zustimmend nickten, schellte das Telefon.

»K 1 – Tannenberg«, meldete er sich in einem dahingeknurrten, mürrischen Bürokratenton. Diese barsche

Begrüßungsformel diente nicht nur der Abschreckung des Anrufers, sondern spiegelte auch meist die aktuelle Stimmungslage des Kommissariatsleiters wieder. Sein Gesichtsausdruck war stets exakt auf dieses verbale Gebaren abgestimmt.

Doch diesmal verkehrte sich Tannenbergs Mimik in Sekundenbruchteilen ins absolute Gegenteil: Die Augen weiteten sich, eine Unzahl kleiner Lachfältchen gruben sich um Mund- und Augenpartie in die leicht gebräunte Gesichtshaut hinein, die Ohrläppchen begannen zu glühen.

Auch die Klangfärbung seine Stimme war mit einem Male völlig verändert, so als ob irgendwer gerade einen Hebel umgelegt hätte. Der harte, unwirsche Tonfall hatte sich gänzlich verflüchtigt und war durch sanfte Flötentöne ersetzt worden.

»Schön, von Ihnen zu hören«, säuselte er.

Tannenberg nahm Platz, drehte seinen Schreibtischstuhl um 180 Grad und wandte dadurch seinen neugierig dreinblickenden Kollegen den Rücken zu. Einen Moment lang überlegte er, ob er Hanne nicht darum bitten sollte, sie in ein paar Minuten zurückrufen zu dürfen. Doch diesen Gedanken verwarf er sogleich wieder. Die Angst, sie damit möglicherweise zu verkraulen, ließ ihn davor zurückschrecken.

»Lieber Herr Tannenberg«, vernahm er Hannes Engelsstimmchen am anderen Ende der Leitung, »ich möchte nicht stören.«

»Tun Sie nicht, ganz im Gegenteil.«

»Schön. Ich wollte Sie eigentlich nur fragen, ob Sie heute Abend schon etwas vorhaben.«

»Heute Abend, nein, nein.«

»Wunderbar! Meine Schwester hat mich nämlich gerade angerufen und mir abgesagt. Wir wollten heute Abend gemeinsam mit meinem Schwager an einem Überraschungs-Kulturevent teilnehmen.«

»Überraschung ist immer gut«, sagte er, obwohl er bei dem Begriff ›Kulturevent‹ zusammengezuckt war.

»Kennen Sie diese Veranstaltungsreihe?«

Tannenberg räusperte sich verlegen. »Nein, leider nicht«, entgegnete er halblaut.

»Macht ja nichts. Ich kann Ihnen diese Überraschungs-Events wirklich nur wärmstens empfehlen. Wir haben schon ein paarmal daran teilgenommen. Das ist spannender als der beste Krimi, kann ich Ihnen sagen. Man trifft sich in Abendgarderobe am Pfalztheater. Keiner weiß, welche kulturelle Veranstaltung an diesem Abend auf dem Programm steht. Dort auf dem Parkplatz besteigt man einen Bus, der einen irgendwohin bringt. Wir waren schon im Mannheimer Nationaltheater, bei einem Musical in Stuttgart, im Trippstadter Schlosspark bei einer Freiluft-Opernaufführung.«

»Hört sich sehr interessant an«, versetzte Tannenberg und betete inständig, dass man ihm seine Aversion gegen jegliche Form von kulturellen Zwangsbeglückungsmaßnahmen nicht anmerkte.

»Es *ist* auch wirklich toll. Also, darf ich Sie dazu einladen?

»Sicher, gerne.«

»22 Uhr am Pfalztheater?«

»Ja. Ich freue mich sehr darauf.«

»Ich ebenso. Wissen Sie, es soll auch ein kleines Dankeschön an Ihre Adresse sein. Sie haben sich mir gegenüber heute Morgen so unheimlich einfühlsam und verständnisvoll verhalten. Das war wirklich schrecklich lieb von Ihnen.«

Tannenberg wurde ganz warm ums Herz. »Aber das war doch selbstverständlich. Außerdem war es mir ein Vergnügen.«

»Gut, dann also bis 22 Uhr.«

»Ja, bis nachher. Ich freue mich wirklich sehr darauf«, flötete der Leiter des K 1. Seufzend hielt er den Hörer noch eine Weile in der Hand.

Obwohl alle Anwesenden die ganze Zeit über interessiert die Ohren spitzten, hatten sie natürlich nur Tannenbergs Worte mitbekommen. Selbst Dr. Schönthaler, der sich einmal sogar bis auf einen Meter von hinten an ihn herangeschlichen hatte, konnte nicht in Erfahrung bringen, mit wem sein turtelnder Freund da so angeregt plauderte.

»Worauf freut sich denn unser liebes Wölfchen?«, wollte der Gerichtsmediziner deshalb umgehend wissen. »*Was* machst du heute Abend mit *wem*? Und dann auch noch um 22 Uhr, wo du Schnarchnase normalerweise doch schon längst in den Federn liegst?«

Tannenberg antwortete nicht, sondern schmunzelte nur weiter versonnen vor sich hin.

»Also, erstens ist es mir ja sowieso schnurzpiepegal, was du abends machst«, verkündete Dr. Schönthaler. »Und zweitens weiß ich ja, wer das war.«

»Wer denn?«

»Das ist wirklich sehr einfach zu erraten. Vor allem auch wegen des Ausschlusskriteriums.«

»Wegen was?«

»Wegen des Aus-schluss-kri-te-ri-ums«, zerlegte er das Wortungetüm in seine einzelnen Silben. »Jeder, der dich kennt, weiß nämlich ganz genau, dass es sich bei dem Anrufer definitiv nicht um ein weibliches Wesen gehandelt haben kann. Denn welche Frau – außer deiner Mutter vielleicht – würde sich mit solch einem ungehobelten Kerl wie dir freiwillig länger als ein paar Sekunden unterhalten?«

Er stockte einen Augenblick, dann schob er grinsend nach: »So nett und höflich wie du dich eben gebärdet hast, kann es sich bei dem Anrufer nur um den werten Herrn Oberstaatsanwalt gehandelt haben. – Und, was unternimmst du nun mit ihm heute Abend?«

9

In der aktuellen Ausgabe der *PALZ*, wie die *Pfälzische Allgemeine Zeitung* in Kurzfassung genannt wird, war die Bevölkerung um Mithilfe bei der Aufklärung der beiden Verbrechen gebeten worden. Doch bis zum späten Nachmittag dieses heißen Sommertages war die Resonanz äußerst dürftig geblieben. Wie üblich handelte es sich bei den meisten der Anrufer um Wichtigtuer, die sich lediglich aufspielen wollten. Aber auch von den seriöseren Personen konnte niemand sachdienliche Hinweise zu den spektakulären Mordfällen geben.

So ein Mist!, schimpfte Tannenberg im Stillen, nachdem er bei der Zentrale in dieser Angelegenheit abermals nachgefragt hatte. Ist ja auch kein Wunder bei dieser Bullenhitze. Wer geht denn da schon im Wald spazieren?

Zum wiederholten Male begann er nun in den vergilbten Fallakten aus den 70er Jahren herumzustöbern. Lächelnd dachte er dabei an die von seinem Vater aufgeworfene These.

Welch ein originelles Tatmotiv: Rache für die Ermordung von Familienangehörigen – nur eben läppische drei Jahrzehnte zeitversetzt!, sagte er zu sich selbst. So ein Quatsch! Außerdem müssten es damals ja wirklich zwei Täter gewesen sein. Trotzdem ist es irre, was dieser alte Knochen noch für kreative Ideen hat. Respekt! Oder seine andere Theorie mit diesem ›Kroatensturm‹. Brutale Morde, jeweils begangen am 11. und 17. Juli –

und dann läppische 350 Jahre später genau an diesen beiden Tagen zwei Morde an exakt derselben Stelle.

Ein heftiger Ruck ging durch seinen Körper. Er beugte sich nach vorne und ließ die Finger über die Telefontastatur fliegen. Es dauerte eine Weile, bis sich der Gerichtsmediziner meldete.

»Sag mal, Rainer«, überfiel ihn Tannenberg sogleich, »hast du mir nicht irgendwann mal erzählt, dass die Köpfe der beiden Opfer jeweils 35 Zentimeter von den Halsstümpfen entfernt lagen.«

»Ja, so ist es«, knurrte es aus dem kleinen Telefonlautsprecher.

»Gehen wir einmal davon aus, es handelt sich dabei nicht um einen Zufall, sondern der Täter hat dieses Szenario absichtlich arrangiert.«

»Junge, ich hab jetzt keine Zeit. Ich stecke gerade im wahrsten Wortsinne mitten in einer Sektion«, gab Dr. Schönthaler genervt zurück. »Auf was willst du denn eigentlich hinaus? Komm, sag's, aber fass dich bitte kurz.«

»Hast du gewusst, dass zwischen diesem ›Kroatensturm‹-Massaker und den beiden Morden an der Jammerhalde 350 Jahre liegen?«

»Ja, klar. Ich kann ja schließlich rechnen. Aber es sind nicht 350, sondern mehr als 370 Jahre seit dem ›Kroatensturm‹ vergangen.«

»Na und? Ob nun 35 oder 37 Zentimeter, das ist doch wohl völlig Schnuppe! Vielleicht habt ihr ja auch falsch gemessen.«

Ein paar Sekunden lang war es still. Dann prustete der Pathologe los. »Ach, jetzt ist endlich der Groschen bei mir gefallen: ein Zentimeter entspricht zehn Jahren –

was für eine genial-makabre Arithmetik. Meinen tief-
empfundenen …«

Wütend knallte Tannenberg den Hörer auf den Apparat und vertiefte sich erneut in das Aktenstudium. Er las
zum wiederholten Male das Vernehmungsprotokoll, das
sein Vorgänger damals mit einem jungen Revierförster
namens Manfred Kreilinger geführt hatte. Auch wenn
er diesen Herrn absolut nicht ausstehen konnte, musste
er sich doch eingestehen, dass diese Befragung keinerlei Hinweise auf irgendeine Tatbeteiligung Kreilingers
enthielt. Zudem schien sein routinemäßig überprüftes
Alibi hieb- und stichfest gewesen zu sein. Danach hatte
er zur mutmaßlichen Tatzeit als Treiber an einer Wild-
schweinjagd teilgenommen.

Michael Schauß hatte zwischenzeitlich Kontakt zu seinen ungarischen Kollegen aufgenommen. Da glücklicherweise einer dieser Beamten der englischen Sprache
mächtig war, konnten die Informationen ohne Hinzu-
ziehung eines Übersetzer ausgetauscht werden.

»Wolf, schau dir das mal an«, rief der junge Kriminalbeamte bereits von der Türschwelle aus. »Ist das nicht
hochinteressant?«

»Was denn?«

»Das Fax hier.« Schauß schleuderte das Blatt auf Tannenbergs Schreibtisch und hämmerte mit den Fingern
auf den Text.

»Jetzt tu doch mal deine Hand weg, verdammt nochmal«, grummelte der Leiter des K 1.

Er schob die kräftige Hand seines Mitarbeiters beiseite und las den Text. Dann verschränkte er die Arme

vor der Brust und stieß einen Schwall Atemluft durch die geschlossenen Zahnreihen.

»Das gibt's ja gar nicht«, sagte er, während er nun selbst mit dem Zeigefinger auf die entsprechende Textpassage tippte. »Nach dem, was da in seiner Biographie steht, hat dieser ungarische Professor hier an unserer Uni studiert.«

»So sieht es aus«, bestätigte Schauß.

»Und wann?«, warf sein Vorgesetzter eine rhetorische Frage in den Raum, die er umgehend selbst beantwortete: »Man kann es wirklich kaum glauben, aber da steht's schwarz auf weiß: Mitte der 70er Jahre.« Er klappte die erste Fallakte auf und vergewisserte sich anhand des Deckblatts der relevanten kriminalpolizeilichen Daten. Mit anschwellender Stimme verkündete er: »Und zwar genau in den Jahren, in denen hier in der Gegend die Liebespaare ermordet wurden.«

»Du glaubst also, dass es da einen direkten Zusammenhang geben könnte?«

Tannenberg wiegte unschlüssig den Kopf hin und her. »Ich weiß nicht. Aber es ist schon mehr als merkwürdig, dass ausgerechnet zu dem Zeitpunkt, als unser lieber Herr Professor nach Harvard gewechselt ist, diese Mordserie plötzlich zu Ende war. Wobei ja zudem ins Gewicht fällt, dass der Täter damals nicht geschnappt werden konnte.«

»Kein Wunder, wenn er sich ins Ausland abgesetzt hat.«

Michaels Chef brummte zustimmend. Dann fasste er seinen Kollegen scharf ins Auge. »Aber wenn dem wirklich so war und dieser renommierte Professor tatsächlich ein Mörder ist – wieso dann der Mord an diesem anderen Mann?«

»Na ja, vielleicht handelt es sich dabei um die Tat eines Trittbrettfahrers. Einer, der die Gelegenheit genutzt hat, um sich jemanden vom Hals zu schaffen und seine Tat einem anderen in die Schuhe zu schieben.«

»Aber die Artikel über den Fund unseres toten Professors standen doch erst am nächsten Morgen in den Zeitungen. Da hatte ich das zweite Opfer bereits gefunden. Dein Trittbrettfahrer konnte davon noch gar nichts wissen.«

»Das mit den Zeitungen ist zwar richtig, Wolf, aber in den Radio- und Fernsehnachrichten kamen schon am Abend vorher ausführliche Berichte darüber.«

»Hast recht. Das würde dann ja auch zeitlich passen«, murmelte der Kommissariatsleiter nachdenklich vor sich hin.

Wolfram Tannenberg erteilte seinem jungen Mitarbeiter weitere Aufträge. Als dieser den Raum verlassen hatte, versuchte er sich auf seiner Schreibtischunterlage einen Überblick über den aktuellen Stand der Ermittlungen zu verschaffen. Das, was er da aufzeichnete, spiegelte so ziemlich genau das heillose Chaos unter seiner Schädeldecke wieder. Nach ein paar Minuten riss er frustriert den großen Papierbogen ab, knüllte ihn zusammen und warf ihn in Richtung eines Mülleimers. Zu seiner großen Überraschung trudelte der Papierball mitten in die kreisrunde Öffnung hinein. Kopfschüttelnd griff er abermals zum Telefonhörer.

Er zögerte und krauste nachdenklich die Stirn. Zum einen, weil ihm gerade klar wurde, dass er die anzuwählende Nummer erst im Telefonbuch nachschlagen musste. Und zum anderen, weil er sich unsicher war, ob das, was er gerade vorhatte, überhaupt Sinn machte.

Wenn ich sie jetzt anrufe, sinnierte er, meint sie doch bestimmt, dass ich mich nur aus einem fadenscheinigen Grund bei ihr melde. Wahrscheinlich denkt sie dann: Oh Gott, muss es diesen Kerl erwischt haben. Der benimmt sich ja wie ein pubertierender Jüngling bei seiner ersten Freundin.

Ach was, du alter Ochse, schaltete sich sein psychisches Korrektiv ein, verkomplizier doch nicht schon wieder alles. Das eine hat mit dem anderen überhaupt nichts zu tun. Da ist auf der einen Seite der Kripobeamte, der bei einer Mitarbeiterin eines historischen Instituts um wichtige Informationen nachsucht. Und da ist auf der anderen Seite der … ja, der was? … der, der Mann in den besten Jahren, der heute Abend mit einer netten, fünfzehn Jahre jüngeren Superfrau ausgeht. Also, Junge, benimm dich einfach so normal wie möglich!

Der Anruf ging tatsächlich völlig sachlich und unverkrampft über die Bühne. Tannenberg fragte Johanna von Hoheneck, ob die Bibliothek des Pfalzinstituts Bücher über mittelalterliche Waffen besitze. Sie schaute kurz im Schlagwortverzeichnis ihres Computers nach und wurde gleich mehrfach fündig. Sie versprach, die Bücher herauszusuchen und sie ihm nachher mitzubringen.

Er hatte gerade aufgelegt, als ein Wort wie ein mit Nadeln gespickter Tennisball in seinem Kopf herumzuhüpfen begann: ›Abendgarderobe‹. Hat sie nicht heute Morgen bei ihrem Anruf ›Abendgarderobe erwünscht‹ oder so was ähnliches gesagt?, dachte er bei sich. Als unverbesserlicher Kulturmuffel und Kunstbanause hatte sein Gehirn diesen furchterregenden Begriff offensichtlich sofort von der Bewusstseinsebene verscheucht.

Da Wolfram Tannenberg selbst keine angemessene Kleidung besaß, musste er wohl oder übel seinen Bruder konsultieren. Als Kulturfetischist verfügte Heiner über einen reichhaltigen Fundus. Natürlich wurde er wieder mit bohrenden Fragen belästigt. Aber der Kriminalbeamte erledigte diese unangenehme Sache zügig. Geradezu in Windeseile staffierte er sich mit einem dunkelblauen Anzug, einem blütenweißen Hemd und einer farblich darauf abgestimmte Seidenkrawatte aus. Für seine Verhältnisse sah er damit todschick aus, was ihm sogar seine Schwägerin Betty bestätigte.

Kurz vor dem verabredeten Zeitpunkt überquerte er an der Fruchthalle die Ost-West-Achse. Bereits vom Schillerplatz aus hatte er den noblen Reisebus entdeckt, der in unmittelbarer Nähe des Pfalztheaters parkte. Da der Bus jedoch die Sicht auf die Gruppe versperrte, war von den Teilnehmern dieser nächtlichen Kulturexkursion kaum jemand zu sehen.

Als er das Heck des Reisebusses erreichte, atmete er noch einmal kräftig durch. Dann kratzte er allen Mut zusammen und bog um die Ecke. Doch bereits nach seinem ersten Schritt blieb er wie vom Blitz getroffen stehen. Er wurde von einer lange zurückliegenden Erinnerung überfallen. Sie beamte ihn zurück in seine Zeit als Polizeischüler. Damals wurden er und seine jungen Kollegen zum Schutz des Frankfurter Opernballs abgeordnet.

Es kam zu schweren Ausschreitungen, bei denen auch einige der jungen Polizisten verletzt wurden. Er erinnerte sich noch sehr gut daran, dass ihn die Gewaltbereitschaft und der offen zur Schau getragene Hass dieser militanten Demonstranten so sehr schockierte, dass er ernsthaft mit dem Gedanken spielte, seine Ausbildung abzubrechen und ein Studium zu beginnen.

Und diese circa dreißig Frauen und Männer, die vor dem Pfalztheater in kleineren Grüppchen beisammenstanden und sich angeregt unterhielten, ähnelten frappierend der Prominenz, die er und seine Kollegen damals vor dem marodierenden Mob hatten schützen müssen.

Tannenberg empfand sich mit einem Mal als absoluter Fremdkörper. Er fühlte sich wie ein frisch aus einer Jauchegrube herausgezogener Straßenköter, den man mitten in eine Pudelausstellung hineingeworfen hatte. Er hatte panische Angst, dass sich nun alle Blicke auf ihn richten würden. Doch die festlich gekleideten Gestalten schienen keinerlei Notiz von ihm zu nehmen.

Ich bin ganz sicher keiner von denen – aber ich bin auch kein Demonstrant. Was soll ich also hier?, fragte er sich verzweifelt.

Am liebsten hätte er auf dem Fuße kehrt gemacht. Doch dann erblickte er Johanna von Hoheneck. Sie stand mit dem Rücken zu ihm gewandt und hörte geduldig einem älteren Mann zu.

Ach du Scheiße, das ist ja dieser aufdringliche Hobbyhistoriker von heute Morgen, dachte Tannenberg, als sich Hanne zu ihm umdrehte und dadurch das Konterfei ihres Gesprächspartners freigab.

Gleich darauf traf ihn zum zweiten Mal innerhalb kürzester Zeit der Schlag. Dieser Anblick raubte ihm fast den Atem – und ließ auf der Stelle sämtliche Fluchtgedanken verschwinden. Hanne sah einfach umwerfend aus. Sie trug ein kurzes schwarzes, extrem figurbetonendes Kleid mit seitlichen Raffungen und asymmetrischen Saum- und Ärmelabschlüssen. Ihre naturblonden langen Haare bildeten einen effektvollen Kontrast zu ihrem pechschwarzen Kleid. Die hochhackigen Pumps verliehen ihr das Flair eines männernarkotisierenden Supermodells – fand Tannenberg zumindest.

Er vermochte sein Glück kaum zu fassen. Diese Traumfrau lächelt *dich* an, kommt auf *dich* zu, jubilierte er in Gedanken und ergänzte, nachdem sie ihm zur Begrüßung zwei zarte Küsschen auf die Wangen gehaucht hatte, hat *dich* gerade geküsst.

Genau jetzt in diesem Moment sterben – kann es denn etwas Schöneres geben?

Der Intendant des Pfalztheaters fungierte höchstpersönlich als Reiseleiter der exklusiven Kulturveranstaltung. Als die Gäste dieses Überraschungsevents den Bus bestiegen hatten, rief er die angemeldeten Teilnehmer einzeln mit ihrem vollständigen Namen auf. Nach dem, was Tannenberg da an stadtbekannten Familiennamen zu Ohren kam, handelte es sich bei dieser Gruppe um die halbe High-Society seiner Heimatstadt.

Oh leck, wo bin ich denn da bloß hineingeraten?, fragte er sich in Gedanken. Die Karten für diesen Horrortrip waren bestimmt schweineteuer. Mann, oh Mann, auf was hab ich mich da nur eingelassen?

Halt jetzt endlich deinen Rand, du Jammerlappen und genieß den Abend!, mischte sich seine innere Stimme ein. Es wird sowieso hundertprozentig der erste und letzte in deinem Leben bleiben, den du mit einer echten Adligen verbringen darfst. Diese Zuckerpuppe hat nämlich garantiert schon sehr bald die Schnauze voll von dir. So phantastisch, wie die aussieht, hat sie sicher die totale Auswahl. Hast du Blindgänger denn noch nicht bemerkt, wie diese Lackaffen sie alle anglotzen und wie giftig die Blicke der anderen Frauen sind?

Tannenberg ließ einen tiefen Stoßseufzer verlauten.

Dieser blieb Johanna von Hoheneck nicht verborgen. »Was bedrückt Sie denn?«, flüsterte sie in mitfühlendem Ton.

Er wusste zunächst überhaupt nicht, was er antworten sollte. Ja, er wusste noch nicht einmal, ob er überhaupt etwas Sinnvolles antworten *konnte*. Fieberhaft suchte er nach einem Ausweg aus dieser Misere. Um Zeit zu gewinnen, putze er sich so vornehm wie irgendmöglich die Nase.

Na, Bravo! Jetzt sitzt du neben einer absoluten Traumfrau, und was machst du? Seufzen – wie bei einer Beerdigung! Du schaffst es wirklich immer wieder mühelos, deinen Mitmenschen die Stimmung zu versauen, höhnte der allgegenwärtige Quälgeist in seinem Kopf.

Er entschloss sich zu einer Notlüge. »Entschuldigung, Frau von Hoheneck, ich musste nur gerade an meinen neuen Fall denken.« Demonstrativ seufzte er abermals, diesmal allerdings noch leidgetränkter. »Bei meinem Job kann man einfach nicht so leicht abschalten.« Er zuckte mit den Schultern, hob die Brauen und ließ sie dort oben verharren. »Diese Mordgeschichten stecken einem leider auch noch weit nach Dienstschluss in den Kleidern.«

»Das kann ich wirklich sehr gut nachvollziehen«, bemerkte Hanne verständnisvoll.

Tannenberg brummte, nickte dankbar. Doch plötzlich wurde ihm die Mehrdeutigkeit dieser Aussage schmerzlich bewusst. Mit einem Mal erinnerte er sich nämlich daran, welchem Psychoterror Hanne durch diesen Stalker ausgesetzt war. Er schämte sich, dass er angesichts dieser gravierenden Vorfälle solch einen Blödsinn geredet hatte. »Darf ich Sie mal etwas Persönliches fragen?«

»Selbstverständlich. Sie immer. Wo Sie doch heute Morgen quasi so etwas wie mein Beichtvater gewesen sind.«

Super, sie betrachtet mich als ihren Beichtvater. Na ja, biologisch könnte ich ja auch tatsächlich ihr leiblicher Vater sein. Ich bin ein väterlicher Freund – na, toll! Er verscheuchte diesen niederschmetternden Gedanken.

»Ich hab mich ehrlich gesagt ein wenig darüber gewundert, dass Sie heute Nachmittag noch im Institut waren, als ich angerufen habe. Wollten sie nach der Sache mit diesem Stalker nicht lieber gleich nach Hause gehen?«

»Nein, Herr Tannenberg«, erwiderte Hanne mit leiser, trotzdem aber sehr fester Stimme, »man darf solchen Menschen nicht mit Schwäche begegnen. Zumindest nicht in der Öffentlichkeit. Das ist eine Frage der Selbstdisziplin. Und Disziplin wurde in unserer Familie stets sehr großgeschrieben.«

Adelserziehung eben, sinnierte der Kriminalbeamte. Was für eine beeindruckende, starke Frau!

»Ach, übrigens liegen die Bücher über die mittelalterlichen Waffen bei mir im Auto. Was wollen Sie denn eigentlich damit?«

Der Kriminalbeamte zögerte.

Hanne verstand sofort. »Pardon, Herr Tannenberg. Eigentlich müsste ich wissen, dass Sie gar nicht darüber reden dürfen.« Sie tätschelte kurz seine Hand. »Außerdem wollen wir uns ja einen schönen Abend machen, so ganz ohne Mord und Totschlag.«

Tannenberg antwortete mit einem dankbaren Lächeln. Dann drehte er den Kopf zur Seite und warf einen verklärten Blick aus dem Fenster. Draußen war es inzwischen fast dunkel geworden. Menschen, Autos und Leuchtreklamen huschten wie Spukgestalten an ihm vorbei. Er bettete sein Kinn auf den Daumenballen seiner geöffneten rechten Hand und bog die Nase ein wenig zum Ohr hin. Mit Hilfe dieser etwas grotesken Trichterkonstruktion versuchte er die Duftspur zu erschnüffeln, die Hannes Gesicht vorhin auf seiner Wange hinterlassen hatte. Er schloss die Augen und sog den zarten Parfümgeruch genüsslich in sich auf.

Die nächtliche Fahrt führte in südlicher Richtung stadtauswärts.

»Haben Sie auch nur den Hauch einer Idee, wo der Busfahrer uns hinbringen könnte?«, fragte Wolfram Tannenberg, kurz nachdem sie den Prachtbau des neuerrichteten Fraunhofer-Instituts passiert hatten. »Nach Landau oder vielleicht nach Karlsruhe?«

»Vielleicht eher nach Trippstadt«, meinte Hanne

schmunzelnd. »Da gab's letzten Sommer eine exquisite Carmen-Aufführung. Opern-Openair im Schlosspark.« Sichtlich amüsiert über diesen Zungenbrecher machte sie eine wegwerfende Handbewegung. »Nein. Das hätte sicherlich im Vorfeld jemand von uns mitbekommen.«

»Na, hoffentlich nicht zur Jammerhalde«, sprudelte es aus Tannenberg, ohne dass er seine Sprechwerkzeuge dazu autorisiert hatte.

Während er am liebsten diesen Satz wieder in seinen Mund zurückgeschoben hätte, lachte Hanne auf und zeigte in Richtung der Rothen Hohl. »Stimmt, da vorne am Parkplatz kommt ja gleich der Waldweg zur Jammerhalde.«

Tannenbergs Verblüffung stand ihm deutlich ins Gesicht geschrieben. »Woher wissen Sie das denn?«

»Als Tochter eines Waldbesitzers und leidenschaftlichen Jägers kennt man sich zwangsläufig in den Wäldern seiner Heimat aus«, erklärte sie. »Selbst, wenn man viele Jahre lang durch die Welt gezogen ist, verliert man diese Ortskenntnis nicht. Und seitdem ich wieder hier in der Gegend auf die Jagd gehe …«

»Was, Sie sind Jägerin?«, brach es förmlich aus Tannenberg heraus.

»Das hätten Sie wohl nicht erwartet, oder?«

»Ähm, na ja …«

»Sie sind wohl auch einer von den Männern, die meinen, dass Frauen bei der Jagd nichts zu suchen hätten, oder täusche ich mich da gravierend?«

Noch bevor Tannenberg seine Lungen fertig aufgepumpt hatte, fuhr Hanne fort: »Die Jagdleidenschaft habe ich von meinem Vater in die Wiege gelegt bekommen. Er war nämlich derart schockiert darüber, dass ihm meine Mutter nicht den erwünschten Stammhalter geschenkt hat, dass er mich aus lauter Wut darüber wie einen Jungen erzogen hat. Übrigens habe ich dieser Tatsache auch meinen Vornamen zu verdanken.«

»Welcher Tatsache?«

Hanne drehte den Kopf zu ihrem Sitznachbarn hin und flüsterte ihm ins Ohr: »Wenn du schon kein wehrhafter Mann werden kannst, sollst du wenigstens den Vornamen einer kämpferischen Frau tragen«, soll er bei meiner Taufe lauthals verkündet haben: »Und zwar denselben wie Johanna von Orleans.«

»Sie machen auf mich aber gar keinen kämpferischen Eindruck«, versetzte Tannenberg, dessen Mimik noch immer seinen ausgeprägten Verwirrungszustand dokumentierte.

Hannes Augen funkelten bedrohlich. »Warten Sie's ab. Sie sollten mich besser nicht unterschätzen.« Unvermittelt verflüchtigte sich das herausfordernde Lächeln aus ihrem Gesicht und wurde durch bedeutend ernstere Züge ersetzt. »Der Gedanke an die Jammerhalde stimmt mich immer ziemlich traurig. Obwohl seit diesen fürchterlichen ...«, sie hielt kurz inne, schluckte hart, »Ereignissen nun schon fast 35 Jahre vergangen sind.«

Tannenberg taxierte sie nun mit einem noch verdutzteren Blick. Hat sie sich eben versprochen, oder habe ich mich eben verhört?, fragte er sich.

»Sie meinen vor über 350 Jahren, nicht wahr?«, versuchte er in sanftem Ton zu korrigieren.

»Nein, nein.« Hanne wiegte energisch den Kopf hin und her. »Kurz vor meiner Geburt sind meine Tante, also die Schwester meiner Mutter, und ihr Ehemann an der Jammerhalde ermordet worden. Sie waren gerade frisch verheiratet.«

Entsetzt warf Tannenberg die Hand vor den Mund. »Dann waren die beiden ja Opfer dieses sogenannten Liebespaar-Mörders. Oh je, ist das schrecklich.« Er tippte sich leicht an die Stirn. »Jetzt ist mir auch klar, wieso mir heute Nachmittag beim Aktenstudium dieses alten Falls Ihr Familienname nicht untergekommen ist. Ihre Tante hatte wohl den Namen ihres Mannes angenommen.«

Hanne nickte. Sie begann, heftig an ihrem Arm herumzukratzen. »Meine arme Mutter hat damals so sehr gelitten, dass die Wehen vorzeitig eingesetzt haben und ich sechs Wochen zu früh zur Welt gekommen bin. Sie war derart geschwächt, dass sie um ein Haar bei meiner Geburt gestorben wäre.«

Ach, du Schande, dachte Tannenberg, während er betroffen auf Hannes Arm schaute, der an der malträtierten Stelle bereits stark gerötet war. Und schon wieder diese verdammte Zahl 35!

Johanna von Hoheneck bemerkte plötzlich seinen Blick. In einer abrupten Bewegung hielt sie inne, spreizte ihre Hand und überdeckte damit die aufgekratzte Haut.

Eine Weile wanderte das Schweigen zwischen den beiden hin und her. Doch kurz vor der Abzweigung nach Trippstadt ergriff Hanne erneut das Wort. Ihre Beklemmung schien mit einem Male wie weggeblasen:

»Kennen Sie eigentlich den Weiherfelderhof?«, strahlte sie ihren Begleiter an.

»Aber sicher, der liegt ja gleich da vorne. Das ist doch dort, wo immer die vielen Pferde auf der Koppel stehen. Aber, was heißt kennen? Ich bin schon oft daran vorbeigefahren. Warum fragen Sie?«

»Da bin ich geboren und aufgewachsen – und da wohne ich inzwischen auch wieder.« In einen Seufzer hinein ergänzte sie mit einem ironischen Unterton versehen: »In meinem Alter sollte man wohl nicht mehr unbedingt mit Mama und Papa gemeinsam unter einem Dach leben. Aber das Hotel Mama hat durchaus auch seine angenehmen Seiten.«

Davon wusste der Kriminalbeamte nun wirklich ein Lied zu singen.

»Außerdem bin ich dort meinen geliebten Pferden ganz nah«, vollendete Hanne.

»Und Sie sind sicher vor diesem verrückten Fritsche.«

Gleich nachdem ihm diese unbedachten Worte über die Lippen gekommen waren, ärgerte er sich maßlos über sich selbst: Du elender Vollidiot!, schimpfte er tonlos auf sich ein. Musst du sie denn jetzt auch noch daran erinnern. Du bist wirklich der unsensibelste Trampel weit und breit.

Johanna schien sich jedoch von dieser Bemerkung nicht ihre Vorfreude auf das geheimnisvolle Überraschungsevent verderben lassen zu wollen. »Da haben Sie recht«, antwortete sie schmunzelnd. »Wenn ich ins Aschbachtal einfahre und unser Gestüt sehe, komme ich sofort auf andere Gedanken. Bei uns gibt es auch immer so viel Arbeit. Da kann man sich wunderbar ablenken.«

Tannenberg schickte ein inbrünstiges Gebet gen Himmel: Bitte, lieber Gott, mach, dass sie mich jetzt nicht fragt, ob ich Pferde mag und ob ich reiten kann. Bitte, bitte.

Der HERR erhörte offenbar sein Flehen, denn Hanne hing schweigend ihren Gedanken nach. Er war heilfroh, dass dieses Thema damit für sie erledigt schien. Mit Pferden hatte er nämlich absolut nichts am Hut.

10

Als sich der Luxus-Reisebus der Abzweigung nach Stelzenberg näherte, dachte Wolfram Tannenberg unweigerlich zurück an seinen vorletzten Fall. Des zweifachen Mordes verdächtigt, hatte er sich damals bei seiner Flucht vor den eigenen Kollegen und einem Profikiller zeitweise in den Stelzenberger Höhlen versteckt.

Während er sich gedanklich mit den schmerzlichen Erinnerungen an diesen teuflischen Komplott beschäftigte, erreichte der Bus den neuen Verkehrskreisel, den irgendwelche genialen Schreibtischtäter bei Langensohl in die vormals absolut intakte Straßenführung hineingepflanzt hatten.

So ein völlig überflüssiger Schwachsinn, schimpfte Tannenberg im Stillen. Der hat garantiert eine schöne Stange Geld gekostet. Das Geld hätte man bedeutend sinnvoller zur Reparatur der vielen Krater in den Straßendecken verwenden können. Diese unfähigen Provinzbürokraten müssen auch wirklich jedem noch so albernen Modetrend hinterherhecheln.

Doch nur wenige Sekunden später revidierte er seine Meinung radikal. Die Fliehkräfte hatten ihm nämlich einen direkten Körperkontakt zu Hanne verschafft, den er nur den extremen Lenkbewegungen des Busfahrers zu verdanken hatte. Schulter an Schulter konnte er abermals ihren verführerischen Körperduft einsaugen.

Sie hat überhaupt nicht abweisend reagiert, sondern gelächelt, sogar *vieldeutig* gelächelt. So als ob es ihr gar nicht unrecht war, dass ich ihr so nahe auf die Pelle gerückt bin, dachte Tannenberg.

Das bildest du dir doch nur ein, du Traumtänzer!, warf ihm seine innere Stimme mal wieder einen dicken Knüppel zwischen die Beine. Hast du dich überhaupt rasiert und deodoriert?

Reflexartig schnellte seine Hand zum Kinn und strich prüfend darüber hinweg. Gott sei Dank hab ich mich rasiert! Er drehte den Kopf zum Fenster hin, schob zwei Finger in den Hemdkragen und drückte den Stoff nach außen. Was er da gerade erschnüffelte, roch bei weitem nicht so unangenehm, wie er befürchtet hatte.

Erleichtert richtete er den Blick auf die ersten Häuser, die hinter einer Straßenbiegung auftauchten. Plötzlich erklangen ihm die Carmen-Lobeshymnen seines Bruders im Ohr. Gemeinsam mit seiner Ehefrau Betty hatte das kunst- und kulturbegeisterte Ehepaar selbstverständlich an diesem ›Mega-Kultur-Event‹, wie sie es genannt hatten, teilgenommen. Tagelang hatten sie von nichts anderem gesprochen.

Oh je, hoffentlich nicht dieses laute Freiluft-Geplärre, stöhnte Tannenberg innerlich auf. Sein Flehen wurde offensichtlich abermals von höchster Stelle erhört, denn der Reisebus bog in Trippstadt hinter dem Hotel Schwan nicht nach rechts zum Schloss ab, sondern folgte der abknickenden Vorfahrtsstraße in Richtung Antonihof. Also geht's wohl doch nach Landau oder Karlsruhe. Na, dann hab ich ja wenigstens noch eine Stunde Galgenfrist bis zu dieser kulturellen Zwangsbeglückung.

In ausgelassener Stimmung wechselten Tannenberg und Hanne übergangslos von einem Smalltalkthema zum anderen. Während sie munter miteinander plauderten, machte sich plötzlich Unruhe unter den Businsassen bereit. Das Stimmengewirr schwoll an, einige der Fahrgäste erhoben sich sogar von ihren Plätzen.

Erst jetzt bemerkte Tannenberg, dass der Reisebus seine Geschwindigkeit verlangsamt hatte und gerade von der B 48 abbog. Irritiert schaute er aus dem Fenster.

»Johanniskreuz«, murmelte er. »Was sollen wir denn mitten in der Nacht in Johanniskreuz? Da liegen doch normalerweise nur Hund und Katze begraben.« In Anspielung auf die Landesforstbehörde, den Träger des hier angesiedelten ›Hauses der Nachhaltigkeit‹, ergänzte er grinsend: »Obwohl: Ab und an findet man hier auch mal einen betrunkenen Forstbeamten im Gebüsch.« Das letzte Wort blieb ihm fast im Halse stecken, denn diesen Begriff koppelte sein Gehin unweigerlich mit der Assoziation ›Kreilinger‹.

Hanne überhörte diesen vermeintlich humoristischen Einwurf. »Das würde ich auch liebend gerne wissen«, pflichtete sie ihm bei. »Aber hab ich's Ihnen denn nicht gleich gesagt: Diese Überraschungsevents haben es wirklich in sich. Ist das nicht Spannung pur?«

Tannenberg ließ ein undefinierbares Grunzgeräusch verlauten. Er erinnerte sich daran, dass in Johanniskreuz ab und an Kirchentage abgehalten wurden. Auch von Wald-Gottesdiensten für Motorradfahrer, die im Sommer Johanniskreuz als ihr Mekka betrachteten, hatte er schon gehört. Aber ein Konzert oder eine Oper – hier oben? Und dann auch noch mitten in der Nacht. Neugierig erhob er sich von seinem Sitz.

Der Bus ruckelte in langsamer Fahrt über den mit Schlaglöchern übersäten Waldweg.

»Ein Lagerfeuer?«, stieß der Kriminalbeamte verblüfft aus, als er durch die Frontscheibe den riesigen Feuerschein entdeckte.

Soll das etwa ein richtig uriger Germanen-Event werden? Mit viel Met und Klampfenmusik am Lagerfeuer? Wäre schließlich auch so etwas ähnliches wie Kultur. Quatsch, die hatten ja noch gar keine Klampfen, korrigierte er sich in Gedanken. Aber vielleicht wird das ja auch ein neues Woodstock. Jetzt ein richtig gutes Hardrockkonzert, am besten mit Deep Purple – das wär's!

»Woodstock«, brummelte er in ein mühevoll unterdrücktes Lachen hinein.

»Bitte?«, fragte Hanne.

»Ach, nichts weiter«, entgegnete Tannenberg. »Ich hab nur gerade an ein lustiges Wortspiel denken müssen.«

»An welches denn?«, bohrte die attraktive Historikerin weiter.

Tannenberg hatte Glück, denn unverhofft sprang ihm der Intendant des Pfalztheaters zur Seite. »Meine sehr verehrten Damen und Herren«, begann der großgewachsene, ausgesprochen edel gekleidete Endvierziger, »ich freue mich sehr, Ihnen heute Abend etwas ganz Besonderes präsentieren zu dürfen.«

Der Bus kam knirschend auf einem geschotterten Parkplatz zum Stillstand. In der Zwischenzeit hatten alle Insassen wieder Platz genommen und lauschten nun erwartungsvoll den wohlgeformten Worten des Intendanten.

»Wie Sie sehen, haben wir Sie heute Abend nach Johanniskreuz entführt.« Er ließ seinen ausgestreckten Arm eine ausladende Bewegung durchführen und sagte dabei: »Wir befinden uns hier im Zentrum des deutschen Teils des Bio-sphärenreservats Pfälzerwald-Nordvogesen. Und zwar auf dem Gelände des sogenannten ›Hauses der Nachhaltigkeit‹. Viele von Ihnen werden sich jetzt sicherlich fragen: Schön, aber was hat das denn mit Kul-tur zu tun? Das ist doch wohl Natur.«

Damit hatte der Intendant exakt Tannenbergs aktuellen Gedankengang ausgesprochen.

»Natur und Kultur. Zwei dichotome Begriffe?«, dozierte der Intendant weiter.

An dieser Stelle klinkte sich Wolfram Tannenberg aus dem Vortrag aus. Er lehnte sich gelangweilt in seinem Sitz zurück, drehte den Kopf zur Seite und schloss die Augen. Angestrengt versuchte er, Hannes bildhübsches Gesicht auf seine innere Leinwand zu projizieren.

»Der Leiter der Kaiserslauterer Mordkommission wird hier gleich erscheinen«, vernahm er urplötzlich die anschwellende Stimme des Pfalztheater-Intendanten.

Tannenberg fuhr der Schreck in alle Glieder. Sein Herz raste wie ein wildgewordener Elektromotor. Er krallte sich an der Sitzfläche fest. Völlig perplex starrte er zu Hanne, die ihm mit gleichsam verdutzter Miene entgegenblickte.

Unterdessen fuhr der redegewandte Intendant fort: »Sie werden heute Abend etwas wirklich Einzigartiges erleben. Sie werden Zeuge eines spektakulären Kultur-events.« Aus dramaturgischen Gründen legte er nun eine kleine Pause ein, während der er theatralisch den Zeigefinger in die Höhe reckte. »Aber Sie werden nicht nur Zeuge eines solchen Megaevents werden.«

Nun stach er mit seinem Finger wie ein Florettfechter auf die vor ihm sitzenden, gebannt seinen Worten lauschenden Menschen ein. »Nein, Sie alle werden in den nächsten Stunden Teil einer Performance, einer künstlerischen Inszenierung werden, wie sie es meines Wissens noch niemals zuvor gegeben hat.«

Er hielt abermals inne, um sich wohl der Wirkung seines Überraschungscoups zu vergewissern. Selbstzufrieden registrierte er, dass die Blicke der Businsassen wie festgeklebt an seinen Lippen hafteten.

»Um es noch einmal zu wiederholen«, sprach er endlich weiter: »Sie sind heute Abend nicht wie üblicherweise nur Konsumenten eines exklusiven Überraschungs-Kulturprogramms, sondern Sie sind selbst Teil eines literarischen Kunstprojektes. Der Künstler, der sich Ihnen erst nachher zu erkennen geben wird, hat versprochen, diese Krimi-Performance in seinen ersten Roman einzubauen. Ist diese Inszenierung nicht eine phantastische Idee?«

»Doch, doch«, erklang ein vielstimmiger Chor.

Wie der mahnende Taktstock eines Dirigenten schnellte der Zeigefinger des Intendanten nach oben. »Noch etwas, meine werten Gäste: Ich habe eine weitere kleine, aber feine Überraschung für Sie parat: Dieser Event wird umrahmt von einem exquisiten 4-Gänge-Menü, das der Küchenchef des Hotels ›Zum Schwan‹

eigens für diesen Anlass kreiert hat. Mehr will ich nun aber nicht verraten. Genießen Sie diesen außergewöhnlichen Abend. Er möge Ihnen noch lange in Erinnerung bleiben.«

Stürmischer Applaus brandete auf. Wolfram Tannenberg wollte sich diesem aus verständlichen Gründen allerdings nicht anschließen. Während die Kulturfetischisten aus dem Bus hinausdrängten, blieb er wie festgefroren auf seinem Platz sitzen. Am liebsten hätte er den Bus überhaupt nicht verlassen. Doch Hanne packte seine Hand und zog ihn mit sich. Lethargisch kletterte er die Stufen hinunter und ließ dabei seinen Blick über die Köpfe der Eventgäste schweifen.

Zentraler Blickfang war ein riesiges Lagerfeuer, das von niedrigen Sandsteinfindlingen umrahmt, Funkenfontänen in den blauschwarzen Nachthimmel hineinsprühte. Ihm direkt gegenüber flackerte im gelblichen Feuerschein die aus Holzflächen und großen Fensterfronten bestehende Fassade eines Flachdachgebäudes. In den Scheiben des ›Hauses der Nachhaltigkeit‹ spiegelte sich ein bizarres Szenario aus schwarzgekleideten Gestalten, wildromantischer Waldkulisse und einem lodernden Flammenmeer wieder.

»Dieses Ambiente hat etwas makaber-archaisches. Spüren Sie dieses Knistern nicht auch?«, flüsterte Hanne. Bevor Tannenberg jedoch etwas antworten konnte, schob sie im Anschluss an einen tiefen, schnellen Atemzug nach: »Und wie das duftet. Dieser aromatische Holzgeruch – einfach wunderbar.«

Plötzlich peitschte ein Schuss durch die nächtliche Stille. Die Eventteilnehmer zogen reflexartig die Köpfe ein, manche duckten sich sogar. Mit einem Schlag waren die Gespräche verstummt. Während der Schuss immer noch nachhallte, ertönte von der B 48 her ein markdurchdringendes Sirenengeheul. Alle Köpfe wandten sich zur Geräuschquelle hin. Mit kreisendem Blaulicht schoss ein roter Passat-Variant um die Ecke. Der Fahrer legte eine Vollbremsung hin, schaltete die Signalanlage aus und sprang aus dem Auto.

»Hier soll ein Mord passiert sein«, schrie ein jüngerer, mit Jeans und T-Shirt bekleideter Mann in die Menge. Er eilte am Lagerfeuer vorbei und verschwand rechts dahinter in der Dunkelheit.

Aha, mein Kollege ist gerade erschienen, schlussfolgerte der leitende Kriminalbeamte. Seine sowieso schon ziemlich düstere Miene verdunkelte sich noch ein wenig mehr. Oder soll dieser komische Kasper da etwa mich selbst darstellen?

Wie ein Blitz aus heiterem Himmel verflüchtigte sich sein Unmut über diese heimtückische Laune des Schicksals, die ausgerechnet ihn in solch eine groteske Situation gebracht hatte. An dessen Stelle trat ein Gefühl des blanken Hasses auf diesen selbsternannten Künstler und diese alberne Farce, die Tannenbergs gesamten Berufsstand der Lächerlichkeit preisgab.

Spektakulärer Kulturevent, dass ich nicht lache!, grollte es in seinem Innern. Nichts als billigster Klamauk!

Vom stockfinsteren Wald her dröhnte plötzlich die Stahlnetzmelodie. Nach den ersten Takten flammte ein greller Leuchtstrahler auf. In seinem Lichtkegel entdeckten die Zuschauer eine ausgestreckte menschliche

Gestalt. Sie lag wie auf einem Altar oben auf einer Sandsteinplatte. Ein Raunen ging durch die Menge. Ob es sich dabei um eine Schauspielerin oder um eine Puppe handelte, war vom Lagerfeuer her nicht zu erkennen. Die Gestalt war bis auf die Schuhe vollständig bekleidet. Der angebliche Leichnam war mit Waldschmuck dekoriert, ein ausgewachsener Hexenpilz verdeckte die Kehle.

Das gibt's doch nicht, schoss es Tannenberg durchs Hirn. Die spielen doch allen Ernstes meinen ersten Fall nach.

Diese schockierende Erkenntnis behielt er jedoch besser für sich. Er entschuldigte sich bei Hanne und machte sich auf den Weg zur Toilette. Im Foyer des Gebäudes kippte er in einem wahren Sturztrunk gleich drei Gläser Sekt in sich hinein.

Gerade als er den Reißverschluss seiner Hose nach unten zog, gesellte sich ein kleinerer, stark nach billigem Rasierwasser riechender Mann zu ihm.

»Ich bin ja so aufgeregt«, plapperte dieser sogleich los. »Ich hab in fünf Minuten meinen nächsten Auftritt. Und das vor diesen vielen Leute. Die sind bestimmt megakritisch. Und ich muss jetzt vor ihnen lesen. Aus meinem Buchprojekt. Das ist doch mein erster Krimi-Event. Und dann auch noch diese aufwendige Performance. Da muss alles stimmen. Oh Gott, hoffentlich geht das gut. Bitte drücken Sie mir ganz fest die Daumen.«

Einen Teufel werde ich tun, du blöder Dampfplauderer!, schimpfte Tannenberg tonlos. Kupfert mir meinen ersten Fall ab und erwartet dann auch noch Unterstützung von mir. Gerade von mir. Das ist doch wohl die Höhe!

»Ich bin eigentlich von Haus aus Journalist«, nahm das unerwünschte Gequassel seinen Fortgang. »Aber ich hab leider noch keinen Job gefunden. Deswegen versuche ich mein Glück eben mal als Aktionskünstler. Eine Krimi-Performance im Wald, das ist doch die absolute Marktlücke im Kulturbereich. Was meinen Sie?«

Tannenberg räusperte sich. »Kann schon sein«, brummelte er. Solch eine affige Lachnummer soll Kunst sein?, ergänzte er in Gedanken. Um Himmels willen, wo hat sich unser ehemaliges Land der Dichter und Denker inzwischen bloß hinentwickelt?

»Das, was ich eben erlebt habe, muss ich unbedingt verarbeiten«, sagte der Künstler. Damit wollte er anscheinend eine interessierte Nachfrage provozieren. Da Tannenberg jedoch eisern schwieg, schob er nach: »Ein Waldarbeiter hat mir gerade den perfekten Mord präsentiert: Sie haben doch auch schon im Wald diese vom Sturm umgeworfenen Bäume gesehen. Die mitsamt ihren Wurzeln aus der Erde herausgerissen wurden. Wenn man nun eine Leiche unter solch einen Baumteller legt und dann den Stamm abschneidet.« Er versetzte seinem Nebenmann einen leichten Schubs mit der Schulter. »Na, was passiert dann? Ganz einfach: Der Baumteller richtet sich wieder auf und die darunter begrabene Leiche bleibt für immer verschwunden. Einfach genial, oder?«

Der Kriminalbeamte lupfte kommentarlos die Schultern. Im Stillen formulierte er eine interessante Frage: Wie viele Mordopfer liegen wohl unter pfälzischen Baumtellern vergraben?

»Was sind Sie denn von Beruf?«

Diese Frage kam so unvermittelt, dass Tannenberg sich an seiner eigenen Spucke verschluckte. Er wurde von einem regelrechten Erstickungsanfall heimgesucht, Tränen schossen ihm in die Augen. Er stürmte zum Waschbecken, trank hastig ein paar Schlucke Wasser. Nachdem sich seine Atmung wieder einigermaßen normalisiert hatte, blickte er sich suchend um. Aber der hektische Aktionskünstler war verschwunden.

So sind diese modernen Kulturträger, dachte er bei sich: Angeblich geniale Kunst schaffen, aber noch nicht mal nach dem Pinkeln die Hände waschen!

Der Alkoholkonsum zeigte zwar bereits ein wenig Wirkung, aber die Narkosedosis reichte bei weitem noch nicht aus, um diesen Horrortrip ertragen zu können, fand Tannenberg. Deshalb leerte er im Vorraum zwei weitere Sektkelche. Dabei stieß er auf einen Büchertisch, auf dem die Werke regionaler Krimiautoren feilgeboten wurden. Er bedachte die Auslage lediglich mit einem verächtlichen Blick.

»Unfähiges Schreiberpack!«, zischte er im Vorübergehen den wehrlosen Büchern entgegen. »Diese Typen können weder schreiben, noch haben sie auch nur den blassesten Schimmer von unserer Berufspraxis.«

Als er hinaus ins Freie trat, stand er plötzlich vor einer aus einem Baumstamm geschnitzten, furchterregenden Holzskulptur: einem mannshohen Waldschrat mit überdimensioniertem Kopf. Er riss seinen Blick davon los und schaute in Richtung des Lagerfeuers. Als er Hanne entdeckte, wurde ihm gleich wieder wohlig warm ums Herz und sein Pulsschlag beschleunigte sich.

Während die Umgebung nun mit der bekannten Kriminaltango-Melodie beschallt wurde, lag der angebliche weibliche Leichnam immer noch an derselben Stelle im gleißenden Scheinwerferlicht, umringt von neugierigen Eventgästen.

Nachdem der Kriminaltango verklungen war, durchschnitt ein gellender Schrei die kurzzeitig eingekehrte Stille. Das Bühnenlicht erlosch. Dafür flammte etwa fünfzig Meter rechts davon ein anderer Leuchtkörper auf.

Nun wusste Tannenberg auch endlich, wo sein aufdringlicher, hygienefeindlicher Toilettennachbar abgeblieben war. Dieser dampfplaudernde Selbstdarsteller, den er vorhin lediglich aus den Augenwinkeln heraus wahrgenommen hatte, hatte ihn sofort an irgendjemanden erinnert. Er hatte kurz darüber nachgedacht, aber es war ihm partout nicht eingefallen. Doch nun tauchte vor seinem geistigen Auge das passende Bild dazu auf: Dieser Mann erinnerte ihn an Marco Kern, den profilneurotischen Moderator der *10-Millionen-Euro-Show*, die im letzten Herbst in der Fruchthalle gastiert hatte.

Der hat auch immer gemeint, dass überall, wo er auftaucht, sich sofort ein Spotlight auf ihn richten müsse, dachte Tannenberg kopfschüttelnd.

Der selbsternannte Aktionskünstler saß auf einer klotzigen Holzbank, die inmitten einer kahlen Lichtung positioniert war. Von Tannenbergs Standpunkt aus gesehen wurde der Autor linker Hand von zwei aus einem Baumstumpf herausgeschnitzten Wildschweinen beobachteten. Ein weiterer Punktstrahler wurde eingeschaltet und beleuchtete drei riesengroße Holz-Steinpilze, die circa zehn Meter rechts hinter der rustikalen Bank aus der Wiese wie Mahnmale herausragten. Diesen Anblick konnte Tannenberg nicht mehr ertragen. Das war nun eindeutig zu viel für ihn.

»Mir tut mein Rücken vom langen Stehen weh«, stöhnte er mit leidvoller Miene. »Ich muss mich dringend mal hinsetzen, Frau von Hoheneck.« Er wies hinüber zu einem Holzpavillon, in dem ein Biowinzer seine Produkte kredenzte. »Kommen Sie mit?«

»Nein, ich möchte mir erst noch die Lesung fertig anhören«, wisperte Hanne. »Gehen Sie schon mal vor, ich komme dann nach.«

Ihr Begleiter nickte und schlenderte hinüber zum Weinpavillon. Er bestellte sich einen Chardonnay. Sein Blick fiel hinüber zu einem grauen Holzschuppen, neben dem sich die Silhouette einer Holzrückmaschine abzeichnete. Etwas versetzt davor, und dadurch besser erkennbar, stand ein Werkzeugcontainer. Er ähnelte frappierend demjenigen, den die Waldarbeiter an der Jammerhalde benutzten.

Ob da auch Praxen drin lagern?, fragte er sich. Sollte ich mich eigentlich nicht mal bei meinen Kollegen erkundigen, wie die Ermittlungen laufen? Quatsch, die melden sich schon bei mir, wenn es etwas Neues gibt.

Reflexartig griff er an seine Hose, wo er sein Handy ertastete. Er zog es heraus und stellte lächelnd fest, dass es gar nicht eingeschaltet war. Das soll auch so bleiben, beschloss er grinsend und nahm einen tiefen Schluck Wein. Mit dem Glas in der Hand trottete er zu einer Holzbank, die unter einer haushohen Buche aufgestellt war. Von hier aus hatte man einen ungetrübten Blick auf das laut knackende, prasselnde Lagerfeuer. Es vergingen kaum mehr als ein paar Minuten, bis Hanne sich neben ihn setzte.

»Sie müssen es wohl vorausgeahnt haben, Herr Tannenberg«, meinte sie lächelnd: »Die ausgewählten Textpassagen dieses Wald- und Wiesenpoeten sind in literarischer Hinsicht mehr als enttäuschend. Regelrechtes Groschenroman-Niveau.« Sie seufzte. »Na ja, hoffentlich entspricht das Menü wenigstens den von unserem werten Herrn Intendanten geschürten Erwartungen.«

»Sind Sie jetzt enttäuscht?«

»Aber, nein doch!«, versetzte sie mit energischer Stimme. »Allein schon dieses Lagerfeuer war die Reise wert.« Sie schaute hinunter zum Saum ihres etwa zwei Handbreit über die Knie emporgerutschten Kleides. »Nur hab ich den Eindruck, dass mein Outfit nicht unbedingt diesem doch eher rustikalen Ambiente entspricht.« Sie lachte und gab dabei ihre strahlendweißen Zähne frei.

Verlegen wich Tannenberg ihrem Blick aus.

»Ja, ja, wir Menschen und die Magie des Feuers. Eine uralte Geschichte. Das war schon in der Steinzeit so. Und ist«, sie brach ab und bedachte ihn mit einem funkelnden Blick, »wie man an uns beiden sieht, auch heute noch so. Das steckt einfach ganz tief in uns drin. Haben Sie denn gewusst, dass sich unser genetisches Material von dem der Steinzeitmenschen noch nicht einmal um einen einzigen Prozentpunkt unterscheidet?«

Rainer würde jetzt garantiert behaupten, dass *meine* Gen-Ausstattung sogar *hundertprozentig* mit der unserer angeblich so primitiven Vorfahren übereinstimmt, ergänzte Tannenberg für sich.

»Wissen Sie was«, fuhr Johanna von Hoheneck fort, »ich besorg mir jetzt ebenfalls einen guten Wein und dann philosophieren wir beide munter weiter drauflos. Sollen die anderen sich ruhig diesen unfähigen Schmalspurpoeten anhören.«

Plötzlich zuckte sie zusammen, packte Tannenbergs Arm und zog ihn zu sich auf den Schoß.

»Was ist denn?«

Mit offenem Mund riss Hanne den anderen Arm nach oben, warf ihn in Richtung des Waldweges. »Da, da hinter dem Baum!«

»Wo? Ich seh nichts? Was soll da sein?«

Johannas verkrampfte Körperhaltung normalisierte sich wieder. Sie rang nach Atem, stieß ihn geräuschvoll aus. »Ich dachte, ich hätte eben Alexander gesehen.«

»Was, diesen Stalker?«

»Ja. Aber wahrscheinlich hab ich mich nur wieder einmal getäuscht.«

»Bestimmt, denn meine Kollegen werden ihn nach dem Vorfall heute Morgen garantiert in die Psychiatrie gebracht haben.«

»Sie haben sicher recht.« Hanne wiegte den Kopf hin und her. »Ich glaube, ich sehe manchmal schon Gespenster.«

»Kein Wunder, so etwas belastet einen ja auch ziemlich.«

»Leider.« In einen tiefen Stoßseufzer hinein ergänzte sie: »Aber davon darf man sich nicht die Lebensfreude vermiesen lassen. – Wo waren wir stehengeblieben?«

»Bei der Magie des Feuers.«

»Ach, ja, richtig. Und da machen wir am besten auch gleich weiter.« Sie kramte in ihrer Handtasche und fischte einen kleinen Geldbeutel heraus.

»Ist das Ihr Familienwappen?«, fragte Tannenberg mit erstaunter Mimik, als er das in schwarzem Leder eingeprägte Emblem entdeckte.

»Bitte? Ach so, Sie meinen die Geldbörse. Das ist nur so ein Spleen meiner Mutter, ein Versuch, die alten Adelstraditionen aufrecht zu erhalten.«

»Weiße Lilien?«

»Ja, und zwar aus gutem Grunde. Der Sage nach wurde unsere Burg jahrhundertelang von einem Blütenmeer aus weißen Lilien vor der Einnahme geschützt. Jeder Angreifer war von dieser Pracht so fasziniert, dass er sich nicht getraute, sie zu zerstören.«

»Dann waren die Lilien ja so etwas wie ein Glücksbringer für Ihre Burg.«

»Ja, das kann man so sagen«, erwiderte Hanne lächelnd. Doch urplötzlich veränderte sich ihr Gesichtsausdruck. Sie zog die Stirn in Falten und presste die Lippen zusammen. Geistesabwesend begann sie, an den Perlen ihrer Halskette herumzuspielen. »Allerdings nur bis ins 17. Jahrhundert. Denn leider wurde unsere Burg im 30-jährigen Krieg dem Erdboden gleichgemacht.«

»Also etwa zu der Zeit, in der auch Kaiserslautern zerstört und entvölkert wurde«, murmelte Tannenberg vor sich hin.

»Richtig. Und zwar unmittelbar nach diesem sogenannten ›Kroatensturm‹. Ein Teil dieser multinationalen Söldnertruppe zog damals seine Blutspur auch über unsere Burg und über Hohenecken hinweg. Vermutlich waren es sogar dieselben Berserker, die kurz zuvor das Massaker an der Jammerhalde angerichtet hatten. Nachdem die einzelnen Truppenteile in der Gegend ausgiebig marodiert und gebrandschatzt hatten, haben sie sich an der heutigen Vogelweh wieder vereinigt und sind weiter nach Westen gezogen.«

»Das kann ich mir gut vorstellen, denn die Hohenecker Burg lag praktisch auf ihrem Weg zur Vogelweh. Die Entfernung von der Jammerhalde zur Burg beträgt ja auch höchstens anderthalb Kilometer.«

Tannenberg gefroren die Gesichtszüge. Auf der anderen Seite des riesigen Lagerfeuers waren drei Männer hinter dem lodernden Flammenmeer aufgetaucht und blickten genau in seine Richtung.

Hanne hatte seine Irritation offensichtlich bemerkt und war seinem entsetzten Blick gefolgt. Freundlich winkte sie den Männern zu, die nun ihrerseits zurückgrüßten.

»Kennen Sie diese Leute etwa?«, fragte er.

»Ja, natürlich. Der Herr rechts dürfte Ihnen inzwischen wohl auch bekannt sein. Sie haben ihn schließlich heute Morgen bei uns im Institut gesehen. Es ist Herr Klemens, der Mann, der die Küchler-Chronik gesucht hat. Und die beiden anderen Herren sind beim Forst beschäftigt. Der linke ist ein Waldarbeiter. Er heißt Cambeis. Und der andere ist Förster Kreilinger.«

»Woher kennen Sie die denn alle?«, modifizierte Tannenberg ein wenig seine Frage.

»Warum wundern Sie sich so darüber?«, wollte Hanne wissen. Sie ließ einen Moment verstreichen und schob dabei vorsichtig einen kleinen Tannenzapfen mit der Schuhspitze nach vorne. »Wir gehen manchmal gemeinsam auf die Jagd. Und außerdem gehören wir demselben Historikerverein an.«

»Welchem Historikerverein?«

»Wir betätigen uns in unserer Freizeit als leidenschaftliche Heimatforscher. Meine drei Kollegen sind schon seit vielen Jahren dabei. Ich bin erst nach meiner Rückkehr aus den Staaten zu ihnen gestoßen. Gemeinsam mit Alex.«

»Was, mit diesem Stalker?«

»Ja«, seufzte sie. »Aber damals war er noch ein sehr netter, hilfsbereiter Nachbar.«

»Um Gottes willen, Hanne, die kommen zu uns rüber.« Nun packte er ihre Hand, drückte sie fest. »Tun Sie mir einen großen Gefallen?«

»Ja, selbstverständlich.«

»Gehen Sie bitte zu ihnen. Ich will diesen Leuten heute Abend nicht über den Weg laufen.«

»Aber warum denn?«

»Erkläre ich Ihnen später.«

Ehe sich Hanne versah, war ihr Begleiter im Dunkeln verschwunden. Er verzog sich hinter die Rückmaschine und beobachtete, wie Johanna mit den drei Männern angeregt zu plaudern begann. Erst jetzt bemerkte er, dass er trotz der immer noch sehr angenehmen Außentemperaturen am ganzen Körper zitterte. Von hinten schlich er sich an den Weinstand und orderte einen weiteren Chardonnay. Er setzte sich im Schatten des Pavillons auf einen Baumstumpf. In hastigen Schlucken trank er den etwas zu warmen Weißwein. Langsam löste sich seine Verkrampfung. Er konnte wieder einigermaßen klare Gedanken fassen.

Wieso hab ich denn eben so panisch auf diesen Anblick reagiert?, drängten sich nagende Fragen in sein Bewusstsein.

»Geht es Ihnen nicht gut? Kann ich Ihnen irgendwie helfen?«, fragte der freundliche Biowinzer.

»Nein, nein. Es ist alles in Ordnung«, keuchte Tannenberg. »War nur ein sehr anstrengender Tag heute.«

»Ja, ja, den hab ich auch oft. Und da wirkt ein Gläschen guter Pfälzer Wein doch wahre Wunder. Darf ich Ihnen nachschenken?«

»Klar doch«, antwortete der Kriminalbeamte.

Während der geschäftstüchtige Weinbauer das Glas erneut befüllte, ertönte eine Lautsprecheransage. Die Eventgäste wurden zu einem Teich gebeten, an welchem der Aktionskünstler den nächsten Teil seiner Performance präsentieren wollte. Zudem wurde bekanntgegeben, dass gleich anschließend im ›Haus der Nachhaltigkeit‹ das Menü serviert werden würde.

Tannenberg ließ sich matt auf den Baumstumpf niedersinken und schaute hinüber zu der Stelle, wo Hanne und die drei Männer eben noch gestanden hatten. Doch sie waren alle verschwunden. Sein spähender Blick suchte das Areal ab. Er entdeckte zwar eine größere Menschenansammlung an der Südseite des Gebäudes, konnte aber weder Hanne noch einen der drei Männer darunter ausmachen.

Er hing noch eine Weile seinen wild durcheinanderhüpfenden Gedanken nach, dann erhob er sich und schlug sich in die Büsche – besser gesagt ins Unterholz. Während Tannenberg seine Notdurft verrichtete, dröhnte in voller Lautstärke die Tatort-Melodie aus den Lautsprecherboxen.

Trotz dieses Lärms hörte er deutlich ein krachendes, splitterndes Geräusch in seinem Rücken. Es stammte von seinem eigenen Hinterkopf.

11

Am späten Nachmittag dieses ereignisreichen Hochsommertages machte sich Jacob Tannenberg für seinen zweiten Abstecher in die Innenstadt fertig. Er liebte die Regelmäßigkeit. Feste Essenszeiten waren für ihn dabei genauso wichtig wie der zweimalige tägliche Stadtrundgang mit den damit einhergehenden Ritualen. Und dazu zählte unter anderem der Besuch des ›Tchibo‹-Stammtischs, wo er sich mit seinen Rentnerkollegen jeweils morgens pünktlich um 10 Uhr und nachmittags exakt um 16 Uhr traf. Außer sonntags natürlich – einem Wochentag, den der Senior nach seinem Renteneintritt am liebsten radikal aus dem Kalender gestrichen hätte.

Die Witterungsverhältnisse spielten bei seinen Exkursionen übrigens keine Rolle. Er ignorierte sie schlichtweg, egal ob es sich um zweistellige Minusgrade oder, wie gegenwärtig, um 33 Grad im Schatten handelte.

Nachdem ihm seine Ehefrau noch ein, zwei kleinere Erledigungen aufgetragen hatte, streifte er sein leichtes Sommerblouson über und verließ die Parterrewohnung. Als er die staubige Beethovenstraße entlangtrottete, kreisten seine Gedanken noch immer um eine E-Mail, die er vor etwa einer Stunde von einem befreundeten Ahnenforscher erhalten hatte.

Der Mann hatte Jacob um nähere Informationen zum ›Kroatensturm‹ gebeten. Obwohl dieser ehemalige Bürger der Barbarossastadt seit vielen Jahren in Bonn lebte,

waren ihm die spektakulären Ereignisse an der Jammerhalde nicht entgangen. Kein Wunder, denn die überre-
gionale Boulevardpresse präsentierte ihrer blutrünstigen
Leserschaft tagtäglich die aktuellen Neuigkeiten rund
um diesen außergewöhnlichen Kriminalfall. Natürlich
durfte dabei auch eine brodelnde Gerüchteküche nicht
fehlen.

Wie stets wählte Jacob den kürzesten Weg zur Fuß-
gängerzone. Dieser führte von seinem Haus aus über die
Glocken- und die Kerststraße und kreuzte am ehemaligen ›Flohkino‹ die Alleestraße. Gleich nach deren Über-
querung blieb er stehen und schaute sich suchend um.

Vorhin, als er ausführlich die E-Mail beantwortet
hatte, war plötzlich eine Inspiration in seinem Gehirn
aufgetaucht, die er nun in der Realität überprüfen wollte.
Er hatte sich nämlich daran erinnert, dass er irgendwo
etwas über einen Messingdeckel gelesen hatte, der in
der Nähe dieser Kreuzung in die Verbundsteinpflaster
eingelassen sein sollte. Bislang hatte er noch nie darauf geachtet.

Ziemlich schnell hatte er den Messingteller entdeckt,
der in unmittelbarer Nähe der Einmündung zum Grünen Graben ein weitgehend unbeachtetes Dasein fristete.
Er wies einen Durchmesser von etwa einem Meter auf
und zeigte einen reliefartigen Grundriss der Stadt im
17. Jahrhundert, also genau zu der Zeit, als sich Augustinus Tannenberg dort angesiedelt hatte.

Exakt an der Stelle, an der Jacob gerade stand, hatte
sich damals offensichtlich das Kersttor befunden. Beim
sogenannten ›Kroatensturm‹ waren zweihundert Bürger
durch dieses südliche Ausfalltor der Stadtmauer vor den

marodierenden Mörderbanden in die Wälder geflüchtet, wo sie später an der Jammerhalde niedergemetzelt wurden. Als er an diese Greueltaten dachte, kochte die Wut in ihm hoch. Mit grimmigem Mienenspiel verließ er diesen geschichtsträchtigen Ort und setzte seinen Weg in das Zentrum der Innenstadt fort.

Im ›Tchibo‹ in der Fackelstraße wurde er bereits erwartet.

Nach einem demonstrativen Blick auf ihre Armbanduhren – sie zeigten zwei Minuten nach 16 Uhr – musste sich Jacob provokante Bemerkungen gefallen lassen. Zur Strafe für sein verspätetes Erscheinen löcherten ihn die Rentner mit denselben bohrenden Fragen, die sie ihm am Morgen schon einmal gestellt hatten: »Stimmt das, was in der *Bildzeitung* steht?« – »Hat dir dein Sohn etwas Neues erzählt?«

Da Jacob nicht mit brandheißen Informationen aufwarten konnte, warf abwechselnd ein anderer seinen Hut in den Ring der wilden Spekulationen. Die orakelhaften Vermutungen über den mutmaßlichen Täterkreis reichten dabei vom internationalen Waffen-, Menschenoder Drogenhandel über eine Geheimbund-Verschwörungstheorie bis hin zur Hypothese einer genialen Ablenkungsstrategie, deren einflussreiche Drahtzieher in Politik und Wirtschaft zu suchen seien. In diesem bunten Kaleidoskop durften natürlich weder Geheimdienste, religiöse Fundamentalisten, militante Umweltund Tierschützer noch psychopathische Einzeltäter fehlen.

Nach Erledigung der Einkäufe kehrte der Senior der Familie Tannenberg zu seinem Haus im Musikerviertel zurück. Da die Hohenecker Burg dringend einen neuen Farbanstrich benötigte, verzog er sich gleich nach dem Abendessen noch einmal in den angenehm temperierten Keller und werkelte an seiner Modelleisenbahnanlage herum.

Doch rechtzeitig zu den Abendnachrichten fand er sich wieder in der Parterrewohnung ein, wo er umgehend *seinen* Platz auf *seiner* Wohnzimmercouch besetzte. Auch bezüglich dieses Rituals war er zu keinerlei Kompromissen bereit, weder im Hinblick auf das Fernsehprogramm noch auf die von ihm festgelegte Sitzordnung. Wem das nicht passte, der hatte eben Pech gehabt!

Das Highlight des Tages ließ auch nicht mehr lange auf sich warten. Pünktlich um 19 Uhr 45 ertönte auf *Bayern Alpha* die Erkennungsmelodie der Tagesschau, allerdings der vor 25 Jahren schon einmal tagesaktuell ausgestrahlten. Jeden Abend freute er sich auf diese virtuelle Zeitreise wie ein Süchtiger auf seine Drogenration.

Für ihn als leidenschaftlicher Hobbyhistoriker bedeutete diese Nachrichtensendung Geschichtsunterricht pur. Er wunderte sich immer wieder darüber, was er in der Zwischenzeit alles vergessen hatte. Aber das eigentliche Faszinosum stellte etwas ganz anderes dar: Es war die historische Tatsache, dass die Welt vor einem Vierteljahrhundert noch ganz anders ausgesehen hatte als heute. Und zwar weitgehend so, wie Jacob sie sich liebend gerne wieder herbeigezaubert hätte: Da gab es noch richtig kernige Politiker, da gab es noch die D-Mark, da gab es noch die Mauer und die DDR. Dafür gab es glücklicherweise noch *keine* Privatsender, noch *keine*

Handys – und da kostete die Tasse Kaffee bei ›Tchibo‹ noch 50 Pfennige.

Auf zwei technologische Errungenschaften wollte er bei einer Rückkehr in die nach seiner Ansicht traumhaften Zustände der Vergangenheit jedoch garantiert nicht verzichten: auf Computer und Internet. Dieses Medium hatte ihn von Beginn an in Beschlag genommen. Wie ein kleines Kind vor dem geschmückten Christbaum, saß er täglich staunend vor seinem Computer und surfte stundenlang durch das Worldwideweb.

So auch an diesem Abend. Nach dem obligatorischen Krimi verabschiedete sich Margot ins Bett und Jacob konnte ungestört in die virtuelle Welt eintauchen. Zuerst sichtete er seine Mailbox und wechselte danach auf eine seiner Lieblingsseiten über. Durch Zufall war er irgendwann einmal auf eine Organisation gestoßen, die sich ›Pfalzfreunde in Bayern‹ nannte. Diese völlig unbekannten Menschen waren ihm sofort ausgesprochen sympathisch erschienen, forderten sie doch seit vielen Jahren etwas, das auch er aus vollem Herzen unterstützen konnte: Die Wiedereingliederung der Pfalz in den Freistaat Bayern.

Nicht nur zu Jacobs Leidwesen war 1956, im Geburtsjahr seines Sohnes Wolfram, ein Volksbegehren gescheitert, das den Pfälzern die Rückkehr in den Freistaat ermöglicht hätte. Zudem waren die in den letzten Jahrzehnten mehrfach erfolgten Eingaben und Verfassungsbeschwerden mit kalter Hand abgeschmettert worden.

In Erinnerung an die 130 Jahre andauernde enge geschichtliche Verbundenheit der Pfalz mit diesem kraftstrotzenden, selbstbewussten Bundesland hatte

Jacob schon vor langer Zeit neben seinem Bett einen Holzteller aufgehängt. Er trug die Inschrift ›Bayern und Pfalz, Gott erhalt's‹.

Vor einigen Monaten hatte der Senior einen Silberstreif am Horizont entdeckt: die anstehende Föderalismusreform. Er hatte sich gleich mit mehreren E-Mails an Politiker und Institutionen gewandt und ihnen einen Vorschlag unterbreitet, mit dem sich in Zeiten knapper Staatskassen eine Menge Geld einsparen ließe.

Schließlich würde man dadurch auf die Ausgaben für ein ganzes Bundesland verzichten können – mit all seinen überflüssigen Ministerien, seinem Landtag, seiner Rundfunkanstalt etc. Jacobs Idee war ebenso einfach wie genial: Die Pfalz zurück zu Bayern und das Saarland verschmolzen mit dem Rheinland. Damit wäre seine Heimat wieder dort, wo sie nach seiner Auffassung historisch auch hingehörte – und das ungeliebte Saarland wäre endlich als eigenständiges Bundesland von der Landkarte verschwunden.

Nach dem virtuellen Besuch bei den Pfalzfreunden führte er einige Online-Überweisungen durch, um anschließend dem Ganzen das Sahnehäubchen aufzusetzen und in genealogischen Datenbanken zu stöbern. Die Ahnenforschung war eine seiner großen Leidenschaften. Die eigene Familiegeschichte hatte er lückenlos bis ins Jahr 1540 dokumentiert und via Internet sogar schon einige bislang unbekannte Verwandte in den USA ausfindig gemacht.

Scheinbar ohne konkreten Anlass schweiften seine Gedanken mit einem Mal zurück zum ›Tchibo‹-Stammtisch. Aus einem dumpfen Hintergrundgemurmel heraus klang ihm plötzlich ein abgerissener Gesprächsfetzen im Ohr: ›Rollenspiel‹.

Rollenspiel?, wiederholte er in Gedanken. Angestrengt grübelte er darüber nach, in welchem Zusammenhang dieser Begriff vorhin gefallen war. Dann erinnerte er sich daran: Ein ehemaliger ›Pfaff‹-Mitarbeiter hatte dieses Wort in einem Nebensatz verlauten lassen. Scherzhaft hatte er gemeint, dass ihn die Morde an der Jammerhalde irgendwie an diese historischen Rollenspiele erinnerten, die sein Enkel häufig im Internet spiele.

Jacob rief eine Suchmaschine auf, hämmerte die beiden Begriffe ›historische‹ und ›Rollenspiele‹ in die Tastatur und verknüpfte sie mit einem Pluszeichen.

Zunächst surfte er von oben nach unten die aufgelisteten Links ab, verweilte hier ein paar Sekunden, da ein paar Sekunden. Dann betrat er den ersten Chatroom. Die nächsten beiden Stunden vergaß er alles um sich herum. Er verspürte weder Hunger noch Durst noch Müdigkeit. Noch nicht einmal den Schweiß wischte er sich von seiner Stirn.

Gebannt stierte er die ganze Zeit auf den Flachbildschirm. Er konnte einfach nicht glauben, was er da sah. Er sprang von einem Diskussions- oder Hilfeforum zum anderen, von einem Chatroom in den nächsten, von einem Gästebuch ins andere. Er saugte die Worte, die er da mit geröteten Augen las, regelrecht aus der Mattscheibe heraus. Plötzlich hielt er den Atem an, warf sich die linke Hand an den Hals, während die andere die Computermaus zu zerquetschen schien.

»Oh Gott«, kam es ihm kaum hörbar über die blutleeren Lippen.

Wie ein Asthmatiker japste er mit schmerzverzerrtem Gesicht nach Luft. Er tastete nach dem Telefon, wählte im elektronischen Telefonbuch zuerst die Festnetz-, dann gleich anschließend die Handynummer seines jüngsten Sohnes. Schier endlose Sekunden vergingen, aber nichts tat sich. Er war nicht erreichbar.

»Margot«, schrie er so laut er nur konnte in die bleierne Stille hinein, »wo ist Wolfram?« Als er nicht sofort eine Antwort bekam, setzte er verzweifelt nach: »Wo ist er? Es geht um Leben oder Tod!«

Es dauerte kaum mehr als den berühmten Wimperschlag, bis Tannenbergs Mutter im Türrahmen erschien. Sie trug ein geblümtes Nachthemd, war leichenblass und zitterte wie Espenlaub. »Was, was ist denn mit ihm?«, keuchte sie.

»Wo ist er?«, wiederholte Jacob lauthals.

»Ich, ich weiß es doch nicht«, stammelte sie. »Ich hab ihn heute Nacht noch nicht heimkommen hören.«

Wolfram von Tannenberg gab seinem schwarzen Hengst die Sporen. Laut schnaubend preschte das Pferd die enge Furt hinauf zur Hohenecker Burg. Vor ihm tauchte ein undurchdringlicher, aus riesigen weißen Lilien geknüpfter Blütenteppich auf. Erst vor kurzem hatte er von einem Spielmann die Kunde vernommen, dass kein noch so kühner Recke dieses todbringende Hindernis jemals überwinden konnte. Der Legende nach diente es nur einem einzigen Zweck: Das wunderschöne Burgfräulein vor zudringlichen Verehrern zu beschützen.

Plötzlich bekam er es mit der Angst zu tun. In Panik riss er an den Zügeln, warf den Oberkörper nach hinten. Doch der Hengst ließ sich nicht mehr kontrollieren. Im Angesicht des sicheren Todes schloss er die Augen und ergab sich seinem Schicksal. Als aber nichts weiter geschah, schob er vorsichtig die Lider auseinander – und sah, wie durch Zauberhand die Blumen zur Seite stoben und einen güldenen Weg freigaben.

Nun erblickte er die turmhohe Festungsmauer der Burg. Urplötzlich blieb der Hengst neben einem verwitterten Sandsteinfindling stehen. Wolfram von Tannenberg sprang von seinem Pferd, zog die Leier aus der Satteltasche und setzte sich auf den Stein. Der Minnesänger hatte noch nicht einmal die erste Strophe seines Liedes vorgetragen, als oben zwischen den hohen Zinnen Johanna von Hoheneck erschien und ihm freundlich zuwinkte.

»Komm zu mir herein, mein stolzer Prinz«, forderte das elfenhafte Burgfräulein.

Sein Herz schien vor Glück fast zu zerbersten. Er schnellte in die Höhe, warf die Leier beiseite und eilte zu einer trutzigen Zugbrücke, die sich langsam zu ihm herabsenkte.

»Hören Sie mich?«, rief das zarte Stimmchen. »Wolfram, Sie müssen jetzt wachwerden.«

Blinzelnd öffnete Tannenberg die Augen. Er blickte mitten hinein in ein verschwommenes Engelsgesicht, das ihn gerade mit einem traumhaften Lächeln beschenkte.

»Ja, ja, mach ich gleich, mein Liebling«, säuselte er.

»Liebling? Was faselst du da?«, hörte er von rechts her die barsche Stimme des alten Burgherrn, seines zukünftigen Schwiegervaters.

Er drehte den Kopf in Richtung der tiefen Männerstimme – und zuckte erschrocken zusammen. Neben seinem Bett stand natürlich nicht irgendein eifersüchtiger Burgherr, sondern Dr. Schönthaler.

»Kein Grund zur Beunruhigung, Schwester. So ist er eben, dieser angegraute Westentaschencasanova. Wir schlagen uns hier die Nacht um die Ohren, machen uns große Sorgen um ihn und wachen an seinem Bett. Und wie reagiert er? Anstatt sich bei uns zu bedanken, grinst er wie ein zugekifftes Honigkuchenpferd blöd vor sich hin und baggert dazu auch noch junge, hübsche Lernschwestern an.«

Tannenberg stöhnte gequält auf. Obwohl die verabreichten starken Schmerzmittel seine Wahrnehmungsleistungen deutlich beeinträchtigten, war ihm mit einem Mal klar, dass er sich im Krankenhaus befand. »Was ist passiert?«, keuchte er.

»Das müsstest du doch eigentlich am besten wissen«, polterte der Rechtsmediziner. Kopfschüttelnd rückte er seine Fliege zurecht. »Man kann dich einfach nicht alleine lassen. Du bist wie ein kleines Kind, auf das man ständig aufpassen muss.«

Der Gerichtsmediziner stieß einen verächtlichen Seufzer aus: »Das hätte ich dir gleich sagen können, dass so was nicht gutgehen kann. Wolfram Tannenberg und eine Kulturveranstaltung, das passt einfach nicht zusammen. Das ist genauso abstrus wie ein schwangerer Papst.«

»Was ist passiert?«, wiederholte der lädierte Kriminalbeamte. Mit fahriger Hand tastete er auf seiner Schädeldecke herum, die von einer weißen Mullbinde umwickelt war.

»Wir waren zusammen bei diesem Krimi-Event in Johanniskreuz«, erklärte Hanne, die gerade an sein Bett getreten war.

»Ja, ich erinnere mich dunkel.«

»Sie hatten mich darum gebeten, mich ein wenig um meine Bekannten zu kümmern. Sie wollten diesen Leuten partout nicht über den Weg laufen.«

Während Tannenberg ein Kopfnicken andeutete, krauste Dr. Schönthaler seine Stirnpartie. Aber zunächst einmal enthielt er sich der Nachfrage, die ihm auf der Zunge lag.

»Warum denn eigentlich? Was haben Sie denn gegen diese netten Herren?«

Nun allerdings konnte sich der Pathologe einen entsprechenden Kommentar nicht mehr verkneifen: »Das ist typisch für ihn! Ich glaube, er weiß manchmal selbst nicht, warum er manche Menschen auf einmal nicht mehr mag, die er kurz zuvor noch sehr gemocht hat.«

Johanna von Hoheneck war sichtlich irritiert, aber sie versuchte, sich nichts anmerken zu lassen. »Plötzlich waren Sie verschwunden«, fuhr sie fort. »Wir haben Sie überall gesucht. Herr Kreilinger hat sie dann schließlich gefunden: im stockdunklen Wald hinter einem Langholzstapel. Sie waren bewusstlos.«

Ausgerechnet dieser verdammte Kreilinger, dachte der Leiter des K 1.

»Was hast du denn überhaupt im Wald gewollt?«, warf sein Freund ein und ergänzte schnaubend: »Mitten in der Nacht!«

Tannenberg antwortete nicht darauf. Seine Gedanken kreisten um etwas anderes, bedeutend Wichtigeres. Mit sorgenvoller Miene fragte er: »Haben die Ärzte mich untersucht?«

»Na klar, was glaubst du denn. Bei akutem Verdacht auf Schädel-Trümmerbruch.«

Vor panischer Angst froren Wolfram Tannenberg die Gesichtszüge ein.

»Die Kollegen haben dich gründlich durchgecheckt, aber leider nichts gefunden – außer einer schweren Gehirnerschütterung. Und ich hatte mich schon so gefreut, dich endlich mal auf meinen Seziertisch zu kriegen.« Er klatschte seufzend in die Hände. »War aber leider mal wieder nichts.«

»Gott sei Dank!«, stöhnte Tannenberg. »Das hat so laut gekracht …«

»Deinen Dickschädel kann man doch überhaupt nicht einschlagen«, gab der Pathologe grinsend zurück. Mit bedeutend sanfterer Stimme schob er nach: »Hast du irgend-etwas gesehen?«

»Nein, noch nicht mal einen Schatten, nichts. Ich hab nur diesen Schlag gespürt. Und dann war auf einmal alles dunkel.«

Sein bester Freund brummte nachdenklich. »Hast du irgendeine Vermutung, wer das gewesen sein könnte?«

Mit dieser Frage beschäftigte sich Wolfram Tannenberg natürlich auch schon die ganze Zeit über. Es gibt da sicherlich eine Reihe potentiell Verdächtiger, sagte er zu sich selbst. Zum Beispiel Kreilinger. Nur welches Motiv soll sich denn hinter solch einem heimtückischen Anschlag verbergen? Warum sollte mir Kreilinger denn einen Knüppel über die Rübe hauen?

Er beschloss, zunächst einmal seine Gedanken für

sich zu behalten und sich vor voreiligen Verdächtigungen zu hüten. »Nein, für Spekulationen ist es noch viel zu früh«, verkündete er. »Oder habt ihr etwa schon konkrete Hinweise? Zeugenaussagen?«

»Ich glaube nicht«, antwortete der Pathologe. »So viel ich weiß, hat bisher nur irgendein Winzer etwas von deinem Abgang mitbekommen. Er hat ausgesagt, dass du dich bei ihm am Stand aufgehalten hast und dann auf einmal verschwunden warst.«

Er machte eine wegwerfende Handbewegung. »Aber ich hab vorhin auch nur kurz mit deinem Kollegen Schauß gesprochen.« Dann fixierte er seinen Freund mit einem spöttischen Blick. »Ist bei dir ja nicht gerade ungewöhnlich, dass du dich plötzlich aus dem Staub machst. Ich darf dich nur mal an unseren Ausflug zum Landauer Federweißenfest er …«

»Wurde die Tatwaffe inzwischen gefunden?«, fuhr ihm Tannenberg in die Parade.

»Nein«, versetzte Dr. Schönthaler gedehnt. »Was meinst du wohl, wie viele Knüppel im Wald herumliegen? Der Mertel wird damit garantiert noch eine geraume Zeit beschäftigt sein.«

»Ruf sofort an und erkundige dich danach. Außerdem soll schleunigst mal einer meiner Mitarbeiter hier aufkreuzen.«

»Gemach, gemach. Du bist sowieso erstmal draußen aus diesem Fall.«

»Wieso?«

»Weil du krank-ge-schrie-ben bist.«

»Blödsinn!«, blaffte Tannenberg. »Los, Rainer, ruf an!«

Kopfschüttelnd zückte der Rechtsmediziner sein Handy und telefonierte mit Michael Schauß. Der junge Kommissar teilte ihm mit, dass er, Mertel und Sabrina sich bereits auf dem Weg ins Westpfalz-Klinikum befänden.

Zuerst erstatteten die Mitarbeiter des K 1 ihrem Chef an dessen Krankenbett der Reihe nach den gewünschten Rapport. Nachdem Tannenberg sich diese Ausführungen geduldig angehört hatte, ging er in die Offensive und holte sich einige Zusatzinformationen ein.

Karl Mertel, der langjährige Leiter der kriminaltechnischen Abteilung eröffnete die Runde und beantwortete die erste Frage: »Nein, Wolf, einen Gegenstand, der als Tatwerkzeug für den Anschlag auf dich in Betracht kommen könnte, haben wir leider noch nicht gefunden. Meine Kollegen suchen selbstverständlich weiter danach.«

Er warf einen demonstrativen Blick hinaus in die Nacht und erläuterte. »Bei Tageslicht rechne ich uns weitaus größere Chancen aus.« Er brach ab, zog die Stirnpartie in Falten. »Aber es kann natürlich genauso gut sein, dass der Täter den Knüppel – oder was immer es auch gewesen sein mag – mitgenommen hat.«

»Im Reisebus oder wie?«, polterte Tannenberg dazwischen.

Mertel blies genervt die Backen auf. Einige der Gäste waren mit ihren PKWs da. Außerdem kann das Tatwerkzeug auch irgendwo im Wald unter Laub versteckt worden sein. Oder es wurde ins Lagerfeuer geworfen.«

»Okay, Karl, wie ich sehe, bringt uns das jetzt nicht weiter. Was hast du noch für mich?«

Der Kriminaltechniker zuckte mit den Schulter.
»Zum gegenwärtigen Zeitpunkt nichts mehr.«

»Was ist mit verwertbaren Zeugenaussagen?«

»Fehlanzeige. Bis auf diesen Winzer waren offensichtlich alle anwesenden Personen entweder im ›Haus der Nachhaltigkeit‹ oder sie hielten sich in unmittelbarer Nähe des Tümpels auf. Also da, wo dieser Schriftsteller seine Lesung abgehalten hat.«

Schriftsteller?, höhnte Tannenberg in Gedanken. Aufgeblasener Schaumschläger, Buchstabenquäler!

»Sag mal, Wolf, hat dieser Künstler für sein Happening eigentlich deinen ersten Fall als Grundlage verwendet?«, wollte Sabrina Schauß wissen.

»Spielt jetzt keine Rolle«, knurrte der Leiter des K 1. Die Wirkung der Schmerzmittel ließ allmählich nach. Er fasste sich an die Schläfen und rieb sie vorsichtig mit den Fingerkuppen. »Weiter!«

Die Kriminalbeamten warfen sich fragende Blicke zu.

»Also nichts mehr«, schlussfolgerte Tannenberg.

»Jedenfalls nichts mehr zu dem Anschlag auf dich. Aber zu unserem aktuellen Fall gibt es noch ein paar Neuigkeiten. Vielleicht hängen diese beiden Dinge ja auch zusammen«, orakelte Sabrina und schob bedeutend leiser nach: »Irgendwie.«

»Irgendwie? So weit bin ich auch schon«, erwiderte ihr Vorgesetzter und verstummte mit nachdenklichem Gesichtsausdruck.

»Ich hab noch Einiges über den ersten Toten in Erfahrung gebracht«, ergriff Michael Schauß nun das Wort. »Der Mann heißt Istvan Borbely und lebte mit seiner Familie in Budapest. Er war Informatik-Professor und hat tatsächlich während seines Aufenthaltes hier bei uns im Gästehaus der Universität gewohnt. Er hat am vorletzten Mittwoch, also am 10. Juli, sein Zimmer geräumt und sich bei seinen Gastgebern verabschiedet – mit dem Ziel Amsterdam.« Er seufzte. »Wo er ja leider niemals angekommen ist.«

»Wie ist er denn zum Bahnhof gelangt? Mit einem Taxi?«

»Nein, Wolf, offensichtlich nicht. Er wollte anscheinend unbedingt zu Fuß gehen. Das hat er jedenfalls einem seiner deutschen Kollegen gesagt.«

»Das heißt, der Täter hat ihn auf dem Weg dorthin irgendwo abgefangen«, brummelte Tannenberg vor sich hin.

»Kann sein, muss aber nicht«, bemerkte Karl Mertel. »Vielleicht war er ja auch mit dem Professor verabredet.«

Tannenberg verzog skeptisch den Mund. »Ein international renommierter Informatik-Professor trifft sich mit einem amoklaufenden Psychopathen? Na, also wirklich. Ich hab selten etwas Dooferes gehört.« Kopfschüttelnd wandte er sich an Sabrina. »Was ist mit der Identität unseres zweiten Mordopfers? Ist die inzwischen auch geklärt?«

»Stimmt, Wolf, das weißt du ja noch gar nicht«, erklärte die attraktive Kommissarin. Sie kratzte sich kurz hinterm Ohr und ergänzte in vorwurfsvollem Ton: »Ich hab dich gestern Abend ein paar mal zu erreichen versucht, aber du hattest offenbar mal wieder dein Handy ausgeschaltet …«

»Weiter!«

»Gestern Abend hat sich eine Frau auf der Wache in der Gaustraße gemeldet und eine Vermisstenanzeige aufgegeben.« Sie zückte ihr kleines Notizbuch. »Bei dem Mann handelt es sich um einen gewissen Piotr Katschinsky, wohnhaft in der Steinstraße Nr. ...«

»Ein Pole?«, fiel ihr Tannenberg erneut ins Wort.

»Ja. Ein polnischer Staatsangehöriger mit gültiger Aufenthaltserlaubnis.«

»Bei dem einen Opfer handelt es sich also um einen Ungarn und bei dem anderen um einen Polen«, resümierte Johanna in eine kleine Pause hinein.

Alle wandten die Köpfe zu ihr hin. Sie stand mit dem Rücken an die Wand gelehnt neben der Tür und hatte den Gesprächen interessiert gelauscht. Erst jetzt schien sie von den anderen bewusst wahrgenommen zu werden.

Sabrina warf daraufhin ihrem Chef einen giftigen Blick zu, der nur eins bedeuten konnte: Was will eigentlich diese Frau hier?

Schlagartig wurde dem Kriminalbeamten klar, dass Mertel und seine beiden anderen Mitarbeiter gar nicht wissen konnten, um wen es sich bei dieser so nobel gekleideten Dame handelte. Das bisherige Verhalten des Rechtsmediziners dagegen hatte er so interpretiert, dass die beiden sich während seiner Bewusstlosigkeit bereits bekanntgemacht hatten.

Wolfram Tannenberg reagierte umgehend: »Darf ich euch meine Begleiterin des gestrigen Abends vorstellen: Johanna von Hoheneck.« Während man sich gegenseitig mit einem knappen Nicken grüßte, sprach der Kommissariatsleiter weiter: »Ihr werdet euch vielleicht wundern, dass Frau von Hoheneck hier im Raum ist, wo wir doch gerade unsere internen Ermittlungserkenntnisse austauschen.«

Sabrina schmunzelte zufrieden.

Tannenberg fing ihren hämischen Blick auf. »Dazu nur so viel: Erstens ist sie eine wichtige Zeugin des heimtückischen Anschlags auf mich, zweitens genießt sie mein vollstes Vertrauen und drittens ist sie von Beruf Historikerin, also so etwas wie unsere Fachberaterin. Irgendwie werde ich den Eindruck nicht los, dass wir ihr Expertenwissen vielleicht schon sehr bald benötigen werden.«

Hanne lächelte Tannenberg daraufhin freundlich an. »Das kann durchaus sein«, entgegnete sie. Mit merklich ernsterem Gesichtsausdruck schob sie nach: »Ich weiß nicht, ob Ihnen folgendes bereits bekannt ist.«

Sie ließ einen Augenblick verstreichen, ging dann zu Tannenbergs Nachttisch und zog ein dickeres Buch aus einer Leinentasche, die sie daneben abgestellt hatte, hervor. Sie schlug es an einer markierten Stelle auf und las eine Textpassage daraus vor: »Die aus 7000 Mann bestehende Belagerungsarmee, die im Jahre 1635 Kaiserslautern vollständig zerstörte und an der Jammerhalde ein fürchterliches Massaker anrichtete, setzte sich neben Deutschen vorwiegend aus Ungarn, Polen und Kroaten zusammen.«

»Ach du Scheiße«, sprudelte es spontan aus Tannenberg heraus. »Sie glauben also, da will einer späte Rache an den Verursachern dieser Greueltaten üben?« Er schüttelte leicht den Kopf und korrigierte sich: »Ich meine natürlich, dass sich hier möglicherweise jemand stellvertretend an einem heute lebenden Nachkommen dieser Berserker rächen will. Quasi so was wie ein symbolischer Akt.«

»Das ist schon ein merkwürdiger Zufall«, meinte Dr. Schönthaler, »so es sich denn tatsächlich bloß um einen Zufall handeln sollte. Wenn nicht …« Er brach ab, rieb sich nachdenklich die Stirn und ging ein paar Schritte schweigend durch den Raum. Irgendetwas schien er auszubrüten. »Wenn es aber kein Zufall ist, dann ergeben diese scheinbar sinnlosen Taten plötzlich einen Sinn.«

»Du sprichst mal wieder in Rätseln«, beschwerte sich Tannenberg.

»Nein, ich verstehe Sie, Doc«, mischte sich Michael Schauß ein. »Damit hätten wir auch eine Erklärung für die Rostspuren, die sie in den Wunden entdeckt haben.«

»Genau so ist es, mein Lieber«, stimmte der Rechtsmediziner zu. Er setzte sich auf Tannenbergs Krankenliege und tätschelte ihm das von einem dünnen Laken verdeckte rechte Bein. »Warum hat der Täter seinem ersten Opfer, nachdem er es mit T61 zu Tode gefoltert hat auch noch zusätzlich den Kopf abgetrennt?« Ohne Unterlass stach er mit dem Zeigefinger in Richtung der Brust seines Freundes. »Warum hat der Täter, nachdem er sein zweites Opfer mit T61 zu Tode gefoltert *und* ihm den Kopf abgetrennt hat, zusätzlich eine Klinge durch den toten Körper getrieben?«

Johanna hatte unterdessen zwei weitere Bücher der Tragetasche entnommen und sie wortlos Tannenberg auf den Bauch gelegt. Es handelte sich dabei um reichlich bebilderte Fachbücher über mittelalterliche Waffen. Er nahm eins auf, blätterte darin herum.

»Wolf, du hast vollkommen recht: Das waren rein symbolische Akte«, ereiferte sich der Pathologe weiter. »Klar: Der Ungar mit einer Hellebarde, der Pole mit einem Degen ...«

»Und wer kommt als nächster dran?«, warf Tannenberg dazwischen.

Dr. Schönthaler packte seinen Freund am Arm und zerrte daran. »Vielleicht war der ja schon dran.«

»Was meinst du damit?«

»Kapierst du das immer noch nicht, Wolf? Denk doch mal scharf nach!«

Während Tannenberg die Stirn in Falten legte, präsentierte Dr. Schönthaler seine Hypothese: »*Du* bist sein nächstes Opfer. Der Anschlag gestern Abend galt *dir*.«

»Aber wieso denn, verdammt nochmal? Was hab ich denn mit diesem historischen Kram zu tun?«

»Mensch, bist du schwer von Begriff.« Der Anschlag galt dir als Deutschem, einem Nachkommen der zahlenmäßig stärksten Gruppe dieses blutrünstigen Söldnerheeres.« Er drehte sich zu Hanne um. »Stimmt doch, werte Frau Historikerin, nicht wahr?«

Johanna von Hoheneck nickte stumm.

»Ich hab mich übrigens schon vorher mit diesen mittelalterlichen Waffen beschäftigt. Soll ich dir mal was sagen, mein alter Junge? Auf dich wurde heute Nacht nicht mit irgendeinem hundsgewöhnlichen Pfälzer Buchenholzprügel eingeschlagen, sondern mit einem Streitkolben, einer damals sehr verbreiteten Kriegswaffe. Richtig, Frau Expertin?«

Abermals nickte Hanne wortlos.

»Ja, ja, aber weshalb hat er mir dann nicht zuerst dieses Teufelszeug gespritzt?«, fragte Tannenberg, dem der Schrecken deutlich ins Gesicht geschrieben stand.

»Vielleicht wollte er dich ja nur betäuben und dir später in aller Ruhe genüsslich das T61 verabreichen. Danach hätte er dir den Kopf abgetrennt und seinen ausgehungerten Hunden vorgeworfen. Allem Anschein nach ist er dabei von irgendetwas bzw. irgendjemandem gestört worden.« Grinsend fügte der Pathologe hinzu: »Bedauerlicherweise.«

Tannenberg sah sich gerade mit abgeschlagenem Kopf an der Jammerhalde liegen. Sein Mund war völlig trocken, die Zunge klebte am Gaumen. Er schluckte mehrmals hintereinander so hart, als steckte ihm etwas Sperriges in der Kehle. Das Hämmern unter seiner Schädeldecke dröhnte immer lauter.

Die Augen auf Johanna von Hoheneck gerichtet, führte Dr. Schönthaler seinen aktuellen Gedankengang fort: »Wenn wir aus dem, was Sie uns vorgelesen haben, *einen* logischen Schluss ziehen können, dann doch wohl den, dass der nächste Tote mit hoher Sicherheit ein Kroate sein wird.«

Völlige Stille kehrte in Tannenbergs Krankenzimmer ein.

»Nicht unbedingt, denn es waren noch einige weitere Nationen in dieser Söldnerarmee vertreten«, brach Hanne das allseitige, betroffene Schweigen. »In einer anderen Quelle werden zusätzlich Wallonen, Schweden und andere erwähnt.«

»Oh je«, stöhnte der Rechtsmediziner, »wer wohl

noch so alles auf der schwarzen Liste dieses verrückten Täters stehen mag?«

»Verdammt, wir können die Leute ja gar nicht so schnell identifizieren, wie sie ermordet werden«, stieß der Leiter des K 1 verzweifelt aus.

»Gerade darin besteht möglicherweise die Strategie des Täters: Euch so massiv unter Druck zu setzen, dass ihr mit den Ermittlungen überhaupt nicht nachkommt. Vielleicht wird er seinen Rachefeldzug sogar noch ein wenig beschleunigen.«

»Rainer, das würde aber bedeuten, dass er *noch* mehr symbolische Opfer auf seiner schwarzen Liste hat. Nur welche?«

Kommissar Schauß fasste seinen Chef scharf ins Auge. »Wenn dieser durchgeknallte Typ tatsächlich vorhat, sich noch an anderen Nationen zu rächen, dann hat er seine nächsten Opfer garantiert schon im Visier.«

»An wen denkst du da konkret?«, wollte der Pathologe wissen.

»Na, zum Beispiel an die Alliierten des 2. Weltkrieges. Die haben schließlich ebenfalls Tod und Zerstörung über unsere Stadt gebracht.«

»Du vermutest also, dass dieser Psychopath seinen Amoklauf gar nicht auf den ›Kroatensturm‹ beschränkt, sondern diesen irren Rachefeldzug auch noch auf andere geschichtliche Ereignisse ausdehnt?«, fragte Tannenberg seinen jungen Mitarbeiter. »Leitidee im Sinne von: Rache nehmen für das, was der deutschen Bevölkerung im Laufe der Geschichte angetan wurde?«

»Genau das meine ich, Wolf«, gab Michael Schauß zurück.

»Hieraus erwächst eine zentrale weitere Frage«, mischte sich Dr. Schönthaler abermals ein. »Welche Waffe benutzt er als nächstes?«

Tannenberg blätterte in dem vor ihm liegenden Fachbuch. »Wie ich gerade sehe, gibt's da leider noch einiges: Handfeuerwaffen, Musketen, Schwerter, Pallasche, Kriegssensen, Morgensterne, Partisanen – und nicht zu vergessen, den damals anscheinend sehr beliebten ›Schwedentrunk‹.«

»Was 'n das?«, fragte Mertel erstaunt.

»Den armen Opfern wurde ein Trichter in den Hals gerammt und dann kochende Jauche hineingeschüttet.«

Sabrina schlug sich entsetzt die Hand vor den Mund. »Oh Gott, wie barbarisch.«

»Leute, genau da müssen wir jetzt ansetzen«, stieß Tannenberg mit anschwellender Stimme aus. »An diesen verdammten historischen Waffen. Die muss dieser Verrückte sich doch irgendwo besorgt haben.«

»Oder er hat sie schon seit Jahren zu Hause im Partykeller oder an der Wohnzimmerwand hängen«, gab der Pathologe zu bedenken.

»Egal, dann starten wir eben einen weiteren Zeitungsaufruf an die Bevölkerung. Oder wir machen eine Flugblattaktion. Egal! Ich muss jedenfalls sofort hier raus.« Er packte das Laken und wollte es gerade wegschleudern, als ihm einfiel, dass er nichts als ein dünnes Krankenhausleibchen am Körper trug.

»Wolf, mir fällt gerade etwas ein, das du wahrscheinlich ebenfalls noch gar nicht weißt«, erklärte Sabrina, die sich inzwischen von ihrem Schock erholt hatte: »Wir waren gestern Nachmittag beim Forstamt und haben die Personalakten dieser Waldarbeiterrotte überprüft.« Als sie den fordernden Dienstblick ihres Chefs registrierte, schob sie schnell nach. »Und deren Alibis natürlich auch.«

»Und?«, fragte Tannenberg ungeduldig.

»Bei den Alibis gibt es noch einiges an Ungereimtheiten. Da müssen wir weiter dranbleiben. Aber in den Personalakten haben wir auf den ersten Blick nichts Besonderes entdeckt«, entgegnete Sabrina. Sie nagte grüblerisch auf ihren Lippen herum. Plötzlich schien sie sich an etwas zu erinnern. »Aber wenn ich mir's richtig überlege, haben wir möglicherweise doch etwas Wichtiges gefunden – falls dieser historische Hintergrund wirklich entscheidend sein sollte.«

»Und was?«

»In der Personalakte dieses Rottenführers, also dieses Konrad Cambeis, steht etwas Interessantes: Er hat offenbar Geschichte studiert, fürs Lehramt. Aber er hat anscheinend nur kurz als Lehrer gearbeitet.«

»Ach, das ist also die Ursache dafür, warum sich Konrad so intensiv in unserem Verein engagiert«, bemerkte Johanna von Hoheneck eher für sich. Als sie die fragenden Blicke der anderen wahrnahm, schob sie nach: »Aber von seinem Studium hat er mir nie etwa erzählt.«

Vom Flur her ertönte plötzlich ein Stimmengewirr, das schnell anschwoll und geradezu tumultartige Züge annahm. Die Tür wurde aufgerissen und Jacob Tannenberg kam mit rudernden Armen in das Krankenzimmer seines Sohnes hineingestürmt. »Ich lass mich doch nicht von einer Krankenschwester aufhalten – ich nicht!«, schimpfte er über seine Schulter hinweg nach hinten. »Es geht um Leben und Tod.«

Dann richtete er seinen Blick nach vorne. Eigentlich hatte er um diese Uhrzeit lediglich seinen Sohn hier erwartet. Als er nun auch noch Johanna von Hoheneck sah, verschlug es ihm einen Moment lang vollends die Sprache. »Was machen Sie denn hier, Hanne?«, fragte er irritiert.

»Raus, sofort raus!«, blökte hinter ihm eine feiste Krankenschwester, die Fäuste zornig in ihre Hüften gestemmt.

»Das geht schon in Ordnung«, verkündete Tannenberg.

Währenddessen drückte sich seine Mutter an den ausgestemmten Ellbogen der unwirschen Frau vorbei und hastete zu ihrem Sohn. »Um Himmels willen, Wolfi, was ist denn mit dir passiert?« Sie ergriff seine Hand und streichelte sie. »Bist du schwer verletzt, mein armer Junge?«, jammerte sie mit weinerlicher Stimme.

»Nein, Mutter, nur eine leichte Gehirnerschütterung«, wiegelte ihr jüngster Sohn ab.

Jacob hatte der unerwartete Anblick Hannes nur kurzzeitig aus dem Konzept gebracht, schnell besann er sich wieder auf den eigentlichen Grund seines nächtlichen Besuchs. »Wolfram, ich hab im Internet recherchiert. Es geht wirklich um Leben und Tod.«

»Komm, Vater, beruhig dich erstmal.«

»Keine Zeit! Ich bin …«

»Was ist denn hier los?«, ertönte plötzlich eine tiefe Männerstimme. Es war der Stationsarzt, der wegen des Lärms aus seinem kurzen Erholungsschlaf herausgerissen worden war. Als er seinen Kollegen aus der pathologischen Abteilung bemerkte, entspannte sich seine grimmige Miene.

»Es ist alles in Ordnung«, beruhigte Dr. Schönthaler.

»Herr Doktor«, stieß Jacob Tannenberg erregt hervor, »Sie haben doch bestimmt in Ihrem Arztzimmer einen Computer mit Internetanschluss.«

»Selbstverständlich.«

»Da müssen wir sofort dran! Los, Wolfram, ich zeig's dir dort.« Als sein Sohn nicht umgehend reagierte, schritt er energisch auf ihn zu. »Hast du nicht verstanden, was ich gesagt habe?«, brüllte er. »Es geht wirklich um Leben oder Tod.«

»Okay, okay«, gab sich Tannenberg geschlagen. »Raus, sofort raus!«, wiederholte er in barschem Ton die Worte der Krankenschwester, schließlich trüge er nur ein Leibchen am Körper.

Kaum eine Minute später scharten sich im Büro des Stationsarztes all diejenigen Personen dicht um einen alten Röhrenmonitor, die sich kurz zuvor noch in Tannenbergs Krankenzimmer aufgehalten hatten. Jacob hatte auf dem Drehstuhl des Arztes Platz genommen, unmittelbar hinter ihm stand sein mit einem hellblauen Bademantel bekleideter Sohn. Der Senior wiederholte seine Suchmaschinen-Eingabe, klickte aber diesmal direkt auf diejenige Seite, die er zu Hause als letzte aufgerufen hatte.

»Und deswegen machst du solch einen Aufstand, Vater?«, erheiterte sich sein Sohn, als er eine Webseite betrachtete, die er im Hause seines Bruders schon oft gesehen hatte. Und zwar am PC seines Neffen. Er legte Jacob von hinten eine Hand auf die Schulter. »Das ist doch nur ein Spiel. Von diesen Mittelalter-Rollenspielen gibt es unzählige. Dein eigener Enkel ist ein begeisterter Fan davon.« Er rollte die Augen, während er tief seufzte.

»Als ob ich das nicht selbst wüsste«, knurrte Jacob und wischte Tannenbergs Hand von seiner Schulter. »Aber, wo ist das denn bloß hingekommen?«, versetzte er mit bebender Stimme.

»Was denn?«

»Das, was da einer vorhin reingeschrieben hat.«

»Vielleicht waren Sie ja in einem Chatroom«, bemerkte der junge Stationsarzt. »Diese Dialoginhalte werden nicht gespeichert.«

»Oder in einem Forum«, meinte der Kriminaltechniker. »Dort allerdings werden die Einträge gespeichert. Gehen Sie mal oben auf ›Archiv‹ und blättern Sie zurück.«

Jacob tat, wie ihm geheißen. »Da ist es!«, schrie er nur wenig später. Alle Augen bohrten sich in die gewölbte Glasplatte hinein.

Unsere Mission ist in vollem Gange. Wir haben schon mehrere Male zugeschlagen. Jedes Mal mit einem anderen Kämpfer, jedes Mal mit einer anderen Waffe. Wir sind wie eine Muräne. Wir halten uns lange Zeit versteckt. Doch dann schlagen wir zu und verschwinden wieder in der Höhle unserer bürgerlichen Existenz. Unsere weitverzweigte Geheimorganisation hat bereits einige ausgewählte Nachkommen von Kriegsverbrechern aufgespürt und sie ihrer gerechten Strafe zugeführt. Diese brutalen Massenmörder waren bislang nicht zur Verantwortung gezogen worden, nun wurden sie es. Wir haben damit im Prinzip nichts anderes getan, als das, was das Haager Kriegsverbrechertribunal auch tut. Mit dem kleinen Unterschied, dass wir nicht an irgendwelche weltlichen

Gesetze gebunden sind. Unser Handeln orientiert sich einzig und allein an einem uralten moralischen Gesetz: ›Auge um Auge, Zahn um Zahn‹. ›Die Rache ist mein, ich will vergelten zur Zeit‹ – sprach der HERR!.

Tannenberg entfernte den Blick vom Monitorbild. Seine Augen brannten, der Kopf schmerzte. Er schaute aus dem Fenster. Draußen begann es bereits zu dämmern. »Das ist doch alles nur leeres Geschwätz. Wahrscheinlich gehört das zu diesen Rollenspielen dazu. Da hat bestimmt einer den Auftrag erhalten, einen Rächer zu mimen.«

Jacob hatte inzwischen eine weitere Textstelle aufgespürt.

»Von wegen«, versetzte Dr. Schönthaler und deutete auf den Bildschirm. »Lies doch selbst!«

Für jeden Toten haben wir auf einem Grabstein eine weiße Lilie abgelegt. Es werden noch viele hinzukommen, ein ganzer Strauß wird es werden. Schon bald wird einer unserer Kämpfer an derselben Stelle eine weitere Lilie ablegen.

Als er die Signatur las, mit der dieser unbekannte Autor seinen Forumsbeitrag unterzeichnet hatte, schien sein Herz stehenzubleiben. Er schwankte, suchte Halt am Arm des Rechtsmediziners. *Johanna, Mission 370*, stand da weiß auf schwarzem Hintergrund geschrieben.

Er riss seinen Körper herum, suchte Hanne.

Doch Johanna von Hoheneck war spurlos verschwunden.

12

Dr. Schönthaler erfasste umgehend die Dramatik dieser Situation. »Wolf, aus medizinischer Sicht brauchst du jetzt dringend eine kleine Pause«, entschied er. »Mit einer schweren Gehirnerschütterung ist nicht zu spaßen.«

»Wir müssen aber doch so schnell wie möglich zur Jammerhalde fahren«, stieß der Kriminalbeamte keuchend aus, »und nachschauen, ob dort wirklich schon wieder ein Toter liegt.«

»Nichts da, du bleibst hier und tust, was meine Kollegen dir verordnen. Du bist nämlich krankgeschrieben – und damit erstmal weg vom Fenster«, belehrte ihn der Pathologe. Allerdings eher pro forma, denn insgeheim hegte er nicht den geringsten Zweifel daran, dass sein Freund sich schon längst gegen einen weiteren Klinikaufenthalt entschieden hatte, zumal er Krankenhäuser hasste.

Selbstverständlich lag er mit dieser Einschätzung wieder einmal goldrichtig. Denn obwohl sich Tannenberg sehr niedergeschlagen fühlte, kratzte er alle verfügbare Restenergie zusammen und bündelte sie zu einem polternden Auswurf: »Du glaubst doch nicht im Ernst, dass ich mich jetzt hier brav ins Bett lege. In dieser Situation? Bist du bescheuert, oder was?«

Der Gerichtsmediziner stellte sich neben ihn, wobei er sich bemühte, sein Grinsen nicht allzu plakativ ausfallen zu lassen. »Komm, wir gehen mal rüber in dein Zimmer«, schlug er vor.

»Nein«, protestierte Tannenberg. »Wir haben jetzt keine Zeit, wir müssen sofort los.«

»Doch, wir haben Zeit, und zwar genügend. Denn wenn dort tatsächlich ein neuer Toter liegt, läuft der uns nicht weg. Und außerdem sollten wir erstmal abwarten, ob dein Vater nicht noch andere Hinweise im Internet findet.«

Als der Kriminalbeamte sich auch weiterhin wie ein störrischer Esel gebärdete, fauchte ihn Dr. Schönthaler an: »Mann, willst du etwa im Bademantel zur Jammerhalde fahren?«

Dieser Appell fruchtete. Gemeinsam verschwanden die beiden Männer aus dem Arztzimmer.

»Der hat uns tatsächlich den nächsten Mord angekündigt«, konstatierte Wolfram Tannenberg und begann sich anzukleiden.

»Wieso denn *er*, wohl eher *sie*«, korrigierte der Rechtsmediziner und rammte damit seinem besten Freund den rotglühenden Nagel noch tiefer in dessen verwundete Seele: »Wo ist denn deine Johanna abgeblieben?«

»Meine Johanna«, schnaubte der Kriminalbeamte verächtlich zurück.

»Genau. Du eitler Gockel hast dich doch mal wieder total verrannt.« Er spitzte den Mund. »Darf ich vorstellen: Johanna von Hoheneck«, äffte er Tannenberg nach. »Das hast du nun davon! Ich sag nur eins: *Johanna – Mission 370.*«

Dem Leiter des K 1 fiel nach diesen schonungslosen Worten die Kinnlade herunter. Er hielt kurz inne und stierte den Pathologen fassungslos an. »Glaubst du wirklich, dass Hanne dahintersteckt?«

»Ja, wer denn sonst? Warum ist deine Herzdame vorhin so panikartig verschwunden, als wir ihre Signatur entdeckt haben, wenn sie nichts damit zu tun hat? Was hat diese Frau zu verbergen?«

»Ach, was weiß denn ich«, seufzte Tannenberg. Den Oberkörper nach vorne gebeugt nestelte er an den Hemdknöpfen herum. Er stand da wie ein Häuflein Elend.

Tröstend legte Dr. Schönthaler seinem Freund eine Hand auf die Schulter. »Tut mir ja leid für dich, alter Junge, aber ihr überhasteter Abgang eben war der beste Beweis dafür, dass sie offenkundig ganz tief in dieser Sache drinsteckt.«

Mit einer abrupten Bewegung richtete sich Tannenberg auf. »Aber das ist doch völliger Schwachsinn!«, protestierte er. »Traust du dieser Frau so etwas ernsthaft zu?«

»Wie du weißt, traue ich grundsätzlich *jedem* Menschen so ziemlich *jede* Schandtat zu.«

»Aber Hanne doch nicht. Sie ist so ein …«

»Jetzt hör endlich mal auf mit diesem schmalzigen Gesülze«, fuhr ihm der Pathologe in die Parade. »Ich kann's einfach nicht mehr hören! Ich habe den Eindruck, dass dir eine unbedeutende, winzige Kleinigkeit bislang völlig entgangen ist.«

»Welche?«, hauchte der Kriminalbeamte.

»Ach, was heißt entgangen, verdrängt ist sicherlich der angemessenere Ausdruck«, echauffierte sich Dr. Schönthaler. Seine Stimme gewann noch mehr an

Schärfe: »Du bist zur Zeit nämlich alles andere als objektiv, du bist befangen, sogar extrem befangen. Du *willst* die Realität doch gar nicht wahrhaben! Und warum? Weil du in diese attraktive Dame verknallt bist – und zwar bis über beide Ohren.«

Nun reagierte Tannenberg ebenfalls aggressiv, wie ein in die Enge getriebenes Tier: »Du spinnst doch. Du bist doch krank im Hirn!«, brüllte er mit hochrotem Kopf. Dabei zeigte er seinem betont gelassen dreinblickenden Freund den Vogel. »So ein verdammter Schwachsinn.«

Der Rechtsmediziner wartete, bis die Erregung seines Kumpels wieder ein wenig abgeklungen war. »Ja, ja, wenn eine alte Scheuer erst einmal richtig brennt«, bemerkte er trocken.

»Was? Mach du dir mal lieber Gedanken darüber, warum du dich gerade so extrem auf Hanne einschießt.«

»Ja, warum denn?«

»Weil du eifersüchtig bist.«

Der Rechtsmediziner lachte schallend. »Ich und eifersüchtig? Auf was denn? Etwa auf dich altes Wrack?«

»Zum Beispiel. Und darauf, dass diese Superfrau den Abend mit mir verbracht hat und nicht mit dir.«

»Na ja, wahrscheinlich hat die Dame eine soziale Ader und engagiert sich in ihrer Freizeit im Projekt Greisenbetreuung.«

»Ha, ha, ha.«

»Außerdem glaubst du doch inzwischen selbst, dass sie etwas damit zu tun hat, mein alter Junge, sonst würdest du dich bei weitem nicht so aggressiv gebärden. Ich kenne dich schließlich lange genug. Mir kannst du nichts vormachen. Außerdem weiß ich genau, was sich gerade hinter deinem ausgesprochen dekorativen Kopfverband abspielt: Chaos pur, nicht wahr?«

Tannenberg erinnerte sich erst jetzt wieder an seinen Verband. Mit fahrigen Händen wickelte er die Mullbinde vom Kopf. Sein alter Freund hatte wieder einmal recht. Seitdem er unter dem Forumsbeitrag die schockierende Signatur gelesen hatte, zermarterte er sich sein Hirn. Er fügte nacheinander ein Puzzleteil ans andere – und gelangte dabei immer wieder zu demselben, erschütternden Gesamtbild.

Auch wenn es sein Herz noch immer nicht richtig wahrhaben wollte, sein Kriminalistenhirn ließ ihm keine Ruhe mehr. Unerbittlich torpedierte es ihn mit der frustrierenden Erkenntnis, dass die Indizienlage erdrückend war. Da war zum einen die unübersehbare Tatsache, dass Johanna von Hoheneck weit und breit die einzige Person war, die einen unmittelbaren Bezug zu den beiden etwa 370 Jahre auseinanderliegenden Ereignissen aufwies. Dazu gesellte sich ihre Jagdleidenschaft, der sie nach eigenen Worten auch an der Jammerhalde frönte. Und nicht zu vergessen: ihre Berufstätigkeit am Institut für Pfälzische Geschichte und Volkskunde.

Zudem existierten noch weitere belastende Fakten: Allen voran ihre zeitliche und räumliche Nähe zu dem auf Tannenberg in Johanniskreuz verübten Anschlag. Aber auch solche scheinbaren Nebensächlichkeiten, wie die weißen Lilien in ihrem Familienwappen oder die Mitgliedschaft in einem historischen Verein, erhielten nun auf einmal eine völlig andere, weitaus zentralere Bedeutung. Und last, but not least: die Signatur *Johanna – Mission 370*.

Obwohl Wolfram Tannenberg nach wie vor emotional befangen war, sprang er nun über seinen Schatten und berichtete, was er bisher über Johanna in Erfahrung gebracht hatte. Dr. Schönthaler hörte sich geduldig die Informationen an, dann zog er aus einer eher belanglosen Bemerkung seines Freundes einen niederschmetternden Schluss: Als Pferdebesitzerin und Gestütsbewohnerin war es für Johanna von Hoheneck sicherlich relativ einfach, sich das Tötungsmittel T61 zu beschaffen.

Dieser argumentative Fangschuss kam völlig überraschend und gab Tannenberg den Rest. Eine Weile saß er in sich zusammengesunken auf der Bettkante und ließ den Kopf hin- und herpendeln. Für ihn war eine Welt zusammengebrochen. Seine pochenden Kopfschmerzen steigerten sich fast ins Unerträgliche. Er schleppte sich zum Waschbecken und klatschte sich mehrere Hände voll Wasser ins Gesicht. Dann ließ er den kalten Strahl über sein Genick laufen. Das half ein wenig.

»Sie braucht ja nicht selbst die Morde begangen zu haben«, brachte Dr. Schönthaler unterdessen eine neue Variante ins Spiel. »Wenn tatsächlich eine Geheimorganisation dahintersteckt, setzten diese Leute garantiert irgendwelche Handlanger für solche Angelegenheiten ein. Die machen sich bestimmt nicht selbst die Hände daran schmutzig.«

»Meinst du wirklich, dass ein Geheimbund …«

»Ja, warum denn nicht?«, fiel ihm der Hobbykriminalist ins Wort. »Vielleicht ist diese Johanna auf dich angesetzt worden, um dich auszuspionieren. Und anschließend wollte man dich töten. Vielleicht sollte ja mit deiner Ermordung ein Exempel statuiert werden, mit einer eindeutigen Botschaft: Lasst uns in Ruhe, kommt uns nicht ins Gehege. Wir sind so mächtig, dass ihr euch die Finger an uns verbrennen werdet – egal, wer ihr seid.«

»Oh je, was für ein Granatenmist«, zischte Tannenberg kopfschüttelnd in Richtung seiner Schuhe. Aber wie schon so oft in seinem Leben überfiel ihn in dieser psychisch extrem belastenden Ausnahmesituation urplötzlich ein unbändiger, trotziger Energieschub. Er baute sich vor Dr. Schönthaler auf und fixierte ihn mit einem forschen Blick. »Komm, Rainer, wir müssen los. Auf uns wartet eine Menge Arbeit.«

»So gefällst du mir schon wieder viel besser«, sagte Dr. Schönthaler und klopfte ihm auf die Schulter.

Die beiden Freunde gingen hinüber ins Arztzimmer. Jacob saß noch immer am Computer und suchte nach weiteren Einträgen mit der betreffenden Signatur. Bislang war er allerdings nicht fündig geworden. Tannenberg wies Michael Schauß an, seine Eltern nach Hause zu fahren. Anschließend sollte sich der junge Kommissar in ihre Dienststelle begeben, um polizeiliche Datenbestände abzufragen und weitere Internetrecherchen durchzuführen. Er selbst fuhr gemeinsam mit Mertel, Sabrina und dem Rechtsmediziner zur Jammerhalde.

Es war wirklich kaum zu glauben, aber tatsächlich entdeckten die Kriminalbeamten an der selben Stelle, an der die beiden anderen Mordopfer aufgefunden wurden, einen weiteren männlichen Leichnam. Auf den ersten Blick war es exakt das gleiche grauenhafte Arrangement: Das Gesicht des Mannes war unkenntlich gemacht worden, der Kopf lag etwa 35 Zentimeter vom Halsstumpf entfernt, auf dem Gedenkstein fand sich abermals eine weiße Lilie. Nur in einem einzigen Punkt wich dieses makabre Szenario von den vorherigen ab: Der Schädel des Toten war diesmal zertrümmert worden. Bereits nach einer ersten, oberflächlichen Inspektion äußerte Dr. Schönthaler die Vermutung, dass durchaus ein Morgenstern für diese brachialen Zerstörungen verantwortlich sein könnte.

Inzwischen war es fast 6 Uhr geworden. Noch an der Jammerhalde instruierte Tannenberg seine junge Kollegin, Geiger aus dem Bett zu holen und ihn ins Kommissariat zu beordern. Außerdem erteilte er Sabrina den Auftrag, einen Streifenwagen zum Gestüt Weiherfelderhof zu schicken, um dort nach der verschwundenen Historikerin zu suchen.

Etwa eine Stunde später hatten sich alle verfügbaren Kriminalbeamten des K 1 in Tannenbergs Dienstzimmer eingefunden. Um seine Mitarbeiter auf denselben Kenntnisstand zu bringen, zog der Kommissariatsleiter zunächst eine kurze Zwischenbilanz. Anschließend kam Michael Schauß an die Reihe. Er berichtete frustriert, dass seine Innendienstrecherchen bislang ergebnislos geblieben waren. Obgleich er intensiv alle möglichen Chatrooms und Foren durchstöbert hatte, war er nirgendwo mehr auf die Signatur *Johanna – Mission 370* gestoßen. Auch die Streifenwagenbesatzung hatte keinen Erfolg gehabt. Johanna von Hoheneck war in dieser Nacht nicht nach Hause gekommen und hatte offenbar auch keinen Kontakt zu ihren Familienangehörigen aufgenommen. Sie blieb wie vom Erdboden verschluckt.

»Somit bleibt uns wohl nichts anderes übrig, als sie sofort auf die Fahndungsliste zu setzen«, beschloss Tannenberg, obwohl sich bei diesem Gedanken sein Magen zusammenkrampfte.

»Gut, das übernehme ich«, erklärte Sabrina. Während sie sich von ihrem Stuhl erhob, umspielte ein schadenfrohes Lächeln ihre Lippen.

Tannenberg gebot ihr mit einer Geste Einhalt. Er warf dabei einen Blick auf seine Armbanduhr. »Nein, nein, wir warten damit noch bis …, sagen wir 9 Uhr. Wenn sie bis dahin nicht im Pfalzinstitut erschienen ist, setzen wir sie auf die Fahndungsliste«, modifizierte er seine vorherige Entscheidung. »Vielleicht hat sie ja auch nur bei einer Freundin übernachtet und erscheint pünktlich an ihrem Arbeitsplatz.«

Schön wär's, fügte er im Stillen hinzu, dann hätte ich wenigstens noch ein Fünkchen Hoffnung, dass sie vielleicht doch nichts mit dieser Sache zu tun hat.

»Johanna von Hoheneck. So ein Name macht natürlich Eindruck auf euch Männer«, höhnte die junge Kommissarin. »Mir war diese affektierte Frau von Anfang an suspekt.« Sie reckte ihrem Chef vorwurfsvoll einen Arm entgegen. »Aber du musstest sie ja unbedingt in deinem Krankenzimmer lassen. Eine Wildfremde bei einer Dienstbesprechung, so etwas hatten wir auch noch nicht.«

Der Leiter des K 1 warf ihr einen maßregelnden Blick zu. Aber sie hat ja recht, dachte er gleich darauf. Ich bin wirklich ein unprofessioneller Volltrottel. Während er seinen selbstkritischen Gedanken nachhing, läutete das Telefon. Tannenberg nahm den Hörer auf.

»Wolf, du erinnerst dich doch bestimmt an diesen Alexander Fritsche, der gestern Morgen am Pfalzinstitut im Benzinoring mit der Axt herumgefuchtelt hat«, sagte Kriminalhauptmeister Krummenacker am anderen Ende der Leitung.

»Dieser Stalker? Ja, ja, klar doch. Was ist mit dem?«

Krummenacker räusperte sich. »Natürlich hab ich inzwischen davon gehört, dass dich in Johanniskreuz jemand niedergeschlagen hat. Wie geht's dir denn?«

»Eigentlich ganz gut. – Aber was hat das denn mit diesem verrückten Stalker zu tun?«

»Ich hab hier 'ne Anzeige vorliegen. Danach hat heute Nacht jemand mit dem auf Alexander Fritsche zugelassenen PKW ein anderes Auto gerammt. Und weißt du wo?«

»Nee.«

»Auf dem Parkplatz von Johanniskreuz.«

»Das ist ja'n Ding!«

Also hat sich Hanne nicht geirrt. Sie hat diesen Mistkerl tatsächlich hinter einem Baum gesehen, schoss es Tannenberg durch den Kopf. Im ersten Moment empfand er diese Erkenntnis als Erleichterung, aber gleich darauf wurde ihm schmerzlich bewusst, dass dieser Umstand Johanna von Hoheneck nicht unbedingt entlastete.

»Wieso ist dieser Typ schon wieder auf freiem Fuß?«

»Keine Ahnung, Wolf. Wir wissen ja noch nicht einmal, ob *er* überhaupt am Steuer saß.«

Tannenberg brummte nachdenklich. »Richtig. Aber kümmere dich trotzdem schleunigst darum, wo dieser Fritsche abgeblieben ist. Und bring ihn zu uns. Ich muss dringend mit ihm sprechen.«

»So, Leute, wir teilen uns die Arbeit auf«, kündigte der Leiter des K 1 an, nachdem er den Hörer aufgelegt hatte. Mit Blick auf das Ehepaar Schauß fuhr er fort. »Ihr beiden stattet als erstes meinem Busenfreund Kreilinger einen unangekündigten Besuch ab. Und danach fühlt ihr mal diesem Herrn Klemens auf den Zahn.«

»Schon unterwegs«, entgegnete Sabrina und schoss wie ein Springteufelchen von ihrem Sitz in die Höhe.

»Stopp, stopp. Gib mir bitte mal die Handynummer dieses Cambeis. Den Herrn Rottenführer knöpf ich mir jetzt gleich mal selbst vor.«

»Wie kommst du denn darauf, dass ausgerechnet der etwas damit zu tun haben könnte?«, fragte Sabrina mit ungläubigem Gesichtsausdruck. Sie zückte ihr Notizbuch und kritzelte die gewünschte Telefonnummer auf einen Zettel.

»Warum denn nicht? Du hast doch selbst in seiner Personalakte gelesen, dass er Geschichte studiert hat. Außerdem war auch er gestern Abend in Johanniskreuz. Und er ist ebenfalls Mitglied in diesem komischen Historikerverein. Genau wie dieser Stalker und unser geschätzter Oberförster.«

»Was, Kreilinger auch?«, stieß Michael Schauß verwundert aus.

»Ja. Die sind alle in diesem ominösen Verein. Den sollten wir mal intensiv unter die Lupe nehmen. Vielleicht ist das der Geheimbund, den wir suchen – oder zumindest ein Ableger davon.«

Anschließend wandte sich Tannenberg an Kriminalhauptmeister Geiger. »Du bleibst hier und hältst die Stellung. Wenn etwas Neues reinkommt, meldest du dich sofort bei mir.«

»Chef, kann ich nicht mit Ihnen mitkommen?«, bettelte der untersetzte Kriminalbeamte. »Hier drinnen wird's nachher bestimmt wieder sauheiß.« Im Vorgriff auf seine Temperaturprognose wischte er sich mit seinem Taschentuch im Genick herum.

»Nichts da! Während wir weg sind, kümmerst du dich um diesen Historikerclub. Ich will alles auf meinen Schreibtisch, was du finden kannst. Ist das klar?«

Geiger nickte brav.

»Und wenn du damit fertig bist, arbeitest du sicherheitshalber noch einmal die Akten aus den 70er Jahren durch. Vielleicht entdeckst du darin irgendwo einen Hinweis auf eine Historikergruppe – oder auf sonstwas, das uns entscheidend weiterbringt.«

Petra Flockerzie erschien im K 1. Mit hektischen Worten informierte Tannenberg seine Sekretärin über die dramatischen Ereignisse der letzten Nacht. Danach wies er sie an, im Internet nach weiteren Hinweisen auf den Decknamen *Johanna – Mission 370* zu suchen.

Inzwischen hab ich schon drei meiner besten Mitarbeiter auf diese Signatur angesetzt, dachte Tannenberg schmunzelnd, als er die Treppe hinuntertrippelte. Na ja, aller guten Dinge sind eben drei.

Die von Konrad Cambeis geführte Waldarbeiterrotte hatte ihren Einsatzort gewechselt und arbeitete nun im sogenannten Eichenkranz, einem südwestlich des Stiftswalder Forsthauses gelegenen, majestätischen Hochwald.

Als Tannenberg bei den Forstarbeitern eintraf, hatten sie dem Anschein nach gerade mit ihrer ersten Frühstückpause begonnen. Wegen der beträchtlichen Waldbrandgefahr hatten sie ihr obligatorisches Lagerfeuer mitten in einen sandigen Waldweg hineinverlegt und dessen Ausmaße reduziert. Die wettergegerbten Männer saßen auf einem dicken Eichenstamm und packten ihre Brote aus.

»Bei so einer Arbeit an der frischen Luft kriegt man einen Mordshunger«, sagte ein bärtiger Forstwirt und kramte in seinem Rucksack herum.

Mords-Hunger ist gut, dachte Tannenberg. Da sind wir ja schon gleich beim Thema.

Unterdessen war der Waldarbeiter in seinem Rucksack fündig geworden. Gierig riss er eine Dose Heringsfilet in Curry-Tomatensoße auf. Dabei bekleckerte er sich. Aber das störte ihn nicht im Geringsten. Genüsslich leckte er sich die orangenfarbene Tunke vom Handrücken.

Dieser Anblick, dieser Geruch, aber vor allem die Vorstellung, zu dieser frühen Tageszeit etwas Derartiges essen zu müssen, stülpte dem Kriminalbeamten fast den Magen um. Angewidert wandte er sich ab.

»Herr Cambeis, könnten wir mal ein paar Schritte gehen?«, sagte er mit geschürzten Lippen.

»Sicher, wenn Sie keine Angst vor Schnaken und Bremsen haben. Hier am Feuer sind nämlich keine«, gab er schmatzend zurück.

»Na, ja, so schlimm wird es wohl nicht werden.«

Mit einem dick belegten Brötchen und einer Mineralwasserflasche in Händen erhob sich der Rottenführer und kam zu Tannenberg herüber. Von aufdringlichen Fliegen umschwirrt, schlenderten die beiden einen staubigen Waldweg entlang. Als sie außer Hörweite der anderen waren, begann der Kommissariatsleiter mit der Befragung.

»Wo waren Sie heute Nacht, Herr Cambeis?«

Der mit dunkelgrünen Schnittschutzhosen und einem weißen T-Shirt bekleidete Forstwirt blieb stehen, blickte verdutzt drein. »Aber, das wissen Sie doch, wir haben uns schließlich in Johanniskreuz gesehen.« Skeptisch sondierte er sein Gegenüber. »Oder erinnern Sie sich nicht mehr daran?« Er schlug seine Zähne in das Salamibrötchen und ergänzte kauend: »Ein Gedächtnisverlust wäre bei Ihrer Kopfverletzung ja auch nicht gerade verwunderlich.«

»Selbstverständlich erinnere ich mich daran«, gab Tannenberg scharf zurück. Der hämische Unterton des Mannes hatte ihm überhaupt nicht gefallen. »Mich interessiert der Zeitraum danach.«

»Wonach? Nachdem man Sie mit dem Notarztwagen abtransportiert hat?«

»Ja, klar, was denn sonst?«, blaffte Tannenberg. Er wusste nicht, worüber er sich im Moment mehr ärgern sollte, über die vielen aufdringlichen Mücken um ihn herum oder über diesen ehemaligen Geschichtslehrer, dessen keckes Verhalten er einfach nicht richtig einzuordnen vermochte.

»Wir haben noch aufgeräumt und anschließend ein Bier zusammen getrunken«, antwortete Cambeis, nachdem er seine Wasserflasche wieder vom Mund abgesetzt hatte.

»Und wie lange waren Sie heute Nacht noch in Johanniskreuz?«

Der Waldarbeiter schöpfte tief Atem, ließ ihn hörbar ausströmen. »Also, da kann ich mich beim besten Willen nicht auf eine bestimmte Zeit festlegen. Ich hab nicht auf die Uhr geschaut.«

»Die ganze Zeit über nicht? Auch nicht im Auto oder zu Hause?«

»Ich war gestern Nacht weder im Auto noch zu Hause«, erwiderte Cambeis.

»Und wo waren Sie?«

»Im Wald. Ich hab auf einer wunderschönen Lichtung im Mondlicht geschlafen und bin dann in der Morgendämmerung auf die Jagd gegangen.«

»Kann das jemand bezeugen?«

»Ja, aber sicher: Eine zauberhafte Waldfee hat mir heute Nacht Gesellschaft geleistet«, ließ der Rottenführer mit einem süffisanten Grinsen verlauten. Als er jedoch Tannenbergs grimmigen Gesichtsausdruck sah, kehrte er in die Realität zurück und schüttelte den Kopf.

»Nein, nachdem ich von den anderen weg bin, war ich allein. Ich liebe diese Einsamkeit in der freien Natur. Eine laue Sommernacht unter dem glitzernden Firmament«, schwärmte er, »was kann es denn Schöneres geben? Diese Naturästhetik, diese Ruhe, einfach herrlich. Das würde Ihnen sicherlich auch mal guttun. Sie machen nämlich einen ziemlich abgespannten und gehetzten Eindruck auf mich.«

Du blöder, arroganter Schwätzer, schimpfte Tannenberg im Stillen. »Aber für dieses Abschlussbier haben Sie wenigstens Zeugen, oder etwa auch nicht?«, fuhr er mit der Befragung fort.

»Natürlich. Herr Kommissar, ich hab eben schon mal gesagt, dass wir *zusammen* noch ein Bier getrunken haben«, beschwerte sich Cambeis. Er klatschte sich an die Stirn. »Ach so, jetzt verstehe ich. Sie überprüfen gerade mein Alibi. Für welchen Zeitraum brauche ich denn eins?«

Stimmt, dachte der Ermittler. Es geht ja gar nicht um den Anschlag auf mich, sondern um die Zeit danach. Also, entweder weiß dieser Kerl nichts von dem neuen Opfer an der Jammerhalde oder er ist verdammt cool und gerissen.

»Zeugen für Ihren nächtlichen Umtrunk?«, setzte Tannenberg nach.

Konrad Cambeis blies die Backen auf und hob die Achseln. »Das waren viele.«

»Haben sich unter diesen *vielen* Leuten auch Herr Kreilinger und Herr Klemens befunden?«

»Ja, sicher. Die müssten Sie doch eigentlich auch gesehen haben. Aber warum fragen Sie denn ausgerechnet nach den beiden?«

»Damit wir uns mal klar verstehen, Herr Cambeis: Die Fragen stelle ich.«

»Okay, okay. Jetzt seien Sie nicht gleich so empfindlich.«

»War Johanna von Hoheneck ebenfalls bei Ihrem sogenannten Abschlussbier dabei?«

Der Rottenführer krauste die Stirn. »Ähm, Herr Kommissar, irgendwie scheinen Sie doch unter massiven Erinnerungslücken zu leiden. Denn Johanna war natürlich nicht bei uns.«

»Wieso natürlich?«

»Na ja, weil Johanna mit Ihnen im Krankenwagen mitgefahren ist.«

Um seine Irritation zu überspielen, wechselte der Ermittler das Thema: »Mal was anderes: Sie, die beiden Herren und Frau von Hoheneck sind Mitglieder in einem Historikerverein. Was …«

»Respekt!«, warf Cambeis dazwischen. »Wie ich sehe, haben sie sich bereits gut informiert.

»Gehört zu meinem Job«, erwiderte Tannenberg und versuchte abermals die Fliegen wegzuscheuchen.

»Ich kann das nicht weiter mitansehen. Sie werden von den Viechern ja fast aufgefressen«, sagte der Rottenführer und zog zwei Zigarillos aus der Brusttasche seiner Hose. »Nehmen Sie, das hilft garantiert.«

Obwohl sich der Leiter des K 1 schon vor langer Zeit das Rauchen abgewöhnt hatte und sich seitdem als militanter Nichtraucher gebärdete, griff er zu.

»Das ist so ein fürchterliches Kraut, da wird's sogar den Mücken schlecht«, lachte Cambeis.

Verdammt, was ist das nur für ein seltsamer Typ?, sinnierte Tannenberg. Ist der wirklich so total abgebrüht und spielt mir hier eine grandiose Show vor?

»Was tun Sie denn eigentlich in diesem Verein?«, fragte der Kriminalbeamte.

»Na ja, wir veranstalten regelmäßige Zusammenkünfte, und da tauschen wir uns über bestimmte geschichtliche Ereignisse aus. Man kann uns als wahre Geschichts-Enthusiasten bezeichnen. Wir sind ganz und gar von dieser Leidenschaft besessen.« Ein schimmernder Glanz zeigte sich in seinen Augen. Er räusperte sich. »Wissen Sie, was Goethe einmal dazu gemeint hat?«

»Nein, aber Sie werden es mir bestimmt gleich mitteilen.«

»Goethe hat einmal geschrieben: ›Das Beste, was wir von der Geschichte haben, ist der Enthusiasmus, den sie erregt‹. Das kann ich wirklich nur unterstreichen.«

»Und womit beschäftigen Sie sich da konkret?«, fragte Tannenberg, der diese Ergriffenheit beim besten Willen nicht nachzuvollziehen vermochte.

Cambeis sog tief die würzige Waldluft ein. »Nehmen wir mal an, wir wollten uns mit dem Thema ›30-jähriger Krieg‹ beschäftigen. Dann würde sich jeder von uns einen Teilbereich aus diesem historisch extrem interessanten Zeitraum herauspicken und die anderen darüber informieren. Wir haben auch schon gemeinsam Vorträge und Ausstellungen besucht. Manchmal schreiben wir auch Fachveröffentlichungen, die ein intensives Quellenstudium mit sich bringen. Ab und an gehen wir auch mal zusammen essen oder ...«

Er brach ab, wollte sich anscheinend versichern, ob er damit Tannenbergs Frage hinreichend beantwortet hatte. Aber der Kriminalbeamte paffte unbeeindruckt sein Zigarillo. »Na ja, ganz normale Vereinsmeierei eben«, vollendete der geschichtsbesessene Waldarbeiter.

»Schon gut«, gab sich Tannenberg zufrieden.

Hab ich denn tatsächlich erwartet, dass er jetzt sagt: Lieber Herr Kommissar, natürlich sind wir ein Geheimbund und rächen die an der Bevölkerung unserer Heimatstadt verübten Verbrechen. Wir haben mal mit dem 30-jährigen Krieg angefangen. Als nächstes kommen die Mörderbanden der Schlacht bei Morlautern dran. – Du Idiot!, beschimpfte er sich selbst.

»Hat Ihr Vater Ihnen denn noch nie etwas darüber erzählt?«, nahm Cambeis den Gesprächsfaden wieder auf.

»Mein Vater?«

»Dann wissen Sie also gar nicht, dass Ihr alter Herr ebenfalls Mitglied in unserem Verein ist«, grinste Cambeis mit schadenfroher Miene. »Allerdings erst seit ein paar Monaten. Johanna hat ihn irgendwann mal mitgebracht.«

Warum hat er mir das denn bislang verschwiegen?, pochte es unter Tannenbergs Schädeldecke. Dieser verdammte Geheimniskrämer!

Laut krächzend stieg ein Eichenhäher in die Höhe.

»Aha, die Waldpolizei ist auch schon auf uns aufmerksam geworden«, bemerkte Cambeis mit einem abschätzigen Seitenblick auf den schmauchenden Kriminalbeamten. »Der meldet jetzt garantiert an die Waldbewohner weiter, dass die Mücken den Kopf seines Kollegen von der Stadtpolizei verlassen haben.« Er lachte schallend auf. »Diese kleinen Mistviecher sitzen jetzt bestimmt irgendwo im Gras und kotzen sich wegen des Qualms die Seele aus dem Leib.«

Kein Wunder bei diesem fürchterlichen Stinkkraut, dachte Tannenberg und spuckte einen Tabakkrümel in Richtung des ausgetrockneten Waldbodens. »Mal was anderes, Herr Cambeis: Sie haben doch Geschichte studiert.«

»Whow, Herr Kommissar, Sie verstehen tatsächlich ihr Handwerk«, lobte der Waldarbeiter scheinheilig. »Was Sie schon so alles über mich herausgefunden haben. Respekt!«

Warum provoziert mich der Kerl bloß andauernd?, grübelte der Leiter des K 1. Wenn er etwas mit dieser Sache zu tun hat, ist sein Verhalten doch völlig irrational. Denn jeder normale Mensch würde sich in solch einer prekären Situation betont zurückhalten und darauf achten, sich ja nicht verdächtig zu verhalten. Und was macht dieser Waldschrat? Genau das Gegenteil.

»Kennen Sie eigentlich diese historischen Online-Rollenspiele?«, fragte Tannenberg so nebensächlich wie irgend möglich. Mal schauen, wie er jetzt reagiert, dachte er gespannt.

Aber Cambeis zeigte noch nicht einmal die Spur einer verdächtigen Reaktion. Gelassen inhalierte er den Rauch und blies ihn durch ein kleinen Loch im Mundwinkel nach draußen. »Klar, kenne ich die. Auch in unserem Verein gibt es einige Spieler. Aber die machen das nur ab und zu mal. Selbst Manfred und ich spielen manchmal bei ›Spirit of History‹ mit.«

»Welcher Manfred?«

»Manfred Kreilinger.«

Ach so, diese beiden Jagdheinis sind miteinander befreundet. Jetzt weiß ich auch, warum der Kerl sich mir gegenüber so merkwürdig verhält. Wahrscheinlich hat der Kreilinger ihn gegen mich aufgehetzt.

»Das ist schon ein seltsames Völkchen, diese Rollenspieler, Herr Kommissar«, verkündete Konrad Cambeis.

»Inwiefern?«

»Rund um den Globus starten täglich bestimmt Hunderttausende oder gar Millionen von ihnen per Mausklick ins Mittelalter. Dabei sind die historischen Angaben in diesen Spielen so was von falsch, das gibt's gar nicht.« Kopfschüttelnd klopfte er die Asche an seinem Zigarillo ab und scharrte sie mit der Fußspitze in den feinen roten Sand hinein. »Und wissen Sie, was das Komischste an diesen Leuten ist?«

»Was?«

»Echten Rollenspielern geht es nicht etwa darum, das Spiel zu gewinnen, sondern …« Er hielt inne, inhalierte schmunzelnd.

»Sondern«, drängte Tannenberg.

»Sondern für diese Typen besteht der ultimative Kick darin, aus ihrer eigenen Haut zu schlüpfen und sich möglichst realistisch in ihre Figur hineinzuversetzen. Viele von denen sind richtig süchtig nach einem Rollentausch. Da wird die fiktive Welt schnell zum Realitätsersatz und die Anerkennung der virtuellen Spielergemeinschaft wird sogar wichtiger als der berufliche Erfolg. Diese Internet-Junkies flüchten vor der Wirklichkeit und lassen sich als Helden des virtuellen Mittelalters feiern, vernachlässigen dabei jedoch ihr reales Umfeld. Oft haben diese Süchtigen keine Freunde mehr, sondern nur noch Internet-Bekannte, mit denen sie chatten.«

»Haben Sie schon mal irgendwo die Signatur *Johanna – Mission 370* gelesen?«

»*Johanna – Mission 370*? Nein, noch nie gehört. Was soll das sein?«

Nur einen Sekundenbruchteil lang hatten Cambeis Augen gezuckt und sich zu einem schmalen Schlitz verengt. Aber das reichte Tannenberg. Eben hast du dich verraten, mein lieber Waldschrat, jubilierte er in Gedanken. Er versuchte, sich seine Freude nicht anmerken zu lassen. Bin mal gespannt, wie du mit diesem Thema hier umgehst:

»Sie haben vorhin gesagt, dass Sie Jäger sind«, bemerkte er eher nebensächlich.

Cambeis nickte.

»Dann halten Sie doch sicherlich auch Jagdhunde, oder?«

»Na, klar.«

»Welche Rasse?«

»Jagdterrier. Die sind besonders scharf.«

13

Die Landesstraße 503 war an diesem heißen Julitag nur wenig befahren. Flirrende, von einer gleißenden Mittagssonne aufgeheizte Asphaltflächen wechselten sich mit beschatteten Passagen ab. Wohin man auch blickte, überall konnte man erkennen, dass die Natur gierig nach Wasser lechzte. Aber am azurblauen Himmel war weit und breit kein einziges Wölkchen zu entdecken.

Aufgrund der wochenlangen Dürre waren die kleinen Weiher im Hirschsprungtal inzwischen ausgetrocknet. Die Laubbäume am Straßenrand hatten auf die andauernde Trockenheit mit einer Art Notfallprogramm reagiert: Um das kostbare Nass einzusparen, entzogen sie ihren Blättern nach und nach die lebensnotwendige Feuchtigkeit; manche von ihnen hatten sich schon vollständig ihrer welken, blassgrünen Belaubung entledigt.

»Kahle Bäume mitten im Sommer, so was Ödes«, grummelte Michael Schauß.

Sabrina zeigte keinerlei Reaktion. Geistesabwesend starrte sie weiterhin in Richtung des schwarzgrauen Straßenbelags.

»So still, mein Schatz, was ist los mit dir?«

»Hmh?«

»Denkst du auch gerade an …«

Weiter kam der junge Kommissar nicht.

»Natürlich, schon die ganze Zeit über«, fiel ihm seine Frau ins Wort.

Michael krauste die Stirn. »Wann war das etwa – vor drei Jahren?«

»Nein, es ist fast genau vier Jahre her, seitdem wir hier waren«, korrigierte Sabrina.

»Schon so lange? Wie die Zeit vergeht.«

Am Antonihof bog der silberne Dienstwagen in die Zufahrt des Forsthauses ein. Sie parkten ihr Auto außerhalb des Geländes und gingen die letzten paar Meter zu Fuß.

Urplötzlich blieb Sabrina Schauß stehen und krallte ihre Hand in Michaels Arm. »Das kann doch gar nicht sein«, flüsterte sie. »Exakt dieses Bild ist mir von unserem letzten Besuch hier oben in Erinnerung geblieben.«

»Stimmt, so ein Zufall«, pflichtete ihr Ehemann bei.

Was die beiden Kriminalbeamten gerade vor sich sahen, entsprach in verbüffender Weise dem damaligen Szenario. Es war Tannenbergs erster Fall gewesen, in dem Kreilinger sich als ›Law-and-Order‹-Fetischist in Szene gesetzt und delikaterweise den Fall durch eigene Hand zu einem tragischen Abschluss gebracht hatte.

Kreilingers protziger Geländewagen parkte direkt vor dem Forsthaus. Der chromfarbene Rammschutz funkelte im Sonnenlicht. Genau wie bei ihrem Erscheinen vor vier Jahren hielt sich der Förster in seiner Garage auf. Er hatte den unangekündigten Besuchern den Rücken zugewandt und weidete gerade ein Stück Wild aus. Nur handelte es sich diesmal nicht um ein Wildschwein, sondern um einen Rehbock. Links neben dem unorthodoxen Schlachtraum befand sich ein Zwinger, in welchem mehr als ein halbes Dutzend Jagdhunde erwartungsvoll auf ihren Anteil an der weidmännischen Beute lauerten.

»Der hat doch sicher unser Auto gehört. Aber warum zieht er dann diese Show ab?«, flüsterte Michael Sabrina zu.

Die beiden Ermittler hatten sich in den letzten Sekunden nicht einen Millimeter bewegt. Sie standen wie in Blei gegossen und warteten gespannt darauf, wie es nun weitergehen würde. Und es kam tatsächlich genau so, wie sie es intuitiv geahnt hatten. Es war, als ob man ihnen ein und denselben Film zum zweiten Mal vorführen würde: Manfred Kreilinger, wie damals ganz in Grün gewandet, schnitt irgendwelche Innereien aus dem aufgehängten Rehbock und warf sie der gierigen Meute zu. Sofort stürzten sich die Hunde auf die blutigen Stücke und balgten sich zähnefletschend um sie.

Vor Michael Schauß' innerem Auge tauchte gerade eine weitere, noch grässlichere Filmsequenz auf, in der es sich anstatt der Wildinnereien um Menschenköpfe handelte. Obwohl er derjenige war, der diese Hypothese ins Spiel gebracht hatte, ließ ihn der Gedanke daran, dass diese Hundemeute für die Zerstörung der Gesichter verantwortlich sein konnte, zutiefst erschaudern.

Ein kurzer Seitenblick auf Sabrinas entsetzte Mimik genügte: Auch sie schien offensichtlich gerade von ähnlich makabren Assoziationen heimgesucht zu werden.

»Ach, wie schön: Die Polizei, dein Freund und Helfer«, empfing sie der blendend gelaunte Förster. »Was verschafft mir denn die Ehre Ihres hohen Besuchs? Sind Sie vielleicht auf der Suche nach einem schönen Stück Wildbret?«

Schmunzelnd zupfte er die blutverschmierten Gummihandschuhe von den Fingern und warf sie achtlos beiseite. Dann schritt er auf die beiden Beamten zu und streckte ihnen mit einem breiten Grinsen die Hand entgegen.

Doch ebenso wie ihr Mann ignorierte auch Sabrina die Nötigung zum Handschlag.

Was für ein Widerling, dachte sie voller Abscheu. Dieser Mensch ist mir so was von unsympathisch. Wolfs Aversion kann man wirklich nachvollziehen.

Kreilingers tiefliegende Augen begafften derweil den Körper der jungen Kommissarin mit lüsternen Blicken. Dabei leckte er sich über die Lippen und fuhr sich anschließend mit einem Finger über den dünnen, stark angegrauten Schnurrbart.

»Wo waren Sie heute Nacht?«, blaffte Michael in einem derart aggressiven Ton, dass sogleich einer der Jagdhunde zu knurren begann.

»Ruhig, Brutus, ruhig. Der Herr Kommissar meint es nicht böse, er ist nur ein bisschen gestresst.« Manfred Kreilinger machte einen Schritt auf den Zwinger zu. »Weißt du, Brutus, meine Freunde von der Polizei haben es wieder einmal mit einem gemeingefährlichen Mörder zu tun. Das Dumme an der Sache ist nur: Es ist mal wieder einer, der schlauer ist als sie selbst. Und genau das können diese Dilettanten nun wirklich ganz und gar nicht ausstehen.«

»Wo waren Sie heute Nacht?«, wiederholte Schauß seine Frage, diesmal allerdings bedeutend ruhiger.

»Heute Nacht? Ja, wo war ich da bloß?« Er hob das Kinn, wies damit auf seinen Hund. »Na, Brutus, weißt du das noch?« Auf ihrem Weg zurück zu Michael Schauß taxierten seine Augen den Inhalt des hautengen T-Shirts der attraktiven Kommissarin. »Lassen Sie mich bitte einen Moment nachdenken«, mimte Kreilinger weiterhin den Unwissenden.

Gemächlich wischte er sich mit einem grauen Leinen-Taschentuch den Schweiß von seiner Stirnglatze. Er grinste breit, wodurch die leicht geröteten Augen noch ein wenig kleiner erschienen. »Ach, jetzt ist es mir wieder eingefallen. Ich war in Johanniskreuz bei einem tollen Kulturevent. Ihr Chef wird Ihnen das gerne bestätigen. Der war schließlich auch dort.«

»Das hat er schon«, erwiderte Sabrina. Nur ein leichtes Beben in ihrer Stimme verriet ihre innere Anspannung. »Es geht um die Zeit danach.«

»Sie meinen, nachdem Ihr hochqualifizierter Chef vom NAW abtransportiert wurde?«

»Exakt.«

»Nun, wir haben noch eine Weile aufgeräumt und dann zusammen ein Schlummer-Bier getrunken.«

»Wie spät war es da?«

Kreilinger zuckte mit den Schultern. »Na ja, so etwa 2 Uhr.«

»Und wo haben Sie den Rest der Nacht verbracht?«

Er seufzte und bedachte Sabrina mit einem weiteren frivolen Blick. »Tja, wissen Sie, mein liebes Fräulein, wenn ich Sie mir so anschaue, fällt mir ein, was ich heute Nacht gerne getan *hätte*.«

»Also, jetzt reicht's, Sie notgeiler Waldwichtel«, herrschte ihn Michael an. »Entweder Sie reißen sich jetzt zusammen oder wir nehmen Sie vorläufig fest und bringen Sie zum Kommissariat.«

Kreilinger wollte es dem Anschein nach nicht auf die

Spitze treiben, denn mit einem Mal zeigte er sich bedeutend kooperativer: »Nur keine Aufregung. Ein kleines Späßchen wird man sich doch wohl noch erlauben dürfen. Also, ich war zu Hause, hab mich noch zwei, drei Stunden aufs Ohr gelegt. Und in der Morgendämmerung bin ich dann zur Jagd.« Mit einem zufriedenen Blick auf den erlegten Rehbock vollendete er: »Wie Sie sehen, durchaus erfolgreich.«

»Waren Sie allein?«

»Ja«, antwortete er gedehnt.

»In welchem Revier waren Sie?«

Der Förster verdrehte die Augen. »Na, in welchem wohl? In meinem eigenen natürlich.«

»Zu dem auch die Gegend um die Jammerhalde gehört. Das ist doch richtig, oder?«

»Ja, sicher, Frau Kommissarin, das ist richtig.« Er kratzte sich intensiv im Genick und zog die Oberlippe zur Nase hoch. »Aber sie müssen wissen, dass ich ein ziemlich großes Revier habe. Und in der vergangenen Nacht war ich nicht in der Nähe der Jammerhalde. Da hab ich auf meinem Lieblingshochsitz angesessen – hoch oben auf dem Großen Rossrück.« Er deutete in nordöstliche Richtung. »Der liegt direkt bei Mölschbach und ist so etwas wie deren Hausberg.«

Danach ging er zu dem Zwinger, der eigentlich eher ein umzäunter Freilauf war. Die recht klein gewachsenen Jagdhunde kamen zu ihrem Herrchen gerannt. Sie kletterten mit den Vorderpfoten den Maschendrahtzaun empor und ließen sich von ihm kraulen. Dabei triefte Blut aus ihren mit kräftigen Zähnen bewehrten Fängen.

Angewidert riss Sabrina ihren Blick von diesem makabren Szenario los und schaute kurz hinüber zu dem überaus schmucken Forsthaus. Dann fasste sie ihn wieder scharf ins Auge. »Herr Kreilinger, können Sie mit *Johanna – Mission 370* etwas anfangen?«, stellte sie nun die Frage, die sie sich eigentlich für einen späteren, günstigeren Zeitpunkt aufheben wollte. Aber dieser Satz war unkontolliert über ihre Lippen gesprudelt.

»Womit?«

Sabrina wiederholte die mysteriöse Internetsignatur und achtete dabei auf eine verräterische Reaktion Kreilingers. Aber der Förster reagierte völlig natürlich und unverdächtig. Entweder wusste er wirklich nichts darüber oder er hatte sich extrem gut auf diese Befragungssituation vorbereitet: »Nee, hab ich noch nie gehört«, behauptete er. »Was soll das sein?«

Die junge Kommissarin machte keine weiteren Angaben, sondern wechselte das Thema: »Sie sind doch Mitglied in diesem Historikerverein, der sich ...«

»Genau wie der Vater Ihres Chefs. Übrigens ein sehr netter, umgänglicher Mensch. Ganz im Gegensatz zu seinem Sohn, diesem ungehobelten, aggressiven Idioten.« Als er Sabrinas vor Zorn aufblitzende Augen sah, ergänzte er: »Können Sie ihm ruhig von mir ausrichten – genau mit diesen Worten!«

Ganz cool bleiben, der will dich nur provozieren, mahnte sich Sabrina zur Gelassenheit. Sie atmete einmal kräftig durch, dann sagte sie: »Herr Kreilinger, Sie waren doch damals so etwas wie ein Zeitzeuge.«

Der Förster schürzte irritiert die Lippen. »Zeitzeuge bei was? – Und wann damals?«

»Na, in den 70er Jahren. Da haben Sie ein ermordetes Pärchen an der Jammerhalde gefunden. So steht es jedenfalls in den Akten. Stimmt das?«

Kreilinger beantwortete die Frage mit einem Nicken.

»Irgendwie ist es doch mehr als merkwürdig«, fuhr Sabrina fort, »dass ausgerechnet Sie bereits kurze Zeit, nachdem ein Leichnam an der Jammerhalde gefunden wurde, dort aufgekreuzt sind.«

Kreilinger zog sein Kinn zum Hals. »Jetzt enttäuschen Sie mich aber, mein liebes Fräulein. Das, worauf Sie anscheinend gerade hinauswollen, ist meines Erachtens völlig unlogisch«, erwiderte er in arrogantem Ton.

»Worauf will ich denn hinaus?«

»Also nehmen wir mal für einen Moment an, ich wäre der gesuchte Täter. Glauben Sie denn allen Ernstes, ich wäre so blöd und würde ausgerechnet dann an der Jammerhalde auftauchen, wenn die Kripo dort ist? Für wie doof halten Sie mich eigentlich?«

Nein, doof bist du sicherlich nicht, dachte Sabrina, sondern verdammt gerissen!

»Genau das könnte aber das vermeintlich Geniale an Ihrem Vorgehen sein«, mischte sich Michael Schauß ein: »Vielleicht spekulieren Sie ja darauf, dass Sie sich gerade dadurch von einem Tatverdacht befreien können, indem Sie sich ausgesprochen verdächtig verhalten. Und wir uns sagen: So blöd kann der doch gar nicht sein.«

»Interessanter Gedanke.«

»Nicht wahr?« Kommissar Schauß hob den Zeigefinger. »Ich sag Ihnen jetzt mal etwas im Vertrauen: Ganz so blöd, wie *Sie* anscheinend meinen, sind *wir* nun auch wieder nicht.«

»Nichts für ungut, war schließlich nur eine Gedankenspielerei«, erwiderte der Förster.

»Haben Sie eigentlich eine Erklärung für den Diebstahl dieser Waldarbeiter-Praxe?«, erhöhte Sabrina den Druck. Kreilinger durfte nun keine Verschnaufpause mehr gegönnt werden.

»Nein«, gab der Förster kopfschüttelnd zurück.

»Sagen Sie mal, Sie sind ja offenkundig bestens mit den Herren Cambeis und Klemens bekannt.«

»Ja, sicher, ist das etwa verboten?«

»Nein, selbstverständlich nicht«, lachte Michael Schauß. »Ich weiß schließlich selbst, dass nichts über eine gute Männerfreundschaft geht. Da spricht man ja über vieles, wenn nicht sogar über alles, worüber man sonst nicht redet.«

Interessiert spitzte seine Frau die Ohren. Kreilinger dagegen nickte verschwörerisch.

»Sie haben sich doch gestern Abend in Johanniskreuz getroffen. Da haben Sie sich bestimmt auch über die Morde an der Jammerhalde unterhalten, nicht wahr?«

Der Förster wiegte den Kopf hin und her. »Nein. Dazu hätten wir auch gar keine Zeit gehabt. Wir mussten schließlich diesen Event organisieren und für den reibungslosen Ablauf der Veranstaltung sorgen. Nur als der Künstler vorgelesen hat, haben wir uns mal kurz getroffen und ein bisschen miteinander geklönt. Allerdings nicht über die Morde, nein. Dazu sind wir vor lauter Staunen überhaupt nicht mehr gekommen.« Er stockte, wartete auf eine Gegenfrage, die auch prompt gestellt wurde.

»Worüber haben Sie denn so gestaunt?«, wollte Sabrina wissen.

»Na, darüber, dass unser appetitliches Zuckerpüppchen Hanne, auf das wir alle so scharf sind, ausgerechnet mit Ihrem Chef bei diesem Event aufgekreuzt ist. Wo doch jeder weiß, was ihr Chef für ein merkwürdiger, verschrobener Vogel ist –, um es einmal zurückhaltend auszudrücken.«

Sabrina ließ sich nicht aus dem Konzept bringen. »Aber zu einem anderen Zeitpunkt haben Sie sich über die Jammerhalde-Morde unterhalten, nicht wahr?«

»Na klar, das ist ja auch zur Zeit *das* Thema.«

»Und, was haben Sie darüber gesprochen?«

Er drohte ihr scherzhaft mit dem Zeigefinger. »Sie sind aber ganz schön neugierig, mein liebes Fräulein. Nun gut, ich will mal nicht so sein«, meinte er gönnerhaft.

Sabrina schenkte ihm ein herablassendes Lächeln.

Kreilinger räusperte sich theatralisch. »Ich kann mit Fug und Recht behaupten, dass ein jeder von uns sehr großes Verständnis für den Täter aufbringt.«

Beide Kriminalbeamte elektrisierte diese Aussage bis ins Mark hinein. Wie gerade an Land geworfene Fische schnappten sie mit weit aufgesperrten Mündern nach Luft.

Noch bevor sie diesen Schock verdaut hatten, fuhr Kreilinger schmunzelnd fort: »Natürlich nicht in der Art, dass wir seine brutalen Morde billigen würden – wo denken Sie denn hin? Wir sind ja schließlich alle zivilisierte Menschen«, relativierte er seine provokative Aussage.

Mit einem zufriedenen Blick sondierte er die Mitarbeiter des K 1. »Nein, wir freuen uns nur klammheimlich darüber, dass durch seine Taten die bislang ungesühnten Verbrechen an der Bevölkerung unserer Heimatstadt ins Licht der Öffentlichkeit gerückt wurden. Nun haben die Opfer endlich ein wenig Gerechtigkeit erfahren. Zwar über dreieinhalb Jahrhunderte zu spät und nur symbolisch, aber immerhin. Da gibt es nämlich noch einiges zu tun, kann ich Ihnen flüstern. Wir selbst haben auch schon öfter mal mit dem Gedanken gespielt, offensiv diese Schandtaten als das zu brandmarken, was sie definitiv sind.«

»Und was sind sie?«, fragte Michael, der als erster seine Sprache wiedergefunden hatte.

Manfred Kreilingers zuvor schon recht laute Stimme schlug mit einem Mal in Schreien um: »Barbarische Verbrechen an den Bürgern unserer Stadt waren das!« Außer sich vor Zorn drosch er mit der flachen Hand auf die Garagenwand ein. »Bis heute sind die nämlich alle ungesühnt!« Er atmete heftig und korrigierte sich keuchend: »*Waren* bis vor kurzem ungesühnt.«

»Sammeln Sie zufällig historische Waffen?«, beteiligte sich nun auch wieder Sabrina an der Befragung.

»Bitte? … Was?«, hechelte Kreilinger, der sich gedanklich anscheinend so sehr in dieses Thema eingeklinkt hatte, dass er sich zunächst überhaupt nicht auf etwas anderes konzentrieren konnte. Geistesabwesend blickte er auf seine rechte Hand, die zu bluten angefangen hatte. »Scheiß Rauputz«, zischte er wütend.

»Ob Sie historische Waffen sammeln«, wiederholte unterdessen die junge Kommissarin, »hab ich Sie gerade gefragt.«

Der zornesgerötete Förster tupfte schweigend das

Blut mit seinem Taschentuch ab. Man hatte den Eindruck, dass er sich mit aller Macht zu beruhigen versuchte. Er kniff die Lippen zusammen und presste die Kiefer so fest aufeinander, dass man das Spiel seiner Kaumuskeln, die sich unter der bleichen Gesichtshaut abzeichneten, deutlich erkennen konnte.

»Sammeln ist vielleicht übertrieben«, ließ er in einen leichten Seufzer hinein verlauten, »aber im Keller hängen ein paar alte, verrostete Dinger an der Wand.«

»Dann zeigen Sie uns die bitte mal«, forderte Sabrina.

»Nee, wertes Fräulein. Ohne richterliche Durchsuchungsanordnung läuft hier rein gar nichts mehr.«

»Benötigen wir sowieso nicht«, behauptete Michael, während ein triumphales Lächeln seinen Mund umspielte. »Gefahr in Verzug. Also, wo sind diese Waffen?«

»Sie fahren aber ganz schön dicke Geschütze auf, Herr Kommissar. Da werde ich mich wohl am besten gleich mal um einen Anwalt kümmern. Der wird sich sicherlich freuen. Ob diese rechtlich äußerst fragwürdige Aktion allerdings Ihrer Karriere förderlich sein wird, wage ich ernsthaft zu bezweifeln. Ich kenne sehr einflussreiche Leute«, verkündete Kreilinger.

Der Kriminalbeamte ließ sich von dieser Drohung nicht einschüchtern. »Da machen Sie sich mal keine Gedanken. Überlegen Sie sich lieber Ihre Alibis für die anderen Tatzeiten.«

Kreilingers Gesicht leuchtete auf. »Was heißt denn hier ›andere Tatzeiten‹? Gibt es etwa schon wieder einen neuen Mord?« Er klatschte sich mit der unverletzten Hand an die Stirn. »Logisch, sonst wären Sie garantiert nicht extra hier zu mir herausgefahren, sondern hätten mich telefonisch ins Kommissariat bestellt.«

Was gäbe ich dafür, wenn ich diesem Mistkerl unter die Glatze schauen könnte, dachte Michael. »Sie werden sicherlich Verständnis dafür haben, dass wir Ihnen aus ermittlungstaktischen Gründen keinerlei Auskünfte erteilen können.«

»Wenn's etwas Neues gibt, erfahre ich das eh aus den Medien. Ich hab heute nur noch keine Zeit gehabt, Nachrichten zu hören.«

»Also, denken Sie scharf nach, wo Sie zu den anderen Tatzeiten waren. Für heute Nacht haben Sie ja kein besonders glaubwürdiges Alibi.«

»Und wann waren diese anderen Tatzeiten genau?«

»Das sagen wir Ihnen gleich nachher im Kommissariat. Sie können jetzt übrigens gerne Ihren Anwalt verständigen.«

»Das werde ich auch gleich tun«, knurrte der Revierförster. Dann verzog er sich ins Haus und führte ein Telefonat.

Ein paar Minuten später entdeckten die Ermittler in einem partykellerähnlichen Raum neben Teilen einer alten Ritterrüstung mehrere Hieb- und Stichwaffen sowie einen Morgenstern. Michael Schauß erklärte die historischen Waffen allesamt als polizeilich beschlagnahmt. Er verstaute sie in Plastiktüten und transportierte sie mit Hilfe von Sabrina zu ihrem Mercedes-Kombi.

Während die beiden Ermittler an ihrem Auto auf Kreilinger warteten, nahm der junge Kriminalbeamte seine Frau in den Arm und verkündete strahlend: »Darüber wird sich unsere Kriminaltechnik aber sehr freuen.«

»Nicht nur die, Wolf sicherlich auch«, gab Sabrina schmunzelnd zurück und drückte ihrem Mann einen zärtlichen Kuss auf die Wange.

»Sollten wir den alten Wolf nicht besser sofort anrufen?«

»Nein, nein, Schatz, das wird eine Überraschung. Was meinst du wohl, was der für Augen machen wird.«

Der Leiter der Kaiserslauterer Mordkommission befand sich gerade auf dem Weg zu seiner Dienststelle, als ihn Krummenackers Anruf erreichte. Der Kriminalhauptmeister forderte ihn auf, so schnell wie möglich zum sogenannten ›Max und Moritz‹ zu kommen. Dann war das Gespräch plötzlich zu Ende. Der Akku seines Handys war mal wieder leer, und in seinem feuerroten Privat-PKW gab es natürlich keinen Sprechfunk.

Tannenberg wusste zwar nicht, wie diese beiden Hochhäuser zu ihrem ungewöhnlichen Namen gekommen waren, aber er wusste natürlich, dass nur der Gebäudekomplex Ecke Mainzerstraße und Benzinoring gemeint sein konnte.

Verdammt, da ist doch Hannes Wohnung, schoss ihm ein Gedankenblitz durch den Kopf. Quatsch, dort ist sie ja ausgezogen und lebt jetzt wieder bei ihren Eltern auf dem Gestüt Weiherfelderhof. Oder vielleicht doch nicht? Was ist denn überhaupt noch wahr, verflucht nochmal? Irgendwie blicke ich im Moment nicht mehr durch. Ich fühl mich wie in einem Labyrinth, renne hin und her, finde aber einfach keinen Ausgang. Verdammt, verdammt, hoffentlich ist ihr nichts passiert.

Was kümmert dich das denn noch?, meldete sich seine innere Stimme zu Wort. Schmink sie dir endlich ab! Diese Frau steckt ganz tief drin in diesem Historiker-Wahnsinn. Wahrscheinlich ist sie sogar die Hauptakteurin. Zwar vielleicht nicht unbedingt die Mörderin, wohl eher diejenige, die im Hintergrund die Fäden zieht. Warum sonst ist sie so urplötzlich verschwunden und seitdem wie vom Erdboden verschluckt – he, du verblendeter Traumtänzer? Und warum meldet sie sich nicht bei dir, wenn sie mit der ganzen Sache nichts zu tun hat? Komm endlich von deiner Wolke sieben herunter und finde dich damit ab, dass sie nichts weiter als eine Schimäre war.

Plötzlich flammten direkt vor ihm grellrote Lichter auf. Er trat reflexartig auf die Bremse, wodurch er gerade noch eine Kollision vermeiden konnte. Wütend schrie er los und beschimpfte die vor ihm stehende Autofahrerin mit derben Kraftausdrücken. Passanten blieben stehen und zeigten zu ihm herüber. Erst jetzt wurde ihm bewusst, dass er in einem geöffneten Cabrio unterwegs war und ihn somit jeder hören konnte. Peinlich berührt zog er den Kopf ein und kramte im Handschuhfach herum. Hinter ihm hupte es. Er schnellte in die Höhe, gab Vollgas und preschte mit quietschenden Reifen über die Kreuzung hinweg.

Im Erdgeschoss des Hochhauskomplexes traf Tannenberg auf den Hausmeister. »Wissen Sie, wo meine Kollegen sind?«, herrschte er ihn an.

»Welche Kollegen?«

Erst nachdem er seinen Dienstausweis gezückt hatte, erhielt er die gewünschte Auskunft. Ungeduldig wartete er auf den Lift, trippelte nervös auf der Stelle herum. In der 9. Etage sprang er aus dem Aufzug und blickte sich suchend um. Er eilte den rechten Flur entlang, entdeckte aber niemanden. Dann hastete er den anderen langen Korridor hinunter. Aber auch da war niemand. Eine Tür öffnete sich. Er fragte nach Hannes Wohnung.

»Eine Etage tiefer«, bekam er zur Auskunft. Nun nahm er das Treppenhaus. Am Ende des Flurs entdeckte er schließlich Hannes Türschild. Er läutete, während er sein Ohr aufs Türblatt legte. Dann trommelte er gegen die Sperrholzplatte.

Schräg gegenüber öffnete sich eine Wohnungstür und ein Streifenpolizist lugte tadelnd zu ihm herüber. Nachdem er jedoch den vermeintlichen Randalierer als Leiter des K 1 identifiziert hatte, entspannten sich seine Gesichtszüge schlagartig.

Tannenberg ging zu seinem Kollegen, begrüßte ihn kurz. Er warf einen Blick auf das Messingschildchen: ›Alexander Fritsche‹ stand darauf zu lesen.

Ich Idiot, beschimpfte er sich im Stillen, es geht überhaupt nicht um Hanne, es geht um diesen Stalker. Natürlich, der wohnt ja auch hier. Hat mir Hanne doch selbst erzählt. Mann, Mann, Mann.

»Wolf, da bist du ja endlich«, empfing ihn Krummenacker, der inzwischen ebenfalls an der Tür erschienen war.

»Was gibt's denn so Wichtiges?« Im Flüsterton ergänzte er: »Ist Fritsche etwa da drin?«

»Nein, nein. Der hat sich wohl aus dem Staub gemacht.«

»Ja, und warum machst du dann so eine Hektik und bestellst mich hierher?« Sein Tonfall wurde unbeherrschter. »Meinst du denn, ich habe nichts anderes zu tun, oder wie?«

»Doch, doch, Wolf, sicher. Ich dachte nur …« Krummenacker stockte, überlegte einen Augenblick und formulierte dabei seinen Satz um: »Dir ist es doch immer am liebsten, wenn du dir eine Wohnung in aller Ruhe anschauen kannst. Ich meine: Bevor die Spusi alles auf den Kopf stellt.«

»Hast ja recht. Gut gemacht«, lobte der Leiter des K 1. »Dann lasst mich jetzt bitte ein paar Minuten allein.«

Die beiden Streifenpolizisten nickten und verließen die Wohnung.

Manche seiner Kollegen hegten wenig Verständnis für seine Marotte. Darüber ging er jedoch selbstbewusst hinweg. Für ihn spielte das Inspizieren der Wohnung eine eminent wichtige Rolle bei der Beurteilung der Persönlichkeit eines Verdächtigen. Das intensive Eintauchen in die Lebenswelt eines ihm völlig unbekannten Menschen verschaffte ihm wertvolle Informationen über die betreffende Person, wovon diese natürlich nichts wissen konnte.

Schon oft hatte er während eines Verhörs sein Gegenüber mit Details aus dessen Leben derart aus dem Konzept gebracht, dass dieser Mensch plötzlich das Gefühl bekam, ihm nichts mehr verheimlichen zu können – weil er offensichtlich weitaus mehr über ihn wusste, als dieser vermutete.

Die Sache funktionierte allerdings nur, wenn er sich ganz alleine in einer Wohnung oder einem Haus aufhalten konnte und die Spurensicherung noch nicht mit ihrer Arbeit begonnen hatte. Diese kriminalistische Expedition in unbekanntes Terrain folgte stets dem selben Ablaufschema: Tannenberg schloss die Eingangstür und verweilte ein paar Sekunden lang im Flur. Zuerst versuchte er das typische Flair der jeweiligen Wohnung in sich aufzunehmen. Dazu zählten neben den Geräuschen und den Lichtverhältnissen auch der ureigene Geruch, der zu jeder menschlichen Behausung gehörte. Danach betrat er nacheinander alle Räume, öffnete Schränke, stöberte in Regalen und Schubladen, setzte sich auf Stühle und Sessel. Manchmal schaltete er auch den Fernseher ein oder benutzte die Toilette.

In Fritsches Wohnung herrschte ein ziemliches Chaos. Hier lebte offenkundig ein Mensch, der mit seinem Leben nicht mehr zurechtkam. Im Flur lagerten Mülltüten und ungeputzte Schuhe wild durcheinander. In der Küche stapelte sich ungewaschenes Geschirr und Fastfood-Verpackungen. In Schlafzimmer und Bad türmten sich Kleider- und Wäscheberge. Die einzigen Orte, die von einem ordnungsliebenden vorherigen Leben des ehemaligen Bankangestellten Alexander Fritsche zeugten, waren die Wände der Drei-Zimmer-Wohnung.

Tannenberg konnte seine Augen einfach nicht davon losreißen. Wie von starken Magneten angezogen haftete sein Blick auf den mit Raufaser tapezierten Wänden und glitt von einem der Bilder zum anderen. Aber es waren keine Aquarelle, Grafiken oder Kunstdrucke, wie er sie sonst in den von ihm besuchten Wohnräumen vorfand. Nein, es handelte sich ausschließlich um Fotografien – und alle hatten nur ein einziges Motiv: Johanna von Hoheneck.

Die akkurat angeordneten Bilder zeigten die attraktive Historikerin beim Einkaufen, beim Autofahren, beim Spazierengehen oder beim Eisessen in einem Straßencafé. Farbfotos in Postergröße hingen neben kleinformatigen Porträtaufnahmen. Alexander Fritsche schien geradezu besessen zu sein von dieser Frau. In jedem Zimmer der Wohnung war Johanna präsent, sogar auf dem Badezimmerschränkchen stand ein gerahmtes Foto von ihr, auf das ein dickes rotes Herz aufgemalt war. In einer Schublade entdeckte Tannenberg einen Stapel Fotos. Er suchte sich zwei besonders gelungene Aufnahmen aus und ließ sie in seiner Sommerjacke verschwinden.

Dann setzte er sich an den Schreibtisch des Stalkers und fuhr den PC hoch. Im ersten Augenblick erschrak er, denn Fritsche hatte Johanna als Hintergrundmotiv gewählt. Man konnte Wolfram Tannenberg sicherlich nicht als Computerexperten bezeichnen, aber die Grundfunktionen beherrschte er durchaus. Auf dem Desktop befand sich außer den festinstallierten Softwaresymbolen und dem Button eines Internetproviders lediglich ein einziger Ordner: Er trug den Namen ›Johanna‹ und enthielt eine Unmenge Digitalfotos.

Dann ging Tannenberg online und rief die Favoritenliste auf. ›Spirit of History‹ stand ganz oben. Mit einem Doppelklick landete er auf der Startseite. Ein Fenster öffnete sich. Es verlangte nach einem Zugangspasswort für den Mitgliederbereich.

»Verfluchter Mist«, zischte der Kriminalbeamte. Da muss der Mertel gleich mal ran, dachte er und zückte sein Handy. Oh nein, der Akku ist ja alle.

Genervt erhob er sich und suchte in der Wohnung nach einem Telefonapparat. Im Flur entdeckte er die Anschlussbuchse. Er folgte dem grauen Kabel bis ins

Schlafzimmer, wo unter einem Sweatshirt der Apparat lag. Obwohl der Anrufbeantworter nicht blinkte, hörte Tannenberg wie stets bei seinen Wohnungsinspektionen routinemäßig die gespeicherten Nachrichten ab.

»Hallo Alex, hier ist Johanna. Ich muss dich wegen der ›Jammerhalde-Aktion‹ sofort sehen. – Freitag, 17. Juli, 6 Uhr 21«, ergänzte eine blecherne Maschinenstimme.

Fritsche hat diese Nachricht heute Morgen abgehört, schlussfolgerte Tannenberg. Also ist er nach seinem Crash in Johanniskreuz hierher zurückgekehrt. Aber wieso meldet sich Hanne freiwillig bei ihm, will sich sogar mit ihm treffen? Ich dachte, sie will nichts mehr mit ihm zu tun haben, fürchtet sich vor ihm. Und jetzt das. Wie passt das bloß alles zusammen?

Er stützte die Ellenbogen auf die Schreibtischunterlage, faltete wie betend die Hände und berührte mit seinen Daumennägeln die Unterlippe. Während er den Kopf sanft hin- und her bewegte, glitten die Schneidezähne über die Daumenkuppen hinweg. Eine explosive Mischung aus Verzweiflung und Wut breitete sich in ihm aus.

Vielleicht bin ich ja auch völlig auf dem Holzweg, dachte er. Möglicherweise steckt etwas ganz anderes hinter dieser Jammerhalde-Aktion, wie Hanne es genannt hat. Am Ende war vielleicht auch Fritsches Auftritt gestern Morgen am Pfalzinstitut nur inszeniert. Für mich inszeniert? Aber wozu? Um mich abzulenken – aber wovon?

Vielleicht ist sogar diese ganze Stalkergeschichte frei erfunden und die beiden sind in Wirklichkeit ein Paar?

»Jetzt reicht's, verdammt nochmal«, polterte er ungehalten los.

Er schlug mit beiden Händen auf die Tischplatte und schnellte in die Höhe. Er eilte zu seinen Kollegen und wies sie an, Alexander Fritsche sofort auf die Fahndungsliste zu setzen.

»Ich soll dir von Schauß ausrichten, dass sie einen gewissen Klemens nicht erreichen konnten«, verkündete Krummenacker. »Nach Angaben seiner Schwester soll er irgendwo in der Stadt unterwegs sein, besitzt aber anscheinend kein Handy. Wenn er nach Hause kommt, sagt sie ihm, dass er sich umgehend bei euch melden soll.«

Tannenberg nickte. »Gut. Ihr bleibt bitte hier und wartet auf Mertel. Ich bin im K 1 zu erreichen, falls es noch irgendetwas Wichtiges gibt.«

Vielleicht sollte ich diesen Klemens ja gleich mit zur Fahndung ausschreiben, sinnierte er, als er vor der Lifttür stand. Am besten sollten wir sofort diese ganze verfluchte Historikerbande einbuchten!

»Na, mein lieber Goethe, du seniler Dichtervogel, da hast du mit deinem blöden Spruch wohl ziemlich daneben gelegen«, brabbelte er vor sich hin. »Von wegen Enthusiasmus, den die Geschichte erregt – Wahnsinn erzeugt sie!«

14

Petra Flockerzie saß nun schon seit über zwei Stunden an ihrem Computer und surfte im Internet. Die erste halbe Stunde hatte sie auftragsgemäß alle möglichen Suchmaschinen und historischen Datenbanken durchforstet, sich mit dem Decknamen ›Flocke‹ in mehreren Chatrooms eingeloggt, aber trotzdem keinen einzigen Hinweis auf die gesuchte Signatur gefunden. Noch nicht einmal das Geschichts-Forum, auf das Tannenbergs Vater gestoßen war, brachte neue Erkenntnisse.

Dort waren nach wie vor nur die beiden Einträge verzeichnet, die Tannenberg bereits im Krankenhaus gelesen hatte. Mehr oder weniger aus Zufall war sie irgendwann in einem Diätforum gelandet, in dem alle nur erdenklichen Abspeckverfahren diskutiert und mit Erfahrungsberichten versehen wurden. Da konnte sie natürlich nicht widerstehen.

Obwohl der Ventilator unermüdlich gegen die heiße, stickige Luft ankämpfte und sie sich mit einem dünnen Aktenordner Luft zufächelte, meinte sie plötzlich, diese Situation einfach nicht mehr länger ertragen zu können. Zudem brannten ihre Augen, der Rücken schmerzte, der Schweiß floß in Strömen.

Und je länger sie in diesem Diätforum las, umso heftiger knurrte ihr Magen. Mit einem Wort: Sie benötigte dringend ihre Mittagspause. Sie war die einzige, die in der Mordkommission die Stellung hielt. Geiger hatte sich mal wieder der Anweisung seines Chefs widersetzt und sich nach einem längeren Abstecher in die Kantine ins bedeutend kühlere Archiv verdrückt. Den Auftrag, sich eingehend über den historischen Verein zu informieren, hatte er kurzerhand auf unbestimmte Zeit verschoben.

Die Sekretärin ging zum Waschbecken und erfrischte sich ein wenig. Als sie sich gerade prustend das Gesicht abtupfte, ging die Tür auf und Tannenberg betrat das K 1. Als erste Amtshandlung versorgte er den Akku seines Handys mit Strom. Petra Flockerzie nahm unterdessen wieder an ihrem Schreibtisch Platz.

»Chef, da sind Sie ja endlich«, empfing sie ihn in vorwurfsvollem Ton. »Ich hab Sie die ganze Zeit über zu erreichen versucht. Aber Sie …«

»Warum?«, fiel ihr Tannenberg ins Wort. »Wo brennt's denn?«

»Michael und Sabrina haben bei diesem Kreilinger Waffen aus dem Mittelalter entdeckt. Der Mertel ist schon dran. Außerdem hat der Förster kein Alibi für heute Nacht.«

»Sehr gut«, freute sich der Kriminalbeamte und schlug die Zähne in seinen Döner. »Wo sind die denn alle?«, schob er schmatzend nach.

»Unten in dem alten Verhörraum im Keller. Da ist es nicht so schrecklich heiß.«

»Da geh ich auch gleich mal runter. Aber jetzt muss ich erstmal in Ruhe fertigessen. Wenn ich den Kreilinger sehe, vergeht mir nämlich sofort der Appetit. Und das wäre doch jammerschade – bei dem Festschmaus.«

Gleich als Petra Flockerzie den Döner in den Händen des Kommissariatsleiters gesehen hatte, war ihr das

Wasser im Munde zusammengelaufen. Nun dachte sie mit trauriger Miene an ihr eigenes Mittagsessen, das mal wieder aus dünn mit Diätmargarine bestrichenem Knäckebrot, Magerquark, einer Tomate und ein paar Radieschen bestand.

»Und Flocke, hast du im Internet etwas Interessantes gefunden?«, fragte er kauend.

»Nein, leider nicht«, seufzte sie, die Augen weiterhin sehnsüchtig auf den verführerischen Döner gerichtet. »Ich hab die ganze Zeit nach dieser *Johanna – Mission 370* gesucht. Heute Nacht träume ich bestimmt davon. Aber jetzt brauch ich erst mal eine Pause.«

Selbstverständlich waren Wolfram Tannenberg die gierigen Blicke seiner Sekretärin nicht entgangen. Spontan beschloss er, die gute Seele des K 1 einem Test zu unterziehen. Wie heißt es so schön: Der Geist ist willig, doch das Fleisch ist schwach, sagte er zu sich selbst. Mal sehen, wie lange sie das aushält. Meine Prognose: keine zehn Sekunden. Wenn ich gewinne, versumpfe ich heute Abend mit Rainer in einem Biergarten. Demonstrativ leckte er die Knoblauchsoße aus den Mundwinkeln, während er genüsslich brummte. »Hmh, schmeckt der gut. Also so einen köstlichen Döner hab ich wirklich noch nie gegessen, Flocke.« Dann schaute er auf die Wanduhr.

Dem Anschein nach zu urteilen, litt die korpulente Frau gerade unter Höllenqualen. Von Heißhungerattacken gepeinigt, schluckte sie mehrmals hintereinander. Ein Ruck ging durch ihren beleibten Körper. Sie drückte sich in die Höhe und erklärte im Stehen. »Ich halt's einfach nicht mehr aus. Ich pfeif auf die Diät und hol mir jetzt auch einen!«

Grinsend streckte ihr Tannenberg die Handflächen entgegen. »Gemach, gemach, meine liebe Flocke. Ich mach dir einen besseren Vorschlag: Du setzt dich jetzt wieder an deinen Computer und stöberst noch ein bisschen im Internet. Wir brauchen unbedingt so schnell wie möglich alle verfügbaren Informationen. Diese Verrückten morden garantiert weiter, wenn wir sie nicht rechtzeitig enttarnen und diesen Wahnsinn stoppen. Du musst unbedingt weitermachen!«, forderte er. Mit einem gönnerhaften Lächeln schob er nach: »Dafür spendiere ich dir nicht nur einen Döner, sondern geh ihn dir auch noch höchstpersönlich holen. Einverstanden?«

Sie nickte ergeben und nahm wieder Platz.

»Übrigens hab ich vor kurzem in irgendeinem Apothekenheftchen gelesen, dass eine Diät viel dauerhafteren Erfolg hat, wenn man ab und an eine Diätpause dazwischen schiebt und sich etwas Gutes gönnt«, legte Tannenberg nach.

»Glauben Sie wirklich, Chef, dass ich ...?«

»Ja, natürlich, Flocke«, fiel er ihr ins Wort. »Das ist doch auch logisch, oder? Dann kann sich diese Fressgier nämlich gar nicht erst richtig aufbauen.«

Dieser Argumentation vermochte Petra Flockerzie nichts entgegenzusetzen. Oft genug hatte sie diesen sogenannten Jojo-Effekt schon am eigenen Leib zu spüren bekommen. Die mühsam abgehungerten Pfunde waren ruckzuck wieder auf den Rippen.

Nur wegen diesem blöden Heißhunger, schimpfte sie innerlich. Der Chef hat vollkommen recht. Nachdem sie sich zu einer sofortigen Diätpause entschlossen hatte, wandte sie sich wieder voller Tatendrang ihrem Rechercheauftrag zu und freute sich auf ihr Mittagessen.

Der Leiter des K 1 lief zunächst die Treppen hinunter in den Keller. Sabrina Schauß, die ihren Chef vor der Tür erwartete, eröffnete ihm, dass Kreilinger sich zum Schweigen entschlossen habe, da er sich zuerst mit seinem Anwalt beraten wolle. Ihr Vorgesetzter warf einen Blick durch den Einwegspiegel in den Verhörraum, wo Kreilinger stocksteif und stumm an einem Tisch saß.

Da es für ihn hier erst einmal nichts zu tun gab, stattete Tannenberg seinem Kollegen Mertel einen kurzen Besuch ab, der im Labor der Kriminaltechnik die historischen Waffen inspizierte. Bislang hatte dieser jedoch weder auf dem Morgenstern noch auf den anderen alten Waffen Blutspuren entdecken können.

Als Tannenberg gerade überlegte, ob er nun den Rechtsmediziner anrufen und ihn um die aktuellen Obduktionsergebnisse bitten sollte, läutete das Telefon. Es war seine Sekretärin. Vor lauter Aufregung brachte sie lediglich wirre Satzfetzen zustande. Er eilte sofort die Treppen hoch zu ihr.

»Da, da«, stammelte Petra Flockerzie, als ihr Chef schnaubend bei ihr eintraf. Sie tippte auf den Computermonitor. »Diese Johanna ist gerade online.«

Wolfram Tannenbergs Augen rasten förmlich über die unfassbaren Sätze hinweg:

Während Sie letzte Nacht ›Spirit auf History‹ gespielt oder geschlafen haben, waren wir wieder aktiv. Nicht in einem Rollenspiel, nein, in der Wirklichkeit. Im Gegensatz zu Ihnen haben wir dem Geist der Geschichte

Leben eingehaucht. Unsere Organisation hat ein wei-
teres Exempel statuiert. Wieder an einem Nachkommen
eines der damaligen Täter. Diesmal hat unser Kämpfer
mit einem Morgenstern Rache geübt, einer der fürch-
terlichsten Waffen des 30-jährigen Kriegs.

Schon bald können Sie es in allen Zeitungen lesen.
Unsere Mission schreitet unaufhaltsam fort. Die nächs-
ten Opfer sind bereits ausgespäht.

Wollen Sie nicht endlich auch etwas tun, anstatt immer
nur diese albernen Computerspielchen zu veranstalten?
Los, geben Sie sich einen Ruck und tun Sie endlich etwas
Produktives! Helfen Sie mit, die Verantwortlichen für
die Greueltaten an Ihren Vorfahren zu bestrafen. Auch
Ihre Großväter und Urgroßväter waren unschuldige
Opfer! Nehmen Sie teil an einem Rachefeldzug, wie
ihn die Welt noch nie zuvor erlebt hat.

Dadurch werden Sie selbst Teil der Geschichte! Noch
in vielen Generationen wird man von Ihren ruhmrei-
chen Taten sprechen, wird man Ihnen danken, wird man
Sie bewundern. Machen Sie sich bereit!

Na, was ist? Worauf warten Sie noch?

»Los, Flocke, antworte ihr – schreib irgendwas!«, schrie
Tannenberg.

»Aber was denn?«

Er blickte zur Decke, während er nervös mit den Fingern schnipste. »Weiß nicht, verdammt.«

»Chef, Sie diktieren und ich schreib's hin.«

»Okay. Schreib: Wie sollen wir aktiv werden, wie sollen wir uns organisieren – übers Internet?«

Nein, nicht organisieren, nur informieren – in einem ersten Schritt. Aber achten Sie dabei streng auf Ihre Anonymität. Es existieren weitaus effektivere Möglichkeiten, Gleichgesinnte zu finden. In jeder Stadt gibt es historische Vereine und Institute, z.B. an Universitäten, an Volkshochschulen. Sie müssen nur etwas Geduld aufbringen und suchen. Irgendwann werden Sie dort auf jemanden aus unserer Organisation treffen.

»Schreib: Wie erkenne ich diese Person?«

Sie brauchen sie nicht zu erkennen, sie wird Sie erkennen.

»Schreib: Wer seid ihr? Wie viele seid ihr?«

Wir sind viele – und werden immer mehr! Wir gehören zur Elite unseres Volkes. Wir sind ein sehr gut organisiertes Netzwerk. Wir haben alles, was wir brauchen, um unsere Mission zu erfüllen: Intelligenz, Geld, Macht und Mut. Einige von uns sind Politiker, andere Richter, wieder andere Spitzenmanager, Ärzte, Juristen oder Professoren. Und alle sind wir brave Familienväter, gewissenhafte Beamte, ehrliche Steuerzahler. Man kann uns nicht entlarven, weil wir völlig unauffällig leben.

»Schreib: Das hört sich toll an. Ich denke genau wie ihr. Ich möchte auch endlich etwas tun. Wie kann ich bei euch mitmachen? Wo kann ich jemanden von euch treffen?«

Wo wohnen Sie?

»Antworte: in Rheinland-Pfalz.«

Und wo da genau?

»Verdammt, Flocke, was sollen wir denn jetzt nur antworten?«, stieß Tannenberg verzweifelt aus. »Wenn wir die Wahrheit schreiben, riecht die doch sofort den Braten.« Er ballte dabei die Fäuste so fest, dass seine Fingerknöchel weiß wurden.

»Chef, was …?«

»Flocke, schreib: in Kaiserslautern.«

Die Sekretärin zögerte und warf einen fragenden Blick hinauf zu ihrem Vorgesetzten. »Wirklich?«

»Ja, mach schon!«

»Aber, wenn sie den Kontakt abbricht?«

»Egal. Wie heißt es so schön: keine Antwort ist auch eine Antwort.«

Petra Flockerzie tippte die beiden Worte ein.

Johanna – Mission 370 logged out, blinkte kurz auf, dann erschien schon der nächste Forumsbeitrag: Darin zeigte sich ein gewisser *Landsknecht* begeistert von diesem makabren Rachefeldzug und erbat dringend weitere Informationen. Und auch ein weiterer Teilnehmer meldete sich, der ähnlich interessiert klang.

»Verflucht nochmal, sind die denn alle verrückt geworden?«, schimpfte Tannenberg. »Wir müssen diese Irren so schnell wie möglich stoppen.« Er eilte in sein Dienstzimmer, zerrte das Ladekabel aus seinem Handy und stürmte an seiner Sekretärin vorbei. Doch vor der Tür stoppte er abrupt, hechtete zurück an Petra Flockerzies Schreibtisch und nahm ihr Mobiltelefon an sich. »Wenn was ist, ruf mich auf deinem Handy an.«

»Ja, Chef, aber wo gehen Sie denn hin?«, rief sie ihm nach.

»Pfalzinstitut – Leute befragen«, gab der Kriminalbeamte im Telegrammstil zurück.

Die Fahrt zum Benzinoring dauerte kaum mehr als fünf Minuten. Ohne anzuklopfen stürmte Wolfram Tannenberg in das Büro des Institutsleiters. »Ich muss dringend mit Ihnen sprechen«, verkündete er lauthals.

Der promovierte Historiker wirkte ziemlich derangiert, als der Ermittler plötzlich vor ihm stand. Er war ein paar Sekunden lang geradezu paralysiert. Wie festgeklebt lagen die Finger auf der Keyboardtastatur seines Laptops. Er blickte dem Eindringling mit offenem Mund und verständnisloser Mimik entgegen.

Tannenberg nahm unaufgefordert Platz. »Ich brauche dringend Ihren Rat.«

»Ähm, ja gerne. Womit kann ich Ihnen denn dienen?«, entgegnete der etwa 50-jährige Mann, der aufgrund seiner randlosen Brille und seines gepflegten Kinnbärtchens einen ausgesprochen intellektuellen Eindruck erweckte.

Mit einem Mal schien der Institutsleiter hellwach zu sein. Er umfasste die Computermaus, und ließ sie im Zickzackkurs über den Schreibtisch wandern. Synchron dazu huschte sein flackernder Blick über den Monitor hinweg. Dann klappte er den Flachbildschirm nach unten und legte darauf die Hände ab, so als wolle er sein Notebook vor einem unbefugten Zugriff schützen.

Tannenberg war dieser hektische Aktionismus natürlich nicht entgangen. »Ich hab Sie wohl gerade bei einer wichtigen Arbeit gestört, nicht wahr?«, und wies mit dem Kinn auf den Laptop.

»Nein, nur das Übliche eben«, erwiderte sein Gegenüber.

»Woran arbeiten Sie denn gerade konkret?«

Zu gerne hätte Tannenberg einen neugierigen Blick in den Laptop geworfen, aber da er keine richterliche Durchsuchungsanordnung mit sich führte, waren ihm dahingehend die Hände gebunden.

Dr. Weißmann machte eine abwiegelnde Handbewegung. »Ach, nichts Besonderes. Nur ein Artikel für eine Fachzeitschrift.« Er räusperte sich, fasste sich an die Kehle. »Diese trockene Luft, das ist einfach Gift für die Stimmbänder.« Er nahm nun den Leiter des K 1 etwas intensiver in Augenschein. »Was führt Sie denn eigentlich zu mir, Herr Hauptkommissar?«

»Können Sie sich das nicht denken?«

Im ersten Moment reagierte der Institutsleiter ziemlich irritiert. Aber bereits einen Wimpernschlag später nickte er mit betretener Miene. »Ich vermute, es geht um die Jammerhalden-Morde. Ich hab in der Mittagspause von dem neuen Leichenfund gehört. Schreckliche Sache. Haben Sie schon eine heiße Spur?«

»Darüber kann ich Ihnen leider keine Auskunft geben«, gab der Ermittler zurück.

»Verstehe. Aber mir ist ehrlich gesagt nicht ganz klar, wie *ich* Ihnen dabei behilflich sein könnte?«

»Wissen Sie, wo Ihre Mitarbeiterin abgeblieben ist?«

Erneut verwirrte Tannenberg sein Gegenüber mit diesem Gedankensprung. Dr. Weißmann schob die Brauen zusammen und zog das Kinn an den Hals. »Meinen Sie Johanna?«

»Ja.«

Der Institutsleiter seufzte. »Ich hab es heute Morgen schon einem Ihrer Kollegen erzählt: Johanna hat sich gestern nach dem Vorfall mit diesem aufdringlichen Menschen einen Tag Urlaub genommen. Hoffentlich kann sie sich an ihrem verlängerten Wochenende ein wenig von diesem Schock erholen.«

»Heute hat sie sich noch nicht bei Ihnen gemeldet?«

»Nein.«

»Haben Sie schon einmal von ›Spirit of History‹ gehört?«

Dr. Weißmann verneinte mit einer Kopfbewegung. »›Spirit of History‹. Was soll das sein?«

»Ein historisches Rollenspiel, das man mit jedem internetfähigen Computer spielen kann«, erläuterte Tannenberg. Den Blick auf die Hände des Institutsleiters gerichtet, die immer noch das Notebook beschützten, ergänzte er: »Natürlich auch mit einem Laptop wie diesem.«

Der Institutsleiter feuerte ein kurzes, überhebliches Lächeln ab. »Nein, für solche Dinge habe ich nun wirklich keine Zeit.«

»Na, gut. Mal zu etwas anderem: Von diesem ominösen Historikerclub, in dem auch Frau von Hoheneck Mitglied ist, haben Sie aber sicher schon einmal gehört.«

»Selbstverständlich, Herr Hauptkommissar. Ich gehöre doch selbst diesem Verein an. Ja, ich fungiere sogar als Vorsitzender dieses ›ominösen Historikerclubs‹, wie Sie unseren Verein eben etwas abschätzig genannt haben.«

»War nicht meine Absicht«, entgegnete der Leiter des K 1 schmunzelnd. Anschließend erhob er sich und schlenderte zum Fenster. Er stemmte die Hände in die Hüften und bog den Rumpf nach hinten. »Verdammte Rückenschmerzen«, zischte er kaum hörbar.

Dann drehte er sich vorsichtig um, schritt auf den Leiter des Instituts für pfälzische Geschichte und Volkskunde zu und verschränkte die Arme vor der Brust. »Wo finden eigentlich Ihre Zusammenkünfte statt? Benutzten Sie dazu eine bestimmte Stammkneipe oder haben Sie ein Vereinsheim?«

Dr. Weißmann lachte auf. »Nein, nein, so etwas brauchen wir nicht. Wir treffen uns hier im Haus. Ein Stockwerk tiefer haben wir uns einen sehr gemütlichen Raum eingerichtet.«

»Befindet sich darin auch ein Computer?«

»Aber klar doch. Zwei sogar.«

»Mit Internetanschluss?«

»Ja, natürlich. Dieses Medium ist für uns unverzichtbar, schließlich unterhalten wir Kontakte in die ganze Welt.«

»Wer hat Zugang zu diesem Raum?«

»Selbstverständlich jeder von uns. Alle Mitglieder haben einen eigenen Schlüssel. Das ist auch sehr sinnvoll, denn manche von uns arbeiten hier auch schon mal bis spät in die Nacht hinein.«

»Können Sie sich eigentlich irgendeinen Reim auf die Morde an der Jammerhalde machen?«

Dr. Weißmann kniff die Lippen zu einem dünnen Strich zusammen. »Nein, beim besten Willen nicht. Es kann sich meines Erachtens bei dem Täter nur um einen Psychopathen handeln. Wer sonst würde so etwas Verrücktes tun?«

Tannenberg brummte zustimmend. »Vielleicht handelt es sich ja um jemanden, der von einem manischen Rachegedanken besessen ist. Vielleicht ein leidenschaftlicher Historiker, der die Schandtaten der Vergangenheit nicht …?«

»Aber ich bitte Sie, Herr Hauptkommissar«, warf der Institutsleiter empört dazwischen. »Ich will zwar nicht verleugnen, dass sich unter uns Historikern durchaus der eine oder andere etwas eigentümliche, manchmal auch verschrobene Mensch befindet – aber ein mehrfacher Mörder?« Zischend stieß er seinen Atem aus. In schärferem Ton legte er nach: »Da muss ich nun aber wirklich ernsthaft protestieren.«

Tannenberg hob beschwichtigend die Hände. »Nichts für ungut, lieber Herr Dr. Weißmann«, flötete er. »Ihnen ist also hier an Ihrem Institut in letzter Zeit nichts Besonderes aufgefallen?«

»Was denn zum Beispiel?«

»Na, zum Beispiel, dass sich jemand schon seit längerem intensiv mit dem 30-jährigen Krieg beschäftigt hätte?«

»Doch.«

»Was? Wer denn?«, platzte es stakkatoartig aus Tannenberg heraus.

»Ja, wir alle. Und zwar seit Jahresbeginn. Unser diesjähriges Thema lautet nämlich: ›Kaiserslautern im 30-jährigen Krieg‹. Das war eine ungemein dramatische Epoche für unsere Stadt, müssen Sie wissen.«

Dr. Weißmann rieb sich die Stirn und schloss kurz die Augen. »Jetzt verstehe ich endlich, worauf Sie hinauswollen.« Er legte die Hand wieder zurück auf die Schreibtischplatte. »Aber Sie glauben doch nicht ernsthaft, dass dieser Psychopath einer von uns ist.« Er schaute den Kriminalbeamten fragend an. »Das können Sie einfach nicht glauben.« Nach einer kurzen Pause ergänzte er kopfschüttelnd. »Nein, und nochmals nein! Für jeden dieser Leute lege ich meine Hand ins Feuer.«

Arme Hand, dachte Tannenberg, während sich sein Gesprächspartner erhob und kopfschüttelnd zum Kühlschrank ging. Verdammt nochmal, hat der diese Verblüffung eben nur gespielt oder ist die echt gewesen? Ich werde einfach den Verdacht nicht los, dass die hier alle unter einer Decke stecken. Vielleicht haben die mir alle nur Theater vorgespielt. Vielleicht ist das Ganze eine grandiose Inszenierung, vielleicht sogar am Ende noch Teil einer makabren Kunstperformance, wie dieses komische Krimi-Event in Johanniskreuz.

Plötzlich erinnerte er sich an seine Kopfverletzung, die er ganz vergessen hatte. Er fasste sich mit der Hand ins Genick, tastete nach dem Pflaster. Die ganze Zeit über hatte er keine Schmerzen verspürt, doch mit einem Mal waren sie wieder da. Um sich davon abzulenken, wandte er sich wieder an den hageren Mann, der inzwischen zwei Wassergläser auf seinem Schreibtisch abgestellt hatte und sie nun befüllte.

Tannenberg bedankte sich mit einem Nicken und leerte das halbe Glas in einem Zug. »Herr Dr. Weißmann, könnte ich mir bitte mal die Räumlichkeiten Ihres Vereins anschauen?«, bat er anschließend.

Der Institutsleiter zögerte einen Augenblick. Offensichtlich um Zeit zu gewinnen, trank er ebenfalls einen großen Schluck Wasser. Dann leuchtete sein Gesicht auf und er antwortete: »Aber selbstverständlich, Herr Hauptkommissar. Wir sind schließlich ein gemeinnütziger Verein und haben nicht das Geringste zu verbergen. Weder vor dem Finanzamt, noch vor der Kriminalpolizei.«

»Schön«, versetzte Tannenberg müde und erhob sich. In seiner Hosentasche machte sich ein Handy bemerkbar, allerdings mit einer fremdartigen Klingelmelodie. Erst jetzt wurde ihm wieder bewusst, dass er nicht sein eigenes Handy, sondern das seiner Sekretärin mit sich führte. »Entschuldigung«, sagte er und verließ das Büro.

»Was gibt's Flocke?« Brummend hörte er sich die Neuigkeiten an. »Gut, ich ruf sie gleich an.« Er kehrte in Dr. Weißmanns Dienstzimmer zurück. »Kann ich hier irgendwo ungestört von einem Festnetzanschluss aus telefonieren?«, fragte er und unterbreitete sogleich einen eigenen Vorschlag: »Vielleicht in Frau von Hohenecks Büro?«

Der Institutsleiter zuckte mit den Schultern. »Ja, warum nicht. Die Tür ist bestimmt offen. Johanna schließt meines Wissens nie ab.«

»Danke. Ich bin auch bald wieder bei Ihnen.«

Als der Ermittler das Arbeitszimmer der Historikerin betrat, umkrampfte Wehmut sein Herz. Doch bis auf eine schmerzlich-schöne Erinnerung an das erste Zusammentreffen mit Hanne hier im Institut gestattete er sich keine weiteren Sentimentalitäten. Dafür waren die Informationen, die er gerade in Kurzfassung erhalten hatte, viel zu brisant und spektakulär. Er ließ sich auf den Ledersessel fallen, schaltete den Computer ein und griff nach dem Telefonhörer.

»Verdammter Mist!«, schimpfte er, als der Monitor nach einem Passwort verlangte.

Bereits ein paar Minuten später geleitete Dr. Weißmann seinen Besucher zu einem im Erdgeschoss befindlichen, bibliotheksähnlichen Raum. Zu Tannenbergs großem Erstaunen traf er dort auf Winfried Klemens, den Mann, mit dem Johanna von Hoheneck gestern Morgen einen kleinen Disput hatte und der ihm am gestrigen Abend in Johanniskreuz begegnet war.

Der circa 65-jährige Mann saß an einem der beiden Computertische und wollte zunächst keine Notiz von den beiden Störenfrieden nehmen. Erst nach einer Weile warf er einen kurzen, mürrischen Blick zu ihnen herüber. Gleich darauf vertiefte er sich wieder in seine Arbeit.

»Guten Tag, Herr Klemens, darf ich fragen, was Sie da gerade tun?«

»Darf ich fragen, was Sie das angeht?«, giftete der Hobbyhistoriker ohne die Augen vom Bildschirm zu entfernen.

»Ja, da haben Sie eigentlich recht. Es geht mich wirklich nichts an. Manchmal bin ich einfach zu neugierig. Entschuldigung, tut mir leid«, mimte Tannenberg den Zerknirschten. Er kratzte sich verlegen am Hals, schien unsicher zu sein, wie er sich nun verhalten sollte. Doch dann wirbelte er zu Dr. Weißmann herum. »Wissen *Sie* zufällig, womit sich Ihr Vereinskollege Herr Klemens gerade beschäftigt?«

»Nee, keine Ahnung.«

»Gestern Morgen jedenfalls suchte er nach einer Chronik mit den Ratsprotokollen aus der Zeit des 30-jährigen Krieges.«

»Na und? Ist das etwa verboten? Was soll dieses alberne Kasperletheater?« Klemens riss offensichtlich der Geduldsfaden. »Damit Sie endlich Ruhe geben: Sie haben es exakt erraten. Ich beschäftige mich tatsächlich mit diesem spannenden Thema, und zwar wissenschaftlich. Dabei ist ein intensives Quellenstudium unerlässlich. Noch was? Oder kann ich jetzt in Ruhe weiterarbeiten?«

Wolfram Tannenberg stellte sich hinter den älteren, mit einem hellen Sommerhemd bekleideten Mann, der dem Anschein nach tatsächlich wissenschaftliche Studien betrieb. Davon zeugten nicht nur die Bücherberge zu beiden Seiten des Schreibtischs, sondern auch der aktuelle Desktopinhalt. »Warum sind Sie denn eigentlich so aggressiv?«

Klemens wandte sich um. Ein grimmiger, abschätziger Blick musterte den Kriminalbeamten. »Ist das ein Wunder, nach dem, wie Sie mit meinem Freund umgegangen sind – und gegenwärtig wieder umgehen?«

»Ich, ähm … weiß nicht …«, zeigte sich der Kommissariatsleiter sichtlich irritiert. »Welcher Freund?«

»Jetzt tun Sie ja nicht so scheinheilig. Wer von uns beiden hat denn veranlasst, dass Manfred wie ein Schwerverbrecher behandelt wird? Er wird doch gerade von Ihren Mitarbeitern in die Mangel genommen, oder stimmen meine Informationen etwa nicht?«

»Ach so, es geht um Kreilinger«, entgegnete Tannenberg, ohne zunächst inhaltlich auf die Frage einzugehen. »Das ist Ihr Freund.« Was finden die nur alle an diesem widerlichen Kotzbrocken?, dachte er. Plötzlich machte es ›Klick‹ in seinem Hirn. »Woher wissen Sie das überhaupt?«

»Nicht nur die Polizei verfügt über Informanten«, versetzte Winfried Klemens in arrogantem Ton.

Erneut klingelte Petra Flockerzies Handy. »Flocke, ich ruf dich gleich zurück«, sagte Tannenberg, drückte die Unterbrechertaste und wandte sich mit einer entschuldigenden Geste an Dr. Weißmann. »Ich müsste dringend noch ein paar Telefonate führen. Dürfte ich …?«

»Aber selbstverständlich, Herr Hauptkommissar«, entgegnete der Institutsleiter lächelnd, »Sie doch immer.«

Aufgrund der sich überstürzenden Ereignisse hätte der Leiter der Kaiserslauterer Mordkommission normalerweise sofort zu seiner Dienststelle fahren und von dort aus die nun anstehenden Maßnahmen koordinieren müssen. Aus guten Gründen entschied er sich jedoch, die nötigen Anweisungen telefonisch zu erteilen.

Seine Sekretärin hatte ihm beim ersten Anruf Neuigkeiten mitgeteilt, aus denen er sich umgehend einen strategischen Plan zusammengebastelt hatte. Und für die erfolgreiche Durchführung dieses Plans musste er unbedingt die beiden historisch bewanderten Herren gewinnen, die sich in diesem Augenblick genau ein Stockwerk unter ihm aufhielten.

Die neuen, ausgesprochen erfreulichen Informationen versetzten Tannenberg in eine regelrecht euphorische Stimmung. Pfeifend trippelte er die Treppe hinunter ins Erdgeschoss. Obwohl in seinem Inneren gerade ein Freudenfeuerwerk gezündet wurde, mahnte er sich zu Ruhe und Gelassenheit. Deshalb legte er vor dem Versammlungsraum eine kurze Verschnaufpause ein, atmete ein paarmal kräftig durch und öffnete anschließend die Tür.

»Ich habe gerade erfahren, dass meine Kollegen eine dringend tatverdächtige Person festgenommen haben«, verkündete er. »Aus diesem Grunde haben mein Chef und der Herr Oberstaatsanwalt überraschend einen Lokaltermin anberaumt.« Amüsiert stieß er Luft durch die Nase.

»Und als diese beiden Herrschaften von meiner Sekretärin erfahren haben, wo ich mich gerade befinde, wurde ich aufgefordert, Sie beide als Experten mitzubringen. Ich weiß zwar nicht warum …«, er stülpte die Unterlippe vor und zuckte mit den Schultern, »aber da es sich dabei quasi um eine Dienstanweisung handelt, möchte ich Sie höflichst bitten, mich zur Jammerhalde zu begleiten.«

Dr. Weißmann warf dem Kriminalbeamten einen abweisenden Blick zu. »Und was sollen wir da?«

»Das wüsste ich ehrlich gesagt auch gerne. Aber meine Vorgesetzten legen nun einmal gesteigerten Wert auf Ihr Erscheinen. Vielleicht sind die beiden Herren ja der Meinung, dass Sie uns mit Ihrem historischen Fachwissen entscheidend bei der Tataufklärung behilflich sein könnten. Oder vielleicht auch bei der Frage des Tatmotivs. Na ja, wir werden sehen, was es bringt, wenn wir uns alle an diesem geschichtsträchtigen Ort den Geist der Geschichte um die Ohren wehen lassen.«

Tannenberg schnaubte verächtlich: »Diesen verfluchten ›Spirit of History‹.«

15

Sieht eigentlich so ähnlich aus wie dieser bescheuerte Pseudo-Kulturevent in Johanniskreuz, dachte Tannenberg, als die Jammerhalde in seinem Blickfeld auftauchte. »Spektakuläres literarisches Kunstprojekt«, klangen ihm plötzlich die Worte des Pfalztheater-Intendanten im Ohr. – Mensch, Goethe, sei ja froh, dass du diese Dekadenz nicht mehr miterleben musst!

Das Szenario erinnerte tatsächlich ein wenig an eine Freilichtbühnen-Aufführung: Auf der linken, hangzugewandten Seite des Forstweges hielten sich etwa zehn martialisch gekleidete und mit Maschinenpistolen bewaffnete Beamte eines Sondereinsatzkommandos vor ihrem Mannschaftsbus auf. Ungefähr fünfzig Meter davon entfernt parkten drei Streifenwagen, deren Besatzungen ebenfalls vor ihren Autos standen. – Das waren die Komparsen dieser Theaterinszenierung.

Den zwischen den beiden Polizistengruppen befindlichen Waldweg hatte Wolfram Tannenberg zum Aufführungsort auserkoren. Die meisten der Hauptdarsteller waren bereits auf der staubigen Waldbühne eingetroffen: Dr. Schönthaler und Mertel lehnten am Gedenkstein, Sabrina und Michael saßen ihnen direkt gegenüber auf der anderen Seite des Weges auf einem Langholzstamm.

Von Beamten aus allen vier Himmelsrichtungen eingerahmt, standen Konrad Cambeis und Manfred Kreilinger genau im Zentrum dieser Openair-Bühne. Sie sprachen flüsternd miteinander, während sie der an den Händen gefesselte Alexander Fritsche schweigend und mit hängendem Kopf umkreiste.

Nachdem Tannenberg sein feuerrotes Cabrio abgestellt hatte, betrat er gemeinsam mit seinen beiden Begleitern die Freilichtbühne. Winfried Klemens und Dr. Weißmann gesellten sich umgehend zu ihrem Vereinskollegen Cambeis, während Kreilinger sich sogleich wie ein Kampfhahn vor dem Leiter des K 1 aufbaute.

Die Arme in die Hüften gestützt, stieß er ein hämisches Lachen aus und tönte lauthals: »Herr Hauptkommissar ist Ihnen eigentlich bewusst, dass ich mich hier an diesem Ort völlig illegal aufhalte?«

»Bitte?«, fragte sein Gegenüber mit gekrauster Stirn.

»Haben Sie etwa schon vergessen, dass Sie mir vor ein paar Tagen ein Platzverbot erteilt haben? Und zwar im Umkreis von 200 Metern um die Jammerhalde – und das mitten in meinem eigenen Revier«, echauffierte sich Kreilinger. Er war derart außer sich, dass sein Kopf rot anlief und die Halsschlagadern wie dicke Würmer hervorquollen.

»Nein, das hab ich natürlich nicht vergessen«, antwortete Tannenberg so beherrscht wie möglich. Um dem Förster dabei nicht in dieser kurzen Distanz ins Gesicht blicken zu müssen, wandte er sich um, schritt auf das Ermittler-Ehepaar zu und zwinkerte den beiden verschwörerisch zu.

Obwohl er Kreilinger nicht ausstehen konnte, verdrängte er seine tiefsitzende Aversion gegenüber diesem grobschlächtigen, aggressiven Menschen. Wolfram Tannenberg hatte ein wichtiges Ziel vor Augen. Und um dieses Ziel zu erreichen, war er zu allem bereit, selbst zu einer Kommunikation mit seinem Erzfeind.

Er drehte sich wieder der Männergruppe zu, sondierte sie mit einem prüfenden Blick. »Wenn ich richtig informiert bin, kennen die Herrschaften sich ja alle untereinander. Deswegen denke ich, müssen Sie sich nicht gegenseitig vorstellen.« Er schob die Brauen zusammen. »Oder täusche ich mich da etwa?«

Keine Antwort, dafür aber skeptische, auch feindselige Blicke. Die Atmosphäre knisterte förmlich.

Tannenberg fuhr fort: »Herr Fritsche, kennen Sie eigentlich diese Herren?«

Der mit einer beigen Leinenhose und einem dunkelblauen T-Shirt bekleidete, schlaksige Mann blieb stehen. Langsam hob er den Kopf und schaute den Kriminalbeamten mit geröteten, glasigen Augen an.

»Ja«, gab er einsilbig zurück. Dann wanderte sein deprimierter Blick wieder hinunter in Richtung der mit einer rötlichen Staubschicht überzogenen Sportschuhe. Als sein Blick dabei die silbernen Handfesseln streifte, seufzte er leidend auf.

Der Leiter des K 1 zupfte an seinem linken Ohrläppchen, dann räusperte er sich und sagte: »Richtig, Sie gehören schließlich auch zu diesem historischen Verein.«

»Er war aber nur ein paarmal bei unseren Treffen anwesend. Und das lediglich als Gast«, erklärte der Leiter des Pfalzinstituts. Nachdem er tief Luft geholt hatte, ergänzte er mit anschwellender Stimme: »Ich möchte klarstellen, dass er kein Mitglied unseres historischen

Vereins ist und somit auch nicht zu uns gehört – in keinster Weise!«

Tannenberg registrierte sehr wohl die merkwürdige Pointierung, kommentierte sie jedoch nicht. Ihm lag bereits die nächste Frage auf der Zunge: »Herr Dr. Weißmann, gibt es eigentlich zwischen Ihnen und Herrn Cambeis noch eine weitere Querverbindung?«

Der Institutsleiter schürzte die Lippen. »Wie meinen Sie das?«

»Sehen Sie, Herr Dr. Weißmann, die Herren Cambeis, Kreilinger und Klemens verbindet ihre Jagdleidenschaft. Gehen Sie nicht auch zufällig auf die Jagd?«

»Gott behüte, nein«, erwiderte der Historiker mit entsetzter Miene, »das ist mir viel zu brutal. Außerdem bin ich Vegetarier.«

»Ach so, verstehe. Na ja, hätte ja sein können.«

Tannenberg musterte ein paar Sekunden lang schweigend den neben Kreilinger stehenden, fünften Mann. »Aber Sie, Herr Klemens sind leidenschaftlicher Jäger. Meine Behauptung trifft doch zu, nicht wahr?«

Ein knappes Nicken.

»Da besitzen Sie garantiert auch Jagdhunde, richtig?«

Wieder erhielt er lediglich eine zustimmende Kopfbewegung als Antwort.

»Darf ich mal raten, welche?« Ohne Pause präsentierte der Kriminalbeamte sogleich seine Spekulation: »Jagdterrier.«

Diesmal rollte Klemens gequält die Augen.

»Was soll dieses alberne Affentheater, Herr Hauptkommissar?«, schimpfte Kreilinger genervt los. »Wir alle besitzen Hunde dieser Rasse. Wir haben sie sogar vom selben Züchter bezogen.« Er bleckte seine unregelmäßigen Zähne und schob grinsend nach: »Johanna von Hoheneck übrigens auch.«

Nach wie vor löste dieser Name in Tannenbergs geschundener Seele starke Emotionen aus, die er nur mühevoll zu kontrollieren vermochte. Um Zeit zu gewinnen, wandte er den Männern den Rücken zu und schlenderte ein paar Schritte in Richtung des Sondereinsatzkommandos.

Vorhin im Pfalzinstitut hatte er die Dramaturgie für seine Theater-Inszenierung in groben Zügen ausgearbeitet und sie als Gedächtnisstütze in sein Notizbuch geschrieben. Dieses kleine Büchlein, das er in der Innentasche seines Sakkos mit sich führte, enthielt neben den spektakulären neuen Informationen auch alle wesentlichen Inhalte der von ihm ausgetüftelten Strategie.

Einen Zentralbegriff hatte er mit zwei großen Ausrufezeichen versehen: ›!Tempo!‹ Für einen leidenschaftlichen Schachspieler wie ihn bedurfte dieser Begriff keinerlei zusätzliche Erläuterung, denn er bezeichnete schlicht und ergreifend das Bestreben, den Vorteil des ersten Zuges zu nutzen, den Gegner permanent unter Druck zu setzen und ihm unter keinen Umständen die Initiative zu überlassen.

Deshalb entschied er, Kreilingers provokative Bemerkung zu ignorieren und weiter eisern seine Angriffsstrategie zu verfolgen. Er machte auf dem Absatz kehrt und sagte, während er dynamisch auf die überrascht dreinblickenden Männer zuschritt: »Ich denke, die Herren sollten sich jetzt lieber hinsetzen.«

Dr. Weißmann blickte verdutzt hinter sich, so als suchte er nach einem Stuhl.

Als Reaktion auf dieses Verhalten schlug der Leiter der Kaiserslauterer Mordkommission eine Alternative vor: »Nehmen Sie doch bitte dort drüben Platz.« Während er mit einer erläuternden Geste zu dem am Wegesrand aufgeschichteten Langholzstapel wies, erhoben sich Sabrina und Michael und begaben sich zu ihrem Chef. »Diese Buchenstämme sind eine richtig tolle Anklagebank – schön hart und unbequem. So wie es sich für Mörder eben gehört.«

»Anklagebank? Mörder?«, prustete Kreilinger los. »Sie sind doch total krank im Hirn, Mann!«

Leise ächzend ließ sich Winfried Klemens auf den vorderen Stamm niedersinken. »Wo bleiben denn eigentlich Ihr Dienstvorgesetzter und der Vertreter der Staatsanwaltschaft?«, wollte er wissen. Er stemmte die Absätze seiner schwarzen Halbschuhe in den Waldboden hinein und senkte dann die Fußspitzen nach vorne ab. Der ganze Körper sackte zusammen.

»Oder kommen die am Ende etwa gar nicht?«, stieß Dr. Weißmann in dasselbe Horn.

»Doch, doch, die kommen schon noch. Offensichtlich sind sie von irgendetwas aufgehalten worden.« Wolfram Tannenberg verschränkte die Arme vor der Brust. Anschließend nahm er breitbeinig die Pose eines Ringrichters ein. »Meine Herren, ich möchte Sie nun um Ihre Mithilfe …«

»Wobei?«, fiel ihm Kreilinger ins Wort.

»Bei der Tataufklärung einer Mordserie«, fuhr der Ermittler unbeeindruckt fort, »die in der Kriminalgeschichte nach ihresgleichen sucht.« Er warf einen kurzen Blick über seine Schulter hinweg und zeigte dabei mit dem ausgestreckten Arm auf den verwitterten Sandsteinfindling. »Wie Sie ja alle wissen, wurden dort hinter dem Gedenkstein in kurzem zeitlichen Abstand drei enthauptete Männer aufgefunden.«

»Was wohl nicht gerade für die Fachkompetenz der örtlichen Kriminalpolizei spricht«, höhnte der Revierförster. »Warum haben Sie denn nach dem ersten Mord die Umgebung nicht von Ihren Leuten überwachen lassen, Herr Hauptkommissar?«

Kreilinger erhob sich und kickte wütend einen Kiefernzapfen in Richtung seines Widersachers. Er fing an zu schreien. »Wenn Sie nicht so völlig inkompetent wären, könnten zumindest die beiden letzten Opfer noch leben! Das zeigt mir nur mal wieder, was ich sowieso schon seit langem weiß: Dass uns die Polizei vor diesen brutalen Verbrechern nicht schützen kann und wir selbst gezwungen sind, etwas Effektives gegen diese Bedrohungen zu unternehmen.«

Da Tannenberg die ›Law-and-Order‹-Parolen des Försters von früheren Konfrontationen her zur Genüge kannte, hatte er durchaus mit verbalen Attacken gerechnet. Doch trotz seiner Vorbereitung auf solche Angriffe, versetzte ihm dieser gravierende Vorwurf einen gewaltigen Schock.

Denn genau dieser unverdauliche Brocken lag ihm seit Tagen wie ein Pflasterstein im Magen und raubte ihm nachts den Schlaf. Aber irgendwann hatte er sich dazu durchgerungen, seine Energie nicht weiter zur kontraproduktiven Selbstzerfleischung zu verwenden, sondern sie zur Ergreifung des Täters einzusetzen.

Nur ein leichtes Beben in seiner Stimme verriet seine wahre mentale Verfassung, als er verkündete: »Wissen Sie, mein lieber Herr Kreilinger, vordergründig haben Sie ja durchaus recht mit dem, was Sie gerade gesagt haben. Das Problem besteht nur darin, dass keiner von uns mit solch einer Eskalation rechnen konnte. Und vor allem auch nicht mit dieser unglaublichen Dreistigkeit des oder der Täter.«

Der erboste Förster gab keine Ruhe. Mit seinem Zeigefinger stach er auf den Chef-Ermittler ein: »Doch, doch! *Sie* hätten mit *allem* rechnen müssen, auch damit. Dafür werden Sie schließlich bezahlt.«

»Setzen Sie sich besser wieder hin«, entgegnete der Leiter des K 1 so ruhig wie nur irgend möglich. »Außerdem bin ich mir sicher, dass wir selbst dann nicht die Morde hätten verhindern können, wenn wir die Jammerhalde mit einer Hundertschaft bewacht hätten. Schließlich wurden die Opfer an einem anderen Ort getötet und erst nach ihrem Tod hierher gebracht.«

Kreilinger, der immer noch wie ein Chef-Ankläger vor den Kriminalbeamten stand, riss die Arme empor und reckte sie beschwörend gen Himmel. »Was für ein Granaten-Schwachsinn! Aber Sie hätten den Täter beim Transport seiner Opfer fassen können.«

Damit hatte der aggressive Revierförster exakt den wunden Punkt an der ganzen Sache getroffen. Genau darüber hatte sich Tannenberg lange Zeit den Kopf zerbrochen. Es gab nur ein einziges, wenigstens halbwegs akzeptables und plausibles Gegenargument, das er seinem Kontrahenten nun entgegenhielt:

»So weit wäre es überhaupt nicht gekommen, Sie

Superschlauer! Ich bin mir nämlich ziemlich sicher, dass der Täter oder seine Komplizen den Braten sofort gerochen hätten. Die haben garantiert den Wald observiert und wären dann nie mehr an der Jammerhalde aufgekreuzt. Die Täter verfügen offensichtlich über eine hervorragende Ortskenntnis und eine ausgefeilte Logistik.«

»Was den Täterkreis wohl beträchtlich einengen dürfte«, versetzte die junge Kommissarin an Tannenbergs rechter Seite.

»Richtig, Sabrina. Also schlage ich vor, dass wir nun gemeinsam versuchen, ein Mosaiksteinchen ans andere zu fügen und ein aussagekräftiges Bild zusammenzupuzzlen. Darin werden sich am Schluss die Konturen des Täters oder der Täter hoffentlich so deutlich abzeichnen, dass jeder erkennen kann, wer hinter diesen Wahnsinnstaten wirklich steckt.«

Demonstrativ ließ er seinen Blick über die Runde der Hauptakteure schweifen. Dann klatschte er freudig in die Hände. »Nach diesem kurzen Prolog im Wald folgt nun der erste Akt unseres kleinen Kammerspiels: Wenn ich jetzt die Herren Schönthaler und Mertel auf die Bühne bitten dürfte.«

Tannenberg, Sabrina und Michael traten zur Seite, während die Aufgerufenen sich im Zentrum der kleinen Freilichtbühne postierten. Die Streifenpolizisten und die Beamten des Sondereinsatzkommandos wechselten die Rollen und nahmen nun nicht mehr als Komparsen, sondern als Zuschauer an dieser Openair-Aufführung teil.

Der Leiter der kriminaltechnischen Abteilung ergriff als erster das Wort. »Vielen Dank, Herr Kreilinger, Sie haben mir gerade ein paar passende Stichwörter geliefert.«

Der Revierförster runzelte die Stirn, stellte jedoch keine Nachfrage, sondern ließ sich schweigend auf dem dicken Buchenstamm nieder.

Unterdessen erläuterte Mertel seine Aussage: »Und zwar lauten diese: ›Transport der Leichname hierher an die Jammerhalde‹.« Mit einer ausladenden Geste verbunden ergänzte er schmunzelnd: »Sie glauben ja gar nicht, was wir hier so alles gefunden haben. Die moderne Technik bietet uns heutzutage Möglichkeiten, von denen meine Vorgänger noch nicht einmal zu träumen gewagt hätten.«

Wolfram Tannenberg, offenkundig Regisseur dieser Freiluftinszenierung, räusperte sich.

Sein Kollege verstand das Signal. »Aber ich möchte Sie ja nicht mit Details aus der wissenschaftlichen Spurenanalyse langweilen, sondern Ihnen lieber ein paar Fakten vorlegen. Und die wären: Wir haben sowohl Fuß- als auch Reifenspuren sicherstellen können.«

»Diese werden wir gleich nach unserem Lokaltermin mit Ihren Schuhen und Autos vergleichen«, ergänzte Tannenberg schadenfroh grinsend. »Der Herr Oberstaatsanwalt wird Ihnen nachher eigenhändig die Durchsuchungsbeschlüsse für Ihre Privathäuser und Büros präsentieren.«

Mertel nickte und wollte mit seinen Ausführungen fortfahren, doch Kreilinger blaffte dazwischen: »Aber was beweist das schon?«

»Sie werden hier sehr wahrscheinlich Spuren von jedem von uns finden«, pflichtete ihm Cambeis bei.

»Schließlich sind wir in diesem Jagdrevier oft unterwegs.«

»Ich nicht!«, stellte Dr. Weißmann mit energischer Stimme klar.

Du normalerweise wohl auch nicht, dachte Tannenberg mit Blick auf Alexander Fritsche, der weiterhin regungslos und mit apathischer Miene vor sich auf den Waldboden stierte. Das einzige, was sich an ihm bewegte, waren die Schultern.

»Wer sagt Ihnen denn überhaupt, dass der Täter mit seinem Privat-PKW unterwegs war?«, wandte der Förster ein. »Das ist doch Quatsch. Der hat sich bestimmt einen Leihwagen genommen oder noch besser: ein Auto geklaut.«

»Ihre kriminelle Energie ist schon mehr als beeindruckend«, bemerkte der Leiter der Kaiserslauterer Mordkommission mit gespielter Bewunderung. »Aber ich denke, wohl eher umgekehrt wird ein Schuh draus.«

»Verstehe nicht, was Sie meinen«, sagte Dr. Weißmann.

Tannenberg erläuterte: »Das vermeintlich Geniale an dieser Finte ist ja, dass der oder die Täter sich gerade deshalb vor Entdeckung sicher wähnen, weil sie sich in dieser Gegend sowieso häufig aufhalten.« Er lupfte die Schultern. »Aber, wer weiß schon wirklich, wie es war? Sie vielleicht, Herr Förster?«

»Quatsch!«, zischte Kreilinger wie eine aggressive Klapperschlange.

»Weshalb denn so bescheiden? Sie haben diese Variante doch eben selbst ins Spiel gebracht: Vielleicht ist der Täter ja tatsächlich mit einem gestohlenen Auto hierher gefahren. – Na, wir werden sehen. Mach mal weiter, Karl.«

»Okay. Dann kommen wir jetzt zu einem anderen wichtigen Indiz: Nämlich zu einer Praxe, die wir hier in der Nähe gefunden haben. Kurz zur Erinnerung: Dieses forstwirtschaftliche Gerät wurde seltsamerweise ausgerechnet aus demjenigen Werkzeugcontainer entwendet, den Ihre Waldarbeitertruppe gewöhnlich mit sich führt. Stimmt's, Herr Cambeis?«

Der Rottenführer nickte.

»Das Interessante daran ist nun, dass …« Er verschluckte den Rest und wandte sich an Dr. Schönthaler. »Ich denke, dazu kann unser Rechtsmediziner mehr sagen.«

»Ja, ja, diese Praxe«, begann der Pathologe, während er seinen steifen Hemdkragen ein wenig dehnte. »Dieser merkwürdige Gegenstand hat uns eine ganze Weile lang ziemlich stark beschäftigt. Speziell mir hat dieses hinterhältige Täuschungsmanöver beträchtliche Arbeit verschafft, meine Herren.«

Sein vorwurfsvoller, bohrender Blick hüpfte nacheinander zu jedem der auf der hölzernen Anklagebank sitzenden Männer. »War ja eigentlich auch gar kein schlechter Einfall, diese Edelstahlpraxe über den Halsstumpf des Toten zu ziehen und sie dann hier oben am Hang so zu deponieren, dass Sie unsere Spurensicherung garantiert findet.«

Er reckte den Zeigefinger nach oben. »Um damit die Ermittlungen in eine ganz bestimmte Richtung zu lenken. Ist Ihnen zunächst ja auch gelungen, meine Herren. Doch auch in diesem Bereich haben Sie die wissenschaftlichen Fortschritte der Forensik völlig außer acht gelassen. Diese haben es uns nämlich ermöglicht, winzige Rostpartikel an den Wundrändern zu entdecken, die *nicht* von einer rostfreien Edelstahlklinge stammen konnten.«

»Rostspuren, die zudem auch bei den beiden anderen Opfern gefunden wurden«, ergänzte Tannenberg.

»Richtig. Außerdem ermöglichten uns diese Rostpartikel gewisse Rückschlüsse auf das Material, von dem sie stammten.«

Nun war der Kriminalbeamte wieder an der Reihe: »Und daraus folgte die interessante Erkenntnis, dass es sich dabei um historische Waffen gehandelt haben musste. Da lag die Frage natürlich auf der Hand, warum der Täter oder die Täter sich überhaupt solch eine Mühe gemacht haben.«

Das verbale Wechselspiel nahm seinen Fortgang: »Zumal die Opfer mit diesen Waffen definitiv nicht getötet, sondern nach Todeseintritt quasi symbolisch noch einmal hingerichtet wurden«, erklärte der Pathologe.

»Was sie ja vorher schon einmal wurden«, versetzte Tannenberg und ging zwei Schritte auf die virtuelle Anklagebank zu.

»Exakt. Und zwar mit T61, einem barbarischen Gift, mit dem die Opfer unter Höllenqualen zu Tode gefoltert wurden.«

»Nicht zu vergessen dieses makabre Arrangement mit dem 35 Zentimeter großen Abstand zwischen Hals und Kopf der getöteten Männer.«

»Um genau zu sein, 37 Zentimeter, Wolf«, korrigierte Dr. Schönthaler.

Tannenberg verzog den Mund zu einem bitteren Lächeln. »Ja.« Er schöpfte tief Atem, stieß ihn geräuschvoll aus. »Und wozu das alles? Nur um uns mit der Nase auf dieses 370 Jahre zurückliegende, mittelalterliche Gemetzel zu stoßen.« Er schüttelte den Kopf und drehte die Handflächen nach außen. »Aber warum nur diese abartige Nummer mit den Gesichtszerstörungen? Welche Symbolik steckt denn hinter dieser Perversion?«

Mit einem durchdringenden Blick sondierte er nacheinander jeden einzelnen der direkt vor ihm auf dem Buchenstamm ausharrenden Männer. Doch keiner von ihnen zeigte irgendeine Reaktion. Selbst Manfred Kreilinger schien von den dargebotenen Fakten regelrecht narkotisiert worden zu sein.

Plötzlich ging ein Ruck durch Tannenbergs Körper. Er wirbelte herum. »Entschuldigung, Herr Rechtsmediziner, dass ich mich gerade vorgedrängt habe.«

»So kennen wir dich, Wolf«, entgegnete sein Freund grinsend. Dr. Schönthalers Gesicht nahm bedeutend ernstere Züge an. »Noch einmal zurück zur teuflischen Wirkung von T61.« Er stockte, knetete nachdenklich sein Kinn. »Aber eigentlich kann ich mir diese Ausführungen auch sparen. Denn schließlich kennen Sie alle dieses segensreiche pharmazeutische Produkt.«

»Ich nicht, ich hab noch nie etwas davon gehört«, bekundete Dr. Weißmann lautstark.

»Ja, das behaupten *Sie*«, erwiderte der Pathologe. »Aber, ob das auch stimmt?«

Der Institutsleiter schnappte nach Luft und blies empört die Backen auf.

Doch bevor er etwas sagen konnte, erhob der

Gerichtsmediziner erneut die Stimme: »Zurück zu Ihnen, meine Herren Waidmänner. Als Jäger und Hundehalter mit häufigen Tierarztkontakten stellt der Bezug dieses Einschläferungs-Präparats wohl kein ernstzunehmendes Hindernis für Sie dar. Ich hab von einem Veterinärmediziner erfahren, dass T61 an besonders gute Kunden auch schon mal unter der Hand abgegeben wird.«

An seinen Freund gewandt schob er nach: »Natürlich sind auch Gestütsbesitzer gute Kunden, sogar sehr gute.«

Betroffen blickte Tannenberg zu Boden.

»Wo steckt denn eigentlich Frau von Hoheneck?«, streute Dr. Schönthaler Salz in die offene Wunde.

»Keine Ahnung«, knurrte er zurück.

»Ach, übrigens, meine Herren, inzwischen ist definitiv geklärt, dass die Gesichter der Toten von Füchsen bis zur Unkenntlichkeit malträtiert wurden. Betreibt zufällig jemand von Ihnen ein illegales Fuchsgehege? Illegal deshalb, weil Füchse wegen der Tollwutgefahr und des Fuchsbandwurms nicht in Gehegen gehalten werden dürfen.«

Er warf eine Hand in Richtung der Beschuldigten. »Aber wieso erzähle ich Ihnen das überhaupt? Gerade Sie wissen wohl am besten über diese Verordnungen Bescheid. Ach, noch etwas: Das in den Bisswunden sichergestellte genetische Material beweist eindeutig, dass bei allen malträtierten Opfern dieselben beiden Tiere als Verursacher in Betracht kommen. Was logischerweise die These von einer Zwingerhaltung untermauert.«

»Tja, mein lieber Michael, nach diesen topaktuellen Befunden musst du deine Hypothese mit den ausgehungerten Hunden wohl leider endgültig zu Grabe tragen«, versetzte Tannenberg.

Anschließend nahm er den Förster ins Visier. »Eigentlich sehr schade, denn wenn es Jagdterrier gewesen wären, hätten wir schon mal ein paar, die wir untersuchen könnten. Meine Kollegen haben mir berichtet, dass Sie auf dem Antonihof über ein Dutzend dieser Hunde halten. Gehören die etwa alle Ihnen?«

»Nein, zur Zeit sind auch unsere Hunde dort«, warf der Rottenführer ein. »Die stammen wie gesagt aus dem selben Zwinger. Und da …«

»Verstehe, Herr Cambeis«, würgte ihn Tannenberg ab. »Das ist wohl so etwas wie eine Familienzusammenführung. Gute Idee! Unter Jagdfreunden auch nicht anders zu erwarten. Vielleicht unterhalten Sie ja auch gemeinsam ein Fuchsgehege.«

»Sie reden vielleicht ein Blech, Mann«, mischte sich Kreilinger ein. »Was ist denn eigentlich mit meinen Waffen? Sind die schon auf Blutreste untersucht worden?«

»Ja, das sind sie«, antwortete Dr. Schönthaler.

»Und?«, drängte der Revierförster.

»Auf diesen mittelalterlichen Kriegswaffen waren keinerlei Blutspuren vorhanden.«

»Na, sehen Sie. Das hab ich doch gleich gewusst«, freute sich Kreilinger. »Dann kann ich jetzt wohl nach Hause gehen.«

Tannenberg lachte. »Nein, nein, das geht nicht.«

»Wieso? Meine Hunde sind unschuldig, meine Waffen sind unschuldig – ich bin unschuldig!«

»Oh, welch vortreffliche Wortwahl, mein lieber Herr Förster«, flötete der Leiter des K 1. »Könnte glatt im

›Wilhelm Tell‹ stehen.« Er grinste über alle Backen. »Wissen Sie, ich halte Sie zwar nicht unbedingt für eine Intelligenzbestie, aber so doof, diese Waffen im Keller Ihres eigenen Hauses aufzubewahren, dürften noch nicht einmal Sie sein.«

Bevor sich Kreilinger richtig echauffieren konnte, konfrontierte ihn der Kriminalbeamte mit einem anderen Ermittlungsergebnis. »Beschäftigen wir uns einmal mit Ihren Alibis, Herr Kreilinger. Mit Alibis, die bei näherem Hinsehen ja gar keine sind, weil Sie nämlich für die entscheidenden Zeiträume keine Zeugen haben – nicht einen!«

Mit einer ausladenden Handbewegung erteilte er seinem jungen Mitarbeiter das Wort: »Michael, dein Part.«

Kommissar Schauß hatte seinen Auftritt offensichtlich völlig verschlafen. Er benötigte einen Moment, bis er die neue Situation realisiert hatte. Doch dann trat er selbstbewusst wie ein Solosänger einen Schritt nach vorne und verkündete: »Sie haben vorhin bei der Befragung im K 1 angegeben, dass Sie zu den maßgeblichen Zeiten zu Hause in Ihrem Bett waren und geschlafen hätten.«

Erläuternd fügte er hinzu: »Wobei sich diese Angaben auf die von der Rechtsmedizin ermittelten Tatzeiten der ersten beiden Morde bezogen haben. Und bei dem Tötungsdelikt vorletzte Nacht waren Sie angeblich alleine auf der Jagd. Was auch wiederum niemand bezeugen kann. Das sind die knallharten Fakten, Herr Kreilinger.«

»Ja, und? Das beweist doch überhaupt nichts! Muss ich mir in Zukunft jedes Mal einen Zeugen mitnehmen,

wenn ich auf den Hochsitz klettere oder ins Bett gehe?«
Er machte Anstalten sich zu erheben.

Tannenberg bot ihm mit einer Geste Einhalt. »Bleiben Sie bitte sitzen. Sie haben ja recht, denn zunächst einmal beweist das wirklich nichts. Aber lassen Sie uns bitte der Reihe nach vorgehen. Meine Mitarbeiter haben nicht nur Ihres, sondern auch die Alibis Ihrer Vereinskollegen überprüft.«

»Stimmt. Aber auch das war bislang nicht sonderlich ergiebig«, erklärte Michael Schauß. »Wobei ich allerdings betonen möchte, dass die erforderlichen Nachprüfungen noch nicht abgeschlossen sind. So viel lässt sich jedoch schon sagen: In der vorletzten Nacht haben Sie sich alle …«

»Außer Herrn Dr. Weißmann«, betonte Tannenberg.

Kommissar Schauß nickte und richtete seinen Blick auf den Institutsleiter. »Außer Ihnen haben Sie sich alle in Johanniskreuz bei diesem Krimi-Event aufgehalten.«

»Wo waren Sie denn eigentlich, Herr Dr. Weißmann? Vielleicht waren Sie ja doch in Johanniskreuz.« Wolfram Tannenberg griff an seinen Hinterkopf, ertastete das Pflaster und strich vorsichtig darüber. »Vielleicht haben ja Sie das Attentat auf mich verübt.«

»Was? Nein, nein, ich war zu Hause und habe, habe bis tief in die Nacht ein Buch gelesen.«

»Etwa eines über den 30-jährigen Krieg?«, konnte sich Tannenberg nicht verkneifen.

»Nein, einen historischen Roman. Aber der spielt im alten Rom.«

»Kann das wenigstens jemand bezeugen?«

»Nein, ich …« der Institutsleiter legte eine kleine

Pause ein und schniefte. »Ich lebe allein.« Er schluckte hart. »Seit kurzem.«

»Ziehen wir mal eine kleine Zwischenbilanz: Sie alle sind Mitglieder ein und desselben Historikervereins. Eines Vereins, der sich haargenau mit *dem* geschichtlichen Thema beschäftigt, das quasi die Hintergrundfolie einer mysteriösen Mordserie bildet. Bis auf Dr. Weißmann sind Sie alle Jäger und Hundebesitzer und können sich somit relativ leicht T61 beschaffen. Außer Dr. Weißmann, sofern man seiner Behauptung Glauben schenkt, waren Sie alle in der fraglichen Nacht in Johanniskreuz und anschließend alleine auf der Jagd. Das klingt doch wie abgesprochen, oder finden Sie nicht?«

»Wolf, ich glaube, eine aktuelle Information hast du noch gar nicht«, warf Sabrina Schauß dazwischen.

»Und welche?«, fragte Tannenberg verwundert.

»Wir sind vorhin auf dem Weg hierher bei der Schwester von Herrn Klemens vorbeigefahren. Er lebt im selben Haus wie er. Die Frau hat angegeben, dass ihr Bruder vorgestern Nacht gegen 3 Uhr nach Hause gekommen sei. Sie sei wach geworden, weil er auf dem Hof eine Mülltonne gestreift hätte, die dann polternd umgefallen sei. Sie meint, er sei anscheinend ziemlich betrunken gewesen.«

»Das ist leider richtig«, seufzte Winfried Klemens, dem diese Angelegenheit anscheinend ziemlich peinlich war. »Ich bin nur zum Hochsitz gefahren und ...«, er räusperte sich verlegen, »habe meinen Flachmann geleert. Ganz alleine und ohne Zeugen.«

Plötzlich nahm Tannenberg aus dem Augenwinkel heraus ein bäriges Ungetüm wahr, das mit Karacho von rechts her auf ihn zugestürmt kam. Reflexartig drehte er seinen Körper zur Seite, machte einen Ausfallschritt und hob das Knie an – die einzige Möglichkeit, Kurts ungezügeltem Temperament wenigstens einigermaßen Einhalt zu gebieten.

Aufgrund der vielen Zuschauer fiel die Begrüßung diesmal allerdings weniger herzlich und vor allem bedeutend kürzer und autoritärer aus, als Kurt es normalerweise gewohnt war. Dem energisch vorgetragenen ›Platz‹-Befehl kam er deshalb auch nur sehr widerwillig nach und bekundete seinen Protest mit einem tiefen, grollenden Brummen.

Kurts Auftritt war dramaturgisch eingeplant. Er war für Kommissar Schauß das verabredete Zeichen, Alexander Fritsche in einen der bereitstehenden Streifenwagen zu bringen.

16

Johanna von Hohenecks Kleidung war auf die hochsommerlichen Abendtemperaturen abgestimmt: Sie trug ein hellblaues Blusentop und eine weiße 7/8-Hose mit leicht ausgestelltem Beinverlauf. Ihre langen, naturblonden Haare hatte sie zu einem Pferdeschwanz zusammengebunden. Eine italienische Designer-Sonnenbrille steckte auf ihrem Kopf. Sie wurde von einem älteren Herrn begleitet, dessen unspektakuläres Outfit zu jeder Jahreszeit gepasst hätte. Gemeinsam mit dem imposanten Mischlingshund waren die beiden vom südlichen Rand des Uniwohngebietes aus zur Jammerhalde gewandert.

»Er sitzt schon im Streifenwagen«, begrüßte Tannenberg die attraktive Historikerin, als sie bei ihm auf der Waldbühne eintraf. Es war eine Reaktion auf ihren ängstlich die Umgebung inspizierenden Blick. »Außerdem wurde ihm ein Beruhigungsmittel gespritzt. Er ist jetzt zahm wie ein Lämmchen.«

Hanne nickte dankbar.

»Sind Sie so nett und nehmen neben Ihren Jagdfreunden Platz?«, bat er, während ihm sein Vater ein gefaltetes Blatt überreichte. Er klappte es auseinander und las kurz über den Text. Es handelte sich dabei um einen Zeitungsartikel, den der Senior im Internet entdeckt und ausgedruckt hatte. Lächelnd ließ er das Blatt in seinem Sakko verschwinden. »Du setzt dich am besten auch gleich rüber zu deinen kriminellen Vereins-Kumpanen.«

Jacob zögerte einen Moment, da er wohl gegen diese pauschale Unterstellung protestieren wollte. Doch ausnahmsweise schluckte er die auf seiner Zunge liegende Bemerkung hinunter. Er wandte sich der neben Tannenbergs Füßen liegenden Hundedame zu. »Komm mit, Kurt«, befahl er.

Aber anstatt sich zu erheben, knurrte der Familienhund und drückte seine Schnauze noch fester auf die Pfote. Jacob grummelte etwas Unverständliches vor sich hin und befolgte dann kopfschüttelnd die Anweisung seines Sohnes.

Braver Hund, dachte Tannenberg schadenfroh. Schmunzelnd knetete er die Hände. »Schön, dann haben wir jetzt ja alle Tatverdächtigen beisammen.« Plötzlich verzog er das Gesicht, und schrie auf: »Mistvieh, elendes!«

Mit voller Wucht klatschte er auf eine Bremse, die ihn gerade ins Genick gestochen hatte. Sofort reagierte seine Kopfverletzung mit stromschlagartigen Schmerzreizen. »Oh, verdammt, tut das weh«, jammerte er. Er rieb sich die Schläfen und sog dabei geräuschvoll Luft durch die geschlossenen Zahnreihen.

Nach einem leidvollen Stöhnen schimpfte er los: »Mir geht dieses Kasperletheater hier allmählich auf den Keks. Ich würde jetzt viel lieber mit einem guten Freund im Biergarten sitzen«, ein verschwörerischer Seitenblick streifte den Gerichtsmediziner, der lächelnd nickte, »als hier im staubtrocknen Wald herumzustehen. Lassen Sie uns diese leidige Angelegenheit doch einfach abkürzen. Mit anderen Worten, meine Herrschaften: Ich biete Ihnen nun die einmalige Chance, ein kollektives Geständnis abzulegen. Dies würde Ihre Situation ausgesprochen positiv beeinflussen. Geben Sie sich einen Ruck und gestehen Sie alle Ihre Schandtaten.«

Sein erwartungsvoller Blick in die Runde der Beschuldigten traf nur auf versteinerte Gesichter. Tannenberg presste die Kiefer fest aufeinander, fasste sich ins Genick und wiegte vorsichtig den Kopf hin und her.

»Nein?«, fragte er zur Sicherheit noch einmal. Nachdem einige weitere Sekunden ergebnislos verstrichen waren, seufzte er: »Schade. Dann muss *ich* wohl diesen Fall zum Abschluss bringen. Nun gut. Dann fangen wir doch am besten mal mit dem Internetforum dieses ›Spirit of History‹-Rollenspiels an. Wer von Ihnen steckt denn nun hinter dieser ominösen Signatur?«

»Hinter welcher Signatur? Was ist denn das schon wieder für ein Blödsinn?«, schimpfte Kreilinger. »Ich weiß überhaupt nicht, wovon Sie reden.«

»Das glaube ich Ihnen sogar ausnahmsweise. Denn *Sie* können nicht …« Den Rest des Satzes ließ er zunächst unausgesprochen. Mit einem forschen Blick sondierte er nacheinander jeden einzelnen der vor ihm sitzenden Personen. Erst danach sprach er weiter: »Obwohl im Prinzip natürlich jeder solch einen Decknamen benutzen kann – selbstverständlich auch Frau von Hoheneck, die ja, wie Sie alle wissen, den für die Signatur verwendeten Vornamen trägt.«

Er wartete einen Moment. Nachdem er Hannes fragende Miene registriert hatte, fuhr er fort. »Diese

Variante wollen wir jedoch aus bestimmten Gründen zunächst einmal beiseite lassen.«

Sein Augenpaar hüpfte hinüber zu dem grüngewandeten Revierförster. »Unser lieber Herr Kreilinger ist tatsächlich der einzige, der heute Nachmittag hundertprozentig keine Gelegenheit zu einem Internetchat hatte. Weil er nämlich in unserer Dienststelle im Verhörraum saß.«

Nun kam der Nächste an die Reihe: »Auch Sie, Herr Cambeis, kommen wohl nicht als Forumsteilnehmer in Betracht, weil Sie ja um 15 Uhr, also zu dem Zeitpunkt, als ich in meiner Dienststelle mit *Johanna – Mission 370* gechattet habe, im Wald bei Ihrer Holzfällerrotte waren. Das hat uns vorhin einer Ihrer Mitarbeiter bestätigt.«

»Ja, ich war bis etwa 16 Uhr im Eichenkranz«, erklärte der ehemalige Geschichtslehrer.

Gemächlich bewegte sich Tannenberg ein paar Schritte auf den Langholzstamm zu. Doch wie ein Blitz aus heiterem Himmel riss er plötzlich den Arm nach oben und zeigte mit dem Finger auf Konrad Cambeis. »Trotzdem sind Sie der Täter!«

»Was, was, ich?« stotterte der Rottenführer, dem der Schreck in alle Glieder gefahren war. »Aber, aber, Herr Kommissar, ich …«

»Entschuldigung, Herr Cambeis«, fiel ihm der Chef-Ermittler ins Wort, »ich muss mich korrigieren: Sie sind nur *einer* der Täter.«

Der Waldarbeiter starrte mit offenem Mund zu Tannenberg herüber. Er war noch nicht einmal ansatzweise zu einer Gegenrede fähig.

»Oder wollen Sie etwa noch immer ernsthaft behaupten, dass Sie unschuldig sind?«, setzte der Leiter des K 1 nach.

»Aber woher wissen Sie …?«

Tannenberg ging zunächst nicht auf diese Frage ein: »Sie waren zwar im Wald, aber Sie haben sich ein paar Minuten von Ihrer Rotte entfernt, nicht wahr?«

Cambeis schwieg.

»Und in dieser Zeit haben Sie via Handy eine Internetverbindung aufgebaut, über die Sie dann mit mir gechattet haben. Mein Kollege Mertel hat Ihren Provider kontaktiert und die Verbindungsdaten abgefragt. Sie passen zeitlich exakt zu unserem Chat. Glauben Sie immer noch, Sie seien unschuldig?«

Konrad Cambeis schüttelte fassungslos den Kopf.

»Sie haben unsere Ermittlungsarbeit massiv behindert«, blökte der Kriminalbeamte. »Wenn Sie uns mit Ihrem profilneurotischen Schwachsinn nicht in eine falsche Richtung getrieben hätten, wäre das dritte Opfer möglicherweise noch am Leben!«

»Aber *ich* habe Ihnen doch einen entscheidenden Tipp gegeben.«

Tannenberg machte eine abwehrende Handbewegung. »Dazu kommen wir später. Das ändert im übrigen nichts an der Tatsache, dass Sie große Schuld auf sich geladen haben.«

»Nur wegen dieser doofen Signatur?«, versuchte Cambeis zu beschwichtigen.

Doch Tannenberg erstickte den dezenten Protestversuch bereits im Keim. »Mann, sind Sie so blöd oder tun Sie nur so?«, brüllte er ihm wütend ins Gesicht.

»Ist Ihnen denn immer noch nicht klar, was Sie angerichtet haben?«

»Du steckst also dahinter«, keuchte Hanne, die erst jetzt ihre Sprachfähigkeit wiedergefunden hatte. »Warum hast du mir das nur angetan, Konrad?«

Cambeis hob die Arme zu einer entschuldigenden Geste.

Bevor er jedoch etwas antworten konnte, legte Tannenberg nach. »Sie haben uns damit nicht nur in die Irre geführt, nein, Sie haben darüber hinaus auch noch eine Frau, die in der letzten Zeit wahrlich schon genug erleiden musste, in ein völlig falsches Licht gerückt. Sie haben billigend in Kauf genommen, dass sie uns sogar als mehrfache Mörderin oder zumindest Drahtzieherin dieser Mordserie erscheinen musste.«

Vor allem, weil sie im Krankenhaus so urplötzlich verschwunden ist, fügte Tannenberg in Gedanken hinzu. Ich weiß ja inzwischen, warum. Aber ich will es noch einmal von ihr selbst hören.

»Das hab ich nicht gewollt, Johanna«, stieß Cambeis mit gebrochener Stimme aus. »Das musst du mir glauben. Du weißt doch, wie viel du mir bedeutest.«

Ach, jetzt outet der sich auch noch als glühender Verehrer von Hanne, dachte Tannenberg. Das werden ja immer mehr.

»Ich hab doch nur ein bisschen in diesem Forum herumgespielt«, setzte der Rottenführer unterdessen seinen Verteidigungsversuch fort.

»Nur ein bisschen herumgespielt«, äffte ihn der Leiter des K 1 mit angespitztem Mund nach. »Sie sind mir vielleicht ein Scherzkeks.« Seine Stimme schwoll noch stärker an: »Von wegen! Sie haben sich als Kopf eines internationalen Geheimbundes aufgespielt, eines einflussreichen Netzwerkes, das einen gigantischen, angeblich gerechten Rachefeldzug begonnen hat. Sie haben die Benutzer dieser Internetseite mit Ihren perversen Machtphantasien infiziert und sie zu Morden angestiftet.«

Tannenberg stockte einen Augenblick, bevor er weiterbrüllte: »Ich verspreche Ihnen eins: Wenn irgendeiner dieser Internet-Junkies ausrastet und aufgrund Ihres Schwachsinns Amok läuft, werden Sie dafür persönlich zur Verantwortung gezogen!«

»Aber mein Tipp, der …«, klammerte sich Cambeis verzweifelt an einen Strohhalm.

»Halten Sie jetzt endlich Ihren Schnabel!«, schimpfte Tannenberg. Danach wandte er sich den Streifenbeamten zu. »Kommst du bitte mal«, winkte er Kriminalhauptmeister Krummenacker herbei.

Nachdem dieser bei ihm eingetroffen war, sagte er: »Erzähl bitte mal den werten Herrschaften, was du im Verlauf des heutigen Tages schon so alles erlebt hast.« Während Krummenacker gerade Luft holte, schob er schnell nach: »Auf die Sache heute Morgen im ›Max und Moritz‹ kannst du dabei getrost verzichten.«

»Gut, Wolf«, entgegnete der Beamte. Er räusperte sich, dann legte er los: »Gegen 6 Uhr 30 wurden wir von der Zentrale zum Weiherfelderhof beordert. Wir sollten überprüfen, ob sich Frau von Hoheneck dort aufhält. Aber ihre Eltern haben uns mitgeteilt, dass sie nicht zu Hause sei und sie auch nicht wüssten, wo ihre Tochter abgeblieben sei. Deshalb sind wir gleich wieder weggefahren.«

»Entschuldigung«, warf Hanne kleinlaut dazwischen. »Ich war heute früh derart durcheinander, dass ich erstmal in Ruhe nachdenken wollte. Deshalb habe ich meine Eltern um diese Notlüge gebeten.«

»Schon gut«, zeigte sich Tannenberg ungewohnt verständnisvoll. »Ich hätte mich in Ihrer Lage sicherlich auch nicht anders verhalten.«

Krummenacker schürzte verwundert die Lippen. Doch bevor er Protest einlegen konnte, bat ihn der Kommissariatsleiter, mit seinem Rapport fortzufahren.

»Gegen 14 Uhr sind wir noch einmal zum Weiherfelderhof gefahren. Diesmal wurden wir wegen eines vermeintlichen Hausfriedensbruchs gerufen. Und zwar ausgerechnet von Frau von Hoheneck, die morgens …«

»Wissen wir doch schon, weiter!«, drängte Tannenberg.

»Als wir dort ankamen, wurden wir von ihr in einen Pferdestall geführt, in dem drei Männer mit Mistgabeln einen Eindringling in Schach hielten. Es handelte sich dabei um den bei uns im Streifenwagen sitzenden Alexander Fritsche.«

»Wer waren diese drei anderen Männer?«, fragte Tannenberg, obwohl er bereits seit mehreren Stunden die Antwort kannte.

Krummenacker schaute hinüber zu Hanne, die seinem Blick auswich. »Es waren Frau von Hohenecks Brüder.«

»Was wollte Alexander Fritsche auf dem Weiherfelderhof?«

»Er hat behauptet, Frau von Hoheneck habe ihn dorthin bestellt.« Der Streifenbeamte lachte auf. »Das haben wir ihm aber nicht abgenommen.«

»War wohl eine Fehleinschätzung, lieber Kollege. Denn er *hat* die Wahrheit gesagt, stimmt's Frau von Hoheneck?«

»Ja«, gab die Historikerin zurück.

Krummenacker raufte sich die Haare und warf Johanna einen verdutzten Blick zu. »Wieso denn das? Fritsche ist doch ein durchgedrehter Stalker und hat Ihnen andauernd nachgestellt.« Kopfschüttelnd wandte er sich an Tannenberg. »Wolf, du warst schließlich dabei, als er gestern früh am Pfalzinstitut ausgeflippt ist.«

»Ich denke, Frau von Hoheneck kann am besten selbst diese scheinbaren Unklarheiten beseitigen.«

Seufzend glättete Hanne den weißen Stoff auf ihren Oberschenkeln. Dann fasste sie Krummenacker scharf ins Auge und verkündete: »Nachdem ich im Krankenhaus meinen Vornamen als Signatur unter diesem Forumsbeitrag gelesen hatte, stand für mich fest, dass nur Alex dahinterstecken konnte. Er war der einzige, von dem ich wusste, dass er ein besessener ›Spirit of History‹-Spieler ist. Das war mir dermaßen peinlich, dass ich in Panik aus der Klinik geflüchtet bin.«

Ihr Blick wanderte zum Leiter des K 1. »Vor allem deshalb, weil ich dachte, dass mich nun Herr Tannenberg verdächtigen würde, ja, verdächtigen musste. Zu Hause habe ich mich mit meinen Brüdern beraten und anschließend Alex auf Band gesprochen, dass ich ihn dringend sprechen wolle. Aber er kam erst irgendwann nach der Mittagszeit.« Etwas betreten senkte sie ihre Stimme. »Meine Brüder wollten ihn sich schon die ganze Zeit über mal vorknöpfen.«

»Was sie ja auch in die Tat umgesetzt haben«, bemerkte Krummenacker grinsend. »Das war ein richtig schönes Bild: Als wir in den Stall kamen, lag Fritsche wimmernd im Heu. Die hatten ihn mit zwei Kälberstricken an Armen und Füßen gefesselt und ihm die Forken auf den Bauch gedrückt. Ich glaube, der hat die Nase gestrichen voll von seinem blöden Stalking.«

»Wollen wir's hoffen«, meinte Tannenberg an Hanne gerichtet.

Mit hektischen Armbewegungen versuchte er einige Mücken zu verscheuchen, die seinen Kopf umschwirrten. Er ging ein paar eilige Schritte in Richtung der Streifenwagen, kehrte jedoch schnell wieder zum Ausgangspunkt zurück. Die Mücken ließen sich einfach nicht abschütteln.

»Elende Mistviecher«, schimpfte er. Dann wandte er sich abermals an die Historikerin: »Johanna, bitte wiederholen Sie noch einmal den Inhalt des Geständnisses, das Fritsche Ihnen und Ihren Brüdern gegenüber abgelegt hat.«

Johanna von Hoheneck erwiderte mit fester Stimme: »Er hat zugegeben, dass er derjenige war, der Sie in Johanniskreuz niedergeschlagen hat.«

Jetzt kommt eine wunderbare Stelle, freute sich Tannenberg im Stillen. Er hatte die nun folgende Frage Hanne heute Nachmittag schon einmal gestellt, allerdings nur telefonisch.

»Und sein Motiv?«

Johanna rutschte etwas verlegen auf dem Buchenstamm hin und her. »Eifersucht. Er sei rasend vor Eifersucht gewesen.«

»Auf wen denn bloß?«, fragte Dr. Schönthaler schmunzelnd.

»Na ja, auf denjenigen, den er niedergeschlagen hat«, entgegnete Hanne. Nun lächelte auch sie.

»Übrigens nicht mit einem historischen Streitkolben, mein lieber Rainer, sondern mit einem hundsgewöhnlichen westpfälzischen Holzknüppel. Das hat Fritsche vorhin ausgesagt und Karl hat ihn auch schon sichergestellt. Das ist wohl der Todesstoß für deine abstruse Waffen-Theorie«, versetzte Wolfram Tannenberg mit schadenfrohem Gesichtsausdruck.

»So abstrus war die gar nicht.«

»Egal. Jedenfalls wurde ich weder mit einer mittelalterlichen Kriegswaffe niedergestreckt, noch war ich das dritte Opfer, wie du außerdem spekuliert hast.« Er hob die Brauen, ließ sie ein paar Sekunden unter seiner gefalteten Stirnpartie verharren. »Erinnerst du dich daran?«

»Ja und?«, raunzte der Pathologe zurück. »Hätte sehr wohl sein können. Zumal es der Handlungslogik des Täters entsprochen hätte. Schließlich waren in dieser marodierenden Mörderbande die Volksgruppe der deutschen Söldner zahlenmäßig am stärksten vertreten.« Anklagend hob er die Arme. »Das muss man sich wirklich einmal vorstellen: Die haben vor 370 Jahren ihre eigenen Landsleute abgeschlachtet.«

Einen Moment lang legte sich geradezu gespenstige Ruhe über diesen geschichtsträchtigen Ort.

Tannenberg brach als erster die Stille: »So, Herr Cambeis, ich denke, es ist nun an der Zeit, dass Sie uns mit Ihrem angeblich so heißen Tipp beglücken.«

Das deprimierte Mienenspiel des Forstwirtes veränderte sich mit einem Schlag. Auf die Chance, sein beträchtlich ramponiertes Image ein wenig aufzupolieren, hatte er lange genug warten müssen. Er schraubte seinen hünenhaften Körper in die Höhe und baute sich wie ein Waldarbeiterdenkmal vor den Ermittlern auf.

»Vorhin ist mir plötzlich etwas sehr Wichtiges eingefallen«, begann er. »Ich hatte es völlig vergessen. Aber als ich an einer Eichenschonung vorbeigefahren bin, war es auf einmal wieder da. Wie …«

»Kommen Sie endlich zur Sache, Mann!«, forderte Tannenberg unbeeindruckt von der imposanten männlichen Erscheinung.

»Okay. Vor einigen Wochen bin ich im Hohenecker Wald auf die Jagd gegangen, genauer gesagt auf dem Hirschberg. Ich hatte eine kapitale Sau im Visier, sie aber leider nicht richtig getroffen. Sie war verletzt und ist geflüchtet. Bei der Nachsuche bin ich irgendwann durch eine Eichenschonung gestreift. Dort habe ich neben einem toten Fuchs eine Drahtrolle entdeckt. Damals habe ich mir natürlich nichts weiter dabei gedacht.«

»Aber jetzt?«

»Ja, sicher. Als vorhin diese Erinnerung plötzlich hochkam, hab ich mir die Dinge zusammengereimt. Ich hab Sie ja daraufhin angerufen und Ihnen von meiner damaligen Beobachtung und der naheliegenden Schlussfolgerung daraus erzählt.« Er wies mit dem Finger auf Mertel, während er weitersprach. »Dann bin ich mit Ihrem Kollegen und seinen Mitarbeitern zu dieser Stelle hingefahren.«

»Blasen Sie sich nur mal nicht so auf mit Ihren angeb-

lichen Heldentaten. Das ist ja wirklich peinlich«, maß-
regelte Tannenberg. »Zumal ich denke, dass es ganz
anders war: Sie haben bei unserem ›Spirit of History‹-
Chat plötzlich gemerkt, dass wir Ihnen schon dicht auf
den Fersen sind. Sie haben kalte Füße gekriegt und sich
dazu entschieden, die Flucht nach vorne anzutreten –
und Ihren Vereinskumpel zu verraten.«

Während sich Konrad Cambeis zerknirscht auf den
dicken Buchenstamm herabsinken ließ, wandte sich
Tannenberg an den Kriminaltechniker. »Mach du mal
bitte weiter, Karl.«

»Gerne, Wolf. Wir haben in besagter Eichenschonung die Drahtrolle und den toten Fuchs zwar nicht
mehr gefunden …« Er schwieg ein paar Sekunden, bis
er süffisant schmunzelnd ergänzte: »Dafür aber etwas
anderes: Ein schätzungsweise zwanzig Quadratmeter
großes Freigehege, in dem zwei sehr lebendige, aber
ziemlich ausgehungerte Füchse herumliefen.«

»Und weiter?«, drängte Tannenberg, der die dramaturgischen Fäden seiner Inszenierung nach wie vor fest
in den Händen hielt. »Was ist mit Reifenspuren?«

Mertel schüttelte den Kopf. »Außer denen von unserem Fahrzeug war da gar nichts.«

»Merkwürdig, oder?«

»Auf den ersten Blick schon«, meinte der Spurenexperte, der ebenfalls das Drehbuch dieser Freiluftaufführung kannte, »auf den zweiten dagegen schon nicht
mehr. Wir haben natürlich auch nach anderen Spuren
gesucht – und sind prompt fündig geworden.«

»Na, das ist ja hochinteressant«, mimte Tannenberg
den Unwissenden. »Und welche?«

Mertel brillierte ebenfalls als begnadeter Laiendarsteller: »Ein kleiner Trampelpfad führt von diesem Gehege hinunter zu einem am Waldrand gelegenen Wochenendhaus«, erläuterte er. An dieser Stelle brach er ab und schaute seinen regieführenden Kollegen mit einem fragenden Blick an.

»Danke, Karl. Ich denke, wir sollten nun erstmal den Herrschaften hier Gelegenheit geben, sich dazu zu äußern.«

Einige der Anwesenden wussten genau, wer mit dieser detaillierten Ortsangabe gemeint war, aber aus Schock darüber hatte es Ihnen offensichtlich die Sprache verschlagen. Die anderen schwiegen ebenfalls, allerdings weniger aus Betroffenheit als aus gespannter Erwartung.

»Möchte sich nicht endlich mal jemand von Ihnen zu seinen Schandtaten bekennen und uns damit alle erlösen? Ich kann mich sowieso nicht mehr richtig konzentrieren, denn überall, wo ich hinschaue, sehe ich nichts als gefüllte Weizenbiergläser«, sagte Tannenberg.

Als niemand reagierte, schritt er wie bei einer Parade langsam die Reihe ab: »Wer von Ihnen war's denn nun? Sie, Herr Klemens? Oder Sie, Herr Kreilinger. Oder sie, Herr Dr. Weißmann.«

»Nein, nein. Um Himmels willen, nein«, jammerte der wachsbleiche Historiker. Trotz der hochsommerlichen Temperaturen zitterte er am ganzen Körper.

Wolfram Tannenberg blieb stehen und fixierte den Institutsleiter mit einem durchdringenden Blick. »Lieber Herr Dr. Weißmann, aufgrund meiner langjährigen Berufserfahrung kann ich Ihnen versichern, dass am Ende nicht selten genau diejenigen als Täter überführt werden, die zuvor am heftigsten die Tat geleugnet haben.«

Er verschränkte die Hände auf dem Rücken, trottete zwei Schritte weiter und blieb dann abermals stehen. »Na, Herr Cambeis, wie wär's denn zum Beispiel mit Ihnen? Vielleicht sind Sie selbst der Dreifachmörder? Vielleicht war ja all das, was Sie uns präsentiert haben, nur ein geschicktes Täuschungsmanöver von Ihnen. Na, was meinen Sie dazu, Herr Cambeis?«

Der Rottenführer wiegte nur monoton den Kopf hin und her.

Tannenberg schlenderte zu Dr. Schönthaler, Mertel und seinen beiden jungen Mitarbeitern. Sie harrten immer noch in der Mitte der Waldbühne aus. Während ein dezentes Lächeln seine Lippen umspielte, schaute er hinüber zu einem der Streifenwagen. »Vielleicht ist ja auch unser lieber Herr Fritsche der Täter.«

Gemächlich schwebte sein Blick zurück zu seinen gebannt lauschenden Zuhörern. »Mal was anderes: Was glauben Sie wohl, weshalb mein Vater hierher zur Jammerhalde gekommen ist? Nächste Frage: Was hat er mir vorhin überreicht?«

Tannenberg wartete einen Augenblick, dann zog er mit spitzen Fingern das zusammengefaltete Blatt aus seinem Sakko, klappte es auseinander und hielt es kurz in die Höhe. »Das hier.« Anschließend überreichte er es theatralisch Dr. Schönthaler. »Bitte lies du vor, du hast die weitaus schönere Stimme von uns beiden.«

»Whow, ein Lob aus deinem Munde. Dass ich so etwas noch erleben durfte.« Der Rechtsmediziner räusperte sich ausgiebig, bevor er mit lauter Stimme den

Text vortrug, zunächst allerdings nur die Überschrift: »Guillotine endlich abgeschafft.« Amüsiert betrachtete er seinen Freund. »Wolf, wusstest du eigentlich, dass diese humanitäre Errungenschaft ausgerechnet von einem Arzt erfunden wurde, nämlich von einem gewissen Herrn Dr. Guillotine?«

Tannenberg lachte. »Nein, das wusste ich bis jetzt noch nicht. Aber da sich selbst solche unsensiblen Leichenschnibbler wie du als Ärzte bezeichnen dürfen, wundert mich das ehrlich gesagt in keinster Weise.«

Dr. Schönthaler verzog das Gesicht zu einer gequälten Grimasse, dann las er weiter: »Gestern wurde der als ›Guillotine von Stuttgart‹ bundesweit bekanntgewordene Richter Winfried Klemens in den Ruhestand verabschiedet.«

Noch bevor der Satz zu Ende war, ertönte ein anschwellendes Raunen und alle Blicke fixierten den ehemaligen Richter, der scheinbar unbeeindruckt weiter starr hinüber zu dem verwitterten Gedenkstein schaute.

»Der am Oberlandesgericht Stuttgart tätige, promovierte Richter galt selbst unter konservativen Berufskollegen als ausgesprochener Hardliner«, fuhr der Pathologe mit seiner Lektüre fort. »In Juristenkreisen war er auch unter dem Spitznamen ›Scharf-Richter‹ bekannt. Seine zahlreichen Kritiker warfen ihm vor, den ihm zur Verfügung stehenden Strafrahmen stets maximal ausgeschöpft zu haben, wogegen seine Befürworter gerade die kompromisslose Umsetzung seiner Null-Toleranz-Maxime wertschätzten.«

»Aber das ist bei weitem noch nicht alles«, erklärte Tannenberg und bat seinen Vater zu sich. »Sei so gut und schildere bitte mal den Herrschaften, was du noch so alles im Internet recherchiert hast.« Er reckte den Zeigefinger. »Falls es in der Hektik vorhin untergegangen sein sollte, sei es hiermit noch einmal betont: Diesen überaus interessanten Zeitungsartikel haben wir dem berühmten Sherlock Holmes aus der Beethovenstraße zu verdanken.«

Jacob, der sich wie ein Schneekönig über die unverhohlene Anerkennung vonseiten seines Sohnes freute, verkündete strahlend: »Ich habe im Internet eine Querverbindung zwischen dem ermordeten ungarischen Professor und Winfried Klemens entdeckt. Und zwar in einem Zeitungsbericht über ein internationales Treffen von Hobbyhistorikern. Daran haben beide teilgenommen.«

»Ist das nicht wirklich hochinteressant?«, fragte der Leiter des K 1 in die Runde. »Aber das ist noch immer nicht alles. Sabrina, du willst doch sicherlich auch noch etwas zur Tataufklärung beitragen, nicht wahr?«

»Selbstverständlich will ich das«, erwiderte die Kommissarin.

Sie fuhr sich kurz mit der Zungenspitze über die Lippen, dann berichtete sie von der Durchsuchung des östlich der Gemeinde Hohenecken gelegenen Wochenendhauses. Der sogenannte ›Scharf-Richter‹ hatte dieses kleine Häuschen zeitweise bewohnt und dem Anschein nach zu urteilen auch seine Opfer dorthin gebracht.

»In einem Schuppen haben wir alle möglichen historischen Waffen entdeckt, zum Teil mit auffälligen Blutanhaftungen.« Sabrina schluckte hart, bevor sie ergänzte: »Dort steht auch eine alte Badewanne, ebenfalls blutverschmiert.«

Tannenberg erlöste seine Mitarbeiterin von den Erinnerungen an dieses makabre Ambiente, indem er ein anderes Thema anschnitt. Von diesem Schwenk erhoffte er sich, die Mauer des Schweigens einzureißen, hinter der Winfried Klemens sich verschanzt hatte.

»Wie seid ihr eigentlich in dieses Haus hineingelangt?«, fragte er scheinbar nebensächlich. »Eingebrochen seid ihr hoffentlich nicht, oder etwa doch?«

Sabrina wusste, worauf er hinauswollte. »Nein, nein, seine Schwester hat uns die Schlüssel gegeben.«

»Ach so, verstehe.« Demonstrativ tätschelte er sich die Stirn. »Klar, sie ist ja auch seine Komplizin. Sie war garantiert in alles eingeweiht und hat vielleicht sogar selbst gemordet.«

Der ehemalige Richter riss seinen Blick von dem bemoosten Sandsteinfindling los und brach nun endlich sein Schweigen: »Meine Schwester hat damit nichts zu tun. Sie weiß von nichts«, zischte er.

Ich hab's gewusst, jubilierte Tannenberg in Gedanken. Das ist seine wunde Stelle. »Aber lieber Herr Klemens«, sagte er betont gelassen, »das können Sie uns doch nicht weißmachen. Schließlich hat Sie Ihnen ein falsches Alibi verschafft.«

»Das war nicht abgesprochen. Sie wollte mir wahrscheinlich einfach nur helfen.«

»Also, ob ich Ihnen das glauben soll …«

»Meine Schwester hat mit all diesen Dingen nicht das Geringste zu tun«, beteuerte Klemens abermals. Dann schwebte sein Blick zurück zur Jammerhalde.

»Sie leiden an einer unheilbaren Krankheit und haben nur noch ein bis zwei Monate zu leben. Ist das richtig?«, fragte Tannenberg schonungslos.

Winfried Klemens hatte offenbar bereits mit seinem Leben abgeschlossen. Denn wider Erwarten reagierte er auf den dramatischen Inhalt dieser Aussage nicht etwa geschockt, sondern lediglich überrascht. »Woher wissen Sie das?«

Der Kriminalbeamte legte den Arm um Dr. Schönthalers Schulter. »Wie ein Mann mit Ihrer Lebenserfahrung sicherlich weiß, kann man sich seine Freunde manchmal nicht aussuchen. Und dieser seltsame Mensch hier neben mir ist nun mal ein leidenschaftlicher Hobbydetektiv. Meistens nervt er ganz schön damit. Aber manchmal hat er auch richtig gute Ideen.«

»So wie heute Morgen«, stimmte der Rechtsmediziner in diese Lobeshymne mit ein. »Da habe ich nämlich unseren Klinikcomputer angezapft und ein bisschen in den Patientenakten herumgestöbert. Und wie es der Zufall wollte, habe ich bei Ihnen, Herr Klemens, etwas sehr Aufschlussreiches in Erfahrung gebracht. Einer meiner Kollege hat bei einer Routineuntersuchung einen unheilbaren Tumor entdeckt. Sie haben diese schreckliche Nachricht vor etwa zwei Monaten erhalten und damals jegliche therapeutische Intervention abgelehnt. Entspricht auch diese Feststellung den Tatsachen?«

Der ehemalige Richter nickt. »Ja, das ist richtig«, antwortete er mit leiser Stimme. Erst jetzt entfernte er seinen Blick von dem verwitterten Gedenkstein und betrachtete Tannenberg mit einem leeren, müden Blick.

»Natürlich war ich damals sehr geschockt und hab mich eine ganze Weile in unser Wochenendhaus zurückgezogen. Ich hab mich dort regelrecht vergraben.«

»Stimmt, du warst mal geraume Zeit wie vom Erdboden verschluckt«, sagte Dr. Weißmann, dem man trotz der dramatischen Ereignisse die Erleichterung darüber anmerkte, dass er nun von jeglichem Tatverdacht befreit war.

Tannenberg warf ihm einen scharfen Blick zu. Dadurch wollte er ihm und den anderen signalisieren, dass sie Klemens nicht noch einmal unterbrechen sollten.

»Wissen Sie, Herr Hauptkommissar, für viele Menschen ist solch eine Diagnose extrem niederschmetternd …« Mit einem Mal zeigte sich ein seltsamer Glanz in den Augen des pensionierten Richters.

»Aber für mich war es eine einmalige Chance. Das habe ich recht schnell begriffen. Es war die Chance, etwas zu tun, das ich mich ohne diese Diagnose niemals getraut hätte. Plötzlich war die Chance da, einmal im Leben etwas wirklich Großes zu tun, etwas Bahnbrechendes, etwas, das nach meiner Meinung schon längst unbedingt nötig gewesen wäre …« Er lächelte versonnen und schüttelte leicht den Kopf.

»Und was war das?«, fragte der Leiter des K 1, um den Gesprächsfluss in Gang zu halten.

Der ehemalige Richter öffnete die Arme zu einer Geste der Ohnmacht: »Ich konnte doch gar nicht anders, auch wenn ich es gewollt hätte. Eine höhere Macht hat mich dazu gezwungen. Irgendeiner musste doch einmal den Anfang machen und die Greueltaten rächen, die an unseren Vorfahren begangen wurden. Die bis heute ungesühnt geblieben sind.«

Klemens ballte die Fäuste, schleuderte sie Tannenberg triumphierend entgegen. »Aber *ich* habe sie gesühnt. *Ich* habe diesen armen Menschen, die in meiner Heimatstadt und hier an der Jammerhalde niedergemetzelt wurden, Gerechtigkeit widerfahren lassen.«

Er stand auf und tönte mit sich überschlagender Stimme: »*Ich* habe sie ihrer längst überfälligen Bestrafung zugeführt. Zwar 370 Jahre zu spät und nur symbolisch, aber es war ein Lichtstrahl der Gerechtigkeit. Mit dieser Tat bin ich unsterblich geworden!«

Dann wandte er sich an seine Vereinskollegen. »Ich hoffe, dass ich euch mit diesem Exempel aus eurer Lethargie herausgerissen habe, euch angespornt habe, meinem Beispiel zu folgen und endlich selbst etwas zu tun – und nicht nur immer diese hohlen Historiker-Phrasen zu dreschen.«

Er bewegte seine Arme heftig auf und ab, so als wolle er damit Wasser schaufeln. »Auf, Leute, macht weiter, führt das von mir begonnene Werk fort«, versuchte er die anderen zu motivieren. »Es gibt wahrlich noch viel zu tun.«

Klemens ließ seinen wirren Blick von dem einen zum anderen hüpfen. Doch überall, wo er auch hinschaute, sah er lediglich versteinerte Mienen und verschlossene Münder.

»Mal was anderes«, nutzte Tannenberg die entstandene Pause: »Wie haben Sie sich eigentlich dieses T61 besorgt?«

»Bitte?«, fragte Klemens verständnislos. Erst nachdem der Kriminalbeamte seine Frage wiederholt hatte, antwortete er: »Wie mir scheint, sind Sie nicht sonderlich gut darüber informiert, welche kriminellen Blumen in unserem ach so schönen Land im Verborgenen blühen«, fabulierte er in Poetenmanier.

Genauso ein begnadeter Literat wie dieser Eventkasper in Johanniskreuz, dachte Tannenberg.

»Übrigens völlig unbehelligt von unserem handlungsunfähigen, sogenannten Rechtsstaat«, ergänzte der pensionierte Richter. »Falls es tatsächlich noch nicht zu Ihnen durchgedrungen sein sollte: Fast in jeder größeren Stadt existieren Medikamenten-Schwarzmärkte. Dort können Sie sich alles besorgen – selbstverständlich auch T61.«

Tannenberg blieb ganz ruhig. Er war nicht gewillt, sich durch irgendeine Provokation aus seinem dramaturgischen Konzept bringen zu lassen. Als er sich die letzten Sätze des todkranken Richters noch einmal vergegenwärtigte, musste er unwillkürlich schmunzeln, denn ohne es zu ahnen, hatte Klemens die Rolle einer hilfreichen Souffleuse übernommen.

Er hatte nämlich dem Kriminalbeamten exakt dasjenige Stichwort geliefert, welches sich dieser vorhin im Institut auf einen Spickzettel geschrieben, aber bislang noch nicht abgearbeitet hatte: »Apropos Blumen: Wie sind Sie denn auf diese verrückte Marotte mit den weißen Lilien gekommen?«

»Das war leider gar nicht meine Idee.«

»Wieso? Klären Sie uns auf!«, forderte der Leiter des K 1.

Der Mund des ehemaligen Richters verzog sich zu

einem schiefen Lächeln. »Nachdem ich meinen Plan ausgearbeitet hatte, bin ich zur Jammerhalde gewandert. Und da lag auf dem Gedenkstein eine weiße Lilie. Da mir als Historiker selbstverständlich die Bedeutung dieser Blume bekannt ist, habe ich diese Idee gerne aufgegriffen.«

»Mich interessiert noch etwas anderes«, mischte sich Dr. Schönthaler ein: »Und zwar die Sache mit den Füchsen. Erzählen Sie mal.«

»Was wollen Sie denn konkret wissen?«

»Wie haben Sie die Tiere dazu gebracht, dass sie sich über die Gesichter der Opfer hergemacht haben?«

Klemens grinste breit. »Das war nicht sonderlich schwer. Ich habe sie ein paar Tage hungern lassen und die Gesichter dann mit Wildschweinblut eingerieben. Das hat perfekt funktioniert.«

»Verstehe«, bemerkte der Pathologe emotionslos. »Aber warum dieser ganze Aufwand? Nur um die Identifikation der Männer zu erschweren?«

»Nein, nicht nur«, erwiderte Klemens gedehnt. »Zum einen habe ich dadurch wertvolle Zeit gewonnen, um in Ruhe meinen Auftrag weiterführen zu können. Und zum anderen habe ich damit symbolisch zum Ausdruck gebracht, dass es mir nicht um konkrete Personen geht, sondern um eine Rache an den verantwortlichen Tätervölkern.«

Nicht nur für Wolfram Tannenberg stellten die abstrusen Äußerungen des ehemaligen Richters eine immer stärker werdende emotionale Belastung dar. Aber diese einmalige Gelegenheit musste unbedingt genutzt werden, um alle noch offenen Fragen beantworten zu können und somit die Aufklärung dieser Mordserie erfolgreich zu Ende zu bringen. »Warum T61, warum diese Folterungen?«, fragte er.

»Das war die Höchststrafe für diese Verbrecher: ein qualvoller Tod.«

»Mir ist noch unklar, warum Sie ausgerechnet diese drei Männer ausgewählt haben«, legte der Leiter der Kaiserslauterer Mordkommission nach.

»Wieso ist Ihnen das unklar?«, fragte Klemens in provokantem Ton. »Ich glaube, ich habe Sie ein wenig überschätzt. Sie wissen doch inzwischen, welche Nationen damals beim ›Kroatensturm‹ beteiligt waren: Ungarn, Kroaten, Polen. Da lag es doch …«

»Darum geht es mir gar nicht«, fiel ihm Tannenberg ins Wort. »Mich interessiert vielmehr, auf welche Art und Weise Sie an Ihre Opfer gekommen sind. Mit anderen Worten: Warum haben Sie ausgerechnet diese drei Männer ausgewählt?«

Mit verklärtem Blick entgegnete Klemens: »Dieses perfekte Timing muss ein göttlicher Fingerzeig gewesen sein – anders kann es gar nicht sein. Denn ausgerechnet ein paar Tage, nachdem ich diese schreckliche Diagnose gestellt bekam, meldete sich mein ungarischer Historiker-Kollege bei mir und eröffnete mir, dass er im Juli in Kaiserslautern an einem Informatiker-Kongress teilnehmen würde. Also haargenau in dem Zeitraum, als seine Vorfahren damals die Massaker an der Kaiserslauterer Zivilbevölkerung angerichtet haben. Wenn das keine göttliche Fügung war.«

»Wo und wie haben Sie ihn überwältigt?«

»Auch das war kein Problem. Ich habe mich während seines Aufenthaltes mit ihm getroffen.« Er stockte, lachte dann aber stakkatoartig auf. »Ich habe ihn im Gästehaus der Universität abgeholt und bin mit ihm hierher an die Jammerhalde spaziert. Ausgerechnet an die Jammerhalde! War das nicht genial?«

Tannenberg enthielt sich eines Kommentars. »Wie haben Sie ihn überwältigt?«, wiederholte er.

»Ich habe angeboten, ihn zum Bahnhof zu fahren. Vorher haben wir noch einen kleinen Abstecher zu meinem Wochenendhaus gemacht, wo er seiner gerechten Bestrafung zugeführt wurde.«

»Das war wohl recht einfach. Schließlich haben Sie sich ja gekannt. Aber die beiden anderen Männer?«

Klemens machte eine überhebliche Handbewegung. »Die habe ich auch gekannt, zumindest vom Sehen. Der Pole hat bei einem Nachbarn als Gärtner gearbeitet – illegal versteht sich. Und der Kroate war Besitzer eines Restaurants, in dem ich manchmal gespeist habe. Obwohl ich …«

»Die näheren Einzelheiten ersparen Sie uns jetzt bitte«, würgte ihn Tannenberg ab. »Dazu haben Sie nachher auf unserer Dienststelle noch genügend Gelegenheit. Dort können Sie sich auch mit einem Anwalt beraten.«

»Ich brauche keinen Anwalt.«

»Auch gut«, gab Tannenberg knapp zurück. »Klären Sie uns bitte noch darüber auf, was dieses alberne Gedöns mit der Waldarbeiterpraxe sollte. Warum haben Sie diese zuerst aus dem Werkzeugcontainer entwendet, sie dann über den Halsstumpf des ersten Toten gezogen – so ist es doch gewesen, oder?«

Klemens nickte.

»Und anschließend diese blutverschmierte Praxe«, Tannenberg wies mit der Hand in Richtung Dansenberg, »dort oben im Hang abgelegt? So dass man sie auch ja schnell finden konnte.«

»Jetzt enttäuschen Sie mich aber gewaltig, Herr Hauptkommissar. Sie haben wohl immer noch nicht kapiert, dass Sie mein Spielball waren«, spottete Klemens.

»Was, ich war Ihr Spielball? Pah, dass ich nicht lache!«

»Doch, genau das waren Sie. Und das wissen Sie auch – zumindest insgeheim. Denn Sie haben genauso reagiert, wie ich es vorausgeplant habe. Ich habe alles erreicht, was ich wollte: Mit Ihrer Hilfe habe ich dieses Thema in die Medien transportiert. Nun bleibt zu hoffen, dass durch diese Öffentlichkeit mein Anliegen viele Befürworter finden wird. Menschen, die den Mut besitzen, ebenfalls zu wahrhaft historischen Taten zu schreiten.«

Wolfram Tannenberg blies die Backen auf und ließ den aufgestauten Atem knatternd über seine Lippen entweichen. »Mir reicht's jetzt. Kommt, Leute, schafft mir diesen Wahnsinnigen aus den Augen.«

Sabrina und Michael begaben sich zu dem todgeweihten Richter und legten ihm Handschellen an.

Winfried Klemens drehte den Kopf noch einmal zu Tannenberg hin und sagte: »Ach, fast hätte ich es vergessen: Die Köpfe habe ich nicht mit einer Praxe abgetrennt, sondern mit einer Streitaxt. Diese hat inhaltlich viel besser zu meinem Auftrag gepasst als eine Praxe, denn die war eigentlich nur eine läppische Jagdwaffe.

Die Streitaxt dagegen wurde im 30-jährigen Krieg vor allem von ungarischen, kroatischen und polnischen Söldnern benutzt.«

Ein diabolisches Lachen erklang, das den Anwesenden kalte Schauder den Rücken hinunterjagte.

»Der Richter *war* der Henker!«, waren Klemens letzte Worte. Dann wurde er abgeführt.

»Na denn«, murmelte Tannenberg und kniete sich kopfschüttelnd neben seinem Hund nieder. Kurt legte sich auf die Seite und räkelte sich. Sein Herrchen kraulte die zarte Haut unterhalb der Zitzen. »Sei ja froh, dass du kein Mensch bist.«

Hanne gesellte sich zu den beiden und streichelte zärtlich Kurts Kehle.

»Ich bin so froh, dass es endlich vorbei ist«, sagte Johanna von Hoheneck.

»Ich auch.« Die Blicke der beiden begegneten sich und hakten sich ineinander fest. Der Lärm der wegfahrenden Autos und die Stimmen der anderen nahmen sie nur als dezente Hintergrundgeräusche war.

Ein paar Minuten später beendeten sie die Verwöhnaktion des bärigen Vierbeiners und erhoben sich. Die meisten der Zaungäste dieser ungewöhnlichen Freiluftaufführung hatten inzwischen die Waldbühne verlassen. Nur Wolfram Tannenbergs Vater und der Rechtsmediziner waren noch an diesem geschichtsträchtigen Ort verblieben.

»Ich hab noch ein kleines Geschenk für dich«, sagte Dr. Schönthaler und überreichte seinem verdutzt dreinblickenden Freund eine Plastiktüte.

Mit offenem Mund nahm Tannenberg das Präsent

entgegen. Er öffnete die Tüte und zog kopfschüttelnd einen Strauß weißer Lilien heraus.

Schweigend ging er hinüber zu dem verwitterten Sandsteinfindling.

In stillem Gedenken an die zweihundert Frauen und Kinder, die genau hier an dieser Stelle im Sommer des Jahres 1635 auf grausame Art und Weise ums Leben gekommen waren, legte er die Blumen ab.

Dabei fiel sein Blick auf eine kleine Waldameise.

ENDE